Knaur

Über den Autor:

René Appel wurde 1945 in der Nähe von Alkmaar in der niederländischen Provinz Noord-Holland geboren. Er studierte Niederlandistik und arbeitet heute als Sprachwissenschaftler an der Universität Amsterdam. Von 1976 bis 1986 war er als Rezensent für die niederländische Tageszeitung *NRC Handelsblad* tätig. Er hat mehrere Romane veröffentlicht und ist einer der erfolgreichsten Autoren der Niederlande.

René Appel

Tod am Leuchtturm

Roman

Aus dem Niederländischen von
Gregor Seferens

Knaur

Die niederländische Originalausgabe erschien unter dem Titel
»Geweten« bei Uitgeverij Bert Bakker, Amsterdam.

Besuchen Sie uns im Internet:
www.knaur.de

Vollständige Taschenbuchausgabe 2002
Droemersche Verlagsanstalt Th. Knaur Nachf., München

Umschlaggestaltung: ZERO Werbeagentur, München
Umschlagabbildung: Zefa, Düsseldorf
Satz: Ventura Publisher im Verlag
Druck und Bindung: Clausen & Bosse, Leck
Printed in Germany
ISBN 3-426-61884-2

2 4 5 3 1

Tod am Leuchtturm

I

»Befreit«, lautete die Überschrift des Interviews. Sofort legte ich die Zeitung beiseite. Artikel dieser Art überging ich immer. Zumindest versuchte ich es, doch damals – in der Zeit vor den Gedenkfeierlichkeiten zum 5. Mai, *dem* 5. Mai – wurden es mit jedem Tag mehr. Mit der Befreiung hatte alles angefangen, sie war eine Art Signal gewesen, sie hatte unsere Freundschaft intensiviert, die am Ende zu intensiv wurde.

In der Zeitung standen bestimmt ungenießbare Berichte aus einer anderen, vergangenen Welt, zu der ich nicht gehören wollte, die ich hinter mir gelassen hatte. Etwas, woran man sich nicht mehr erinnerte, existierte das überhaupt? Es war, als leuchtete mir das Wort »Befreiung« jedes Mal aus der Zeitung entgegen und gelangte dann auf dem kürzesten Weg in mein Gehirn, so dass ich sofort umblätterte. Manchmal stieß ich auch unversehens auf die Wörter »Mauser« und »Leuchtturm«, worauf ich mich umgehend in den ausführlichen Wetterbericht vertiefte, um so die Lawine der Erinnerungen aufzuhalten. Wie Pawlow, der Mann, von dem der Hund sagte: »Wenn mir der Geifer runterläuft, bringt er mir sofort etwas zu essen.« Von wem stammte dieser Witz noch gleich? Er könnte von Henk sein, aber damals wussten wir nicht, wer Pawlow war. Wir reagierten auf andere Reize.

Astrid hörte sich über Kopfhörer eine Oper an. Der hohe Sopran drang ab und zu undeutlich an mein Ohr. Astrid ging völlig auf in der Musik, lauschte mit geschlossenen Augen. Als ich das Zimmer betreten hatte, waren die Lautsprecherboxen eingeschaltet gewesen, so dass eine Flut von Geräuschen auf mich einstürzte. Um mich nicht zu stören, hatte sie dann die Kopfhörer aufgesetzt.

Ich ging zum Fenster. Die Welt draußen sah schauderhaft bekannt aus. Würde sich noch jemals etwas verändern? Tag für Tag konnte ich mich ans Fenster stellen, seit einigen Monaten an jedem Tag, den der liebe Herrgott erschuf, zu jeder Tages- und Nachtzeit, wann immer ich wollte. Aber ich wollte nicht, eigentlich wollte ich überhaupt nur noch verdammt wenig. Astrid ging in die Küche. Von dort hörte ich das Klappern von Schüsseln, Töpfen und Besteck. Was, um alles in der Welt, gab es morgens um halb zehn in der Küche zu tun? Mein Körper verlangte nach Kaffee wie im Büro: Gleich um neun brachte ihn die Sekretärin. Ich hatte schnell gelernt, besser nicht den Versuch zu wagen, Astrids Gewohnheiten zu beeinflussen. Sie hatte immer eine Art unausgesprochenen Plan für den ganzen Tag, in dem mehr oder weniger festgelegt war, was wann passieren musste. Geriet dieser Plan durcheinander, dann hatte das stille, doch darum nicht weniger sichtbare Verärgerung zur Folge. Ich bin nie dahinter gekommen, warum es an dem einen Tag ausgerechnet um zehn und am nächsten um halb elf Kaffee geben musste. Manchmal, wenn sie in ihre Opernbücher und -zeitschriften vertieft war, schien sie den Kaffee ganz und gar zu vergessen.

Ich setzte mich wieder auf die Couch. Jeden Quadratzentimeter dieses Hauses kannte ich. Zwischen der Wohnung und unserer Ehe gab es keinen Unterschied mehr, sie gingen nahtlos ineinander über, sie bildeten ein unteilbares Ganzes.

Ich versuchte mir das Gefühl zu vergegenwärtigen, das ich in einem unbekannten Haus hatte, dieses Gefühl von früher. Die Spannung, die fast krank machende Angst, entdeckt zu werden. Wie oft hatten wir das gemacht, und in welchen Häusern waren wir gewesen? Vage meinte ich mich an das Haus von Damhuis zu erinnern und natürlich an das von Van Baar, wo wir entdeckt wurden. Oder war das bei Van Vliet gewesen? Ich vertrieb die Bilder aus meinem Kopf, nahm, um mich abzulenken, die Zeitung vom Tisch und blätterte die Seiten mit den Berichten aus aller Welt durch. Ich las über Tschetschenien, über die muslimischen Fundamentalisten in Algerien und über die Angst vor neuen Massakern in Ruanda, doch im Hintergrund erklang ständig der träge Rhythmus des Wortes, das ich vorhin gelesen hatte, als brenne es durch die Seiten hindurch. Wie könnte ich es anstellen, diesem Wort während des gesamten nächsten Monats nicht mehr zu begegnen? Aus der Küche erklang das Geräusch zerschellenden Porzellans. Ich blieb stumm sitzen, die Welt auf Papier in den Händen. Einige Sekunden lang war es still, aber es war keine gewöhnliche Stille. Dann fiel ein Glas in Scherben. Sollte ich in die Küche gehen und fragen, was passiert war? Oder sollte ich mich gerade raushalten? Nach gut vierzig Jahren Ehe wusste ich auf solche Fragen noch immer keine Antwort. Es war jedes Mal ein Glücksspiel.

Sie saß auf dem Hocker neben der Spüle. Auf dem Boden lagen die Scherben einer Schüssel, die noch aus ihrer Aussteuer stammte, und ein kaputtes Bierglas. Als ich reinkam, sah sie mich kühl, fast herausfordernd, an. Würde sie, wenn ich irgendeine Bemerkung machte, auch den Rest unseres Geschirrs zerschmeißen?

»Was ist passiert?«, fragte ich.
Sie reagierte nicht.
»Es ist doch nur eine Schüssel und ein einfaches Bierglas.«
Sie zuckte mit den Achseln.
»Sind sie dir aus der Hand gefallen? Das kann doch jedem mal passieren!«
»Ich habe sie hingeschmissen.«
»Was?«, fragte ich, obwohl ich sie sehr gut verstanden hatte.
»Ich habe sie hingeschmissen.«
Ich ging auf sie zu und streckte meine Hand nach ihr aus, aber es war, als hielte mich ein gleichpoliges Magnetfeld davon ab, sie zu berühren. Ungefähr zehn Zentimeter über ihrer Schulter blieb meine Hand in der Schwebe.
»Ich kann es einfach nicht ertragen, dass du immer zu Hause bist«, sagte sie plötzlich mit ungewohnt heftigem Unterton in der Stimme.
»Daran wirst du dich aber gewöhnen müssen.«
»Das ist ja gerade das Schlimme.«
Nun endlich gelang es mir, den Widerstand zu überwinden, und ich legte meine Hand auf ihren Arm. »Am Anfang ist es ein bisschen komisch … auch für mich.«
»Jeden Tag«, sagte sie, »jede Stunde, jede Minute. Es ist, als ob ich kontrolliert werde …«
»Aber du kannst doch machen, was du willst.«
»Ja schon, aber trotzdem … Du sitzt die ganze Zeit da und guckst, was ich tue. Ich habe einfach das Gefühl, dass du mich beobachtest. Früher war ich fünf Tage in der Woche Herr im Haus. Ich konnte Schallplatten hören, CDs, wann immer ich wollte, und jetzt …«
»Aber ich bin dir doch nicht im Weg«, sagte ich.

»Aber natürlich, Peter. Mach dir doch nichts vor. Ich fühle mich in meinem eigenen Haus einfach nicht mehr frei.«
»Übertreibst du nicht ein bisschen? Wie lange bin ich jetzt zu Hause? Lass mich nachdenken – ungefähr drei Monate.«
»Ich war darauf verdammt noch mal nicht vorbereitet. Du wolltest doch noch ein paar Jahre arbeiten. Das hast du immer wieder gesagt.«
»Meinst du, ich finde das schön, so plötzlich? Meinst du, für mich ist das kein Schlag ins Gesicht gewesen?« Sie antwortete nicht.
»Wir müssen uns einfach ein wenig aufeinander einstellen. Es ist nur eine Frage der Gewöhnung. Und ich kontrolliere dich ganz und gar nicht. Wirklich nicht. Soll ich uns Kaffee machen?«
Sie sah auf. »Siehst du, das ist auch wieder so ein Punkt. Früher trank ich Kaffee, wann ich wollte. Jetzt muss es in deinen Tagesablauf passen. Wenn du Zeitung liest, willst du Kaffee dazu trinken, wie sonst nur samstags.« Sie schwieg einen Moment und sagte dann, schrie beinahe: »Und das will ich nicht.«
Der dicke Mann schlurfte durch die Kneipe. Mit einer erstaunlich schwungvollen Bewegung stellte er das kleine Tablett mit der Kaffeetasse vor mich hin. »Bitte sehr.« Ich hatte ein sonores Brummen erwartet, aber seine Stimme war hoch, fast knabenhaft.
Auf dem Tisch lag eine Zeitung. Ich schob sie erst beiseite, aber nachdem ich den Spekulatius gegessen und ein paar Schlucke getrunken hatte, griff ich nach dem Blatt. Es war nicht die Tageszeitung, die wir zu Hause abonniert hatten. Ehe ich mich's versah, war ich dabei, einen Artikel über die

Befreiung zu lesen. Ich sah mich um, als fürchtete ich, dabei erwischt zu werden. Außer mir war kein Gast in der Kneipe. Der Wirt stand hinter der Theke, rauchte eine Zigarette und kratzte sich gelangweilt den Bauch. Ein Knopf seines Hemdes war offen.

»Einen Tag nach der Befreiung von Barneveld sind sechs Deutsche aus der Aschater Linie gekommen«, las ich. »Aschat ist ein kleines Dorf, das damals überflutet war – und die sind dann hier auf den Kirchturm geklettert. Irgendjemand hat bemerkt, dass da Deutsche waren, hat sich ein Fahrrad geschnappt und ist wie nix nach Barneveld gefahren, um die Kanadier zu warnen. Die kamen dann, sechs Mann auf ein paar Carriern, so Klapperkisten.« Carrier, keine Ahnung, wie die aussahen. An mehr als zwei oder drei Kanadier auf einmal konnte ich mich ohnehin nicht erinnern. Die Deutschen sind damals einfach verschwunden. Es war, als bräuchten wir nicht mehr befreit zu werden. Keine spannenden Geschichten, keine aufregenden Ereignisse. Doch damals hatte alles erst so richtig angefangen, nach dem 5. Mai. Als sei danach etwas zum Vorschein gekommen, das schon in uns geschlummert hatte.

»Das waren ziemlich ausgekochte Burschen«, las ich weiter, »Frontsoldaten, die in Sizilien gelandet waren und die sich dann zweieinhalb Jahre lang hochgekämpft hatten. Als sie hier ankamen, trugen sie keine Helme, Kaugummi hinter den Kiemen, und vier legten sich auf den Boden. Die beiden anderen hatten dazu aber keine Lust und schossen einfach im Stehen Richtung Kirchturm. Sie feuerten eine Zeit lang auf die Tür unten im Turm, bis die Deutschen rauskamen; zu zehnt ungefähr standen wir neben der Wirtschaft ›De

Roskam‹ …«, ach, dort gab es also auch eine Kneipe, die »De Roskam« hieß, »… und beobachteten das Ganze. Sie haben die Deutschen nicht etwa erschossen, nein, die bekamen als Erstes eine Zigarette. Das war noch das Schlimmste daran, verdammt, unserem Feind geben sie Zigaretten, und wir kriegen nichts. Tja, Soldaten unter sich.« Das hätte uns auch ziemlich gestunken. Befreiung war damals offenbar gleichbedeutend mit Nikotinsucht.

Plötzlich stand der Wirt vor mir. Er räusperte sich. »Was kann ich für Sie tun?«

Ich wusste nicht, was er meinte.

»Sie haben die Hand gehoben. Ich dachte, Sie wollten noch etwas bestellen.«

Wahrscheinlich hatte ich so getan, als rauchte ich, und dabei meine Hand ein wenig gehoben.

»Oh … äh, das war einfach so …, aber bringen Sie mir ruhig einen Kaffee, mit Cognac, bitte.«

Der Mann zog kurz die Nase hoch. »Sie müssen nicht.«

»Bringen Sie mir bitte einen Kaffee mit Cognac.«

»Weinbrand oder französischen Cognac?«

»Französischen, bitte … Courvoisier, wenn Sie haben.« Der Mann nickte und schlurfte wieder weg.

Ich blätterte in der Zeitung und suchte nach anderen Artikeln über die Befreiung. Plötzlich hatte ich das Gefühl, etwas nachholen zu müssen. Vielleicht würde ich ja etwas über uns lesen. Würde man darüber jetzt schreiben, oder sparte man sich die Geschichte bis 1996 auf? Dann müssten die Journalisten aber trotzdem zurück zum Ausgangspunkt des Ganzen, zurück zur Befreiung. Ich las Berichte über Unfälle, über illegale Einwanderer, die kriminell geworden waren, über einen

Raubüberfall auf eine Tankstelle, jedoch nichts mehr über den 5. Mai.

Astrid war nicht da, als ich nach Hause kam. In der Küche lagen die Scherben von der Schüssel und dem Glas noch auf dem Fußboden. Die Kaffeekanne war voll, aber die Wärmeplatte der Kaffeemaschine war ausgeschaltet. Es war jetzt fast zwölf. Ich nahm die Zeitung und setzte mich aufs Sofa. Auf Anhieb fand ich den Artikel, den ich vorher so krampfhaft übersehen hatte. Noch ein persönlicher Bericht. »In der Kirche wurden die Mädchen ermahnt, ihre Ehre nicht für ein Stück Schokolade zum Fenster hinauszuwerfen. Mein Freund, der neben mir saß, sagte daraufhin: ›Oder für einen Kaugummi …‹ Danach musste er raus aus der Kirche.« Ich selbst erinnerte mich nur vage an ein paar junge Frauen, die versuchten, sich an die wenigen Kanadier, die in unsere Stadt gekommen waren, heranzumachen. Doch Trudy und Ineke waren auf Abstand zu den Befreiern geblieben, sie gehörten zu uns, unverbrüchlich. Unverbrüchlich, und doch: Was wäre passiert, wenn wirklich eine Kompanie Kanadier oder Amerikaner durch die Veepoort in die Stadt eingezogen wäre? Wenn es Kämpfe gegeben hätte und wir wirklich befreit worden wären? Wäre dann alles anders gekommen? »Bei uns waren die Yankees, alles Luftwaffe, und wenn die eine Frau sahen, dann wurde sie flachgelegt. In den ersten Wochen nach der Befreiung habe ich sechsmal gesehen, wie sie es am Straßenrand getrieben haben. Wenn man vorbeikam, versteckten die Mädels nur das Gesicht hinter den Händen. Und die Yankees immer auf und nieder.« Ich legte die Zeitung weg. Sechsmal. Woher wusste dieser

Mann das noch so genau? Woran konnte ich mich noch erinnern?
Ob die anderen auch solche Artikel lasen? Und was dachten sie wohl dabei? Oder versuchten sie auch, alles von sich fern zu halten? Sollte die Vergangenheit ein schwarzes Loch bleiben, über das man sich nicht ungestraft beugen durfte? Aber warum? Ich versuchte mir meine Zukunft vorzustellen. Die Tage, die sich aneinander reihten. Aufstehen, frühstücken, Kaffee trinken, Zeitung lesen, ein kleiner Spaziergang, Mittagessen, Mittagsschlaf, irgendwo zum Kaffee hingehen, ein Schnäpschen, Abendessen, Kaffee, Fernsehen, Astrid, die mit einer Freundin in die Oper geht, während ich brav zu Hause bleibe, die Zeitung oder ein Buch lese, Gute Nacht, Astrid, ein trockener Kuss, das Seufzen ihres Körpers, die Angst erregende Stille des Schlafzimmers und der nächste Tag, der mir bereits vor Augen steht. So finster, undeutlich und verschwommen, wie meine Vergangenheit war, so klar zeichnete sich meine Zukunft vor mir ab, die nahe Zukunft jedenfalls. Später würde dann der körperliche Verfall einsetzen. Ich ließ keinen Artikel über Altersdemenz aus, als könnte ich mich so auf die Hilflosigkeit vorbereiten.
Um halb eins kam Astrid nach Hause. Ich sagte nichts über die Scherben. Sie lief vorsichtig drum herum, als fürchtete sie, ein bestimmtes Muster zu zerstören.

2

»Kommst du mit?« Henk stand unten. Er hüpfte von einem Bein aufs andere, als müsste er dringend zur Toilette. »Johan und Sytze kommen auch.«

Peter machte das Fenster zu und zog sich die Schuhe an. Am Nachmittag war er kurz ohne die anderen auf dem Sportplatz gewesen, wo die Befreiungsfeierlichkeiten stattfanden: Wassertragen, Sackhüpfen, Tauziehen, Hindernislauf. Vor allem jüngere Kinder beteiligten sich daran. Ansonsten war er den ganzen Tag über zu Hause geblieben. Seine Mutter hatte diesmal nicht nach seinen Hausaufgaben oder nach der Schule gefragt. Jetzt stopfte sie Socken und beugte sich dabei weit zu ihren Händen hinunter, weil in der Woche zuvor ihre Lesebrille kaputtgegangen war. Wortlos beobachtete er sie. Sie hatte ihn nicht bemerkt. Ihre Lippen bewegten sich fast unmerklich, als repetierte sie einen Monolog. Was erzählte sie sich wohl? Dass sich alles zum Guten wenden würde, auch mit seinem Vater?

»Ich geh noch mal kurz weg, mit Henk.«

Sie schreckte auf. »Wohin?«

Er zuckte die Achseln. »Zum Fest … Ich weiß nicht. Warum bleibst du eigentlich die ganze Zeit zu Hause? Die ganze Stadt feiert!«

Sie seufzte, als bedrücke sie allein schon der Gedanke an die Feierlichkeiten. »Das Gedränge, all die Leute. Und im

Übrigen habe ich viel zu viel Arbeit.« Mit einer matten Gebärde wies sie auf die Näharbeiten, die sich auf einer Ecke des Tisches stapelten.

»Wo ist Pa?«

»Keine Ahnung, wo der steckt.« Ihre Stimme war vollkommen ausdruckslos. Wahrscheinlich saß er mit seiner Angel irgendwo am Wasser. Morgens zog er schweigend los, und abends legte er schweigend ein paar Fische auf die Anrichte. Wenn er überhaupt etwas gefangen hatte. Manchmal hörte Peter tagelang kein Wort von ihm. Als koste jedes Wort Geld.

»Ich bin dann weg, ja.«

»Peetje?«

Er hoffte, dass Henk das nicht gehört hatte.

»Zieh deine Jacke an. Und komm nicht so spät nach Hause.«

Henk boxte ihm leicht auf den Oberarm. »Ich hab drei Zigaretten«, sagte er. »Willst du sie sehen?« Er holte sie aus seiner Innentasche. »Von einem Kanadier gekriegt. Er wollte den Weg zum Hafen wissen.«

»Was hat er denn gesagt?«

»›*The harbour, do you know the way to the harbour?*‹ Ich bin mit ihm hingegangen, und er gab mir einfach so vier Zigaretten. Eine hab ich schon geraucht.« Henk lachte, als habe er einen Witz erzählt.

»Zu welchem Fest gehen wir?«, fragte Peter.

»Am Hafen ist ein Fest und eins im Park. Außerdem gibt es einen Ball im ›Doelenzaal‹. Mal sehen. Wir können es uns aussuchen.«

Sie konnten tatsächlich überall hingehen. Nichts war mehr

unmöglich. Man konnte tun, was einem gerade einfiel. Keine Verbote, keine Einschränkungen. Befreiung bedeutete Freiheit. In den Zeitungen, im Radio, überall wurde es einem eingehämmert. Man war fast gezwungen, daran zu glauben. An der Ecke zum Speksteeg standen Johan und Sytze. Wortlos gesellten sie sich zu den beiden anderen und gingen mit ihnen in Richtung Hafen. Henk sagte, dass Ineke bei Trudy sei. Bei Trudys Haus, einem breiten und düsteren Gebäude, wechselten sie auf die andere Straßenseite. Sytze pfiff dreimal kurz auf seinen Fingern. Ungeduldige, scharfe Töne schnitten durch den jungen Abend. Langsam, ohne sich umzusehen, gingen sie weiter. Ein paar Minuten später hörten sie hinter sich das Trommeln eiliger Schritte. Trudy und Ineke schlossen sich keuchend den Jungen an.

»Wo gehen wir hin?«, fragte Trudy.

»Was schlägst du vor?«

»Zum Hafen.«

»Indeed, the harbour«, sagte Henk.

»Du solltest deinen Namen in Hank mit *a* umändern«, sagte Johan.

»Yes, Johnny, I will do it.«

Gerade fing die Musik an zu spielen. Eine Trompete schmetterte die Nationalhymne.

»Müssen wir jetzt stehen bleiben?«, fragte Johan. »Müssen wir mitsingen?«

Sie gingen weiter. Peter sang leise mit. Er konnte das Lied auswendig, von der ersten bis zur letzten Zeile: »… die mein Herz durchbohrt«.

Er sah zu Henk und Trudy hinüber, konnte aber in ihren Augen nicht das Gefühl entdecken, das er empfand. In ihm ballte sich etwas zusammen, das nach draußen drängte. Er schluckte einige Male.

Nun drangen Fetzen einer Ansprache zu ihnen herüber. Sie vernahmen etwas von »Opfern«, von der »Vertreibung der Tyrannei«, von »Achtung vor dem Widerstand«, von »großer Bewunderung für unsere Befreier« und von »einer neuen Zukunft«. Sie gingen näher heran. Es wurde gejubelt und »Hurra« gerufen. Sie sahen eine Gruppe von Menschen, die sich um ein niedriges, mit Girlanden geschmücktes Podium versammelt hatten. Man hatte ein großes Laken gespannt, auf dem stand: »Dank unseren Befreiern«. Ein Soldat wurde hochgehoben und auf Schultern getragen.

»Das ist er«, sagte Henk. »Das ist der Kanadier.« Es klang, als wollte er sagen: Das ist mein Kanadier. Ich habe ihn entdeckt.

Die Kapelle fing an zu spielen, ein Akkordeonspieler, ein Schlagzeuger und ein Trompeter. Der Mann am Akkordeon schaute verdrießlich drein, als ob er Angst hätte, zu viele kostbare oder seltene Noten zu verlieren. Der Trompeter war ein kleiner, magerer Mann mit Glatze. Man konnte sich kaum vorstellen, dass er fähig war, so viel Lärm zu machen. Der Schlagzeuger war gleichzeitig auch der Sänger. Auf der Basstrommel stand »De Varia Melodisten«.

»You are my sunshine, my only sunshine,
You make me happy, when skies are grey
You never know dear, how much I love you
Please don't take my sunshine away.«

Das Englisch klang unbeholfen. So wie es eben klingt, wenn Niederländer englisch sprechen. Peter sah sich um und versuchte den Kanadier irgendwo zu entdecken, doch der konnte sich das natürlich nicht anhören und war schon wieder gegangen.

Johan und Trudy verschwanden in der tanzenden Menge. Ab und zu sah Peter sie vorbeischweben.

»Wir heben die Zigaretten für später auf«, sagte Henk.

Peter nickte. Er fragte sich, wozu. Ineke stand neben ihm. Sollte er sie zum Tanzen auffordern? Sie würde ihm niemals einen Korb geben. So was machten sie untereinander nicht. Bevor er seinen Gedanken in die Tat umsetzen konnte, sah er bereits Sytze mit Ineke über den Tanzboden kreisen.

Im »Doelenzaal« waren nur wenige Menschen. Auf der Bühne saßen ein Pianist, ein Akkordeonspieler und ein Schlagzeuger, die selbst auch nicht so aussahen, als seien sie von all dem sonderlich überzeugt. Überall hingen behelfsmäßige Luftschlangen aus Krepppapier. An einer Wand klebten große, aus Papier ausgeschnittene Buchstaben;

»DIE NIEDERLANDE FREI«, war da zu lesen. Bis zum A waren die Buchstaben blassorange. Dann war offensichtlich das orange Krepppapier ausgegangen, und man hatte mit rotem weitergemacht.

»Wie auf einer Beerdigung«, sagte Sytze. »Gehen wir wieder?«

Sie liefen eine Weile durch die Stadt, die Mädchen untergehakt, die vier Jungen um sie herum, mal sich gegenseitig wegschubsend, dann wieder hintereinander aufgereiht, von einem geheimen Mechanismus gesteuert, den sie selbst nicht verstanden. Hin und wieder begegneten sie Mitschülern, teils aus ihrer Klasse. Wenn er mit den anderen unterwegs war, fühlte Peter sich stark, stärker als sonst. Gerard van Dijk hielt sie auf und fragte, was am Hafen los sei.

»Ein großes Fest«, sagte Johan, »gute Musik, Klassen besser als im ›Doelenzaal‹.«

»Kommt ihr mit zum Hafen?«

»Nein«, sagte Henk. Als hätten sie es so abgesprochen, schüttelten auch die anderen den Kopf, um seine Antwort zu unterstreichen.

»Ich habe einen echten Neger gesehen«, sagte Gerard.

Einen amerikanischen Soldaten.«

Sie wussten, dass er log. Hier in der Gegend gab es überhaupt keine Amerikaner.

Es war schmutzig und klamm im Bunker, doch das störte sie nicht. Henk gab Johan und Sytze eine Zigarette und steckte sich selbst eine in den Mund. Bevor Peter protestieren konnte, versicherte Henk mit breitem Grinsen, dass sie die Zigaretten herumreichen würden. Die drei beugten sich über Henks Streichholz.

Sie hockten schweigend da und rauchten, auch Trudy und Ineke. Peter wusste nicht, ob es ihm schmeckte. Er spürte ein trockenes, brennendes Gefühl in seiner Kehle, und ihm wurde ein wenig schwindelig, was aber nicht unangenehm war. Sie saßen wortlos in einem Kreis und zogen an den Zigaretten, bis sie sich die Fingerspitzen mit den Stummeln verbrannten. Mehr denn je zuvor gehörten sie zusammen.

»Hier haben Helmut, Dieter, Wolf, Franz und all die anderen auch gesessen«, sagte Sytze, als habe er sie alle persönlich gekannt. »All die deutschen Jungen, nur ein paar Jahre älter als wir.« Er sah jeden im Kreis an. »Wo sind die Deutschen jetzt? In Kriegsgefangenschaft? Tot? Oder haben sie sich irgendwo versteckt?«

Peter verstand nicht, was Sytze damit sagen wollte. Er sah zu Johan hinüber, ob der irgendeine besondere Reaktion auf das Wort »Deutsche« zeigte, konnte jedoch nichts entdecken. Sytze erhob sich und ging in die Ecke des Bunkers, wo sich die Schießscharte für das Maschinengewehr befand. Er tat so, als schieße er: »Ta-ta-ta-ta-ta-ta-ta-ta.«

»Schon wieder daneben«, sagte Henk.

»Tagelang habe sie an dieser Stelle hinter ihrem Geschütz gesessen«, fuhr Sytze fort. »Wisst ihr noch, es war strengstens verboten, hier in diese Gegend zu kommen, nicht mal auf einen Kilometer Entfernung durften wir herankommen. Sie glaubten, die Alliierten würden von dieser Seite kommen, die Idioten. Es ist ein Wunder, dass sie es so lange ausgehalten haben, die Moffen.«

»Wollen wir nachher noch in den Park gehen?«, fragte Peter. »Vielleicht gefällt es uns dort.«

»Ja, vielleicht«, sagte Johan, doch seine Stimme verriet keinerlei Begeisterung.

Peters und Inekes Blicke begegneten sich. Es schien, als lachte sie ihm mit den Augen zu, aber er traute sich nicht, sie länger anzusehen.

»Ich wünschte, wir hätten mehr Zigaretten«, sagte Henk.

Keiner reagierte darauf.

»Wann werden wir wohl wieder in die Schule müssen?«

»Nächste Woche, sagt mein Vater.«

»Woher weiß er das?«

»Er hat es irgendwo gehört.«

»Bruinestijn ist schon weg. Ich bin mal gespannt, wer neuer Direktor wird.«

»Van Vliet natürlich.«

»Bruinestijn, der fiese Kriecher. Ich hoffe, sie sperren ihn für ein paar Jahre hinter Gitter. Zwangsarbeit wäre auch nicht verkehrt, Klos putzen, vor allem schmutzige, voll geschissene Klos.«
Peter sah Bruinestijn wieder auf dem Flur stehen. Dem gefiel es bestens, dass er Direktor geworden war. Seine schrille Stimme hallte über die steinernen Treppen: »Van Galen, komm mal her.« Dann hatte man nicht korrekt gegrüßt. Es hieß, er hätte Juden denunziert. Auf jeden Fall war er sofort dabei gewesen, als es darum ging, Maßnahmen gegen jüdische Schüler durchzusetzen. Drei gab es an der Schule, wie sich herausstellte. Peter wusste nicht einmal, dass sie Juden waren. Max Leefsma war in ihrer Klasse.
»Alle feiern«, sagte Ineke, »und wir hocken hier rum. Niemand weiß, wo wir sind.« Es war nicht klar, ob sie dies schlimm oder gerade reizvoll fand.
»Der Bunker sollte unser Hauptquartier werden«, sagte Sytze. »Unsere Höhle, unser Haus. Zutritt für alle anderen verboten.«
»Wer sich in die Nähe wagt, wird zuerst gewarnt.«
»Mit einer Platzpatrone.«
»Danach schießen wir scharf.«
»Ta-ta-ta-ta-ta-ta-ta.«
»So gewöhnen wir es ihnen dann schon ab.«
»Wie spät ist es?«, fragte Trudy.
Peter war der Einzige, der eine Armbanduhr hatte, die alte Zwiebel seines verstorbenen Großvaters. »Fast halb elf.«
»Um zehn sollte ich zu Hause sein.«
Johan zog sie hoch. Er hielt ihre Hand länger als nötig fest. Ineke stand auch auf.

»Hast du die letzten Hausaufgaben noch gemacht?«, fragte Peter Sytze.
»Natürlich nicht. Warum sollte ich? Kein Mensch weiß mehr, was wir aufbekommen haben. Alles fängt von vorne an.«
Henk grinste. »Deutsch mussten wir machen …: Ich spreche, du sprichst, er spricht, wir …«
»Halt's Maul«, unterbrach ihn Johan. Sein Gesicht war weiß. »Nie mehr Deutsch, klar? Ich will nie mehr Deutsch hören.«
»Aber wenn jetzt bald die Schule …«, wagte Ineke einen neuen Anlauf.
Johan lief zum Ausgang des Bunkers, ging in die Hocke und sprang hinunter.

3

Ich sah auf den Wecker. Halb sieben. In der anderen Hälfte des Ehebetts lag Astrid, totenstill. Vielleicht atmete sie nicht mehr. Ich versuchte, bei dem Gedanken heftige Trauer in mir entstehen zu lassen, doch nichts passierte, eigentlich war ich nur neugierig. Was würde dann geschehen, wie würde ich mir mein weiteres Leben einrichten? Als sie sich plötzlich abrupt umdrehte, erschrak ich. Es war, als wolle sie das, was sich in meinem Kopf abspielte, kommentieren.

Jetzt, da ich unwiderruflich nicht mehr zu arbeiten brauchte und den ganzen Morgen im Bett bleiben und ausschlafen konnte, schien ich immer früher wach zu werden. Ich zwang mich, nicht noch einmal auf die Uhr zu schauen. Astrid hatte einen eingebauten Zeitschalter. Sie wurde immer um halb acht wach und stand dann sofort auf. Zeitschalter, wie viele hatten wir davon verkauft? Vor fünf Jahren oder so hatten wir einen im Angebot, der ging wie geschnitten Brot. Auf einmal kam mir ein Gedanke, der jemandem anders völlig selbstverständlich erschienen wäre, mir aber wie eine Erleuchtung vorkam. Warum sollte ich auf Astrids internen Wecker warten? Das hatte ich gut vierzig Jahre lang getan, und was hatte es gebracht? Welchen Nutzen hatte ich davon gehabt? Vielleicht so etwas wie ein Gefühl der Verbundenheit, der Zusammengehörigkeit. Das aber hatte nicht ausgereicht, um mit ihr über die Befreiung oder die Zeit danach reden zu können.

Über den Krieg haben wir gesprochen. Merkwürdigerweise war der Krieg unverfänglich. Astrid war in Amsterdam aufgewachsen, und in ihren Erzählungen ging es meistens um den Hungerwinter. Hunger hatte ich während des Krieges nie gehabt. Jedenfalls erinnerte ich mich nicht daran. Natürlich, die Lebensmittel waren knapp, aber das war nach dem 5. Mai nicht viel anders.

Sie lag nun mir zugewandt. Ihre Oberlippe bewegte sich leicht beim Ausatmen. Ein freundlicher, unschuldiger Ausdruck lag auf ihrem Gesicht. Ich schlug meine Decke beiseite, stand aber nicht gleich auf. Erst als mir durch und durch kalt war, verließ ich das Bett. Es war zehn vor sieben. Ich zog meinen Morgenmantel an und schlich aus dem Schlafzimmer.

»So, hier können die zumindest nicht mehr sagen: *Wir haben es nicht gewusst.* Endlich Anerkennung. J. Lesterhuis, Tanzlehrer in Groningen, Lagernummer 2867, kann einen Schlussstrich unter seine Vergangenheit ziehen.« Diese Zeitung war von voriger Woche. Ich hatte die alten Zeitungen aus dem Schrank im Flur geholt und suchte nun die Artikel über den Krieg und die Befreiung heraus, als handle es sich um eine Aufholjagd. Noch vor gut einer Woche war ich mit dem Shopper beim Altpapiercontainer gewesen. Viele Zeitungen hatten wir also leider nicht mehr. Was hatte ich alles weggeworfen, ohne es zur Kenntnis genommen zu haben? Welche Erzählungen, Anekdoten und Betrachtungen waren mir entgangen? Jedenfalls nicht dieser Artikel über das deutsche Arbeitserziehungslager Lahde, in dem rund einhundert Niederländer zu Tode gekommen waren. Jener J. Lesterhuis,

der ausgerechnet Tanzlehrer in Groningen war, hatte dieses Lager überlebt.
Tanzstunden … Wir sechs waren zusammen zum Tanzunterricht gegangen. Wenn wir nicht mussten, dann tanzten Sytze, Johan, Henk und ich nicht mit anderen Mädchen, so dass zwei von uns immer am Rand saßen. Wie hieß der Tanzlehrer auch gleich wieder? Barendregt, ja, Barendregt war sein Name. Er führte die Tänze immer mit seiner Frau zusammen vor, von der ich mir jetzt kein Bild mehr machen konnte. Ich erinnerte mich nur noch an einen sich hin und her bewegenden schwarzen Haarschopf. Manchmal tanzte Barendregt mit einem der Mädchen: »Er drückt einen immer ganz fest an sich«, hatte Ineke gesagt. »Barenschlecht«, sagte Sytze. Danach hatten wir Barendregt immer nur Barenschlecht genannt. Einmal hatte ich den Namen sogar meiner Mutter gegenüber gebraucht. »Ich muss Barenschlecht diesen Monat noch bezahlen.« Sie hatte mich verständnislos angesehen.
Ich las weiter in dem Artikel über den anderen Tanzlehrer, Lesterhuis. »Lesterhuis trifft zum ersten Mal, seit er im Lager war, seinen Groninger Kameraden M. Tulp, Lagernummer 2879. Er erinnert sich nicht mehr an Lesterhuis, aber die Erinnerungen an das gemeinsam Erlebte waren die gleichen.« Gemeinsam Erlebtes, darum ging es. Das, was man mit anderen teilte, was man gemeinsam erlebt hatte. »Tulp hatte man hier derart ins Gesicht geschlagen, dass er auf einem Auge erblindete. Jahrelang hat er sich später um eine Stelle beworben, bis er schwarz wurde. Deshalb hat er dann irgendwann in Belgien einen Campingplatz übernommen. Als er das körperlich nicht mehr schaffte, hat er von der ›Stiftung 1940–1945‹ eine Rente bekommen.« Ein Arbeitserziehungslager, dahin

wollten uns damals auch viele Menschen schicken, weil mit uns wohl offensichtlich etwas nicht stimmte. Sonst wäre so etwas Schreckliches doch nie passiert.

»Warum hast du nicht schon mal Tee gemacht? Ist das zu viel verlangt? Wenn du glaubst, dass ich den ganzen Haushalt mache, während du den lieben langen Tag hier rumsitzt, dann bist du schief gewickelt.« Ich stand auf, setzte mich aber gleich wieder hin. Astrid ging bereits in die Küche. Über meine frühe Flucht aus dem Schlafzimmer hatte sie kein Wort verloren. Vielleicht passte es ihr so sehr gut. Es war schon fast Viertel nach acht. In der Zeitung von vor drei Tagen las ich eine Überschrift: »Blick aus der Nachkriegszeit auf besetzte Stadt. Dreizehn junge Künstler setzten sich mit dem Krieg auseinander«. Ein anderer Artikel berichtete über die steigende Zahl von neorechten Jugendlichen in Deutschland, keine Skinheads, so die Zeitung, sondern »junge Intellektuelle«. Waren wir das auch gewesen?

Astrid deckte den Frühstückstisch. »Kommst du essen?«

Ich hatte keinen Appetit, setzte mich aber doch zu ihr. Mehr als einen Zwieback und eine Tasse Tee würde ich nicht runterkriegen.

»Was willst du mit den ganzen alten Zeitungen?«, fragte Astrid.

»Ich wollte nur kurz was suchen, etwas, das ich zu lesen vergessen habe.«

»Worüber?«

»Über den Krieg … oder eigentlich über die Befreiung.«

»Hm.« Sie biss in ihr Marmeladenbrot. Etwas Marmelade blieb in ihrem Mundwinkel kleben.

»Ich habe eigentlich nie etwas darüber gelesen, es hat mich nicht interessiert«, sagte ich, »aber auf einmal … Ich weiß nicht, warum, aber plötzlich finde ich es interessant.«
Ich hoffte, sie würde mir Fragen stellen, würde diese Gelegenheit, miteinander zu reden, nutzen, aber sie wollte nur wissen, ob ich noch eine Tasse Tee wollte. Mit dem Handrücken wischte sie sich die Marmelade aus dem Mundwinkel und schenkte Tee ein. Auf ihrer Hand war ein roter Fleck, als hätte sie ein wenig geblutet.
»Das war so eine komische Zeit«, fuhr ich verzweifelt fort. »Es passierten die merkwürdigsten Dinge.«
Astrid trank ihren Tee und strich sich ein Brot. »Ich gehe heute Abend mit Toos in die Oper. *L'italiana in Algeri* von Rossini … eine interessante Inszenierung.«

Dem Drang, alle relevanten Artikel auszuschneiden, hatte ich widerstanden. In einer Plastiktüte trug ich den kleinen Stapel zum Altpapiercontainer. Auf einer Bank in der Nähe des Containers saß eine grau aussehende Frau mit einem Einkaufswagen aus dem Supermarkt, in dem etliche nicht identifizierbare, in Plastik eingeschweißte Gegenstände lagen. Der Wagen war offenbar sehr schwer. An den Seiten waren ein paar Pakete festgebunden und eine Plastiktüte, auf der mit großen Buchstaben »ICH GEHE ZU EDAH« stand. Die Frau, deren Alter undefinierbar war – sie konnte vierzig sein, aber auch siebzig –, schleppte vermutlich ihre ganze Habe mit sich herum. Ich setzte mich einen halben Meter von ihr entfernt auf die Bank. Sie sah mich feindselig an und beugte sich anschließend wieder über ein kleines Heft, dessen Seiten vollständig mit einer winzigen Handschrift bekritzelt waren. Ab und zu murmelte die Frau etwas vor sich hin und nickte zustimmend. Als ich etwas näher zu ihr herüberrückte, weil ich versuchen wollte, auch in dem Heft zu lesen, sagte sie mit knarrender Stimme: »Hau ab, verschwinde! Mit mir nicht!«

Da lag ein Zettel: »Ich bin in die Stadt.«
Ich machte Kaffee und stellte mich mit meiner Tasse ans Fenster. Mit meinem Zeigefinger strich ich über die Fensterbank. Staub. Aufräumen und Staubwischen hatten nie zu Astrids Lieblingsbeschäftigungen gehört. Ein Mann versuchte seinen Wagen in eine Parklücke zu manövrieren, die viel zu klein war. Fünf Minuten lang beobachtete ich seine vergeblichen Bemühungen. Vielleicht sollte ich mich heute einmal daranmachen, das Firmenarchiv aufzuräumen. Das hatte ich schon seit Wochen vor, konnte mich aber nicht dazu durchringen. Die Kartons standen im Gästezimmer. Wenn man die Tür geschlossen hielt, sah man sie nicht. Dann existierten sie auch nicht, dann gab es kein Archiv. Ich hatte Astrid den Vorschlag gemacht, alles komplett abholen und vernichten zu lassen, aber davon wollte sie nichts wissen: »Es war Vaters Lebenswerk.«
»Aber warum müssen wir es denn verwahren? Dein Vater lebt nicht mehr und die Firma auch nicht.«
»Du musst die Sachen ordnen«, hatte sie geantwortet. »Wichtige Dinge solltest du aufbewahren, zum Beispiel ein Exemplar von jedem Prospekt.«
Ich stellte die leere Kaffeetasse auf die Anrichte und ging ins Gästezimmer. Kartons. Kartons mit Rechnungen, Bestellungen, Verträgen, Geschäftsvereinbarungen, Genehmigungen, Anzeigen, Prospekten, Broschüren, Akten und und und …

Eine Vergangenheit, festgehalten auf Papier. Vielleicht nahm Astrid es mir übel, dass die Firma Pleite gegangen war. Sie hatte es nie ausdrücklich gesagt, aber ich vermutete, dass sie mir die Schuld an dem Bankrott gab. Falsche Entscheidungen waren gefällt worden, aber wem passiert das nicht? Wir hätten zum Beispiel nie in das neue Gebäude umziehen dürfen. Damit hatten wir uns übernommen. Alle Entscheidungen hatte ich zusammen mit Hein getroffen. Der hatte nicht einmal mehr das Ende der Firma erlebt. Er hatte sich die Probleme so zu Herzen genommen, dass jeden Tag ein kleines Stück von ihm starb, bis ihm ein Infarkt den letzten Stoß versetzte. Ob Astrid mich auch dafür verantwortlich machte?

Ich öffnete einen der Kartons. Rechnungen, nichts als Rechnungen. Welchen emotionalen Wert konnten die noch haben? Ich räumte eine Ecke des Zimmers für all das frei, was wegkonnte. Aus der Küche holte ich eine Mülltüte und schüttete die Rechnungen hinein. Alle Papiere, die ich verwahren wollte, kamen in einen Karton.

Bestelllisten. Einpolige Schalter, zweipolige, Wechselschalter, Reihenschalter. Das war mein Leben gewesen. So billig wie möglich einkaufen und so teuer wie möglich verkaufen, eigentlich ganz einfach. Ein Kinderspiel. Vielleicht hatte ich deshalb in die Firma eintreten können. Magnetschalter, Hilfsrelais, Verteilerdosen. Wir waren seinerzeit auf einem riesigen Berg gusseiserner Verteilerdosen sitzen geblieben, als es schon längst welche aus Kunststoff gab. Die waren außerdem billiger. Nicht mal zu Schleuderpreisen konnte man diese gusseisernen Scheißdinger noch loswerden. Schwer wie Blei war das Zeug. Die Dreifachstecker hatten wir wenigstens noch absetzen können, bevor sie damals verboten wurden. Auf fast jedem Markt konnte man am Ende Dreifachstecker kaufen. Aber wir hatten ordentlich Verlust gemacht, das schon.

Prospekte mit Armaturen, die unter Putz und über Putz montiert werden konnten. Für mich waren es in erster Linie Namen und die entsprechenden Beträge auf Rechnungen. Ein Bastler war ich nie gewesen. Wenn wir zu Hause Probleme mit der Elektrik hatten, ließ ich einen Elektriker kommen. Einen neuen Stecker an ein Kabel montieren, mehr machte ich nicht. Hein konnte das nicht verstehen. Der tat nichts lieber, als mit all dem, was wir im Lager hatten, zu tüfteln und zu basteln. Alarmanlagen mit Rauchmeldern. Alarmsirenen und -lampen. Wir selbst hatten unseren Betrieb dummerweise so schlecht gesichert, dass einmal eingebrochen wurde. Hein hatte die Installation gemacht. »Damit sparen wir wieder ein paar tausend Gulden ein«,hatte er gesagt. Gleich nach dem Krieg gab es noch keine Alarmanlagen. Jedenfalls sind wir auf unseren Zügen nie einer begegnet. Auch die Schlösser waren damals noch lächerlich primitiv. Johan konnte problemlos passende Schlüssel organisieren; exakte Kopien der Originalschlüssel brauchte man damals nicht. Besorgte er sie sich nicht in der Eisenwarenhandlung seines Onkels?

Der Prospekt über die Amstrad-Antennenschüssel. Die Schüsseln, das war auch ein ziemlicher Reinfall gewesen. Wegen all der neuen Sender, die nicht über Kabel empfangen werden konnten, sah es so aus, als wären diese Antennen eine kleine Goldgrube, doch innerhalb kürzester Zeit gab es fast alle Programme über Kabel. Zehntausende von Gulden

hatten wir dabei verloren. Scanner und Adapter. Von jedem Prospekt legte ich ein Exemplar in den Sammelkarton.
Ich öffnete den nächsten Karton. Unbezahlte Rechnungen und dubiose Schuldner. Kunden, die Pleite gegangen waren. Ich fand eine Kopie vom Kaufvertrag unseres zweiten Firmengebäudes auf dem Zeeburgerdijk. Auch in den Karton.
Aus dem Flur kamen Geräusche. Astrid fing an zu singen, mit hoher und klarer Stimme. Mucksmäuschenstill blieb ich sitzen.

4

Fast alle fühlten sich noch verlorener als nach den Sommerferien. Vorgestern hatte in der Zeitung gestanden, dass heute die Schule wieder anfinge, und wer es nicht in der Zeitung gelesen hatte, dem hatte es ein Mitschüler erzählt. Henk hatte keine Lust, wieder zur Schule zu gehen. So wie es in den letzten sechs Monaten gelaufen war, gefiel es ihm besser: Jeden Tag kurz in die Schule, um die Hausaufgaben abzugeben und die vom letzten Mal, die der Lehrer inzwischen nachgesehen hatte, abzuholen. Warum konnte man es nicht immer so machen? Dann könnte man auf der Stelle die Hälfte der Lehrer entlassen.

Jetzt ging die wirkliche Arbeit wieder los und die echte Langeweile: stundenlang in der Bank hängen und Lehrern zuhören, die den Lehrstoff zu einem unappetitlichen Klumpen wiederkäuten. Manche brachten es sogar fertig, die verständlichen Passagen eines Buches so zu erklären, dass sie unverständlich wurden. So gesehen bedeutete Befreiung Unfreiheit, Gefangenschaft. War das etwa der Sinn des Ganzen gewesen? Er suchte die anderen, konnte sie aber nicht finden. Zusammen mit Ineke war er zur Schule gelaufen, aber sie war jetzt auch in der Menge ungeduldiger Schüler verschwunden.

»He, Henkie!«, sagte Anton Verdam, ein Klassenkamerad. Henk ignorierte ihn. Er lief zwischen den anderen Schülern

umher, bis er Johan und Sytze gefunden hatte. Johan hatte keine Tasche dabei.
»Keine Bücher mitgenommen?«, fragte Henk.
Johan schüttelte den Kopf.
»Und was, wenn sie dich nach Hause schicken?«
»Gerne, aber das tun sie nicht, das wagen sie nicht.«
Sytze sah Johan bewundernd an.
»Ich hab gestern Abend eine schöne Geschichte gehört«, sagte Henk, »von meinem Vetter Simon. Zwei Kinder spielen mit einem Hackblock und einem Beil.« Er wartete einen Moment, um zu sehen, ob Johan und Sytze neugierig geworden waren. »›Leg mal deine Hand auf den Block‹, sagt der eine Junge, und der andere tut es. Der Junge, der das Beil hat, denkt, der andere wird seine Hand schon zurückziehen, und der andere denkt, der mit dem Beil wird bestimmt nicht hauen. Sie irren sich alle beide. Zack …« Mit einer Gebärde ahmte Henk das Hacken nach, »… Hand ab.«
Sytze fing an, fürchterlich zu lachen.
»Kannst du dir das vorstellen«, fragte Henk. »Zack, Hand ab.«
Sytze hielt sich den Bauch vor Lachen. »Hör auf«, war das Einzige, was er herausbringen konnte.
Peter stieß zu den anderen. Er war oft der Letzte, als wollte er erst mal abwarten, was passierte. »Was ist denn so lustig? Doch nicht etwa die Schule?«
Henk erzählte die Geschichte noch einmal. Sytze machte sich aus dem Staub. Es wurde ihm offensichtlich zu viel.
Die Schulglocke läutete, und sie wurden alle in die Turnhalle dirigiert, die auch als Aula diente. Die Schüler des siebten und achten Schuljahrs mussten sich vorne auf den Boden

setzen. Die anderen standen dahinter. Im Gedränge hatte Henk die anderen verloren. Er stand gegen die Sprossenwand gelehnt. Turnen würden sie bald auch wieder haben, all diese dämlichen Übungen. Van Vliet kam aus der Gruppe der Lehrer nach vorne. Bruinestijn war natürlich nicht dabei, doch auch Lakeman, ihren Physiklehrer, konnte Henk nirgendwo entdecken. Er hatte gehört, dass Bruinestijns Tochter auf dem Marktplatz kahl geschoren worden war, weil sie ein Verhältnis mit einem Deutschen gehabt hatte. Ihren Kopf hatte man mit roter Mennige eingeschmiert. Schade, dass er nicht dabei gewesen war. Stading stand ein wenig abseits von den anderen Lehrern, seine dunklen Augen funkelten heftiger als sonst, als brenne eine schwarz glimmende Flamme hinter seinen Pupillen.
Van Vliet räusperte sich. »Darf ich um eure Aufmerksamkeit bitten?« Das Gemurmel verstummte. «Heute ist ein besonderer Tag, ein ganz besonderer Tag. Heute könnt ihr nämlich nach über fünf Jahren zum ersten Mal in Freiheit zur Schule gehen. Ihr habt dadurch die Möglichkeit, beim Aufbau der Zukunft unseres schönen Vaterlandes mitzuhelfen. Nun, da ihr und eure Eltern die Geißel des Terrors zu spüren bekommen habt, werdet ihr umso mehr den Wert unserer freien Gesellschaft schätzen lernen. Wir dürfen hoffen und erwarten, dass es euch gelingt, euer Verhalten in der Schule diesem Bewusstsein anzupassen.« Van Vliet sprach, als habe er einen wichtigen Beitrag zum Sieg über die Deutschen geleistet, während er sich in Wirklichkeit die ganze Zeit über schön ruhig verhalten hatte. Stadings Miene drückte Verachtung aus. Er sah aus, als wolle er nicht dazugehören.
Henk tastete mit seinem Blick die Umstehenden ab. Fast alle

Schüler sahen mit ernstem Gesichtsausdruck zu Van Vliet hinüber. Ein paar Meter entfernt stand Wijnand de Boer. Gerüchten zufolge hatte sein Vater den Moffen geholfen, aber allem Anschein nach lauschte Wijnand ebenso ernsthaft wie die anderen.

Van Vliet sprach jetzt über Bruinestijn, der sich nicht »wie ein guter Patriot« verhalten hatte. »Auch Herr Lakeman wird eine ganze Zeit nicht in unserer Mitte sein, aus Gründen, die bestimmt jeder von euch nachvollziehen kann. Weiter darf ich noch mitteilen, dass es wieder genauso viele Deutschstunden wie vor dem Krieg geben wird. Das bedeutet, dass auch der Französischunterricht wieder die gleiche Stundenzahl hat wie früher. Das fünfte Schuljahr hat vorläufig keinen Deutschunterricht …«

»Nie mehr Deutsch«, klang es leise, aber doch skandierend. »Nie mehr Deutsch.« War das nicht Johans Stimme? Henk versuchte es kurz, aber niemand stimmte in das zaghafte Rufen ein. Van Vliet schaute verwirrt im Saal umher und sagte dann: »… bis wir andere Anordnungen erhalten.«

Ein wenig albern saßen sie in der Klasse und warteten darauf, dass Van Baar hereinkam. Die Bänke schienen geschrumpft zu sein. Die sechs Freunde hatten sich zusammengesetzt.

»Seid ihr immer noch miteinander verheiratet?«, fragte Eduard Molenaar.

Sytze ging zu ihm hin, nahm seine Tasche und kippte sie aus. »Eine kleine Warnung.«

Van Baar kam herein, als Eduard dabei war, seine Sachen wieder in die Tasche zu packen. »Soso, Molenaar, hast wohl während des Krieges verlernt, wie man seine Tasche ordentlich festhält?«

»Nein, nein, Herr Lehrer, sondern ...«
»Sondern was?«
»Ach nichts, Herr Lehrer ... ein kleiner Unfall.«
Offensichtlich hielt Van Baar es für notwendig, den Vortrag von Van Vliet noch einmal in eigenen Worten zu wiederholen. Er ging dabei mit großen Schritten durch die Klasse und unterstrich seine Ausführungen mit weit ausholenden Gebärden.
Henk nahm seinen Füllfederhalter und schrieb die Geschichte von dem Hackblock und dem Beil auf ein Blatt Papier und bat Gerard van Dijk, es an Trudy weiterzugeben. Er beobachtete ihr Gesicht, während sie las. Erst war sie entsetzt, dann fing sie an zu lachen und hielt sich die Hand vor den Mund.
»Was ist los, Trudy?«, fragte Van Baar.
»Nichts, Herr Lehrer.«
»Wenn nichts ist, warum lachst du dann? Was ich hier über unsere verschleppten Landsleute erzähle, ist doch wohl keine lustige Geschichte. Oder findest du das lustig?«
Trudy schüttelte den Kopf.
»Was sagst du?«
»Nein, Herr Lehrer.« Henk sah, wie sie versuchte, das Blatt, auf dem die Geschichte stand, in ihre Tasche zu stecken.
»Was hast du da?«
»Nichts, Herr Lehrer.«
Van Baar kam von seinem Podest herunter und ging zu Trudys und Inekes Bank. »Nichts, Herr Lehrer, nein, Herr Lehrer, nichts, Herr Lehrer: Das fängt an, mich zu langweilen, verstehst du?«
Trudy nickte.

»Gib mir das mal, was du da gerade in deine Tasche gesteckt hast.«
Trudy zögerte. Henk rechnete sich seine Chancen aus. Würde sie seinen Namen nennen oder ihn aus dem Spiel lassen? Schließlich reichte Trudy Van Baar das Blatt. Er strich es glatt und begann stirnrunzelnd zu lesen. Die Falten auf seiner Stirn wurden immer tiefer. Henk beobachtete es genau. Jeden Augenblick konnte Van Baars Stirn vor lauter Wut und Verärgerung über das, was er gerade las, auseinander bersten. Was würde dabei alles herausgeschleudert werden? Was steckte wohl in diesem Schädel? Lauter Figuren, Formeln und Berechnungen? Van Baar machte ein paar Schritte auf sein Pult zu, drehte sich aber gleich wieder um und kam zurück.
»Das ist ...« Van Baar blickte verzweifelt durch die Klasse. »So etwas Schändliches, Krankes liest du, während unsere Gedanken bei den Gefallenen sind, bei denjenigen, die mit ihrem Leben für unsere Freiheit bezahlt haben.«
Henk sah zu der Stelle an der Wand hinüber, wo der Winkelmesser und die Lineale hingen. Nachher würde Van Baar damit wieder allerlei Figuren an die Tafel zeichnen. Henk hatte das Gefühl, sein Kopf könne sekündlich in Brand geraten. Der Schweiß lief ihm in Rinnsalen über den Rücken.
»Von wem stammt das?«, fragte Van Baar.
»Von eh ... von mir«, sagte Trudy.
»Hast ... hast du das geschrieben?«
Trudy antwortete nicht.
»Ist das deine Handschrift?«
»Nein.«
»Von wem stammt das also?«

»Ich weiß es nicht«, sagte Trudy.
»Sieh mich an, wenn du mit mir sprichst.«
»Ich weiß es nicht.«
»Irgendein Heinzelmännchen hat dir also dieses Blatt einfach so auf dein Pult gelegt.« Van Baar fuchtelte mit dem Papier vor Trudys Augen herum. Gemurmel breitete sich in der Klasse aus. Jeder fragte sich natürlich, was auf dem Blatt stand.
»Ruhe!«, brüllte Van Baar. »Absolute Ruhe! Ineke, weißt du etwas darüber?«
»Nein, Herr Lehrer.«
»Ihr seid also fest entschlossen, nichts zu sagen. Das kann euch teuer zu stehen kommen, meine Damen. Wisst ihr das?«
Sie nickten gleichzeitig.
»Dann werde ich euch wohl zu Herrn Van Vliet schicken müssen, und der wird dann schon die entsprechenden Maßnahmen ergreifen.«
Trudy und Ineke packten ihre Sachen zusammen.
Henk stand auf. »Ich habe das geschrieben, Herr Lehrer. Sie können nichts dafür.«

Sein Zimmer war auch für Ineke verbotenes Terrain. Sie saß wahrscheinlich unten. Oder war sie zu Trudy gegangen? War die auch bestraft worden, oder hielt man sie bloß für ein Opfer? Langsam wurde es kühler. Er legte sich wieder aufs Bett. Den ganzen Morgen hatte er im Zimmer von Van Vliet gesessen. Der hatte mit ihm zunächst über diese »skandalöse Geschichte« gesprochen. Sie sei das »Produkt eines kranken Geistes«. Besonders schlimm sei, dass er sie am ersten Schultag nach der Befreiung herumgereicht habe. Van Vliet sprach das Wort »Befreiung« in einer Weise aus, als wollte er ihm allein durch den Tonfall ein besonderes Gewicht, eine spezielle Bedeutung verleihen. Am schlimmsten aber sei, dass er das Blatt zwei Mädchen gegeben habe, obwohl er doch wissen müsste, wie sehr die Geschichte sie hätte schockieren können. »Wieso?«, hatte Henk gefragt. »Ich stelle hier die Fragen, Rotznase. Wir werden in deinem Fall hart durchgreifen, Henk Duindam. Auf einen groben Klotz gehört ein grober Keil.«

Henk hörte unten seinen Opa schlurfen und stöbern. Ab und zu drangen Fetzen seines sinnlosen Gebrabbels zu ihm hinauf. Vom Gaubenfenster aus betrachtete er die Gärten der Häuser, die hinter ihrem Haus lagen. Zu seinem Vergnügen sah er einen Nachbarn Holz hacken. Aber die Öfen wurden doch nicht mehr geheizt? Und wo hatte der das Holz her? Henk legte sich wieder aufs Bett. Van Vliet hatte sich eine ganze Weile nicht über die Art der Bestrafung geäußert. Henk hatte Mathematikaufgaben und Übungen aus seinem französischen Übersetzungsbuch aufbekommen und einen Aufsatz schreiben müssen. Der Titel des Aufsatzes lautete natürlich »Befreiung«. Er hatte sich alle Mühe gegeben, möglichst viele Heldentaten aufrechter Patrioten zu erwähnen, doch Van Vliet hatte den Aufsatz nicht einmal gelesen. Als um Viertel vor zwölf die Glocke läutete, durfte er nach Hause gehen, aber am Nachmittag musste er sich wieder bei Van Vliet melden. Bis fünf Uhr hatte er in der Schule bleiben müssen. Ineke hatte einen Brief mit nach Hause bekommen.

Plötzlich meinte Henk draußen flüsternde Stimmen zu hören. Er öffnete das Fenster. Der Nachbar verschwand gerade mit einem Stapel Holz in seinem Schuppen. Auf dem schma-

len Weg zwischen den Gärten standen Johan, Sytze und Peter. Letzterer ein Stückchen weiter hinten, als wollte er sicherstellen, dass er sofort weglaufen konnte, sollte Gefahr drohen.
»Wie geht es dir?«, fragte Sytze.
»Es geht so.«
»Darfst du zur Schule gehen?«
»Nur zur Schule, ansonsten muss ich zu Hause bleiben.«
»Trudy findet es toll, was du getan hast.«
Sein Vater trat aus der Hintertür. »Was soll das, Jungs?«
»Wir wollen zu Henk.«
»Das ist mir klar, aber ich möchte nicht, dass ihr euch in den nächsten Tagen hier blicken lasst.«
»Aber wir wollen doch nur …«
»Habt ihr gehört, was ich gesagt habe?«
»Ja, Herr Duindam.«
Henks Vater schaute zum Fenster hinauf. »Und du machst das Fenster zu! Auf der Stelle!«
Henk legte sich wieder aufs Bett und zog die Tagesdecke über sich. Als die Schule aus war, hatte Van Vliet ihm eine lange Predigt gehalten. Darüber, dass man ein Ziel im Leben haben müsse, über den Sinn des Daseins, über junge Menschen, die die Zukunft gestalten könnten, wenn sie dem Leben positiv gegenüberstünden, über den Halt, den Gott einem geben könne (»Gehst du denn noch in die Kirche?«
Henk hatte den Kopf geschüttelt. »Glaubst du denn an Gott?«
»Ja«, hatte er gesagt, um es hinter sich zu haben), darüber, dass man gemeinsam anpacken müsse, über Familie, über böse Gedanken und düstere Vorstellungen, die man tunlichst

von sich fern zu halten habe. »Du hast schon einen gewissen Ruf, Henk Duindam, wie du wahrscheinlich weißt. Einmal bist du schon sitzen geblieben, unter anderem wegen deines Betragens. Und man hat sich bereits früher über dich beschwert. Und nicht nur über dich, sondern auch über deine Freunde … Wie heißen die noch gleich?« Henk reagierte nicht. »Du solltest dir vielleicht andere Freunde suchen, andere Mitschüler, die dir Anregungen geben und dir helfen können. Wer Pech angreift, besudelt sich.« Henk verstand nicht, wobei man ihm helfen sollte.

Seine Mutter kam herein und stellte wortlos einen Teller mit zwei Butterbroten und einen Becher Milch auf den wackligen Tisch.

Als sie die Tür wieder hinter sich geschlossen hatte, sagte er: »Zack … Hand ab«, und fing an, fürchterlich zu lachen.

5

Je näher ich meinem Ziel kam, desto eindringlicher fragte ich mich, ob es gut war, was ich da tat. Was hatte ich dort zu suchen? Wollte ich mich auf die Probe stellen? Wollte ich etwas beweisen? Und wenn ja, wem? Ein einziges Mal war ich noch dort gewesen, weil ich Astrid zeigen wollte, wo ich meine Jugend verbracht hatte, wo ich zur Schule gegangen war, wo das Kino (»Tivoli«) stand, das wir ab und zu mal besucht hatten, dass die Fischkutter fast vollständig von den Segelbooten verdrängt worden waren. Wir standen, wohlgemerkt, neben dem Leuchtturm auf der Hafenmole. Sie fragte mir ein Loch in den Bauch, während ich so schnell wie möglich wegwollte, weit weg von diesem Leuchtturm. Obwohl es unsinnig war, prüfte ich, ob auf den Basaltblöcken irgendwelche Spuren zu sehen waren. Die Sitzbank war erneuert worden. Auf ihr war eine Plakette befestigt, der man entnehmen konnte, dass diese Bank ein Geschenk der Papierfabrik war. Der Speicher. All dem konnte man unmöglich aus dem Weg gehen, aber sofort wieder wegfahren war ebenfalls ausgeschlossen.

Von der Veepoort aus konnten wir den Bunker sehen. Aber über dieses unverwüstliche Bauwerk aus Beton hatte ich nichts erzählt und erst recht nichts über all das, was dort passiert war, dass der Bunker im Grunde mein Leben bestimmt hat. Warum sollte ich? Es hatte keinen Sinn. Niemand hatte

es verstanden, und ich selbst schon gar nicht. Damals nicht und auch heute noch nicht. Ich hatte das Ganze sowieso nur halb mitbekommen. Ich hatte daneben gestanden, ohne genau zu verstehen, was da passierte, ganz zu schweigen vom Warum.
Mir gegenüber saß eine Frau, die ein Kreuzworträtsel löste. Sie war ungefähr in meinem Alter. Vielleicht hatte sie die gleiche Schule besucht, vielleicht war sie sogar in meiner Klasse gewesen. Ich betrachtete sie eingehend. Ihr Haar war vermutlich getönt. An den Haarwurzeln meinte ich Grau zu entdecken. Sie sah auf. Wurde sie rot?
»Eh … Staatsstreich mit sechs Buchstaben«, sagte sie. Ich überlegte kurz. »Putsch … P, U, T, S, C, H.«
»Ja, das kann sein, vielen Dank.«
Ich sah zum Fenster hinaus. Alle Dörfer waren mit identischen Neubauvierteln erweitert worden, als würde man bestraft, wenn man vom Muster abwich: viele weiße Häuser, Doppelhäuser mit Garage. Hin und wieder entdeckte ich etwas Vertrautes: eine Auktionshalle, die nicht mehr benutzt wurde, einen alten Kirchturm, eine schmale Straße, auf beiden Seiten von Weiden gesäumt. Noch ein paar Kilometer, dann waren wir da. Ich hatte mir nichts Konkretes vorgenommen. Ich konnte einfach so wieder nach Hause fahren. Astrid hatte ich gesagt, ich wolle ein paar Freunde von früher besuchen. »Fein«, hatte sie geantwortet, wahrscheinlich war sie froh, mich für einen Tag los zu sein. »Ich weiß noch nicht, wann ich zurück bin.«
»Schau einfach. Du kannst dir dein Essen ja schnell in der Mikrowelle warm machen. Oder du gehst in ein Restaurant. Vielleicht habe ich keine Lust zu kochen.«

Ich könnte mich ins Bahnhofsrestaurant setzen, Kaffee trinken und den nächsten Zug zurück nehmen. In Amsterdam könnte ich mir dann in einem Kino die Nachmittagsvorstellung ansehen. Das hatte ich kürzlich schon mal gemacht, als das Gefühl der Beklemmung weiter zunahm. Damals hatte ich mir einen Historienfilm über einen Aufstand in England oder Schottland angesehen, mit viel Schwerterklirren und Hunderten von Toten.

»Unerbittlich«, sagte die Frau.

»Unerbittlich?«, fragte ich. »Wieso?«

Sie zeigte auf ihr Kreuzworträtselheft. »Sieben Buchstaben.«

»Keine Ahnung. Ich bin nicht sonderlich gut in solchen Dingen.«

»Was können Sie denn gut?«, fragte die Frau.

Ich fand ihre Frage ziemlich indiskret und wusste nicht recht, wie ich darauf reagieren sollte. Der Zug verlangsamte bereits seine Fahrt. Ich stand auf, um meinen Mantel anzuziehen. Die Frau steckte ihr Kreuzworträtselheft in die Tasche und nahm ihren Mantel. Unentschlossen hielt sie ihn in den Händen. Ich nahm ihn ihr ab und half ihr hinein.

»Vielen Dank.«

»Bitte sehr.«

Der Zug bremste plötzlich kräftiger, so dass sie halb auf mich fiel.

»Entschuldigung«, sagten wir fast gleichzeitig.

Vom Bahnhof aus war ich in die Stadt gegangen. Kurz. hatte ich den Leuchtturm gesehen, aber rasch den Blick abgewandt. Blitzartig tauchte auch das Bild eines einsamen Mannes auf, der von der Hafenmole aus angelte. Zunächst beeilte ich mich, als hätte ich ein bestimmtes Ziel vor Augen, das ich möglichst schnell erreichen wollte, dann aber ging ich langsam und bedächtig weiter: ein Tourist, der alle Zeit der Welt hat, sich in Ruhe umzusehen. Wenn ich früher über die Vergangenheit nachgedacht hatte, dann war mir fast nichts eingefallen; jetzt jagte eine Erinnerung die nächste. Die Apotheke gehörte nicht mehr Schuitemaker. Karel Schuitemaker war in meiner Klasse gewesen, ein blasser Junge mit ängstlichem Blick und ein vollkommener Außenseiter. Bei Klassenarbeiten legte er immer seinen Arm schützend um sein Blatt, damit auch nur ja niemand davon profitierte, dass er seine Hausaufgaben stets ordentlich gemacht hatte. Nie hatte ich ihn ein böses Wort über die Deutschen sagen hören, ein gutes übrigens auch nicht. Es war, als ob er den Begriff »Moffen« nicht kannte. In dem Haus, da hatte Bruinestijn gewohnt, bevor er verhaftet wurde. Wie man hört, hat er nach dem Krieg zwei Jahre in einem Lager gesessen. Dort, das Möbelgeschäft von Thijssen. Immer noch Betten im Schaufenster, das nicht besonders lebensnah dekoriert war. Ob Bert Thijssen jetzt das Geschäft leitete? Bert, der zwei Jahre vor mir eingeschult worden, aber zweimal sitzen geblieben war, so dass wir schließlich in der gleichen Examensklasse saßen. Wenn er sich zur Ruhe setzte, würde das Geschäft wahrscheinlich schließen. Auf der Fassade des Hauses schräg gegenüber konnte man noch die vergilbten Buchstaben der Worte »Galeries Modernes« lesen, aber ein Geschäft gab es darin nicht mehr. Dort kauften wir immer unsere Schreibwaren. Einmal waren wir zu sechst hineingegangen, nachdem wir verabredet hatten, etwas zu klauen. Trudy und Ineke sollten die beiden Verkäuferinnen ablenken, damit wir ungestört diverse Dinge in unsere Jacken stecken konnten. Als wir im Laden waren, sahen wir einander an. Sytze schüttelte den Kopf. Ich hatte bereits ein Etui mit Bleistiften, Radiergummi und Spitzer in der Hand, aber er gab mir ein Zeichen, es wieder hinzulegen. Und wenn Sytze sich nicht traute, dann ging es nicht.

Dort war die Wohnung von Damhuis. Wenn ich meine Augen schloss, waren wir wieder drinnen. Ich spürte die seltsam flirrende Spannung und hörte unseren unruhigen Atem, der stockte, als sich damals die Flurtür öffnete. War es also doch bei Damhuis schief gegangen?

Jetzt näherte ich mich der Schule. Einen Moment lang erwog ich umzukehren, aber dann nahm ich meinen Mut zusammen. Es war nur ein Gebäude, nichts würde geschehen. Ich war nur ein Tourist, der Zerstreuung suchte und zufällig hier in der Gegend war. Ein Mann kam mir entgegen, der mir irgendwie bekannt vorkam. Ein Mitschüler? Er ging achtlos an mir vorüber. Die Angst, jetzt, nach fast fünfzig Jahren, für etwas zur Verantwortung gezogen zu werden, das mir selbst immer unerklärlich geblieben war, kam wieder hoch.

Das Kino, nun war dort ein Möbelmarkt. Erbarmungsloser Konkurrent von Thijssen, natürlich. Neben dem »Meubelgigant«, im ehemaligen Tabakladen, befand sich jetzt ironischerweise eine Videothek. »*Death Wish III – Der Rächer von New York*«, las ich auf einem Plakat im Schaufenster, »ein schauriger und spannender Thriller, der durch Mark und Bein geht«.

Death Wish, das durfte nicht wahr sein. Ich schloss die Augen und atmete tief durch. Was sollte das? Warum musste ich Astrid unbedingt entfliehen? Auch ich hatte das Recht, nach einem fast zweiundvierzig Jahre währenden Arbeitsleben in Ruhe zu Hause zu sitzen. Ich hielt die Augen geschlossen und rief mir das Bild des Tabakladens vor Augen. Süßigkeiten gab es dort auch zu kaufen, wenn auch nicht viele. Trotzdem gingen wir während der Pause öfter hin. Hinter der Ladentheke stand ein alter, gebeugter Mann, der misstrauisch alle Kinder in seinem Laden beäugte. Wenn es voll wurde, rief er seine Frau, deren Blick noch griesgrämiger war.

Ich ging weiter, vorbei an einer Bank, die keine Bank mehr war, sondern eine Unternehmensberatung: Duindam & Partner. Das konnte doch nicht Henk …?

Henk, *of all people* … Oder sollte das etwa Ineke sein? Vielleicht hatte sie nie geheiratet und war eine selbständige Geschäftsfrau geworden. Aber Ineke und eine Unternehmensberatung? Diese Kombination erschien mir äußerst unwahrscheinlich.

Als ich vor der Schule stand, dachte ich über Henk und Ineke nach, vor allem über Henk, seine merkwürdigen Witze und sein eigenwilliges Grinsen. Ich betrachtete die Fassade, und beinahe verschlug es mir den Atem. Das war unmöglich, da erlaubte sich die Geschichte einen gar zu üblen Scherz, das konnte nicht sein. Doch das Schild, auf dem POLITIE stand, zeigte, dass es sehr wohl möglich war.

»Bitte sehr«, sagte die junge Frau und stellte den Strammen Max vor mich hin. »Guten Appetit.«

Eigentlich waren die Eier nicht richtig durchgebraten. Um das Eigelb herum war das Eiweiß nicht vollständig fest, aber ich fing trotzdem an zu essen. Das war die einzige Möglichkeit, dem leeren Gefühl in meinem Körper entgegenzuwirken. »Mit Salatbeilage« hatte auf der Speisekarte gestanden: eine Tomatenscheibe, drei Silberzwiebeln, ein Stück eingelegte Gurke, zwei Blättchen Salat und ein Klacks geschnitzelte Möhren. An einem anderen Tisch versuchte ein Mann, seinem kleinen Sohn ein Stück Pfannkuchen in den Mund zu stopfen. Die Mutter gab einem Baby die Flasche. »Er ist satt«, sagte sie und zeigte auf den Jungen mit dem Pfannkuchen. »Aber er hat fast gar nichts gegessen«, sagte der Vater. »Komm, Jacco, noch ein paar Happen.«

Zu meiner Zeit war hier auch schon ein Restaurant gewesen. Nicht lange nach Kriegsende war es eröffnet worden. Was gab es hier damals eigentlich zu essen?

Die Erinnerung daran wurde von späteren Ereignissen und Tatsachen überwuchert. »Lunchroom Torenzicht« hieß der Laden damals, jetzt »Snacketaria Prinsheerlijk«. Natürlich, hier war ja auch die Prinsenstraat.

Ich bohrte meine Gabel in ein Stück Brot mit Schinken und etwas flüssigem Eiweiß und steckte es in den Mund. Draußen ging die Frau vorbei, die mir im Zug gegenübergesessen hatte. Sie kam doch nicht etwa herein? Regungslos blieb ich sitzen. Nein, sie ging weiter. Plötzlich kam ich drauf: Unbeirrbar … eiskalt.

Ich fing an zu kauen.

Erneut versuchte es der Mann mit einem Stück Pfannkuchen voller Zucker, aber der Junge schlug ihm die Gabel aus der Hand. Der Mann fluchte leise. Seine Frau schüttelte den Kopf.

Ich hatte meine Milch ausgetrunken, und bis auf die Salatbeilage hatte ich alles aufgegessen. Das Mädchen kam, um abzuräumen. »Hat es Ihnen geschmeckt?«

Es war nicht trocken, und es regnete nicht. Ab und zu verdichtete sich der Nebel zu Regentropfen. Auf der Straße waren vor allem ältere Menschen und junge Frauen mit Babys und Kleinkindern unterwegs, die sie in Kinderwagen und Buggys vor sich herschoben. Ich ging noch einmal durch die Noorderstraat, die alte Geschäftsstraße, die nun zur Fußgängerzone umgewandelt worden war. Hier war ich einmal während der traditionellen Unruhen in der Neujahrsnacht um mein Leben gerannt. Ich hatte die anderen verloren, und zwei Polizeibeamte hatten es plötzlich auf mich abgesehen. Wieso auf mich? Sie liefen hinter mir her. Ich rannte in eine kleine Seitenstraße, aber sie blieben mir auf den Fersen, bis ich über eine lockere Gehwegplatte stolperte. Nachdem sie mir einige peitschende Schläge mit dem Gummiknüppel verpasst hatten, verschwanden sie. Das muss Silvester 1945/46 gewesen sein. Im Jahr darauf gingen wir in der Neujahrsnacht natürlich nicht mehr in die Noorderstraat. Unsere Clique gab es nicht mehr.

Man hatte uns den Umgang miteinander verboten. Außerdem hatten wir keinerlei Bedarf mehr an Konfrontationen mit der Polizei, davon hatten wir mehr als genug. Ich jedenfalls, und ich nehme an, den anderen ging es genauso. Danach hatte man mich in eine andere Stadt geschickt, Johan auch. Unsere Anwesenheit ertrug man nicht, ein Quell der Unruhe und Schande. So war ich mit achtzehn in Amsterdam gelandet.

Es war Viertel nach eins. Wenn ich den Zug um fünf nach

halb nahm, war ich kurz nach drei zu Hause. Pünktlich zum Tee. Wir würden uns gegenübersitzen, und sie würde mich fragen, wen ich alles getroffen hatte. Ich würde so etwas antworten wie: Ach, du kennst sie doch nicht, Jungs, mit denen ich früher zur Schule gegangen bin. Ich könnte etwas über Henk Duindam und seine Unternehmensberatung erzählen. Und wenn sie nicht von Henk war? Astrid konnte das egal sein. Vielleicht hätten wir ein solches Unternehmen beizeiten zu Rate ziehen sollen und hätten so unsere Firma vor dem Konkurs retten können.

Ich bog von der Noorderstraat in die Wilhelminastraat ein und ging anschließend durch die Parkstraat, bis ich zur Veepoort kam. Auf dem hölzernen Schild, das neben der verschlossenen Eingangstür angebracht war, stand in sauber gemalten Buchstaben, dass das Tor vor einigen Jahren restauriert worden war. In der Zeit von Mai bis August konnte man das Gebäude von innen besichtigen. Augenscheinlich waren unter dem Tor und drum herum auch neue Pflastersteine verlegt worden. Ich ging weiter, bis ich nur noch einen halben Kilometer vom Bunker entfernt war. Zum größten Teil war er mit Erde und Gras bedeckt, doch man konnte erkennen, dass es ein Bunker gewesen war. Zunächst schien es, als traute sich niemand dorthin, außer uns sechs. Wie viele Zigaretten wir dort geraucht hatten! Wenn ich daran dachte, bekam ich Lust, mir eine anzuzünden.

Der Bunker, wenn es den nicht gegeben hätte, oder wenn man uns den Speicher gelassen hätte, wenn .... wenn ..., wenn wir einem Jugendclub beigetreten wären, einer Theatergruppe, einem Turnverein, alles wäre besser gewesen. Dann wäre ich bestimmt nicht nach Amsterdam gegangen,

dann wäre ich hier geblieben, dann hätte ich Astrid nie getroffen, und Trudy und Sytze … Mit Mühe gelang es mir, die jetzt heraufdrängenden Erinnerungen zu unterdrücken.
Ich kletterte über einen Zaun und ging in Richtung Bunker. Ein kleines Tier sprang plötzlich vor meinen Füßen hoch und verschwand im Zickzack über die Wiese. Ein Hase? Kein Mensch war zu sehen. Ob Kinder in dem Betonkoloss spielten?
Mit kurzen, vorsichtigen Schritten ging ich um den Bunker herum. Auf einer Wiese weiter hinten fuhr ein Bauer mit seinem Miststreuer. Der scharfe Geruch stieg mir in die Nase. Jetzt brauchte man nicht mehr zu klettern, um in den Bunker zu gelangen. Dort war so viel Erde hingeschüttet worden, dass der Eingang nur noch einen halben Meter hoch war. Ich bückte mich und konnte sehen, dass auch drinnen jede Menge Erde lag und Müll.
»Hallo!« Der sonderbare Widerhall meiner Stimme ließ mich zusammenfahren. »Ist da jemand?« Sie klang gleichzeitig geisterhaft und kindlich. Noch immer die Angst, dass plötzlich ein deutscher Soldat aus dem Bunker kommen könnte? Oder ein anderes Signal aus der Vergangenheit? Ertönte wieder der Knall, dessen unwirkliches Echo immer wieder von den Betonwänden hin- und hergeworfen wurde? Ich ging ein paar Schritte zurück. Das verzerrte Gesicht von Sytze erschien in der Türöffnung. Nein, ich wollte ihn nicht sehen, er musste verschwinden, es war nicht geschehen. Aber er sah mich weiter an. Seinem Blick konnte ich nicht entfliehen. Ich schloss kurz die Augen. Danach war er verschwunden, hatte sich in nichts aufgelöst, war wie ein Geist in eine andere, in seine Welt geflohen.

Da ich schon einmal hier war, musste ich auch weiter. Sollte ich hineinklettern? Vielleicht rutschte ich aus, und es gelang mir nicht mehr, herauszukommen. Und was hatte ich drinnen verloren? Spuren von damals gab es bestimmt nicht mehr, und wenn es sie gäbe, was hätten sie schon für eine Bedeutung?

Erneut umrundete ich mit langsamen, zögerlichen Schritten den Bunker, als suchte ich etwas. Ein Nachbar von Sytze hatte den Bunker für die Deutschen gebaut. »Ich bin Bauunternehmer«, hatte er gesagt, »und von irgendwas muss ich schließlich leben.« Er hatte des Öfteren für die Deutschen gearbeitet. Nach dem Krieg war er verhaftet worden, aber man hatte ihn nicht verurteilt. Auf einmal war er wieder zu Hause, hatte Sytze erzählt. Ein paar Tage später hatte Johan ihm abends um zehn die Fenster eingeworfen, während wir Schmiere standen. Wir wollten ihm helfen, aber er bestand darauf, es alleine zu machen. Um einen der Steine hatte er mit Bindfaden ein Stück Papier gewickelt, auf dem »Für einen Moffenfreund« stand. Als Johan den letzten Stein warf, kam der Kerl aus dem Haus gerannt. Johan konnte entwischen, weil es uns gelang, den Mann abzulenken. Sytze fürchtete, dass sein Nachbar ihn erkannt haben könnte, doch dem war nicht so. Wann immer ich ihm in der Stadt begegnete, wandte ich so unauffällig wie möglich mein Gesicht ab.

Ich ging in die Stadt zurück, deren altbekannte Silhouette direkt vor mir lag. Links davon waren neue Stadtviertel entstanden, mir unbekannte Ableger. Da musste ich nicht hin, die standen außerhalb meiner Vergangenheit. Auf dem Rückweg bog ich von der Wilhelminastraat in die Vijzelstraat ein. Einmal noch wollte ich es bestätigt sehen. Hatte sich meine

Schule tatsächlich in eine Polizeidienststelle verwandelt, oder war das eine Halluzination gewesen, hervorgerufen durch die Ereignisse der Vergangenheit? Am Ende der Vijzelstraat bog ich links ab. Noch ungefähr zweihundert Meter, dann war ich an der Schule. Das Gebäude konnte ich mit geschlossenen Augen finden. Es stimmte. POLITIE stand mit großen Buchstaben auf der Fassade, wo einmal RIJKS HOOGERE BURGERSCHOOL gestanden hatte.

Vor dem Büro von Duindam & Partner hielt ich an. Meine Neugierde war größer als meine Furcht. Ineke oder Henk? Oder jemand anders aus der Familie? Einen Bruder hatten sie nicht, wohl aber Cousins, die auch Duindam hießen: Jungs mit dem gleichen zufriedenen, runden Gesicht wie Henk. Ich betrat das Büro.

Hinter der Empfangstheke saß eine dunkelhäutige junge Frau mit einem Wust krauser Haare, die mich ansah, als freute sie sich persönlich ganz besonders darüber, dass ich bei ihr vorsprach.

»Ist Herr Duindam auch da?«, fragte ich.

»Senior oder junior?«, fragte sie mit perlweißem Lächeln.

»Äh … Henk Duindam.«

»So heißen beide.«

»Senior, bitte«, sagte ich. »Wen darf ich melden?«

»Van Galen … Peter van Galen.« Während sie Henk Duindam anrief, überlegte ich, ob ich nicht verschwinden sollte. Wenn sie einen Moment nicht zu mir hinübersah, konnte ich mich aus dem Staub machen. Aber es war schon zu spät. Vielleicht handelte es sich ja auch um einen anderen Henk Duindam.

»Wenn Sie bitte einen Augenblick dort Platz nehmen«, sagte

die Dame von der Rezeption. »Herr Duindam kommt sofort.«

In das Sofa, auf das ich mich niederließ, sank ich ähnlich tief ein wie in meine Vergangenheit. Was wollte ich von Henk? Warum saß ich hier? Was gab es nach fast fünfzig Jahren noch zu besprechen? Was geschehen war, war geschehen.

6

»MORGEN GEHST DU mit Vater mit. Er muss bei Ten Thije tapezieren.«

Sytze sagte nichts. Endlich hatten sie frei und brauchten nicht mehr zu Schule, und nun musste er den ganzen Tag seinem Vater helfen: Zuerst die alte Tapete so gut wie möglich abreißen, dann alte Zeitungen kleben und darüber, am nächsten Tag, die Tapete. Abreißen und kleben, den ganzen Tag. Während des ersten Sommers musste in den befreiten Niederlanden viel tapeziert werden.

»Morgen«, wiederholte seine Mutter, »bei Ten Thije.«

»Ich habe gehört, was du gesagt hast.«

»Nicht so frech, bitte, wenn ich dir ganz einfach etwas sage.«

»Ich habe ganz einfach geantwortet.«

Auf dem Kopf seines Vaters war der Schorf einer Wunde zu sehen. Immer hatte der glänzende Schädel irgendwelche Beschädigungen. Sytze dachte manchmal, sein Vater verletze sich mit Absicht; als wolle er ein Zeichen anbringen. Aber ein Zeichen wofür? Sein kleiner Bruder Jelle rannte mit selbst gefalteten Papierflugzeugen durchs Zimmer. Der war in ein paar Jahren mit Tapezieren dran. Die Arbeit fand Sytze gar nicht mal so schrecklich. Den flachen Handkarren, auf dem die Böcke, der Tapeziertisch und die anderen Utensilien lagen, durch die Stadt zu ziehen, das war das Schlimmste. Immer begegnete er Mitschülern, die ihn mitleidig zu betrachten schienen. Es war erniedrigend. Schon so ein dreirädriges Fahrrad mit großer Transportkiste vorn wäre eine echte Verbesserung. Ob sein Vater so ein Ding je würde kaufen können? Nie hörte er von seinen Eltern etwas anderes, als dass man nicht genug Geld habe. Neulich hatten sie ihn wieder einmal um fünf Uhr nachmittags zum Fischgroßhandel geschickt, um dort nachzufragen, ob es noch irgendwelche Reste gab.

»Vater will um sieben Uhr anfangen. Vielleicht seid ihr dann mittags fertig.«

»Hoffentlich.« Sytze blätterte in der Zeitung. »Wollen Sie den Krieg wirklich vergessen«, las er in einer Anzeige, »dann sollten Sie Eis bei ›Torenzicht‹ essen. Wir empfehlen höflich ›Lunchroom Torenzicht‹, Prinsenstraat 14.« Er hatte kein Geld, um bei »Torenzicht« Eis zu kaufen. Vorige Woche, ehe er wegfuhr, hatte Johan Eis spendiert. »Jetzt reinigen!«, stand in einer anderen Anzeige. »Wir reinigen Ihre Teppiche richtig. Maschinelles Entstauben und chemische Reinigung mit unserer Spezialmethode. N. V. Motex, Kanalenstraat 27.«

Sytze schaltete das Radio ein. Auf Hilversum 1 gab es ein Hörspiel, das in mehreren Folgen gesendet wurde. Er schaute in der Zeitung nach. Es hieß *Der Reisende, der den Zug verpasste.* Aber er selbst hatte schon zu viele Folgen verpasst, um der Geschichte noch folgen zu können, also suchte er Hilversum 2. Aus dem Radio erklang merkwürdiges Geknister und Gepfeife. »Hör doch mal auf damit«, sagte seine Mutter.

Sytze ging zur Tür.

»Gehst du etwa noch weg?«

»Warum nicht?«

»Es ist schon neun Uhr, und morgen musst du früh raus. Dein Vater will auch nicht, dass du …«
»Ich bin in einer Stunde wieder da«, unterbrach er seine Mutter.
»Wo gehst du hin?«
Aber er war schon zur Tür hinaus.

Sytze eilte im Laufschritt zum Bunker. Außer Atem kam er dort an. Henk, Ineke und Trudy waren bereits dort. Sie saßen auf den Kissen, die Trudy vor einigen Tagen mitgebracht hatte. Johan war bei Onkel und Tante in Enschede, und wo Peter steckte, wusste niemand. Jedenfalls war er nicht in die Ferien gefahren. Sieben Wochen mussten sie hier bleiben. Ihnen blieb nicht anderes übrig, als auf schönes Wetter zu hoffen; dann konnten sie wenigstens schwimmen gehen. Das Ijsselmeer war ihre Rettung.
Henk erzählte, seine Mutter habe ihn gefragt, ob er seinen Onkel und seine Tante besuchen wolle. Die wohnten ungefähr zehn Kilometer entfernt auf einem Bauernhof. »Ja, ich weiß schon, was mir dann bevorsteht: jeden Tag arbeiten, morgens um fünf Uhr aus dem Bett und die Kühe melken. Da kann ich gut drauf verzichten, auf so einen stinkenden Bauernhof. Nach einem Tag stinken die ganzen Klamotten nach Scheiße.«
»Ich glaub, das wär was für dich«, sagte Trudy, »Kühe melken. Wenn ich die Augen schließe, sehe ich dich schon da sitzen.« Sie tat so, als ob sie Kühe melke. Die Bewegung sah ein wenig unsittlich aus, fand Sytze.
»Hat noch jemand Zigaretten?«, fragte Ineke.
Niemand reagierte.

»Warum hat nie einer Zigaretten?«
»Mein Vater hat noch Marken für Zigaretten«, sagte Trudy, »aber er will sie gegen andere Marken tauschen.«
Darauf ging keiner ein. Sytze sah die Marken vor sich. Sie lagen in einem Kasten, vielleicht in einer Geldkassette wie bei ihnen zu Hause. In der Kassette, in der auch die Versicherungspolicen und die Sparbücher lagen. Wenn es gewitterte, holte seine Mutter ihn und Jelle aus dem Bett, und zu dritt saßen sie dann um den Tisch herum, auf dem der metallene Kasten stand. Merkwürdigerweise blieb sein Vater im Bett. Musste der nicht umgehend aus dem Haus rennen, wenn der Blitz einschlug?
Bis zu den Fußknöcheln stand er in abgerissenen Tapetenstücken. Er hörte die Stimme seines Vaters in der Küche. Ab und zu hörte er auch Frau Ten Thije, eine energische Person mit schwerem Busen. Die Stimme seines Vaters hatte jenen besonderen, charmanten Ton, den er Frauen gegenüber zuweilen anschlug. Sytze ärgerte sich über das gezierte Getue. Mit einem kräftigen Ruck riss er ein Stück Tapete entzwei. Da war wieder die gurrende Stimme von Frau Ten Thije. Es schien, als wäre sein Vater hier, um herumzuturteln, während er, Sytze, die ganze Arbeit machen musste. Es war jetzt bereits halb zehn. So würde aus dem Schwimmen heute Nachmittag nichts werden. Dann waren die anderen schon weg, bevor er am Außendeich ankam.
Endlich tauchte sein Vater mit Frau Ten Thije im Kielwasser auf.
»So, das ist also dein großer Sohn«, und sie strich ihm mit der Hand über die Wange. »Wie fürchterlich es hier aussieht.« Sie legte ihre mollige Hand auf den Mund, als wolle sie sich

selbst verbieten, darüber noch mehr Worte zu verlieren. Ihre Hände hatten kleine Grübchen. Die Fingernägel waren lackiert. Woher hatte Frau Ten Thije den Nagellack? Noch aus der Zeit vor dem Krieg?

»Wir räumen alles wieder auf, Frau Ten Thije, bis auf den letzten Schnipsel.« Sein Vater stellte den Eimer mit Kleister auf den Tapeziertisch. »So, Sytze, ich denke, das meiste ist jetzt wohl ab.«

Sie steckten die Tapetenreste in einige Jutesäcke. Dann fing Sytze an, die Zeitungsseiten einzukleistern, und sein Vater klebte sie an die Wand.

Um zwölf gingen sie zum Mittagessen nach Hause. Sytze versuchte seinen Unmut zu verbergen, als sein Vater sich nach dem Essen aufs Sofa legte, um ein Mittagsschläfchen zu halten.

Um halb zwei waren sie wieder bei Frau Ten Thije. Es war warm. Die Kleider klebten Sytze am Leib, als wären auch sie mit Kleister eingeschmiert. Seine Haut juckte, aber wenn er sich kratzte, juckte es nur woanders. Ab und zu las er einen Fetzen eines Zeitungsartikels. Die Ausgaben stammten noch aus der Zeit des Krieges. *De Telegraaf*. Hier, sogar noch ein Artikel über den heldenhaften Widerstand, den die deutschen Soldaten in Berlin gegen die Russen leisteten. Hatten Ten Thijes etwa *De Telegraaf* gelesen? Diese Zeitung hatte doch mit den Deutschen sympathisiert? Das Zimmer war jetzt zur Hälfte fertig.

»Kurz eine Zigarette rauchen«, sagte Sytzes Vater und ging hinaus auf den Hof hinter dem Haus.

»Darf ich auch eine?«

»Spinnst du! Dafür bist du noch viel zu jung.«

Frau Ten Thije kam ins Zimmer. »Na, das geht ja ordentlich voran.«
Sytze nickte. Er sah, wie sich ihr riesiger Busen im Rhythmus ihres Atems hob und senkte. Seine Mutter bezeichnete so etwas als »Balkon«.
»Du hast doch sicher Ferien?«
»Ja … Sommerferien.«
Frau Ten Thije trat etwas näher an ihn heran. Der seifige Geruch, der sie umwaberte, stieg ihm in die Nase. Sein Geschlechtsteil versteifte sich in einer eigentümlich gekrümmten Lage, so dass es schmerzte. Er traute sich nicht, es zurechtzurücken.
»Fährst du denn noch weg?«
»Nein, wir haben zwar Verwandte in Friesland, aber zu denen haben wir keinen Kontakt.«
Frau Ten Thije verschränkte die Arme über ihrem Busen, als lege sie sie auf einen Tisch. »Schön, dass du deinem Vater so tüchtig hilfst.«
Sytze schloss einen Moment lang die Augen und sah die Frau mit entblößtem Oberkörper vor sich stehen. Sie drückte ihren Leib gegen den seinen, so dass er das weiche, zarte Fleisch spürte. Er machte einen Schritt zurück, doch sie ließ ihn nicht los. Er schüttelte kurz den Kopf, um das Bild zu vertreiben.
»Ist was?«
»Nein, nichts. Es ist ziemlich warm. Vielleicht gehe ich nachher noch schwimmen, wenn wir früh genug fertig sind.«
Frau Ten Thije sah ihn nur an. Dann ging sie in die Küche. Ein paar Sekunden später hörte er die Stimme seines Vaters, der wieder ein Gespräch mit ihr anknüpfte. Er machte einen Scherz, über den sie herzhaft lachte. Sytze warf den Quast in

den Kleistereimer, verließ das Haus durch die Vordertür und rannte nach Hause.
»Na, schon fertig?«, fragte seine Mutter.
Sytze sagte nichts, lief geradewegs nach oben und schnappte sich seine Badehose und ein Handtuch.

Henk, Peter, Ineke und Trudy lagen auf dem Außendeich. Peter trug sein Hemd, weil er einen Sonnenbrand hatte, wie er sagte. Sytze schlang sich sein Handtuch um die Hüften und zog seine Badehose an, die ihm viel zu klein war. Neues Schwimmzeug gab es nicht in den Geschäften, also musste er diesen Sommer mit der alten auskommen, womöglich auch noch den nächsten Sommer. Er sah zum Schießen aus in der Hose, aber das schien niemand zu bemerken.
»Wer geht mit?«
Die übrigen vier waren gerade erst im Wasser gewesen.
Sytze spülte den Tag von sich ab: das Tapetenkratzen, das Kleistern, das Gespräch mit Frau Ten Thije, das Bild des nackten Busens, das sich ihm erneut aufdrängen wollte. Er tauchte so lange unter, bis ihm schwindelig wurde und er nur noch daran denken konnte, Atem zu holen, Luft in den Körper zu saugen, seine Lungen arbeiten zu lassen. Als er wieder auftauchte, verspürte er ein merkwürdig leichtes Gefühl im Kopf.
Sie lagen schweigend auf ihren Handtüchern. Ab und zu kitzelte sie ein Grashalm, oder ein kleines Insekt lief über ihre Haut. Sytze versuchte nicht darüber nachzudenken, was sein Vater wohl nachher sagen würde oder welche Strafe er aufgebrummt bekäme. Er sah zu Ineke hinüber. Sie schien zu schlafen. Zum Glück blieben sie zusammen, alle sechs waren

in die Abschlussklasse versetzt worden. Van Vliet hatte noch eine Rede über die Aufgaben gehalten, die sie im kommenden Schuljahr erwarteten. Verantwortungsbewusstsein ... Charakter ... Enthusiasmus ... Fleiß ... Eifer ... Um all das ging es, so Van Vliet, eine Aufgabe für die Zukunft ... die neuen Niederlande aufbauen, damit war er auch wieder gekommen. Von dem ewigen Geschwafel über die neuen Niederlande hatten sie ebenfalls die Nase gestrichen voll. Wie herrlich war es, jetzt hier so entsetzlich faul herumzuliegen und sich für nichts verantwortlich zu fühlen außer für das eigene Vergnügen.

Fünfzig, sechzig Meter entfernt zerrten ein paar Jungs ein schreiendes und zappelndes Mädchen ins Wasser. So kindisch würden sie sich nie benehmen. Ineke und Trudy waren Gleiche unter Gleichen, aber sie waren auch anders. Manchmal spürte Sytze die nicht unangenehme Spannung, die daraus entstand. Er betrachtete Trudys zufriedenes Gesicht. Ob sie Johan vermisste? Dachte sie gerade an ihn oder träumte von ihm? Sie schien zu schlafen. Ihre Brust hob und senkte sich regelmäßig. Es erschien ihm unmöglich, dass sie jemals einen solchen Busen wie Frau Ten Thije kriegen könnte. Das galt im Übrigen auch für Ineke.

»Wollen wir schwimmen gehen?«, fragte Henk.

Alle fünf gingen ins Wasser.

»Du hast überhaupt keinen Sonnenbrand«, sagte Sytze zu Peter. »Es ist überhaupt nichts zu sehen.«

»Weil ich mein Hemd anbehalte.«

»Du bist viel zu ängstlich.«

Es war kaum mehr jemand auf dem Deich. Henk erzählte eine Geschichte über seinen Onkel. Sie war vor dem Krieg

passiert. Sein Onkel war unmittelbar nach dem Essen schwimmen gegangen. Als er ungefähr hundert Meter vom Ufer entfernt war, bekam er einen Krampf. Er fing an zu rufen. Ab und zu ging er unter, kam dann aber wieder an die Oberfläche. Seine Freunde, die noch auf dem Deich saßen, dachten, er mache Spaß und wolle sie zum Narren halten. Dann ging er für längere Zeit unter. Schreiend und prustend kam er wieder hoch. Schließlich begriff einer von ihnen, dass es ernst war, und der rettete ihn. »Es hat nicht viel gefehlt«, sagte Henk. »Ein Krampf, ein fürchterlicher Krampf.«
»Weißt du noch, wie voriges Jahr der Junge von Edelenbos ertrunken ist?«, fragte Ineke. Sie lag auf dem Bauch und stützte sich auf die Ellbogen. »Hier ungefähr ist es passiert. Seine Mutter war eingenickt, und er lief einfach so ins Wasser. Als sie wach wurde, war er verschwunden.«
Alle nickten.
Ineke richtete sich weiter auf. »Wie soll man da weiterleben? Als Mutter, meine ich.«
»Warum sollte man nach so was weiterleben wollen?«, fragte Trudy. Ihre Stimme klang sonderbar, fast so, als wäre es ihr passiert.
»Hat sie eigentlich noch mehr Kinder?«, fragte Henk.
»Zwei.«
»Vielleicht traut sie sich nie mehr, mit den Kindern schwimmen zu gehen,« sagte Henk.
Sytze dachte daran, was seine Mutter vor kurzem erzählt hatte. »Ich hab neulich auch was ganz Schreckliches gehört. Es ist in dem Dorf passiert, aus dem mein Vater stammt, in Friesland. Da hatten Leute gerade ein Kind bekommen, ein Mädchen. Das Kind ist ungefähr drei Monate, und draußen

ist schönes Wetter. Also stellen sie es im Kinderwagen auf den Weg neben dem Haus. Schön an die frische Luft, herrlich gesund. Wie es genau passiert ist, weiß man nicht, jedenfalls fängt der Kinderwagen an zu rollen, vielleicht durch einen Windstoß, vielleicht hat aber auch die Katze sich den Kopf an den Rädern gerieben, irgendwie so was. Und hinter dem Haus ist ein Wassergraben, und der Kinderwagen rollt da einfach rein. Keiner merkt was. Als die Mutter nachsieht, ist der Kinderwagen weg. Zuerst haben sie überall rumgesucht, weil sie dachten, jemand hätte das Ding samt Kind und allem mitgenommen, schließlich aber entdecken sie das kleine Stück, das von dem Kinderwagen noch aus dem Wasser ragt. Das Baby war natürlich längst ertrunken.«

»Warum schwamm der Kinderwagen nicht?«, fragte Henk.

»Er war aus Ried oder Peddigrohr oder so was Ähnlichem, das Wasser konnte einfach reinfließen.«

Alle schwiegen. Ineke ließ sich wieder nach vorne ins Gras fallen. Sie seufzte tief.

7

Ein forschender Blick. Alte, aber immer noch stechende Augen. »Ja, verdammt, du bist's. Unglaublich.« Er stand auf, kam auf mich zu und packte mit seinen zwei großen, fleischigen Händen meine Rechte, als wollte er sie mir niemals mehr wiedergeben. Er roch nach Aftershave oder Deodorant, vielleicht nach beidem, etwas zu süßlich für meinen Geschmack. »Herr im Himmel, ein Schatten aus der Vergangenheit … Petertje van Galen, man hält es nicht für möglich.« Plötzlich schien er sich an etwas zu erinnern. »Pirat.« Ich wusste nicht, was er meinte.

Neckisch zog er an einem meiner Ohrläppchen. »Alter Seeräuber.«

Ich nickte, ohne genau zu wissen, wovon er sprach. Er führte mich zu einem Stuhl neben seinem Schreibtisch. »Setz dich, setz dich.« Er schüttelte den Kopf. »*Unbelievable, fucking unbelievable.*« Henk war offensichtlich mit der Zeit gegangen; das merkte man an der Einrichtung seines Büros und an seiner Sprache. Nachher würde er bestimmt irgendetwas wie »*Shit, man*« sagen.

»Kaffee, Tee?«

»Kaffee, bitte.«

Henk murmelte etwas in die Gegensprechanlage und sagte dann zu mir: »Kaffee kommt gleich … Wird jetzt gemacht. Ein alter Freund bekommt natürlich frischen Kaffee.«

Wieder sah er mich kopfschüttelnd an. »Herr im Himmel, Petertje van Galen.« Er schlug mir mit einer Hand aufs Knie, sagte aber weiter nichts.

Henk war älter, korpulenter geworden, ansonsten hatte er sich aber wenig verändert. Jeden Moment konnte ihm einer seiner merkwürdigen Witze einfallen oder ein verwegener Streich. Wie damals mit Wielaard, unserem Erdkundelehrer: »Herr Wielaard, Ihre Hose steht offen«, hatte Henk mit naiver, unschuldiger Miene gesagt. Wielaard war wütend geworden. »Ich dachte, es sei besser, Sie darauf aufmerksam zu machen«, hatte Henk erwidert. »Hier sind auch Mädchen in der Klasse.« Oder als Van Baar gesagt hatte: »Henk, ich kann dich nicht besonders leiden.«

»Ich Sie auch nicht, Herr Van Baar.« Als ich mich daran erinnerte, musste ich kurz lächeln. Henk ließ seine schwere Hand wieder auf mein Knie sinken. Wir sahen uns an und nickten ein paarmal, um uns die gemeinsame Vergangenheit zu bestätigen. Weil es so viel zu sagen gab, hielten wir lieber den Mund. Ein großes Knäuel aus Bildern und Worten versperrte den Ausgang.

Das dunkelhäutige Mädchen brachte den Kaffee. Sie schenkte mir wieder ihr strahlendes Lächeln. Wenn einem jeden Tag jemand so zulächelte, musste man wohl ein glückliches Leben führen.

»Ein Schatz, nicht wahr?«, sagte Henk. »Milch, Zucker?«

»Ein Stück Zucker und ein wenig Milch, bitte, nur ein Wölkchen.«

Wir nahmen einen Schluck Kaffee.

»So, so, mal wieder ins alte Nest zurückgekehrt?«, fragte Henk.

»Ich dachte, ich schau mal nach, was davon noch übrig ist.«
»Oder: Wer noch übrig ist?«
Ich ging auf seine Frage nicht ein. »Ich habe mir die Stadt ein bisschen angesehen. Geguckt, wie es hier so aussieht. Ob du es glaubst oder nicht, ich war seit fast dreißig Jahren nicht mehr hier.«
»Warum nicht?«
»Weiß nicht, keine Lust … Ich hatte einfach nicht das Bedürfnis.«
Henk sah mich nachdenklich an.
Ich hatte das Gefühl, mich rechtfertigen zu müssen. »Ich habe auch keine Verwandten mehr hier. Du weißt doch, dass meine Mutter ein paar Jahre danach weggezogen ist?« Sie war in ein kleines Dorf in der Gegend von Tiel gezogen, in die Nähe einer ihrer Schwestern. Ich besuchte sie nicht oft. Der Zwischenfall mit dem Messer hatte uns endgültig einander entfremdet, obwohl sie nur einen kleinen Kratzer auf dem Arm hatte, der kaum blutete. Problemlos konnte ich mir noch heute ihren panischen Blick vor Augen rufen.
»Und dein Vater? Hast du den noch mal wiedergesehen?«
»Meinen Vater? Nein … Ein paar Jahre später hat er versucht, mit mir Kontakt aufzunehmen. Da wollte er plötzlich mit mir reden. Aber dazu hatte ich keine Lust mehr. Später auch noch mal … da stand er vor unserer Tür, aber ich habe ihn nicht reingelassen.«
»Und deine kleine Schwester? Deine Mutter war doch damals schwanger? Das passte dir nicht sonderlich, daran kann ich mich noch verdammt gut erinnern.«
»Ach …« Paulien, die war für mich wie eine entfernte Kusine, die ich nur selten sah. Beim Begräbnis meiner Mutter hatten

wir uns das letzte Mal gesprochen, eine fremde Frau von ungefähr fünfundvierzig, mit einem Mann, den ich nicht kannte, und drei Kindern, von denen das jüngste in einem Rollstuhl saß. Besonders gut erinnerte ich mich daran, welche Mühe es ihr machte, den Rollstuhl über den Kiesweg des Friedhofs zu schieben, und an den fröhlichen Blick des Jungen, als handle es sich um einen netten Familienausflug.

»Tja … Familie«, sagte Henk.

»Was sollte ich also hier? Ich hatte ganz von vorne angefangen … Ein Neubeginn sozusagen.«

»Ja, ja.« Henk steckte sich eine Zigarette an. »Ein Neubeginn.«

»Ich fühle mich inzwischen auch als Amsterdamer. Immerhin wohne ich dort seit fast fünfzig Jahren.« Während ich dies sagte, fragte ich mich, ob das so wirklich stimmte. Ein echter Amsterdamer würde ich wohl nie werden; den typischen Amsterdamer Akzent hatte ich immer noch nicht, aber der Stadtplan von Amsterdam war der selbstverständliche Hintergrund, vor dem sich mein Leben abspielte.

»Verheiratet?«

Ich nickte.

»Glücklich?«, fragte Henk mit einem kleinen Blinzeln in den Augen.

»Ach … aber auch nicht unglücklich. Es gibt schlechtere Ehen. Es ist immer eine Frage des Gebens und Nehmens.«

»Und du hast das Gefühl, dass du mehr geben musst, als du nimmst?«

»Manchmal.«

»Und darum bist du hierher zurückgekommen?«

Ich verstand seine Frage nicht. »Astrid, so heißt sie … sie

meint es gut, aber jetzt, wo ich jeden Tag zu Hause bin, da gibt es schon mal Probleme.«

»Du bist natürlich pensioniert. Ich könnte auch schon seit ein paar Jahren zu Hause hinter den Geranien sitzen, aber ich kann's nicht lassen. Mein Geschäft ist mein Leben.«

Ich erzählte von unserer Firma, NET, Netherlands Electronics Trading, Import und Export von elektrotechnischen Geräten und Teilen. Wie ich in die Firma eingetreten war, die Astrids Vater gegründet hatte, und sie zusammen mit Astrids Bruder Hein ausbaute. Die sechziger und siebziger Jahre waren goldene Zeiten gewesen. Es ging immer nur bergauf. Wir hatten kräftig investiert, aber in den Achtzigern lief der Laden schon weniger gut. Zu lange hatten wir auf unsere traditionellen Geschäftspartner gesetzt und dabei Südostasien vernachlässigt. Als wir dann auf den bereits fahrenden Zug aufspringen wollten, kostete uns das nicht nur viel Zeit und Arbeit, sondern auch zusätzliches Geld. Außerdem waren unsere Geschäftspartner nur zweitklassig. Anfang der neunziger Jahre lief es immer schlechter. Außerdem waren wir so dumm gewesen, noch 1989 ein neues Firmengebäude zu bauen. »Ich hatte auch vor zu arbeiten, bis ich siebzig bin, aber vor ungefähr vier Monaten sind wir Pleite gegangen. Da war nichts mehr zu machen. Die Bank glaubte nicht, dass wir wieder auf einen grünen Zweig kommen könnten. Wir waren hoffnungslos verloren. Es war vernünftiger, aufzuhören.«

»Nachdem ihr das eine oder andere auf die Seite geschafft hattet?«

»Tja …«, sagte ich.

»Trotzdem schade«, sagte Henk, »wenn ein Teil deines

Lebens kaputtgeht, etwas, das du mit eigenen Händen aufgebaut hast.«

Ich nickte.

»Vielleicht hätten wir ein Unternehmen wie deines zu Rate ziehen sollen«, meinte ich, aber Henk ging nicht darauf ein.

»Und jetzt bist du den ganzen Tag zu Hause«, schlussfolgerte Henk, »und bist Mutti im Weg, wie man so sagt.«

»Sie ist keine Mutter ... Kinder haben wir nicht.«

»Schade ... Ich hab welche. Zwei Söhne und eine Tochter. Einer der Jungs ist bei mir in der Firma.«

»Henk«, sagte ich.

»Ja, stimmt, woher weißt du das?«

»Ich habe mich vorher informiert ... Nein, Quatsch, die Frau an der Rezeption sprach von Henk junior. Aber erzähl mal, wie ist es dir ergangen, wie kommst du zu dieser prächtigen Firma?«

Henk stand auf. »Komm, lass uns irgendwo was trinken gehen.« Ich zögerte. *»I won't take ›no‹ for an answer.«*

Henk berichtete, wie er klein angefangen hatte, allein. Ein winzig kleines Büro in einem Obergeschoss auf dem Haringpakkersteeg. »Im Erdgeschoss war ein kleiner galvanischer Betrieb. Der gehörte einem Onkel von Sytze.« Der Name blieb zwischen uns in der Luft hängen. Henk sah mich an, aber ich nahm das Stichwort nicht auf. Wir tranken von unserem Whisky. »Kunden konnte ich dort nicht empfangen. Ich verdiente auch kaum einen Cent. Bis ich irgendwann ein paar gute Aufträge bekam. Von Dijkhuizen und von Sanders, du weißt schon, die Papierfabrik.« Natürlich, die Papierfabrik.

Warum musste Henk ausgerechnet die wieder erwähnen? Ich sah mich um, als suchte ich nach einer schnellen Rückzugsmöglichkeit. Die Papierfabrik. Trudys Vater arbeitete dort, er machte die Buchhaltung oder etwas in der Art. Er hatte auch einen Schlüssel zum Speicher über dem Bürogebäude. Der Speicher. Ein Erinnerungsfetzen drängte sich mir ins Bewusstsein. Hatte ich dort nicht zum ersten Mal in meinem Leben Schnaps getrunken? Jenever oder Branntwein. Woher hatten wir das Zeug eigentlich? Hatte Henk es besorgt oder Sytze? Oder Johan?
Ob Henk jetzt auch an den Speicher dachte? Wanderten seine Gedanken zurück zu ... Wann war es noch gleich gewesen? Wahrscheinlich im Herbst 45, ungefähr ein halbes Jahr nach der Befreiung. Vielleicht hatte Henk die Papierfabrik aber auch nur erwähnt, weil sie eine besondere Rolle in der *success story* seiner Karriere spielte, weil sie den Wendepunkt darstellte.
Henk erzählte weiter, von neuen Triumphen, von Expansion, von gerade erst erschlossenen Marktsegmenten. »Wir machen heute auch sehr viel Managertraining, Interims-Management und natürlich Management-Consultancy. Du würdest staunen, was für ein Chaos die Leute manchmal anrichten, bevor sie *professionals* um Hilfe bitten.«
Ich fragte mich, ob auch ich damit gemeint sein könnte.
»Aber je größer die Not, umso mehr Arbeit für uns. Wenn alle Manager perfekt wären, würde bei uns der Schornstein nicht rauchen. Noch einen Whisky?«
»Ich sollte wohl langsam mal wieder nach Hause.«
»Nach Hause? Es ist gerade erst Viertel nach vier.« Henk legte seinen Arm um mich und drückte mich an sich. »Ich lass

dich nicht weg. Du spinnst wohl? Fast fünfzig Jahre warst du untergetaucht, als wäre wieder Krieg gewesen …«

Fast hätte ich gesagt, dass tatsächlich Krieg war, für mich jedenfalls und vielleicht auch für ihn.

»… schließlich erscheinst du wieder auf der Bildfläche und willst dann nach einer Stunde wieder verschwinden? Nein, und wenn ich dich auf dem Stuhl festbinden muss. Ober, bitte noch zwei Whisky.«

Wir schwiegen, bis die Getränke vor uns auf dem Tisch standen und jeder einen Schluck genommen hatte.

»Fast fünfzig Jahre«, sagte Henk und schüttelte den Kopf. Konnte er nicht glauben, dass es schon so lange her war, oder wollte er am liebsten alles Geschehene verdrängen, so wie ich es all die Jahre über getan hatte?

»Tja«, sagte ich unbestimmt.

»Weißt du, das wird man nie mehr los. Immer trägt man es mit sich herum. Geht es dir auch so?« Henks Stimme klang plötzlich verändert. Die muntergeschäftlichen Kanten waren wie abgefeilt, und übrig blieb der eigentliche Henk.

»Nicht so sehr. Vielleicht empfindest du das so stark, weil du hier wohnst.«

»Johan und Ineke wohnen auch hier«, sagte Henk. »Johan hat erst irgendwo im Osten des Landes gelebt, Enschede oder so, aber da hat er's nicht ausgehalten. Und Ineke ist nie weggezogen.«

Das wunderte mich. Ich dachte, sie wäre auch in irgendein Heim gesteckt oder zu Verwandten aufs platte Land geschickt worden. Wenn ich gewusst hätte, dass sie hier geblieben war, hätte ich 1948 oder 49 vielleicht versucht, Kontakt aufzunehmen, nachdem der schlimmste Schock überstanden war.

»Siehst du Johan ab und zu?«
»Ganz selten. Ich glaube, er wohnt jetzt in Ketelwei.«
»Ketelwei?«
»Ja, das ist eines der neuen Viertel am Stadtrand.«
»Hab ich gesehen. Ich war beim Bunker.« Mir war, als legte ich ein Geständnis ab, aber Henk schien es nicht zu bemerken.
»Ich glaube, er ist schon seit zehn, fünfzehn Jahren in Rente, wegen Berufsunfähigkeit. Er war Lehrer, unterrichtete an einer Haupt- oder Realschule, aber das war natürlich nichts für ihn. Häufig krank, vielleicht auch nervlich überfordert. Du weißt, wie die Kinder heutzutage sind.« Henk zündete sich eine Zigarette an. »Du solltest ihn mal besuchen. Das würde ihn bestimmt freuen.«
Obwohl es nicht nötig war, ging ich doch kurz zur Toilette. »Nach dem Urinieren das Spülen nicht vergessen« stand auf einem Zettel neben dem Druckknopf. Als ich wieder an den Tisch kam, hatte Henk sein Glas ausgetrunken, und er bestellte zwei weitere Whisky. Ich würde wohl wankend zu Hause ankommen.
»Und Ineke?«, fragte ich.
»Tja, Ineke …« Henk sah mich an, als wolle er mich triezen. »Ich dachte wirklich, dass aus euch beiden etwas wird. Sie war ganz verrückt nach dir. Wenn ich von dir sprach, wurde sie immer rot, dann wurde sie ganz nervös. Und wenn ich irgendeine Andeutung machte, sagte sie, ich solle nicht solchen Blödsinn reden. Vor allem, wenn mein Vater und meine Mutter dabei waren. Weißt du übrigens, dass meine Mutter noch lebt? Achtundachtzig … nein, neunundachtzig. Und munter wie sonst was, nicht unterzukriegen.«

Ich hatte den Eindruck, als verschweige mir Henk bewusst etwas.
»Ist Ineke verheiratet?«, fragte ich so beiläufig wie möglich.
»Nein, ledig geblieben. Schade um so ein hübsches Mädchen. Sie war doch ein hübsches Mädchen?«
Ich nickte. Ineke. Wenn sie damals mehr meine Nähe gesucht, mir deutlichere Zeichen gegeben hätte, dann wäre aus uns vielleicht etwas geworden. Aber alles war so vage, und ich wollte nicht die Initiative ergreifen. So dachte ich jedenfalls damals darüber. Außerdem wurde ich den Eindruck nicht los, dass Sytze ein Konkurrent war, ein Konkurrent mit mehr Chancen. Manchmal beobachtete ich, wie die beiden sich ansahen, Blicke tauschten, miteinander sprachen.
»Die ersten … sagen wir, zehn Jahre, hat es sie völlig fertig gemacht«, fuhr Henk fort. »Sie wollte nichts mehr, wollte niemanden mehr sehen. ›Das Leben ist sowieso sinnlos‹, sagte sie dann. Ich fürchtete, sie würde … Na, du weißt schon.«
Ich wusste es nicht.
»Nun, genau wie Sytze … Es schien, als wolle sie alle Schuld auf sich nehmen, während wir doch alle schuldig waren. Oder? Keiner mehr und keiner weniger als die anderen.«
Ich zuckte die Achseln. Eigentlich hatte ich bei allem eher abseits gestanden. Das meiste ging an mir vorbei, vor allem, als es drauf ankam. Aber jetzt war nicht der geeignete Augenblick, um Henk zu erzählen, was für eine bescheidene Rolle ich dabei gespielt hatte. Dann würde es so aussehen, als wolle ich in erster Linie ihm die Schuld geben.
»Sie ist beinahe daran zugrunde gegangen«, sagte Henk, »aber langsam hat sie sich dann doch wieder aufgerappelt, peu à peu. Damals gab es natürlich noch keine Therapie oder so et-

was. Man musste irgendwie allein damit zurechtkommen. Gegebenenfalls mit Hilfe des Pastors, aber wir waren nicht sonderlich religiös. Einmal kam der Pastor doch zu uns nach Hause, ein paar Tage nach der Beerdigung …«

Ich fragte nicht, welche.

»… aber das hatte keinen Sinn. Ineke wollte nichts mit ihm zu tun haben. Sie wollte nicht einmal mit ihm reden. Sie weigerte sich, aus ihrem Zimmer nach unten zu kommen. Der Mann tat damals so, als fände er das überhaupt nicht schlimm, aber wenn du mich fragst, war er tödlich beleidigt. Er ärgerte sich fürchterlich darüber, und trotzdem hatte er die ganze Zeit so ein aufgeklebtes *smile* im Gesicht. Er humpelte, das weiß ich noch, er hatte einen Klumpfuß.«

Und du, wollte ich ihn fragen, wie ging es dir? Bist du auch zehn Jahre lang völlig daneben gewesen? Warst du auch so fertig?

Aber ich fragte ihn nichts und trank meinen Whisky.

8

Ineke suchte Trudy, konnte sie aber nirgends entdecken. Sie waren zusammen hergekommen und hatten fast den ganzen Abend gemeinsam verbracht, wenn Johan nicht gerade mit Trudy tanzte.

Eine Gruppe von Mädchen aus der achten Klasse stand auf der Bühne. Herr Sterck lief aufgeregt hin und her. Er verschwand wieder hinter den Kulissen und kam mit einem Blatt Papier zurück, das er so ungeschickt auf einen Notenständer legte, dass dieser dabei umfiel. Der ganze Saal lachte. Das Ganze sah aus wie eine komische Darbietung, was jedoch nicht beabsichtigt war. Sterck klopfte mit dem Taktstock auf den Notenständer, und die Mädchen fingen an zu singen. Zunächst zaghaft, doch schon nach wenigen Takten überzeugender. Das Lied hatte die Melodie von *Wo die Nordseewellen.* Fast widerwillig summte Ineke manchmal die Melodie mit.

»Wo wir des Lehrers weise Stimme hören jeden Tag. Wo wir tagtäglich lernen eine andere Sprach'. Wo der Lehrer stets nur gute Noten in sein Büchlein malt und das Lob der Schule durch die Gänge schallt: Dort bin ich so gerne, o du meine Lehranstalt. Wo wir eifrig üben mit Zirkel und Lineal. Wo stets die richt'ge Formel tönet durch den Saal. Wo wir rechnen Plus, Minus, Dividiert und Mal, und Länge mal Breite ergibt den Flächeninhalt: Dort bin ich so gerne, o du meine Lehranstalt.«

Noch zögerlich sang der Saal nun den Refrain mit. Ineke fing jetzt Trudys Blick auf, die zu ihr herübersah und kaum merklich in Richtung Ausgang nickte. Ineke schob sich zur Tür. Sie trug, mit wenig Begeisterung, ein Bäuerinnenkostüm. Trudy sollte eine Zigeunerin darstellen, doch ihre Mutter hatte dafür nicht genügend passende Kleidungsstücke gehabt. Eigentlich hatte sie überhaupt nicht kommen wollen, sich aber nach langem Hin und Her doch dazu entschlossen, es noch einmal zu versuchen. Es war das kleine Fest, das einmal im Jahr abends in der Turnhalle und in der Aula veranstaltet wurde. Zur Abwechslung gab es diesmal einen Maskenball. Ineke drängelte sich Richtung Ausgang. Sie stieß mit Hans Kuiler zusammen, der den ersten Preis für das originellste Kostüm bekommen hatte. Er ging als Mitglied des Ku-Klux-Klan. Die große Kapuze mit den Augenlöchern hatte er wieder über das Gesicht gezogen. Neben ihm stand Wijnand de Boer; er trug eine Art Bärenfell und in der Hand eine große Keule. »Ich fand immer, dass der ein Neandertaler ist«, hatte Henk gesagt. Herr Stading war als Clown verkleidet, aber als trauriger Clown mit kräftig geschminkten, nach unten gezogenen Mundwinkeln und Tränen auf seinem weißen Gesicht.

Immer noch sang der Chor. Ineke hatte das Gefühl, das Lied würde ewig dauern. »Wo wir Länder, Berge, Flüsse lernen ohne Zahl. Von Lissabon bis rüber zum Ural. Auch vor and'ren Kontinenten machen wir nicht Halt. Kennen Savanne, Wüste und tropischen Regenwald: Ich hab dich so gerne, o du meine Lehranstalt.« Ineke fiel kein Fluss am Ural ein.

»He, gehst du schon?« Eduard Molenaar hielt sie am Arm

fest. Wegen der großen Maske konnte sie ihn nicht erkennen, wohl aber seine Stimme. Er war als Ritter verkleidet. Sein Schwert war aus Holz und so lang, dass es über den Boden schleifte.

»Ich hab keine Lust mehr.«

»Ich möchte mit dir tanzen.«

Sie wiederholte, dass sie keine Lust mehr habe.

»Stell dich nicht so an. Du tanzt doch auch mit Sytze und Peter, warum also nicht mit mir?«

Ineke sah, dass Herr Van Baar, der einen Tropenanzug trug, sie anstarrte. »Ich fühl mich nicht wohl, ich geh nach Hause.« Sie winkte kurz Van Baar zu, der sich entschlossen umdrehte. Der Tropenhelm war ihm zu groß.

Endlich ließ Eduard ihren Arm los. Bei der improvisierten Garderobe in den Umkleideräumen wartete Trudy auf sie.

Es war kalt. Sie saßen dicht gedrängt beieinander. Henk war es auf mysteriöse Weise gelungen, drei Zigaretten aufzutreiben, aber die hatten sie schon bis zum letzten Tabakkrümel aufgeraucht.

»Eigentlich wollte ich mich als Wehrmachtssoldat verkleiden«, sagte Johan.

»Wehrmachtssoldat?« Sytzes Stimme hatte einen aggressiven Unterton. »Du? Warum?«

Ineke konnte es genauso wenig verstehen. Johan mit seinem glühenden Hass gegen die Deutschen. Zwar ging er noch zum Deutschunterricht, aber er tat nichts mehr für dieses Fach. Als Tauber einmal eine Bemerkung darüber machte, fragte ihn Johan, ob er wisse, was während des Krieges mit seinem Vater geschehen sei. »Natürlich weiß ich das, aber was

hat das mit dieser Lektion oder mit den Hausarbeiten, die du aufhattest, zu tun?«
»Alles hat es damit zu tun.« Tauber hatte Johan lange angesehen und dann einen anderen Schüler aufgerufen.
Sytze brüllte jetzt beinahe. »Warum, verdammt noch mal, als Wehrmachtssoldat?«
»Einfach so, um zu sehen, wie die anderen darauf reagieren.« Johan legte einen Arm um Trudy und zog sie an sich. »Was spielt es für eine Rolle, ob ich mich nun als Araber, als Mitglied des Ku-Klux-Klan, als Bataver oder als Landser verkleide? Das ist doch nur ein blödes Spiel. Die Menschen haben sich irgendwann ausgedacht, dass so was Spaß macht, aber es hat keinerlei Bedeutung. Ich verstehe nicht, warum wir überhaupt hingegangen sind.«
»Weil man doch schließlich irgendwohin muss«, sagte Peter.
»Muss? Wer sagt das?«
Peter zuckte mit den Achseln. Er war als Pirat verkleidet. Die Augenklappe hatte er jetzt abgenommen, aber er trug noch immer das straff gebundene, große rote Taschentuch um den Kopf, das fast alle Haare bedeckte, und den großen Ohrring. »Ein Gardinenring«, hatte er Ineke erzählt. Sie rückte näher an ihn heran. Nachher würde sie wieder mit Henk nach Hause gehen. Bei solchen Gelegenheiten war es lästig, einen Bruder zu haben. Manchmal sah es so aus, als wolle Henk sich unauffällig zurückziehen, doch Peter schien das nicht zu bemerken. Sie nahm seine Hand, die sich kalt und rau anfühlte.
»Weißt du, das ganze Leben ist einfach so eine Art *bal masqué*.« Johan stand auf und ging mit großen Schritten durch den Bunker, als wolle er die Fläche ausmessen. »Menschen verkleiden sich, Menschen spielen eine Rolle. Glaubst du,

dass sie so sind, wie sie sich geben? Nimm nur mal Van Vliet. Meinst du, der würde zu Hause auch so eine große Lippe riskieren und den Chef spielen? Vielleicht hat ja seine Frau die Hosen an.« Johan lachte gekünstelt. »Hahaha.«
Ineke sah es vor sich: Van Baars Frau, in einer großen Hose, jagte ihren Mann durchs Haus.
»Na ja«, sagte Sytze. »Was spielt das für eine Rolle? So ein Maskenball ist doch nur ein kleiner Akt des Widerstands, ein ...« Plötzlich schien ihm bewusst zu werden, welches Wort er gerade gebraucht hatte. »Ich meine ... es dient der Entspannung.«
Dieses Gespräch hatten sie schon einmal geführt. Aber das Leben als Maskenball zu bezeichnen, das war eine neue Betrachtungsweise, die Ineke sehr gefiel. Die Menschen waren immer verkleidet, spielten immer eine Rolle. Man sah nie, wie sie wirklich waren.
»Entspannung.« In Johans Stimme schwang Ekel mit, als er das Wort aussprach. Er ging wieder mit großen, gleichmäßigen Schritten in die eine Ecke des Bunkers und von dort an der Mauer mit den Schießscharten entlang in die andere.
»Wie viel Quadratmeter?«, fragte Ineke. Johan hielt abrupt inne. »Häh?«
»Du misst doch gerade die Fläche aus.«
Johan lachte und nahm wieder neben Trudy Platz. »Wir machen diese Spielchen nicht mehr mit. Die sind was für Kinder, die Ablenkung suchen. Erst wird man in der Schule unter Druck gesetzt. Man muss dies, und man muss das, Verpflichtung hier, Verpflichtung da, Examensanforderungen, und dann gibts so einen Abend ... Damit wollen sie zeigen, dass alles lustig und nett und gemütlich ist ... Entspannung!

Wenn es nicht so lächerlich wäre, würde ich heulen! Heulen! Kommt, lasst uns zusammen heulen!«

Peter legte einen Arm um Ineke, behutsam, als dürfe sie es eigentlich nicht bemerken. Seine Hand berührte kaum ihre Schulter. Der Gardinenring an seinem Ohr streifte ihr Haar, kitzelte ihr Ohr. Den Ring hatte er an einer Stelle durchgesägt und von beiden Seiten an sein Ohrläppchen geklemmt, so dass er hängen blieb. Sie hatte ihn gefragt, ob es wehtue. Nein, er spürte ihn schon nicht mehr. »Soll ich ihn dranlassen, Montag in der Schule?«, hatte er sie gefragt. »Ja, gute Idee.«

»Ungefähr zweiunddreißig Quadratmeter«, sagte Johan.

»Was?«

»Der Bunker hat ungefähr zweiunddreißig Quadratmeter. Die Höhe beträgt … na, sagen wir mal so zweieinhalb Meter, der Inhalt beträgt also … mal sehen … vierundsechzig plus sechzehn … achtzig Kubikmeter. Achtzig Kubikmeter Luft.«

»Wie spät ist es?«, fragte Sytze.

Peter nahm seinen Arm weg. Ein Pirat mit Armbanduhr, das ging eigentlich nicht, fand Ineke.

»Halb zwölf … fünf nach halb zwölf.«

»Ich sollte um halb zwölf zu Hause sein«, sagte Trudy, machte aber keine Anstalten aufzustehen.

Henk erhob sich und fing an, mit den Füßen aufzustampfen und die Arme um sich zu schlagen. »Es ist kalt, verflucht kalt. Wir haben jetzt Oktober, und es friert noch lange nicht. Aber was machen wir im Dezember? Hocken wir dann hier und frieren uns einen ab?«

»Ich sollte um halb zwölf zu Hause sein«, wiederholte Trudy, aber niemand ging darauf ein. Ineke durfte bis zwölf bleiben.

»Wollen wir morgen ins ›Tivoli‹ gehen?«
»Was läuft?«
»*Spuren im Nebel.*«
»Klingt gut … *Spuren im Nebel.*«
Ineke wusste, dass sie auf keinen Fall ins Kino durfte, wenn sie zu spät nach Hause kam. Das bedeutete ein paar Wochen abends zu Hause bleiben und früh ins Bett gehen.

»Ob er schon im Bett liegt?«
»Natürlich.«
»Neben seiner Frau? Diesem Drahtbesen?«
»Neben wem sonst?«
Johan zuckte mit den Schultern. Henk versuchte das Gartentor zu öffnen, das – wie sich herausstellte – nicht verschlossen war. Zu sechst drängelten sie hinein. Sie standen in einem von drei Seiten eingezäunten Garten. Ineke musste sich sehr zusammennehmen, um nicht in lautes Gelächter auszubrechen. Wenn sie einmal anfing, konnte sie nicht mehr aufhören, dann steckte sie die anderen mit ihrem Lachen an, zumindest Trudy. Länger als eine halbe Stunde waren sie durch die Stadt gestreift, auf der Suche nach etwas Unbekanntem, aber alles war ihnen hoffnungslos vertraut. Plötzlich hatten sie vor seinem Haus gestanden. »Hier wohnt doch Van Vliet, oder?«
Hinterher dachte Ineke, dass das Herumirren, so willkürlich es auch ausgesehen haben mochte, fast zwangsläufig zu diesem Haus geführt hatte. Die Vijzelstraat, die Mandemakerssingel, die Steenstraat, die Burgermeester Overdelindenstraat, der Admiraalweg, die Zuidergracht, diese Strecke konnte man doch in einer halben Stunde zurücklegen. Sie

fühlte, wie ihre Fußsohlen brannten. Warum waren sie nicht gleich nach Hause gegangen? Warum waren sie einfach weitergegangen, als wären sie unterwegs zu einem nicht genannten, doch jedem bekannten Ziel? Ab und zu war Peter neben ihr hergegangen und hatte ihre Hand genommen, aber schon bald darauf ordnete sich die Gruppe neu. Manchmal trafen sie Mitschüler, die vom Maskenball kamen. »Wo geht ihr hin?«, hatten einige gefragt. »Ein Geheimauftrag, nicht weitererzählen.«

»Vielleicht ist Van Vliet noch in der Schule«, flüsterte Henk, »und beaufsichtigt das Aufräumen. Dann kommt er jeden Augenblick.«

»Aufgeräumt wird erst morgen, und außerdem hat er dafür Van Baar. Der tut ihm gern den Gefallen, dieser Speichellecker.«

»Und wenn er noch nicht im Bett liegt?«

»Das Licht ist doch aus, Schwachkopf. Oder meinst du, der sitzt da im Dunkeln?«

Auch die Tür des Schuppens, der an das Haus grenzte, war offen. Sie gingen hinein, einer nach dem anderen. Drinnen standen zwei Fahrräder gegen eine Werkbank gelehnt, die abgesehen von einem Hammer und einigen Schraubenziehern völlig leer war. Ineke schob sich ganz nah an Peter heran. Es war, als würden sie Van Vliet durch ihre bloße Anwesenheit einen Teil seines Lebens stehlen. Seine Existenz war plötzlich weniger wichtig geworden, seine Bedeutung hatte abgenommen. Eine eigenartige Spannung prickelte auf ihrer Haut. Sie hatte das nahezu unbezwingbare Verlangen, Peter zu küssen, seine Lippen auf den ihren zu spüren. Vielleicht, weil der Moment so unpassend war. Henk hatte einmal die

Geschichte von zwei Widerstandskämpfern, einem Mann und einer Frau, erzählt, die sich in einem Verwaltungsgebäude, in dem Lebensmittelmarken aufbewahrt wurden, hatten einschließen lassen. Bevor sie in der Nacht den Tresor aufbrachen und mit jeder Menge Marken das Gebäude verließen, hatten sie erst miteinander geschlafen, wie Henk hochrot und mit gesenktem Blick erzählte. Woher wusste er das alles überhaupt? Hatte er sich das vielleicht ausgedacht?

Fast gleichgültig probierte Johan die Hintertür des Hauses. Abgeschlossen. Mit resoluter Miene nahm er den größten Schraubenzieher und schob ihn zwischen Tür und Rahmen. Ineke fragte sich, was sie eigentlich in Van Vliets Haus wollten, aber ihr fiel beim besten Willen nichts ein. Sie nahm Peters Hand, die genau wie ihre klamm vor Schweiß war. Er beugte sich zu ihr hinüber und küsste sie auf die Stirn. Kurz hörte man das Krachen von splitterndem Holz. Sie hielt den Atem an, fühlte die Anspannung in Peters Hand.

»Lass uns gehen«, flüsterte sie heiser.

»Warum?«, fragte Peter.

»Was sollen wir hier?«

Johan wartete einen Moment und öffnete dann einladend die Tür. Sie gingen hinein und standen nun in der Küche. Der Gedanke, dass Van Vliet nichts ahnend oben schlief, überwältigte Ineke beinahe. Mit Mühe gelang es ihr, sich wieder unter Kontrolle zu bekommen. Gemeinsam schlichen sie durch den Flur ins Wohnzimmer. Johan ging voraus, als kenne er den Weg. Ineke erschrak, als plötzlich eine Katze auftauchte. Der Schrei hatte sich schon in ihrer Kehle geformt, aber sie konnte ihn gerade noch unterdrücken. Was taten sie in diesem Haus? Sie hatten hier nichts zu suchen. Wenn sie erwischt wurden, hatte das fürchterliche Konsequenzen. Endgültige Verweisung von der Schule? Bestimmt. Vielleicht kam sie auch ins Gefängnis oder in irgendeine Jugendeinrichtung. Ein Erziehungsheim oder so etwas Ähnliches, womöglich zusammen mit Töchtern von Mitgliedern der niederländischen Nazi-Partei.

An der Wand hingen einige große Gemälde. Eins vom Hafen und eins von der Veepoort. Johan nahm das Veepoort-Bild von der Wand. Er flüsterte Sytze etwas ins Ohr, und zusammen hängten sie es wieder auf, doch nun auf dem Kopf. Sie standen alle um den Tisch herum. Zu ängstlich, um zu bleiben, und zu ängstlich, um zu gehen. Die Zeit verstrich. Ineke dachte, sie würden hier nie wieder wegkommen. Es war nicht möglich zu verschwinden. Die Katze rieb sich den Kopf an ihrem Bein. Es kitzelte.

9

Lidy hatte abgeräumt, und Henk und ich saßen noch am Tisch. Gleich nach dem Krieg lagen bei uns zu Hause alte Zeitungen auf dem Tisch, weil meine Mutter die Tischdecke zu einer Bluse oder zu einem Rock umgeschneidert hatte. Ich erinnerte mich nicht mehr genau daran. Sie war immer sehr geschickt darin gewesen, aus Altem etwas Neues zu machen. Ich weiß noch, dass ich, bis ich zu Onkel Sjoerd und Tante Jantje kam, niemals neue Kleider bekommen hatte.
»Zigarre?«, fragte Henk.
Ich lehnte dankend ab. Zufrieden rauchte Henk seine Zigarre. Natürlich war ich mit ihm nach Hause gegangen, als er mich zum Essen einlud. Ich erfuhr, dass er schon seit über vierzig Jahren mit Lidy verheiratet war, die drei Klassen oder so unter uns gewesen war. Ich konnte mich noch schwach an sie erinnern: ein spindeldürres Mädchen mit langen Zöpfen. Tochter eines Konditors, was gar nicht zu ihrer mageren Figur passte. Sie war immer noch dünn wie eine Bohnenstange.
Es war schon fast acht Uhr. Ich hatte Astrid angerufen, um ihr zu sagen, dass ich erst am Abend nach Hause kommen würde. Sie hatte gefragt, warum. »Ein alter Freund hat mich zum Essen eingeladen.«
»Habt ihr's schön?«
»Ja.« Den Zug um fünf nach halb neun würde ich problemlos schaffen. Dann war ich gegen zehn zu Hause. Astrid würde

lesen. Sie würde aus ihrem Buch aufblicken, über den Rand ihrer Lesebrille, was ihr immer ein leicht geringschätziges Aussehen verlieh, und mich fragen, wie es gewesen war. Konnte ich diese Frage beantworten?

»Wollen wir es uns nicht etwas gemütlicher machen?«, fragte Henk, und wir gingen hinüber in die Sitzecke. »Ich denke, ich nehme gleich den Zug. Dann bin ich um zehn zu Hause.«

»Hast du es eilig?«

»Nein, das nicht.«

»Das will ich wohl meinen, dass du alle Zeit der Welt hast, als Geschäftsmann im Ruhestand.« Henk lächelte. Ich wusste, dass seine ironische Bemerkung nicht böse gemeint war. »Erinnerst du dich noch daran, dass du der Einzige von uns warst, der eine Uhr besaß? Du hattest auch immer Angst, zu spät zu kommen. Manchmal sahst du alle paar Minuten auf deine Zwiebel.«

»Ich? Im Ernst?«

»Hundertprozentig.«

Daran konnte ich mich nicht mehr erinnern. Lidy brachte Kaffee. Sie setzte sich zu uns, und wir unterhielten uns über unsere alte Schule. Natürlich, sie hatte Wielaard und Van Baar auch noch gehabt. Und ob ich mich an Den Hertog erinnern konnte, den Wirtschaftskundelehrer? Wir hatten die B-Richtung mit einer anderen, eher sprachlich-geisteswissenschaftlichen ausgerichteten Fächerkombination absolviert und hatten deshalb viel weniger Unterricht bei ihm als Lidy, die im naturwissenschaftlichen A-Zweig gewesen war. Den Hertog, der war komplett verrückt. Wenn die Tafel voll war, schrieb er auf der Wand weiter. Als der Schwamm einmal verschwunden war, da hatte er mit den Händen Wasser an die

Tafel gespritzt. »Und worum geht es in der Wirtschaft?«, fragte Henk mit hoher, scharfer Stimme, Den Hertog imitierend. »Geld, Geld, Geld!« Und er machte eine raffende Gebärde wie ein Geizhals, der Münzen und Scheine zusammenscharrt. Lidy erzählte von Frau Damhuis, die Niederländisch unterrichtete. Sie war absolut unfähig gewesen, Ordnung zu halten. Weil sie so nervös war, konnte man bei ihr phantastisch schummeln, einfach mit dem Buch auf dem Schoß oder mit einem Zettel unter dem Pullover. Abgucken war auch kein Problem. Doch davon hatte man nur sehr wenig, wenn man einen Aufsatz oder eine Zusammenfassung schreiben musste. »Ist sie nicht auch irgendwann eine Zeit lang zu Hause geblieben … angeblich krank, nachdem sie … wie hieß sie noch gleich … Trudy … Trudy Bos mit dem Zeigestock geschlagen hatte?«

Wir nickten.

»Die war doch bei euch in der Klasse, oder?«, fragte Lidy.

Wir nickten wieder wie zwei ergebene Schüler. Offensichtlich war ich nicht der Einzige, der seiner Frau nichts erzählt hatte.

»Schrecklich, was damals mit ihr geschehen ist«, fuhr Lidy fort. »Einfach schrecklich. Ich weiß nicht genau, was damals alles passiert ist. Es wurde auch nie aufgeklärt. Damals durfte man eigentlich nicht darüber reden, es war zu schrecklich; als ob ein Fluch darauf läge. Es stand kaum etwas darüber in der Zeitung. Vielleicht darf man heute immer noch nicht darüber reden.« Sie sah uns fragend an.

»Es war wirklich furchtbar«, brachte Henk mühsam hervor und machte dabei eine Handbewegung, als wolle er etwas abbrechen. Das war schon mehr als genug.

Lidy schien es nicht bemerkt zu haben. »Ihr stecktet doch auch in irgendeiner Weise in der Geschichte mit drin? Ihr gehörtet doch zur selben Clique?«
»Das ist Vergangenheit«, sagte Henk ärgerlich. »Möchtest du noch Kaffee, Peter?«
»Nein, ich danke dir, aber ich muss gleich zum Zug, sonst wird es viel zu spät.«

Meine Augen gewöhnten sich langsam an die Dunkelheit. Ich konnte nun alle Gegenstände im Schlafzimmer erkennen: die Stühle, den alten Schreibtisch, die Stadtansichten an der Wand. Ein typisches Gästezimmer. Alles war alt und in den letzten Jahren kaum benutzt. Das Fenster war erst geöffnet worden, nachdem ich Astrid angerufen hatte, um ihr zu sagen, dass ich bei Henk, einem alten Freund, übernachten würde. Im Zimmer hing ein muffiger, aber nicht unangenehmer Geruch, ein Geruch, der unweigerlich an früher erinnerte. Von der Straße her kamen ein paar undeutliche Geräusche. Astrid hatte mir eine gute Nacht gewünscht, und ich hatte den Eindruck, dass es ihr recht gut passte, wenn ich einmal eine Nacht wegblieb. Sie hatte mich aber gefragt, wann ich wieder nach Hause käme. »Morgen ... wahrscheinlich morgen früh ...« Warum hatte ich das gesagt? Warum nicht die schlichte Wahrheit: Ich weiß es nicht. Aber hatte es je eine schlichte Wahrheit gegeben?
Ich war hellwach. Zu Hause trank ich abends nie mehr als eine Tasse Kaffee. Gegen zehn hatten wir zu dritt noch anderthalb Flaschen Wein geleert, und ich hatte den Eindruck, dass der Alkohol mich nur munterer machte, dass mein Blut schneller strömte. Wahrscheinlich hätte ich mehr trinken

müssen, um wirklich schläfrig zu werden. Dies war wie ein Zimmer in einem einfachen Ein-Stern-Hotel: unpersönliche Einrichtung, Dusche und WC auf dem Flur. Henk und Lidy hatten ein eigenes Bad neben ihrem Schlafzimmer.

Völlig unerwartet, wie aus einem Hinterhalt tauchten sie wieder auf, diese schabenden Kopfschmerzen, die sich scheinbar einen Weg durch meine Stirn hindurchzubahnen suchten. Ich stand aus dem Bett auf und sah mir die Stiche aus der Nähe an. Auf einem war das alte Rathaus zu sehen, auf einem der Hafen – so, wie er vor wohl hundert Jahren ausgesehen hatte –, auf einem einige Häuser entlang der Mandemakerssingel. Sie hätten jede beliebige Stadt darstellen können. Ich öffnete den Vorhang einen Spalt. Draußen war nichts zu sehen. Hier wohnten auch früher schon die Menschen, denen es gut ging. Ich schaute weiter nach draußen und sah, wie aus einem kaum sichtbaren Nebel sechs Jugendliche in die Straße einbogen: vier Jungs und zwei Mädchen, ungefähr siebzehn Jahre alt. Sechs Jugendliche, dreimal zwei. Es war, als begleitete sie das Licht, als folgte ihnen ein diffuses Spotlight. Vor Henks Haus blieben sie stehen, warteten darauf, was passieren würde. Die Gesichter waren nicht deutlich zu sehen, aber ich erkannte ihre Haltung, ihre Gesten. Dort stand ich selbst, ein paar Meter von den anderen entfernt. Ihre Kleidung war hoffnungslos aus der Mode. Oder war die jetzt gerade wieder modern? Ich rieb mir die Augen, und sie waren verschwunden.

Als ich zur Toilette ging, sah ich, dass unten Licht brannte. Nachdem ich meine schmerzende Stirn ausgiebig mit Wasser gekühlt hatte, ging ich langsam die Treppe hinunter. Der Lichtschein kam aus dem Wohnzimmer. Henk saß auf einem niedrigen Stuhl, den Blick auf das große Fenster gerichtet, vor dem die Vorhänge zurückgezogen waren. Er bemerkte mich nicht. Minutenlang beobachtete ich ihn. Ab und zu nahm er ein Glas vom Tisch und trank einen Schluck. Whisky wahrscheinlich. Ich hörte die Eiswürfel fröhlich klimpern. In Henks Glas klimperten die Eiswürfel immer fröhlich. Wenn Henk da war, gab's was zu lachen, auch wenn es jetzt so aussah, als sei ihm das Lachen vergangen. Ich kam mir vor wie ein Spion, aber ich brachte es nicht fertig, mich unbemerkt zurückzuziehen oder Henk auf diskrete Weise auf mich aufmerksam zu machen. Ob er auch die illustren Sechs aus dem Nebel der Vergangenheit hatte auftauchen sehen? Die Sechs, die einerseits von den Mitschülern über die Schulter angesehen, andererseits aber von denselben Mitschülern bewundert wurden. Jedenfalls bis November sechsundvierzig. Danach war alles anders geworden, für jeden.

»Was stehst du da rum?«, fragte Henk plötzlich.

Ich erschrak. Die Worte blieben mir wie zu große Bissen im Halse stecken.

»Ich … äh …«

Henk drehte sich um. Über seinen Schlafanzug hatte er einen Morgenmantel gezogen, einen teuren Morgenmantel, das sah ich sofort. »Komm, setz dich zu mir. Willst du auch einen Schluck?«

»Ich konnte nicht schlafen«, sagte ich.

Henk ging zur Hausbar. »Whisky? Mit Eis?«

»Ja, gerne.«

Wir saßen da und betrachteten das dunkle Rechteck des Fensters. Auf der Straße war immer noch niemand unterwegs. Dies war nicht Amsterdam. Vielleicht würde es so ruhig bleiben, bis die Ersten zur Arbeit gingen. Hier musste natürlich keiner vor acht Uhr anfangen. In diesem Viertel wohnten wohlhabende Menschen, die erst gegen neun Uhr an ihrem abgeschirmten, großzügig ausgestatteten Arbeitsplatz erschienen.

»Ich kann nie schlafen«, sagte Henk. »Jedes Mal tu ich so, als ob, dann führe ich ein Theaterstück auf. Ich gehe zusammen mit Lidy zu Bett, so mit: Ah, jetzt herrlich schlafen, gute Nacht. Aber nach einer Viertelstunde habe ich das Gefühl, immer munterer zu werden, als wäre die ganze Müdigkeit wie durch ein Leck aus mir herausgeströmt. Ich habe schon alles ausprobiert, sogar Entspannungsübungen.« Beim letzten Wort verzog er sein Gesicht, als habe er etwas Ekliges in den Mund genommen. »Das Einzige, was hilft, ist, eine Zeit lang hier zu sitzen. Manchmal bis vier.«

Henk nahm einen Schluck Whisky. Die Eiswürfel waren geschmolzen.

»Ich schlafe eigentlich sehr gut«, sagte ich, »aber ich habe heute Abend wahrscheinlich zu viel Kaffee getrunken.«

»Vor ein paar Jahren hat es angefangen«, sagte Henk. »Einfach so, keine Ahnung, wieso. Mit Ineke habe ich nicht darüber gesprochen … mit Johan auch nicht … Nichts, *bloody nothing*. Und mit Lidy rede ich schon mal gar nicht darüber, wie du bemerkt hast. Überhaupt mit niemandem. Die Menschen verstehen es sowieso nicht. Man kann es nicht erklären.«

Ich nickte und räusperte mich.

»Ich lag im Bett«, fuhr Henk fort, »an einem ganz gewöhnlichen Dienstagabend im September, also nicht einmal an *dem* Tag oder, besser gesagt, an einem der beiden Tage, als ich plötzlich daran denken musste. Ich sah uns wieder zusammenhocken, erst im Bunker, später auf dem Speicher und dann wieder im Bunker. Erinnerst du dich noch, wie es mir zum ersten Mal gelungen ist, eine Flasche Branntwein zu organisieren?« Henk lachte kurz, aber es war kein volles, zufriedenes Lachen. Ich wagte nicht, ihn anzusehen. Es hatte viele Flaschen gegeben, doch ich wusste, welche er meinte. »Weiß deine Frau … äh, weiß Lidy von deiner Schlaflosigkeit?«

»Natürlich, aber ich sage immer, dass es einfach nur die Sorgen sind, die ich mir mache, um das Geschäft oder um unsere Kinder … die Enkel, und dass es bestimmt wieder besser wird.«

»Nimmst du keine Schlaftabletten?«

»Das habe ich ein paarmal getan, aber wenn ich dann morgens wach werde, fühle ich mich völlig schlapp. Also sitze ich lieber hier und warte darauf, dass sie mich besuchen.«

»Wer?«

»Na, Sytze und Trudy natürlich, wer sonst?«

Natürlich. Wer sonst?

10

»Gut«, sagte Stading, »holt eure Hefte raus. Wenn du nicht mitarbeiten willst, dann geh ruhig nach Hause, Molenaar.«

Eduard sah sich verständnislos um.

»Oder weißt du vielleicht nicht mehr, wo du wohnst? *Bon,* die Übersetzung, *la traduction,* Seite achtundsiebzig, *soixante-dix-huit.* Wisst ihr übrigens, dass man in Wallonien für siebzig meistens nicht *soixante-dix,* sondern *septante* sagt?«

Stading ging mit eigenartig federnden Schritten im Klassenraum auf und ab, was er des Öfteren tat. »Mal sehen, wo waren wir stehen geblieben … Zeile vierundzwanzig. Hast du heute Morgen vielleicht nicht gefrühstückt, Anton? Ja? Warum sitzt du dann da und futterst aus der Nase? Gibt es Freiwillige, Menschen, die es wagen, die Herausforderung anzunehmen, Schüler mit Mut, mit Ehrgeiz im Leib?« Einen Moment lang überlegte Trudy, ob sie nicht ihren Finger heben solle.

»Bert Thijssen … *monsieur meuble,* fang mal an.«

»Äh … äh … Wir gingen über die Straße, bis wir das Haus erreichten …«

Stading setzte sich hin, sprang aber gleich wieder auf, als ob sein Stuhl nass wäre. »… das Haus erreichten, ja, das kann man sagen, aber was wäre besser, Ineke?«

»Ankamen?«

»Ja, bis wir beim Haus ankamen ... oder einfacher: bis wir zum Haus kamen. Mach weiter, Bert.«
»Es sah verlassen aus. Niemand war zu sehen. Wir liefen über den Pfad, bis wir zum Tor kamen ...«
»*La porte,* Bert, was ist das?«
»Das Tor, Herr Stading.«
»Das hast du schon mal gesagt. Was bedeutet *la porte,* Teun?«
Teun flüsterte irgendetwas Unverständliches. Teun war zwar da, aber er wollte nicht, dass man ihn hörte oder sah.
»Sags noch einmal.«
»Die Tür«, antwortete Teun kaum hörbar.
»Ja, Bert, die Tür. Wenn ich mich recht entsinne, hast du das schon im fünften Schuljahr gelernt. Weiter.«
Bert las weiter, aber Stading schien nicht mehr zuzuhören. Er stand am Fenster und sah nach draußen. Ungenauigkeiten und kapitale Fehler ließ er kommentarlos passieren. Trudy reckte sich, um auch nach draußen zu sehen, aber es war nichts Besonderes zu entdecken.
»*Bon*«, sagte Stading plötzlich und wandte sich wieder der Klasse zu. »Der Krieg *la guerre* ...«
Trudy klappte wie die meisten anderen ihr Heft zu. Die Übersetzung war vergessen, das Examen existierte nicht mehr.
Stading fing an zu erzählen, wobei er in der Klasse auf und ab ging. Er berichtete von der Judenverfolgung, von den Razzien in Amsterdam, von jüdischen Kindern, die die Schule verlassen mussten, von Leuten, die untertauchen konnten, von Verrätern, vom Februarstreik ... Da ging die Glocke. Stading schien sie nicht gehört zu haben. Er erzählte von den Zügen, von Menschen, die in Viehwaggons gezwängt wurden, zu Dutzenden, ohne sanitäre Anlagen.

Anton Verdam hob die Hand. »Herr Lehrer, wir müssen in den Mathematikunterricht.«
Stading hörte ihn nicht. Er sprach einfach weiter mit einer Stimme, die die Schrecken in sich zu tragen schien.

Gegen halb acht hatte Trudy den Schlüssel weggenommen, als ihr Vater im Wohnzimmer saß und Radio hörte. Die Orgelmusik schallte durchs ganze Haus. Zu ihr sagte er immer, sie solle nicht so einen Krach machen. »Geht es nicht etwas leiser?«, war eine seiner bevorzugten Fragen. Aber diese fürchterliche Musik war ihm nicht zu laut. Eine Weile war sie artig im Zimmer geblieben, um ihren guten Willen zu bezeugen. Ihr Vater nickte ihr zufrieden zu. Die Schwingungen der tiefen Töne spürte sie bis in die Magengrube. Es schien, als sei es staubig im Wohnzimmer, obwohl ihre Mutter eifrig saugte und putzte, jeden Tag, als hinge ihr Leben davon ab. Trudy wurde übel, wenn sie daran dachte.
Ihre Mutter werkelte in der Küche, und Thijs war wie gewöhnlich in seinem Zimmer. Als sie ihre Hand in die Jackentasche ihres Vater steckte, spürte sie eine seltsame Erregung. Den richtigen Schlüssel zu erwischen, war Glückssache. An dem Bund hingen vier Schlüssel, von denen zwei zum Haus gehörten. Einer für die Vordertür und einer für die Hintertür. Eine Woche lang hatte sie abends Hausarrest gehabt. Ineke auch, darum war es nicht so schlimm. »Was habt ihr denn die ganze Zeit gemacht?«, hatte ihr Vater sie gefragt. »Um halb zwölf war das Fest doch vorbei?«
»Wir haben einfach nur so rumgesessen.«
»Bei der Kälte? Nachher bekommst du noch eine Lungenentzündung, und das ausgerechnet im Examensjahr.« »So

schlimm war es nicht. Es war gar nicht besonders kalt.« Er hatte sie forschend angesehen. »Waren die Jungs auch dabei, der Bruder von Ineke und seine Freunde?« Sie hatte genickt. »Ihr seid ein komischer Haufen. Ich weiß gar nicht, warum ihr euch mit den Jungs herumtreibt. Warum reicht nicht eine Freundin?« Ihr wurde klar, dass ihr Vater nicht recht wusste, was er davon zu halten hatte. Einerseits war ihm die Anwesenheit der Jungen ein wenig suspekt, andererseits aber war es sicherer, wenn sie abends spät auf der Straße dabei waren. »Ihr tut doch nichts Ungehöriges, oder?« »Wir? Natürlich nicht!« Wenn er wüsste, was sie gemacht hatten. Über den Einbruch in das Haus von Van Vliet hatte nichts in der Zeitung gestanden. Natürlich hatten sie auch nichts gestohlen. Während der folgenden Tage hatte Trudy so unauffällig wie möglich Van Vliets Gesichtsausdruck studiert, wenn er in der Eingangshalle unter der Uhr stand und kontrollierte, ob sich die Schüler ordentlich benahmen. Sie stand etwas abseits und suchte nach Zeichen in seiner Miene, in seiner Körperhaltung, seinen Gesten und seiner Stimme. Aber es schien, als habe es ihn nicht berührt, er war genau so wie immer. Aber er musste es doch bemerkt haben. Den kaputten Türrahmen und das umgekehrt aufgehängte Gemälde konnte er doch nicht übersehen haben. Zu gerne hätte sie sein Gesicht gesehen, als er es entdeckte. Wie war es dann möglich, dass es offenbar keinen bleibenden Eindruck bei ihm hinterließ? Was musste passieren, damit jemandem wie Van Vliet wirklich etwas nahe ging, damit seine Unerschütterlichkeit Risse bekam und sein Selbstvertrauen ins Wanken geriet?
Es war nun fast acht Uhr. Sie zog ihren Mantel an und stellte sich vor den Spiegel. Der Mantel war potthässlich. Erbost

streckte sie ihrem Spiegelbild die Zunge heraus. Sie tastete in der Manteltasche nach dem Schlüssel. Das kalte Metall fühlte sich merkwürdigerweise warm an. Fast meinte sie, sie könnte sich die Hand daran verbrennen.

Ihre Mutter kam aus der Küche. »Elf Uhr und keine Sekunde später. Du weißt, was Papa gesagt hat.«

»Elf Uhr«, wiederholte sie.

»Hast du den Schlüssel?«, fragte Sytze.

Sie nickte und zog ihn aus der Manteltasche. »Ich weiß aber nicht, ob es der richtige ist.«

Die anderen drängten sich um sie, als gäbe es einen kuriosen Gegenstand zu bestaunen.

»Gehen wir?«

Unschlüssig standen sie noch eine Weile am Eingang des »Tivoli« herum. Es lief *Der Mann in Schwarz*.

Elly Verweel tippte Trudy an. »Geht ihr auch?«

»Nein, wir haben keine Lust.«

»Ist aber ein spannender Film.«

Trudy spürte wieder den glühenden Schlüssel. Er könnte ihr einfach so aus der Tasche fallen.

»Was macht ihr denn?«, fragte Elly.

»Wissen wir noch nicht.«

Elly sah sie misstrauisch an. Trudy lächelte freundlich zurück, worauf Elly den Blick senkte.

In den Straßen um die Papierfabrik war es still. Sie gingen ein paar Mal um das Fabrikgebäude herum. Als sie zum dritten Mal vor der Seitentür standen, meinte Sytze, dass die Luft rein sei.

»Die Luft ist rein«, wiederholte Trudy. Sie sah sich um,

nahm den Schlüssel und steckte ihn ins Schloss. Vorsichtig drehte sie ihn um und spürte einen Widerstand, wie wenn Metall auf Metall trifft. Vielleicht war dies doch nicht der richtige Schlüssel. Ein Auto näherte sich. Glücklicherweise fuhr es vorbei. Johan stand dicht hinter ihr; es war, als strahlte die Wärme seines Körpers durch ihren Mantel hindurch. Noch einmal drehte sie behutsam den Schlüssel, und da erklang das befreiende, trockene Klicken. Ein jubelndes Gefühl durchfuhr sie. Am liebsten hätte sie Johan umarmt.

Hinter der geöffneten Tür entdeckten sie eine Treppe, die sie nun vorsichtig hochgingen, Trudy voran. Sie kamen an eine weitere Tür, die zu einem Speicher führen musste. Trudy drückte vorsichtig die Klinke nieder, die sich knarrend bewegte. Ihr stockte der Atem, als sie die Tür langsam öffnete. Vielleicht war hier seit Jahren niemand mehr gewesen. Ob auf dem Speicher vielleicht Menschen gelebt hatten, die untergetaucht waren? Oder Widerstandskämpfer? Ihr Vater hatte davon nie etwas erzählt, aber das musste nichts heißen.

Sie blieb stehen, während die Angst ihr Herz erkalten ließ. Was, wenn hier jemand versteckt war, den man vergessen hatte? Allein auf diesem Speicher, mutterseelenallein. Stank es? Lag hier irgendwo eine verwesende Leiche? Das hier war schlimmer, als sich in das Haus von Van Vliet zu schleichen. Auf einmal wurde ihr bewusst, dass sie es nicht tun sollten. Wieder hatten sie eine Grenze überschritten. Irgendwann würde es keine Grenzen mehr geben; dann konnte alles Mögliche geschehen.

»Kommt, wir gehen wieder weg.« Ihre Stimme klang merkwürdig, verzerrt, mit einem hohen, ängstlichen Schluchzer in dem Wort »weg«.

»Warum?«
»Ich weiß nicht.« Sie zitterte, als hätte sie Fieber. Johan schob sie zur Seite und ging auf den Speicher. Jeden Moment erwartete sie einen Grauen erregenden Schrei, aber sie hörte nur schlurfende Schritte. Die anderen blieben bei ihr und warteten. Jetzt war es still, totenstill. Plötzlich und unerwartet stand Johan wieder vor ihr; sein Gesicht sah aus wie eine Totenmaske. Trudy fing wild schluchzend an zu heulen.

»Guckt mal, was ich hier habe.« Henk öffnete triumphierend seinen Mantel und brachte eine Flasche zum Vorschein. Trudy hatte sich schon die ganze Zeit gefragt, was sich wohl hinter der dicken Beule in seinem Mantel verbarg. »Branntwein«, sagte Henk. »Stand schon vor dem Krieg irgendwo in einem Schrank auf unserem Dachboden. So gut versteckt, dass mein Vater ihn wahrscheinlich nicht wieder finden konnte. Ich weiß noch, dass er ihn aufbewahren wollte. Für eine besondere Gelegenheit. Hat er gesagt. Na, wenn das keine besondere Gelegenheit ist, dann weiß ich auch nicht.« Henk lachte, immer noch ein wenig gedämpft. »Und ein Glas hab ich auch mitgebracht. Eins, denn sonst wäre es vielleicht aufgefallen.«
Sie saßen in einer Ecke des Speichers, der ungefähr sechs mal acht Meter groß war. Darunter lagen die Büros. Auf der Rückseite war ein kleines Fenster, von dem aus man die Fabrikhalle sehen konnte. Die Maschinen schwiegen bedrohlich. An einer Wand des Speichers standen ein paar Schränke, die abgeschlossen waren. Es gab zwar keine Stühle, aber ein paar Papierstapel, auf die sie sich setzen konnten. Seltsam, dass trotz der Papierknappheit diese Stapel hier liegen geblieben

waren. Warm war es nicht, aber auf jeden Fall weniger kalt als im Bunker. Trudy schmiegte sich an Johan. Nachdem Henk mit vielsagendem Blick in die Runde geblickt hatte, schenkte er das Glas voll, als handle es sich dabei um einen rituellen Akt.

Er selbst nahm den ersten Schluck. »Prost. Auf uns.« Alle wiederholten diesen Spruch, bevor sie einen kleinen Schluck tranken. Trudy fühlte, wie das brennende Rinnsal ihre Kehle hinab durch die Speiseröhre in den Magen floss. Es war, als hinterließe jeder Tropfen eine Spur, eine Spur, die sie auch in Zukunft würde finden können. Wie war es möglich, dass etwas so eklig und gleichzeitig so lecker sein konnte? Ihr schauderte vor dem Schnaps, und sie verlangte gleich nach der nächsten Runde.

Henk sah zunächst wieder einen nach dem anderen an. »Wir werden einander nie im Stich lassen. Wir brauchen die anderen nicht. Auf uns.« Seine Stimme klang angespannt. Er trank einen Schluck und gab das Glas an Peter weiter. Trudy hatte den Eindruck, als habe Peter, nachdem auch er wieder gesagt hatte »Auf uns«, nur so getan, als ob er trinke.

Sie sprachen über die Schule. Die war meilenweit weg, gleichzeitig aber beängstigend nah. Sechs Tage die Woche sahen sie sich in der Klasse, sechs Tage die Woche folgten sie demselben Unterricht, machten dieselben Hausaufgaben, schrieben die gleichen Klassenarbeiten. Ein einziges Wort reichte aus, und sie verstanden einander. Stading war außergewöhnlich. Wielaard war einigermaßen nett, und Damhuis, die konnte nicht für Ordnung sorgen; der Unterricht bei ihr war also immer eine willkommene Abwechslung. Man wusste nie, was alles passieren würde. Trudy hatte manchmal ein

wenig Mitleid mit ihr, wenn sie verzweifelt in die Klasse blickte. Die Ärmste war den Schülern einfach nicht gewachsen. Aber wie konnte man auch nur Lehrer werden?
Beinahe wöchentlich bekamen sie mehr Hausaufgaben auf. Abschlussexamen, das war das Zauberwort, das sie anfeuern sollte. Außer Stading redeten alle Lehrer ständig vom Abschlussexamen, und wenn die Lehrer nicht davon redeten, dann waren es die Eltern. »Examen, Examen«, sagte Ineke. »Davon wird mir speiübel.«
»Und wofür machen wir das eigentlich alles?«, fragte Johan. Er schaute in die Runde und nippte dabei am Glas. Keiner reagierte. »Nur weil wir in dieser blöden zehnten Klasse sind … weil irgendwelche Leute sich das mal so ausgedacht haben. Und jetzt geht es nicht mehr anders. Ist das Freiheit? Das soll die Befreiung sein?«
Trudy wusste nicht genau, was Johan meinte, aber sie teilte seine Unzufriedenheit. Vor dem 5. Mai waren sie viel freier gewesen als jetzt. Fast jeden Tag, fühlte sie sich wie eingesperrt: zu Hause, in der Schule, zwischen all den Verpflichtungen, Regeln und Erwartungen.
»Was sollen wir sonst machen?«, fragte Peter.
Johan gab das Glas an Trudy weiter. »Sabotage … nicht mehr mitmachen … Widerstand leisten.«
Die andern schwiegen, als müssten sie Johans Worte erst in sich aufnehmen. Ineke hustete, weil sie sich an dem Branntwein verschluckt hatte. Peter klopfte ihr mit der flachen Hand auf den Rücken.
»Wenn ich das Examen bestanden habe, muss ich arbeiten gehen«, sagte Sytze. »Dazu habe ich überhaupt keine Lust.«

»Dann solltest du dein Examen nicht bestehen.«
Sytze nickte. Ein verhaltenes Lächeln erschien auf seinem Gesicht.
»Meine Eltern wollen, dass ich aufs Lehrerseminar gehe«, sagte Trudy. »Sie meinen, dass es das Beste ist, wenn ich Lehrerin werde. Ich seh mich schon vor einer Klasse von garstigen Kindern stehen, Tag für Tag. Grauenhaft.« Sie hörte ihren Vater wieder die Vorzüge des Lehrerberufs preisen.
»Aber lange Ferien«, sagte Peter. Zum soundsovielten Mal sah er auf seine Uhr.
»Dann kannst du ja Lehrer werden, wenn du das so toll findest. Was machst du eigentlich nach dem Examen?«
»Keine Ahnung ... Wahrscheinlich arbeiten. Muss ich wohl. Meine Mutter verdient zu wenig, und mein Vater ...«
Es blieb still. Trudy konnte sich nicht erinnern, dass je einer Peters Vater erwähnt hätte.
Henk schenkte das Glas wieder voll. »Auf die Sabotage ... auf den Widerstand.«
»Wie macht man das eigentlich, die Schule sabotieren? Die Lehrer ein bisschen ärgern und so?«
»Das ist doch albern«, sagte Johan, »viel zu albern. Oder willst du etwa Papierflugzeuge durch die Klasse werfen? Oder mit Kügelchen schießen? Nein. Vielleicht sollten wir in den Streik treten oder so, ich weiß es auch nicht. Wir sollten die Schule verschwinden lassen.«
Trudy betrachtete Johan von der Seite. Gerne würde sie von ihm hören, was sie tun sollten, und nicht solche mysteriösen Bemerkungen wie »die Schule verschwinden lassen«. Sein Wort wäre Gesetz.
»Streiken?«, fragte Sytze.

»Ja, nichts mehr tun … keine Hausaufgaben mehr machen … beim Examen durchfallen.«
»Du meinst … mit Absicht durchs Examen fallen?«
Trudy spürte, wie eine eigentümliche Heiterkeit ihr zu Kopf stieg, eine Heiterkeit, die sie offensichtlich mit den anderen teilte. Zaghaft zustimmendes Lachen war zu hören. Absichtlich durchs Examen fallen, alle sechs. Der Gedanke drang langsam zu ihnen durch, breitete sich in ihnen immer weiter aus, nahm allmählich von ihnen Besitz. Sie blieben zusammen, sie selbst musste nicht auf dieses elende Seminar. Für ihre Eltern wäre das eine Katastrophe. Eine Schande für die ganze Familie. Herrlich! Keine Examensfeier mit den Nachbarn und all den Onkeln und Tanten und Bekannten ihrer Eltern!
»So was in der Art«, sagte Johan.
Henk pfiff durch die Zähne. Ineke stand auf und stiefelte auf dem Speicher umher.

Das warme Gefühl in Trudys Magen breitete sich in ihrem ganzen Körper aus, der angenehm matt wurde. Die Flasche war inzwischen bis auf ein knappes Viertel geleert. Es war das erste Mal, dass sie Alkohol trank. Vorhin hatte sie einen Moment lang befürchtet, dass ihre Eltern es riechen könnten, doch sie verscheuchte ihre Angst, indem sie mit der linken Hand Johans Hals streichelte. Seine Haare waren auffallend lang, auch im Nacken. Sie hatte ihm den Schlüssel gegeben. Er konnte morgen im Laden seines Onkels eine Kopie besorgen oder machen lassen. Seit Monaten hatte Trudy sich nicht mehr so wohl gefühlt.
Sytze holte ein Stück Zeitung aus seiner Innentasche. »Habt ihr das gelesen?«

»Was?«
Sytze stellte sich unter die Dachluke, um so viel Licht wie möglich zu bekommen. »Hört euch das an: ›Bauer durch explodierendes Jauchefass getötet‹.«
»Ein Jauchefass?«
»Bah, wie ekelhaft.«
»Schenk noch mal ein, Henk.«
Sytze las weiter. »›Vor einigen Tagen wurde der fünfundzwanzigjährige Landwirt J. Eekman aus Laren vom Deckel eines explodierenden Jauchefasses so schwer getroffen, dass er wenige Minuten später seinen Verletzungen erlag. Bekanntlich wird für die Firma N.V. Organon Oss der Urin von trächtigen Stuten …« Sytze sah die anderen an. »Wusstet ihr, dass … dass der Urin von trächtigen Stuten …?«
»Komm, lies weiter«, sagte Johan.
»Gut … mal sehen, wo … ›der Urin von trächtigen Stuten gesammelt, aus dem das Unternehmen verschiedene Präparate und Medikamente herstellt. Vermutlich schöpfte Eekman im Stall Urin aus dem Jauchekeller …‹ Tja, tut mit Leid, Trudy, Ineke, leider ist es keine besonders angenehme Geschichte.«
»Das sind sie von dir schon gewöhnt«, sagte Henk.
»Oder von dir … äh … ›Urin aus dem Jauchekeller und brachte ihn nach draußen, um ihn in das Fass zu gießen. Als er das Fass öffnen oder wegrollen wollte, muss der Deckel abgesprengt worden sein. Der laute Knall war noch in einiger Entfernung zu hören. Eekmans Vater, der sich im Haus aufhielt, rannte nach draußen und fand seinen Sohn mit einer kleinen Wunde über dem Auge am Boden liegend. Jede ärztliche Hilfe kam zu spät.‹ So was muss einem passieren. Umgebracht von einem Fass voller Pisse.«

»Und dann auch noch von trächtigen Stuten«, sagte Peter.
Johan stand auf. »Dann doch lieber von den Deutschen umgelegt werden.«
Keiner sagte mehr etwas. Wie eine Drohung hingen Johans Worte in der Luft. Wenn jemand anders das gesagt hätte, wäre er wahrscheinlich fuchsteufelswild geworden. Trudy wünschte, ihn besser zu verstehen, dann könnte sie ihm auch eher helfen. Henk schenkte noch einmal nach, nahm einen kleinen Schluck und gab das Glas weiter. Sytze stand noch immer am Fenster. Er faltete den Zeitungsausschnitt zusammen und steckte ihn vorsichtig in seine Innentasche, als wäre er sein kostbarster Besitz.

II

»Na, bist du wieder da?« Eine Feststellung in Form einer Frage. Astrid sagte weiter nichts. Sie tat so, als wäre ich nur zum Laden an der Ecke gewesen, um einzukaufen.
Das Haus, das mir in all den Jahrzehnten so vertraut geworden war, schien sich plötzlich verändert zu haben. Schon die Lage des Wohnzimmers im Verhältnis zur Straße: Als habe sich der Wohnblock um ein paar Grad gedreht. Die Farbe der Türen hatte einen anderen Ton, das Beige wirkte jetzt irgendwie gräulicher. Das Licht der Frühjahrssonne schien ungewohnt scharf nach drinnen.
»Möchtest du Kaffee?«, fragte Astrid und stand sogleich auf.
Ich ging hinter ihr her in die Küche. Sie sah mich etwas erstaunt an.
»Es ist, als ob alles ein wenig anders aussieht«, sagte ich und hatte dabei das Gefühl, als entschuldigte ich mich. »Alles ist noch wie vorher. Ich bin auch noch dieselbe. Vielleicht hast du dich verändert.«
Ich folgte ihr wieder ins Wohnzimmer. Sie hatte nur für mich Kaffee gemacht. Ich trank, hatte aber vergessen, Zucker hineinzutun. Der bittere Geschmack war nicht unangenehm.
»Verändert? Durch diesen kleinen Ausflug in meine Vergangenheit?« Ich versuchte, diesen Gedanken mit einem Lachen abzutun.

Astrid kramte auf dem Tisch zwischen den vielen Zeitschriften und Zeitungen herum, bis sie die *Bravissimo* gefunden hatte. »Wer weiß?«

Nachmittags legte ich mich für eine Weile ins Bett, weil die vergangene Nacht mir nur wenig Ruhe beschert hatte. Ein paar Stunden hatte ich zusammen mit Henk im Wohnzimmer gesessen, aber viel geredet hatten wir nicht, wir hatten es nicht gewagt, viel zu reden. Plötzlich hatte ich Angst, nachts auch nicht mehr einschlafen zu können, als hätte Henk mich mit einem Virus infiziert. Vielleicht trug ich es schon seit damals in mir, latent?

Ich zog nur mein Jackett und die Schuhe aus und legte mich unter die Decke. Die Gedanken und die dazugehörigen Bilder von vor fast fünfzig Jahren gingen langsam in einen Traum über, an den ich mich hinterher haargenau erinnern konnte. Wir gingen zu sechst durch die Stadt, aber es war die Stadt von heute, mit greller Reklame, einer Videothek, einer Snackbar, einem Computerladen, einer Pizzeria. Im Gegensatz zu den anderen Menschen trugen wir unsere grauen, dreimal umgeschneiderten Kleider aus der unmittelbaren Nachkriegszeit. Es schien niemandem aufzufallen. Wir gingen zum Hafen, wo lauter Segelboote lagen, kein einziger Kutter. Auf einem der Boote stand Eduard Molenaar und fragte, ob wir mitfahren wollten. Wir gingen hinaus auf die Hafenmole. Ich spürte Inekes Hand in der meinen, aber wenn ich zur Seite sah, lief sie nicht neben mir. Auf ein Zeichen von Johan hin setzten wir uns, den Rücken gegen den Leuchtturm gelehnt, den Blick hinaus aufs Wasser gerichtet. »Es scheint unendlich«, sagte Johan, »aber auf der anderen

Seite liegt einfach nur ein Polder. Man sieht ihn bloß von hier aus nicht. Es gibt immer Dinge, die man nicht sieht, die aber dennoch existieren.«

Aus dem Leuchtturm war plötzlich unsere Schule geworden. »Niemand da«, sagte Sytze. »Sogar Mulder ist weg.« Ich verstand nicht, woran er erkennen konnte, dass der Hausmeister mit seinem stets wachsamen Blick nicht da war. »Kommt, wir gehen rein«, sagte Johan. Die Tür öffnete sich von alleine, als wir davor standen. Hinter dem klaffenden schwarzen Loch würden wir Van Vliet begegnen, dachte ich, aber da war nur eine nasskalte Leere. Merkwürdigerweise mussten wir in dem Gebäude keine Treppen hinaufgehen, sondern stiegen treppab in die Tiefe. Nachdem wir drei Treppen hinter uns hatten, kamen wir an ein Fenster und schauten hinaus. Die Stadt lag zu unseren Füßen. Überall sahen wir orange und rotweiß-blaue Verzierungen. Ich drehte mich um und sah in den Klassenraum. Nur Ineke und ich waren noch da. Wir umarmten uns. Ich spürte ihren Mund auf meinem, mein Körper glühte. Plötzlich trat sie ein paar Schritte zurück, so dass ich fast hinfiel. Aus Ineke war Astrid geworden, die Astrid von heute. Ich schreckte aus dem Schlaf hoch.

Langsam kam ich wieder zu mir. Ich versuchte, das Bild der vorwurfsvollen Astrid zu verjagen. Schade, dass ich Ineke nicht besucht hatte. Henk hatte heute Morgen versucht, mich dazu zu überreden. »Fände sie bestimmt nett. Jetzt ist sie wahrscheinlich noch in der Schule, wo sie sich um die Bibliothek kümmert, ehrenamtlich, aber heute Nachmittag …«

»Welche Schule?« In Gedanken sah ich sie durch das alte Schulgebäude laufen, wo jetzt die Polizei untergebracht war.

»Unsere alte Schule. Die ist jetzt mit anderen Schulen zusammen in einem Gebäudekomplex untergebracht.«
Astrid saß im Wohnzimmer über ein Kreuzworträtsel gebeugt. Es war das erste Mal, dass ich sie mit so etwas sah. Woher kam dieses plötzliche Interesse?
Ich stellte mich hinter sie und legte eine Hand auf ihre Schulter. »Ein Kreuzworträtsel? Wusste gar nicht, dass du so was machst.«
»Stör mich bitte nicht … So kann ich mich nicht konzentrieren.«

Ich ging eine Straße entlang, in der gerade der Müll abgeholt wurde. Es roch nach Abfall und Vergänglichkeit. Ein aufgeplatzter Sack blieb auf dem Bürgersteig liegen. Zwischen Apfelsinenschalen, Kaffeesatz und alten Kartoffeln lag eine Puppe, deren Kopf und Haare mit einer undefinierbaren grünlichen Masse beschmiert waren. Ein paar Meter weiter stand ein alter Kühlschrank, die Tür voller Aufkleber.
Das Wetter war schön. Ziellos war ich umhergeirrt und schließlich in diesem Stadtviertel gelandet. Vor einer Stunde war ich zu Hause weggegangen. Astrid war immer noch mit ihrem Kreuzworträtsel beschäftigt gewesen. Interessiert hatte ich sie gefragt, ob sie vorwärts komme oder ob ich ihr helfen könne. (»Was der eine nicht weiß, weiß vielleicht der andere«), aber sie hatte nur den Kopf geschüttelt. »Nein, kein Problem. Lass mich jetzt bitte in Ruhe.«
War das die angemessene Zusammenfassung ihres Lebens, unseres gemeinsamen Lebens? Lass mich jetzt bitte in Ruhe. Was war das, diese Ruhe? Eine stetig zunehmende Versteinerung in unserer Ehe, bis wir uns beide nicht mehr bewegten,

bis schließlich die Leichenstarre eintrat? Astrid hatte natürlich ihre Freundinnen und die Oper, zumeist miteinander kombiniert. Neulich erst war sie mit Toos nach Brüssel gefahren. Für mich war das Leben schlicht etwas, das ich zu erledigen hatte. War das jetzt unsere Bankrotterklärung? Sämtliche Fachausdrücke aus dem Konkursverfahren – und inzwischen hatte ich viele gehört – gingen mir durch den Kopf. Hätten wir nicht vielleicht die gesunden Teile unseres Unternehmens heraustrennen können, um den Rest mit gutem Gewissen untergehen zu lassen? Gab es überhaupt gesunde Teile?

Auf dem Bürgersteig kam mir ein blonder Junge mit einem Fußball entgegen. Er warf den Ball immer wieder auf den Boden und fing ihn dann auf. Als er mich fast erreicht hatte, sprang der Ball auf die Straße, zwischen zwei parkenden Autos hindurch. Instinktiv wollte der Junge auf die Straße laufen, doch ich hielt ihn am Arm fest. Ein Auto raste vorbei, viel zu schnell für eine solche verkehrsberuhigte Straße mit Bodenwellen. Zu meiner Genugtuung hörte ich, wie die Hinterachse beim Überfahren einer solchen Welle polterte.

»So was darfst du nie machen«, sagte ich zu dem Jungen, der betreten vor sich hinsah. Er trug ein schwarzes T-Shirt, auf dem eine große Eidechse oder ein Leguan abgebildet war.

»Mach ich nicht mehr.«

»Es ist lebensgefährlich, so auf die Straße zu rennen.« Beflissen blickte er nun in beide Richtungen und lief dann auf die andere Straßenseite, wo der Ball im Rinnstein lag. Hätte der Wagen den Jungen erwischt? Wäre er an seinen Verletzungen gestorben, und hatte ich demnach ein Leben gerettet? Hatte ich damit meine Schuld abgegolten? Hatte ich jetzt mit der

Vergangenheit abgeschlossen? War es so einfach, eine gute Tat wiegt eine Verfehlung auf? Nein, der Junge hatte mit Trudy und Sytze nichts zu tun.

Die Müllabfuhr kam mir entgegen. Blitzschnell wurden die Müllsäcke in den Wagen geworfen. Weg mit dem Müll, weg mit dem Abfall. Ich setzte meinen Weg fort, ganz und gar der noch sehr rüstige Pensionär, der einen Nachmittagsspaziergang macht. Alles war in Ordnung, finanzielle Sorgen hatte ich nicht, keine ernsten jedenfalls, Astrid und ich waren gesund.

Eine Frau kam mit einem vollen Müllsack in der Hand aus der Tür. Sie trug einen Morgenmantel. »Shit, sie sind schon vorbei.« Sie stellte den Sack trotzdem an die Straße. Es kostete mich einige Mühe, keine Bemerkung darüber zu verlieren.

»Was der eine nicht weiß, weiß vielleicht der andere.« Die Worte, die ich Astrid gegenüber gebraucht hatte, gingen mir plötzlich durch den Kopf. Was wussten die anderen? Was wusste zum Beispiel Henk? Er war sehr zurückhaltend gewesen, aber vielleicht hatte ich nicht eindringlich genug nachgefragt. Er musste mit Ineke darüber gesprochen haben, und gemeinsam mussten sie doch zum Kern der Geschichte durchgedrungen sein. Der Kern der Geschichte. Worin bestand er? Wann hatte alles angefangen? In den ersten Tagen nach der Befreiung, als wir alle das Gefühl hatten, alles sei möglich, als wir immer weiter aufeinander zugetrieben wurden?

Ich war nicht schlauer geworden, obwohl ich im Nachhinein zugeben musste, dass ich aus genau dem Grund gestern in den Zug gestiegen war. Schon die Tatsache, dass ich den Zug und nicht den Wagen genommen hatte, war bezeichnend. Aber wofür genau? Wenn ich damals nicht eher abseits gestanden hätte, wüsste ich jetzt mehr über den Grund und den Hergang der Ereignisse. Oder war es besser, alles ruhen zu lassen? R. I. P. Doch dafür war es jetzt zu spät. Ich konnte nicht mehr zurück. Plötzlich hörte ich eine Hupe und quietschende Bremsen. Ich war auf die Straße gegangen, ohne auf den Verkehr zu achten. Ein junger Mann, der hinter dem Steuer eines schnellen Wagens saß, streckte mir den Mittelfinger entgegen. Ich beeilte mich, auf die andere Straßenseite zu kommen.

Wir aßen Reis, Huhn in Currysoße und Erbsen. Ich fragte Astrid, ob sie das Kreuzworträtsel ganz gelöst hatte. Nein, es gab zu viele Wörter, die sie nicht wusste. Ob es ihr gefiele, ein solches Rätsel zu lösen. Ja, irgendwas müsse sie ja schließlich machen. Ansonsten hatte sie schließlich nicht viel zu tun. »Du übrigens auch nicht.« Dem konnte ich nur zustimmen. Ein kleiner Hühnerknochen blieb mir im Hals stecken. Nach zwei Gläsern Wasser hatte ich ihn weggespült.

Am Abend las ich die Zeitung, und wir sahen fern. Astrid wollte nicht, dass ich ihr beim Abwaschen half. »Du stehst mir doch nur im Weg.«

»Tu's doch einfach in die Spülmaschine.«

»Für die paar Sachen lohnt sich das nicht.«

Wir schauten uns einen deutschen Krimi an, dessen Handlung ich nicht so ganz folgen konnte, und eine Gameshow. Eine junge Frau musste eine Reihe einfacher Fragen beantworten (»Wie heißt die Hauptstadt von Portugal?«), während ihr Freund so lange wie möglich in einem großen gläsernen Bottich voller Wasser untergetaucht blieb. Auf diese Weise bestimmte er ihre Ratezeit und damit den Betrag, den sie gemeinsam gewinnen konnten. Während seihe Freundin behauptete, dass der Erste Weltkrieg 1920 zu Ende war, kam er prustend nach oben. Ihr Gewinn betrug zwölftausendachthundert Gulden. Anschließend landeten wir in einer Talkshow über Frauen, die entdeckt hatten, dass ihr Mann homosexuell war. Eine Frau äußerte die Ansicht, dass es »möglich sein müsse«, weiterhin mit ihrem Mann verheiratet zu sein, während der gleichzeitig eine Beziehung zu einem anderen Mann hatte.

»Findest du das auch?«, fragte ich Astrid.

»Hast du etwa irgendwas vor?«

12

Zwei Strassenlaternen waren kaputt, so dass es an der Gracht ziemlich dunkel war. Ab und zu schrak Peter zusammen, wenn er die Schatten der anderen sah. Als Ineke einmal seinen Arm nahm, hätte er beinahe geschrien. Dennoch war die Angst nicht unangenehm, eher im Gegenteil. Sytze wusste, wo Van Baar wohnte. Sein Vater hatte das Wohnzimmer tapeziert, und Sytze hatte an einem Samstagnachmittag helfen müssen. Jetzt war es halb zwölf. Peter hatte gesagt, er würde bei Johan übernachten, und Johan umgekehrt. Auf diese Art und Weise hatte sich jeder von ihnen eine auswärtige Übernachtungsmöglichkeit besorgt. Sie würden jedoch auf dem Speicher bleiben, auf ihrem Speicher. Einige alte Decken und Tücher, unter denen sie schlafen wollten, hatten sie mitgebracht. Peter hatte zu Hause bloß einen alten Jutesack finden können. Nur mit Mühe war es ihm gelungen, ihn heimlich wegzuschaffen. Sein Vater, der sonst nie etwas bemerkte, rief ihm noch hinterher: »He, was willst du damit?« Bis elf Uhr hatten sie auf dem Speicher gesessen, den Tabak geraucht, den Sytze seinem Vater gestohlen hatte, und leise über Gott und die Welt geredet. Vor allem über das Leben. Was sie sich wünschten, was sie vom Leben erwarteten. Hätte Peter hinterher den Kern des Gespräch wiedergeben sollen, er hätte nicht gewusst, was er sagen sollte. Dort, über den Büros der Papierfabrik, war alles glasklar gewesen, wusste er genau, worauf Johan mit seinen schneidenden Bemerkungen abzielte und Sytze mit seinen deftigen Erzählungen. Doch das alles schien nun wie weggeblasen. Er hatte sogar eine Kerze aus dem Haus seiner Eltern gestohlen. »Die können wir sowieso nicht anzünden«, hatte Henk gesagt. »Die sieht man von der Straße aus.« Sie beschlossen, bei einem der nächsten Male Heftzwecken und Verdunkelungspapier mitzubringen. Davon hatten sie zu Hause einen ausreichenden Vorrat.

Sie standen vor dem Haus von Van Baar. Drinnen brannte kein Licht, auch in den Nachbarhäusern nicht. »Was für ein langweiliges Viertel«, flüsterte Henk. »Genau richtig für Van Baar.«

Peter wusste plötzlich nicht mehr, was das Ziel dieser Expedition war. Während sie sich genussvoll über den Einbruch in Van Vliets Haus unterhielten, hatten sie den Plan gefasst, wie Johan es ausdrückte, »Van Baar einen kleinen Besuch abzustatten«. »Wozu?« »Um die Erfahrung zu machen, dass wir es können, dass wir es wagen.« Es schien, als habe Johan sich hierauf vorbereitet, denn aus seinem Mantel holte er einen Bund mit verschiedenen Schlüsseln.

»Von meinem Onkel, aus dem Eisenwarengeschäft ... Einer davon wird schon passen.«

Über einen Pfad hinter einer Reihe von Häusern gelangten sie auf die Rückseite von Van Baars Haus. Sie drängelten sich vor der Hintertür, die direkt in die Küche führte. Johan probierte einige Schlüssel aus. Ab und zu hörte man einen unterdrückten Fluch zwischen zusammengebissenen Zähnen.

»Komm, wir gehen«, flüsterte Peter Ineke ins Ohr.

»Das klappt sowieso nicht.«

»Psssst.«

Aus einem Baum hinter dem Haus flog ein Vogel auf. In einem der benachbarten Gärten hörte man eine Katze jammern. Peter fragte sich, ob Van Baar vielleicht ein Haustier hatte. Was, wenn sie plötzlich ein laut bellender Hund ansprang, der ihnen die Zähne in die Waden schlug?

»Ja«, sagte Johan und hielt einladend die Tür auf.

Leise schlichen sie nach drinnen. Auf der Spüle standen schmutzige Teller und Töpfe. Es roch ein wenig nach Essensresten. Mit angehaltenem Atem blieben sie im Flur stehen. Johan brach den Bann und ging als Erster ins Wohnzimmer. Peter fühlte Inekes verschwitzte und dennoch kalte Hand in der seinen. Im Wohnzimmer war es stockfinster, so dass man sich kaum orientieren konnte. Der muffig riechende Raum war mit Möbeln zugestellt.

Jemand stieß sich an einem Stuhl. »Au, verdammt!«

»Psssst.«

Von oben hörte man ein Knarren.

»Ich mach mir gleich in die Hose«, flüsterte Ineke Peter ins Ohr. »Ich halt es nicht mehr aus.«

In der Dunkelheit konnte Peter kaum sehen, wie Johan ihnen mit der Hand bedeutete, leise zu sein. Unbeweglich standen sie nun mitten im Zimmer, das immer neue Geheimnisse preisgab. Auf einigen Stühlen lagen allerlei Kleidungsstücke, Bücher, Zeitungen und Zeitschriften. Zwei Teller voller Obstschalen, Asche und Zigarettenkippen standen auf dem Tisch. Das Tischchen in der Ecke war mit undefinierbarem Krimskrams übersät. In der Schule machte Van Baar so einen ordentlichen Eindruck, aber hier war alles anders. Peter schloss die Augen. Das war der Moment. Van Baar lag oben zusammen mit seiner Frau im Bett. Er wusste von nichts, schlief den Schlaf der Gerechten, wie Johan es vorhin ausgedrückt hatte. Ja, darum ging es ihnen, jetzt wusste er es wieder. Sein ganzer Körper vibrierte vor Spannung. Immer noch hielt er die Augen geschlossen. Sein Oberkörper schwankte leicht vor und zurück.

»Ich geh nach oben«, sagte Johan.

Die Angst steckte Peter wie ein Kloß im Hals. »Tu's nicht, tu's nicht«, wollte er sagen, aber er brachte kein Wort über die Lippen. Er wusste nun, was Johans innigster Wunsch war: Neben dem Bett von Van Baar zu stehen, während der schlief, Van Baar zu beherrschen, über ihn zu triumphieren, den schlafenden Van Baar zu betrachten wie ein hilfloses Kind, das ihrer Gnade ausgeliefert war. Doch würde Johan das wagen? Sie könnten Van Baar etwas antun. Eine Schere ... ein Messer. Niemand hatte sie gesehen. Peter erschrak vor seinen eigenen Phantasien. Er sah hinüber zu den anderen, suchte nach Anzeichen in ihren Gesichtern, die auf ähnliche Gedanken schließen ließen.

Nachdem Sytze im Wohnzimmer ein Gemälde mit einer Heidelandschaft verkehrt herum aufgehängt hatte, folgten sie Johan die Treppe hinauf. Vielleicht würden es Van Baar und seine Frau in dem allgemeinen Durcheinander nicht einmal bemerken.

Dicht gedrängt standen sie auf einem Flur mit vier Türen. Peter spürte, wie sein Atem durch die Luftröhre pfiff. Das Pfeifen würde immer lauter werden, bis es schließlich wie eine Sirene durchs ganze Haus heulte. Johan schüttelte den Kopf und ging als Erster wieder nach unten. Peter wusste nicht, wie es ihm mit seinen zitternden Knien gelungen war, wieder in den Garten zu gelangen.

Schweigend saßen sie im Kreis. Wortlos nahmen sie einander bei der Hand. Ineke drückte seine Hand so fest, und er erwiderte ihren Händedruck mit gleicher Kraft, als wollten sie beide aus einem Traum erwachen. Auf der anderen Seite spürte Peter Johans Hand, seltsam glatt und selbstsicher.
»Wir werden einander nie im Stich lassen«, sagte Johan. »Wir bleiben bis zum Schluss zusammen … bis zum Tod.«
Das letzte Wort verhallte nicht. Es schwebte weiter im Raum, fast fühlbar. Alle schwiegen. Peter hatte immer noch den Geruch von Van Baars Haus in der Nase. Kichernd, sich gegenseitig knuffend, als könnte die Berührung sie wieder in die Wirklichkeit zurückholen, mal im Laufschritt, mal langsam schlendernd waren sie zur Papierfabrik gelaufen. Auf der Ecke Vijzelstraat und Noorderstraat stand ein Polizist neben seinem Fahrrad und betrachtete sie nachdenklich. »Guten Abend«, sagte Johan. »Guten Abend. Wo wollt ihr so spät noch hin?«
»Wir waren auf einer Fete und gehen jetzt nach Hause.«
»Dann würde ich mich an eurer Stelle aber beeilen.«

In seinem Mantel lag er unter dem Jutesack und einem Stück von Inekes Decke. Er drehte sich um und betrachtete sie. Ihr Gesicht hatte einen zufriedenen Ausdruck, ein ansatzweises Lächeln in den Mundwinkeln. Wieso waren sie hier und nicht woanders? Henk schnarchte ein paarmal leise. Plötzlich öffnete Ineke die Augen, ganz weit. Sie sah ihn einige Sekunden lang an und schlief dann wieder ein. War sie überhaupt wach gewesen?
Langsam fielen Peter die Augen zu. Der Schlaf fing an, von seinem Körper Besitz zu ergreifen. Seine Arme und Beine

wurden schwerer und schwerer und zogen ihn langsam, aber sicher nach unten, als ein Rascheln, das aus einer der Speicherecken kam, ihn aufschreckte. Was war das? Mäuse? Ratten? Vorsichtig richtete er sich auf. Johan und Trudy. Sie hielten einander eng umschlungen, küssten sich. Peter sah streichelnde Hände, Kleider, die behutsam ausgezogen wurden. Er wollte nicht hinsehen, konnte seinen Blick aber nicht abwenden. Ob die anderen es auch bemerkten? Augenscheinlich schlief Ineke immer noch tief. Zum Glück. Wie weit würden die beiden gehen? Er hatte Angst, mehr Angst als in Van Baars Haus. Sein Atem ging schwer wie nach einem Sprint. Ein leises, unterdrücktes Stöhnen war zu hören. Sie taten es, verdammt, sie taten es. In seine Angst mischte sich eine seltsame Art von Stolz. Er war dabei. Er war Teilhaber ihrer Liebe, ihrer Leidenschaft, die sie nicht mehr unterdrücken konnten. Peter sah sich auf dem Speicher um. Die anderen schienen zu schlafen, schienen nicht zu bemerken, was sie trotz alledem miterlebten.
Er hörte Gescharre, einige tiefe Seufzer, und danach war es still. Peter war wieder hellwach. Wenn er die Augen schloss, sah er Körper, die sich in einem langsamen, schleppenden Rhythmus bewegten. Anfänglich sah er Trudy und Johan, doch nach und nach verwandelten sich die Körper, und er sah Ineke und sich selbst. Ihm brach der Schweiß aus. Es war, als würde er auf die Probe gestellt, als müsse er sich beweisen: Wenn er sie wirklich liebte, dann musste er den Mut haben, es zu tun. Jetzt und hier. Und Ineke wusste von nichts! Er schob sich ein paar Zentimeter in ihre Richtung, blieb aber verkrampft liegen, als ein kurzes Zittern durch ihren Körper ging.

Er sah auf seine Uhr. Viertel vor drei. Musste er mal? Bevor sie nach oben gingen, waren sie in zwei Gruppen – erst die Mädchen, dann die Jungs – auf das Feld hinter der Fabrik gegangen. Zu viert ließen sie ihren Urinstrahl gegen die Mauer der Halle spritzen. Aber jetzt fühlte Peter wieder einen Druck auf der Blase. Würde er es bis um acht morgen früh aushalten?

»Und … kommt sie einigermaßen zurecht?« Peter sah seine Mutter verständnislos an.
»Du hast doch bei Johan geschlafen … Seine Mutter, kommt sie einigermaßen zurecht, so ganz allein?«
Peter fasste sich wieder. »Ja, es geht ganz gut.« Natürlich hätte er eigentlich ausführlich von seinem Besuch berichten müssen, aber ihm fiel nichts ein. Sein Kopf war voller Bilder und Phantasien der vergangenen Nacht. Alles vermischte sich. Manchmal gingen er und Ineke allein die Treppe in Van Baars Haus hinauf; wenn sie ins Schlafzimmer kamen, lagen Johan und Trudy im Bett, in zärtlicher Umarmung. Dann aber erwischte er Ineke mit Sytze, und er wurde eifersüchtig. Fast schwankte er in diesem Moment vor lauter Müdigkeit. Erst gegen fünf war er nach draußen gegangen, um zu pinkeln. Die Tür hatte er offen lassen müssen, weil Johan den Schlüssel hatte und er sich nicht traute, ihn zu wecken.
»Das muss man sich einmal vorstellen: Die haben ihren Mann einfach an die Wand gestellt und erschossen. Das muss doch schrecklich sein.«
Allein stand er hinter dem Fabrikgebäude und versuchte die Mauer an der gleichen Stelle zu treffen wie vorher. Wenn es ihm gelang, würde nichts passieren. Dann würde er nicht

plötzlich die Stimme des Polizeibeamten hören, dann würde die Tür nicht ins Schloss gefallen sein, wenn er zurückkam. Er war schneller fertig, als er gedacht hatte.
»Und wofür eigentlich?«, fuhr seine Mutter fort. »Welchen Sinn hatte das alles?«
Er war länger als unbedingt notwendig dort stehen geblieben, aus Furcht, wieder auf den Speicher zurückzukehren. Er hatte das vage Gefühl, dass es besser war, wegzugehen, dass es jetzt noch möglich sei. Später wäre es unmöglich, vor etwas zu fliehen, das unaussprechlich war, eine seltsame Bedrohung, die sie alle umklammert hielt, die all ihre Handlungen bestimmen würde. Aber was war das für eine Bedrohung? Die geplante Sabotage des Examens? Der Einbruch in fremde Häuser? Peter erschauderte und bemerkte, dass sein durch die Kälte zusammengeschrumpftes Glied noch immer aus der Hose hing.
Seine Mutter schenkte eine Tasse Tee ein. »Du auch, Peetje?«
Er schüttelte den Kopf. Die Tür war natürlich noch offen gewesen. Er war wieder unter den Jutesack und das Stück Decke gekrochen. Lag Sytze nun näher bei Ineke als vorhin, als er runtergegangen war? Innerhalb weniger Minuten war er in einen unruhigen Schlaf voll wirrer Träume gesunken, an die er sich, als er gegen Viertel nach sieben erwachte, schon nicht mehr erinnern konnte.
»Eigentlich waren das alles Abenteurer. Der Mann von Soutendijk war auch dabei. Der lief manchmal tagsüber mit einer Pistole rum. Der kam sich einfach vor wie eine Art Käubäu, der Kerl.«
»Cowboy«, korrigierte Peter.
»Ja, genau, ein echter Käubäu. Für ihn war das Ganze ein

Film, ein Western. Und nun sitzt die Frau da mit ihren drei Kindern. Wie soll sie die jetzt versorgen?«

»Aber die Widerstandsbewegung war doch wichtig«, sagte Peter. Er erinnerte sich an die Erzählungen von Stading.

»Ach, was konnte die schon gegen die Moffen ausrichten?«

Seine Mutter nahm ein paar Stecknadeln, die sie zwischen den Lippen gehalten hatte, in die Hand. »Nichts konnten sie ausrichten. Sie hatten keine Kanonen, keine Panzer, nichts.«

Peter beobachtete seine Mutter, die unbeirrt mit ihrer Flickarbeit fortfuhr. Hatte sich für sie irgendetwas geändert, außer dass es jetzt einfacher war, Nahrung, Kleidung und Schuhe zu bekommen? Seine Schuhe waren im Übrigen viel zu klein, und sie hatten keine Marken mehr für neue. Seine Mutter hatte in der vorigen Woche eine Zeitungsanzeige aufgegeben und angeboten, diese gegen ein Paar einzutauschen, das zwei Nummern größer war. Aber niemand hatte darauf reagiert.

»Ich bin froh, dass dein Vater bei all dem Unsinn nicht mitgemacht hat, dass er seine Familie nicht in Gefahr gebracht hat.«

Peter sah seinen Vater vor sich, wie er mit Angel und Eimer am Deich saß. Was hätte der im Widerstand tun sollen? Botschaften der Alliierten aus dem Wasser fischen? Wenn die Moffen ihn verhaftet hätten, dann hätte er jedenfalls bestimmt nicht geplaudert. Schweigen konnte er wie nur einer. Aber warum fand seine Mutter es so erfreulich, dass er sich von allen illegalen Aktivitäten fern gehalten hatte? Nein, er hatte seine Familie nicht in Gefahr gebracht, aber was hatte er sonst getan, dieser mürrische Schatten, der dann und wann durchs Haus irrte?

Johan hatte seinen Vater verloren, aber er hatte wenigstens durch dessen gewaltsamen, heldenhaften Tod auch etwas gewonnen. Es war, als habe Johan an Bedeutung zugenommen, während er durch das nutzlose Schattendasein seines Vaters immer bedeutungsloser wurde.

»Und Johan, hilft er seiner Mutter auch ein bisschen, oder ist das genauso ein Abenteurer wie sein Vater?« Wieder sah er Johan und Trudy vor sich, Johan mit dem Schlüssel vor der Seitentür der Fabrik, Johan auf der Treppe von Van Baars Haus. »Johan ist absolut kein Abenteurer«, flüsterte er beinahe.

»Was sagst du?«

»Er ist absolut kein Abenteurer.«

Seine Mutter zog ein paarmal schnüffelnd die Nase hoch. »Du stinkst nach Zigaretten oder so. Rauchst du etwa?«

Am Nachmittag besuchte er Henk. Seine Mutter hatte ihn gefragt, ob er keine Hausaufgaben aufhabe. »Die machen wir zusammen.« Der Form halber hatte er seine Schultasche mitgenommen.

Sie saßen oben in Henks Zimmer. Es war kalt, aber sie hatten keine Lust, runterzugehen. Hier oben konnten sie Radio hören. Henk hatte das Radiogerät seiner Oma bekommen, die vor einigen Jahren gestorben war. Jahrelang hatte es auf dem Dachboden gestanden. Das konnte man, so Peter, noch an dem ständigen Rauschen hören. Es lief ein Wunschkonzert für Armeeangehörige. »Und jetzt spielen wir auf Wunsch von Dick Rozendaal, der in der Van-Essen-Kaserne in Ede stationiert ist, das Lied *Louise, du sollst nicht auf den Nägeln beißen* von Lou Bandy. Er möchte damit seine Verlobte Judith van

Ling in Uithoorn grüßen. Außerdem hat sich das Lied Simon van den Oord, stationiert in der Jan-Schaffelaar-Kaserne, für seine Mutter gewünscht. ›Louise, du sollst nicht auf den Nägeln beißen. Bah! Wie ekelhaft, Louise. Du wirst mit diesem Beißen deine Nägel ganz verschleißen. Bah! Wie ekelhaft, Louise. Hör auf zu beißen, mein Fratz. Nachher ist alles Jammern für die Katz. Deine kleinen Finger sind schließlich keine Lutscher, mein Schatz. Louise, du sollst nicht auf den Nägeln beißen. Bah! Wie ekelhaft, Louise.‹«

»Immer diese dämlichen niederländischen Lieder«, sagte Henk. Er drehte am Knopf, um einen anderen Sender zu suchen, doch außer der Predigt eines Pastors und Rauschen und Knistern kam nichts aus dem Äther. Peter fragte Henk, ob er noch Hausaufgaben gemacht habe.

»Was meinst du?«

Peter zuckte die Schultern.

»Die blöden Hausaufgaben«, sagte Henk. »Dazu hab ich überhaupt keine Lust.«

Peter hörte ein Geräusch auf dem Flur. War das Ineke? Er traute sich nicht, Henk zu fragen. Schweigend saßen sie jetzt zusammen, während die trägen Sonntagnachmittagsminuten auf der Uhr wegtickten. Wie viele Sonntagnachmittage hatten sie noch vor sich? Wie viele Stunden mussten sie noch füllen? Eine unabsehbare Folge von Tagen erstreckte sich vor ihnen. Sein Vater saß jetzt wahrscheinlich auf der Hafenmole oder am Deich.

»Ich hab noch eine Zigarette«, sagte Henk plötzlich. »Oder soll ich sie aufbewahren?«

13

JETZT KEHRTE ICH an einen Ort zurück, den ich schon wieder ein wenig kannte. Es gab Namen, Gesichter, Umrisse von Ereignissen, Echos längst vergangener Gespräche, die ich mir vergegenwärtigen konnte, wenn ich die Augen schloss. Wir gingen wieder über die Bierkade, die Noorderstraat. Ich konnte unsere Stimmen hören, aufgeregt, ausgelassen und dann wieder bedrückt, verstohlen. An einem mit Ansichtskarten überladenen Kiosk hatte ich eine Zeitung gekauft. Eine Weile hatte ich vor den Postkartenständern gestanden. Einige waren bizarr, vulgär und pornografisch, wie jene mit den weiblichen Geschlechtsteilen, die mit verschiedenen Accessoires verziert waren. Ein männliches Glied, ausgestattet mit Brille und brennender Zigarre. Einen Moment lang spielte ich mit dem Gedanken, diese Karte zu kaufen und anonym an Astrid zu schicken. Einem Mann, der versuchte zu betteln, ohne von der Bahnpolizei bemerkt zu werden, gab ich einen Gulden. Sein verschmiertes, bärtiges Gesicht kam mir bekannt vor. »Oh … ein Gulden«, sagte der Mann. Das breite Lachen hinterließ ein Craquelé von Fältchen in seinem Gesicht.

Ich legte die Zeitung ungelesen beiseite und starrte auf die vorbeihuschende Landschaft. Was sollte ich mit all den Berichten über Dinge, die gestern passiert waren? Gestern … Es ging gar nicht um gestern.

Heute musste ich versuchen, mehr zu erfahren. Die nebulösen Assoziationen, die mein Besuch bei Henk wachgerufen hatte, reichten nicht aus, sie vergrößerten das Rätsel sogar noch. Es steckte mehr dahinter, es musste mehr dahinter stecken, eine Wirklichkeit hinter der Wirklichkeit, davon war ich überzeugt. Jahrzehntelang hatte ich es geleugnet, jetzt aber gab es keinen Ausweg mehr. Besser gesagt, ich hatte es nicht geleugnet, denn das wäre eine bewusste Handlung gewesen. Es war einfach nicht da, es existierte nicht.

Ich blieb eine Weile auf dem Bahnhofsvorplatz stehen und sah mich so furchtlos wie möglich um. Die Hafenmole ... der Leuchtturm ... immer noch derselbe. Wie hoch? Ich schätzte so zwölf Meter, vielleicht fünfzehn. Ich ging mit weichen Knien hin, als könnte sich das schreckliche Ereignis jeden Moment mit anderen Beteiligten wiederholen. Jeden Augenblick konnte sich die Tür oben wieder öffnen, konnte jemand auf die Galerie treten, die rund um die Spitze des Turms verlief, auf die Galerie mit dem gar nicht mal sonderlich hohen Geländer. Ich bestieg die kleine Treppe, die zur Stahltür führte, und zwang mich, mir das Schloss anzusehen: ein stabiles, sicheres Schloss, das sah man sofort. Der Damm, der zur Hafenmole führte, war verlassen. Weiter draußen sah ich den neuen Deich im grau spiegelnden Wasser liegen. Ein Mann in einem knallroten Jogginganzug goss ein paar Pützen Wasser über das Deck seines Segelbootes. »Toto« stand am Heck.

Ich ging in die Spoorstraat. Die Stadt wartete ab, wusste nicht, was nun geschehen würde, was ich tun würde. In der Gaststätte »De Spoorklok« trank ich einen Kaffee. Außer mir saß dort niemand. Ganz nebenbei bat ich um das Telefonbuch. Die Frau hinter der Theke sagte nichts und reagierte auch mit keiner Gebärde, brachte mir aber doch nach einigen Minuten das Telefonbuch. Sie blieb neben meinem Tisch stehen, als erwartete sie, dass ich noch etwas bestellte. Ihre Strumpfhose hatte eine Laufmasche, die sie, knapp unter dem rechten Knie, notdürftig mit Nagellack repariert hatte. Strumpfhosen, Nylonstrümpfe. Hatte ich Trudy oder Ineke je mit Nylonstrümpfen gesehen? Wieder ließ mich mein Gedächtnis im Stich. Bis wann hatte Astrid Nylonstrümpfe mit Strumpfbändern getragen, wann war sie zu Strumpfhosen übergegangen?

Ich fand die Nummern von Johan und Ineke und schrieb sie, zusammen mit den Adressen, in mein Notizbuch. Johans Adresse sagte mir nichts. Roerdompstraat, wahrscheinlich in irgendeinem Viertel, dessen Straßen nach Vogelarten benannt waren. Ineke wohnte immer noch am Vissersdijk, wie sich herausstellte. Ihr altes Haus lag um die Ecke. Sie war der Vergangenheit nie untreu geworden. Der Grundriss der Altstadt war noch immer in mein Gedächtnis geätzt. Sollte ich vorher anrufen, oder war es geschickter, unerwartet vorbeizuschauen? Was, wenn ich anrief, und sie wollten mich nicht sehen? Es war besser, sie zu überraschen. Bei wem sollte ich anfangen? Ich blickte nach draußen. Wenn zuerst ein Mann vorbeikam, ging ich zu Johan. War es eine Frau, ging ich zu Ineke. Es war ein Mann, der mit gebeugtem Rücken ein Transportfahrrad vor sich herschob.

Hatte Sytzes Vater nicht auch so ein Fahrrad, um damit die Leitern und den Tapeziertisch zu transportieren? Wenn ich meine Augen fast vollständig schloss und zwischen den

Wimpern hindurch den Mann betrachtete, konnte ich Sytze sehen, dann war er wieder da.

Nachdem ich ungefähr zwanzig Minuten gegangen war, bereute ich, dass ich kein Taxi genommen hatte. Wenn Johan nicht zu Hause war, musste ich das ganze Stück wieder zurücklaufen, denn in Ketelwei würde ich wohl kaum ein Taxi finden. Fast hatte ich das Gefühl, als hätte ich die zu kleinen Schuhe von damals wieder an.

Vom Stadtwall aus konnte ich den Bunker sehen. Ein großer, schwerer Mann mit einem unglaublich kleinen, bibbernden Hund kam mir entgegen. Ich fragte, ob ich hier richtig sei, wenn ich zur Roerdompstraat wollte.

»Da hinten links ab über die Brücke und dann über den Rad- und Wanderweg. Immer geradeaus, dann ... Moment ... die zweite Straße links, die erste rechts, dann sind Sie im Reigerweg, dann die dritte rechts, beim Supermarkt, das ist die Roerdompstraat.« Der Mann schaute zufrieden drein, als habe er eine bedeutende Leistung vollbracht.

Nachdem ich fast eine halbe Stunde herumgeirrt war, stand ich in der Roerdompstraat. Dieses Viertel hieß also Ketelwei. Früher waren hier einmal Wiesen gewesen. Vielleicht waren wir damals genau hier über die Entwässerungskanäle gesprungen. Zwischen den Häusern hindurch konnte ich einen Teil der Altstadt erkennen. Die war ursprünglich, lebendig, aus einer reichen Vergangenheit erwachsen, während diese Ansammlung von beinahe identischen Häusern unwirklich und öde wirkte. In fast jedem zweiten Haus standen aus Sperrholz gesägte und bemalte Gänse oder Enten im Fenster. Viele der Namensschilder stammten aus kunsthandwerk-

licher Produktion. Überall kleine, aber sorgfältig gestaltete und gepflegte Gärten.
Nummer 18, hier musste Johan wohnen. Am Haus war nichts Besonderes zu entdecken. Ein halb verwahrloster Garten, Gardinen vor den Fenstern, ein paar Blumen, kein Namensschild an der Tür. Ich ging weiter bis zu einem Platz, auf dem ein paar bunte Klettergerüste standen. Was machten die Jugendlichen in so einem Viertel? Was machten die Inekes, Trudys, Sytzes, Henks, Johans und Peters von Ketelwei? Was für Pläne schmiedeten sie, was hatten sie vor, wie setzten sie ihr Leben aufs Spiel? Oder hingen sie nur lustlos und faul vor der Imbissbude dort hinten herum? Ohne Angst, aber auch ohne Hoffnung auf die Zukunft?
Ich stand wieder vor Nummer 18 und versuchte vergeblich, mir einen Einleitungssatz zurechtzulegen, Fragen, Bemerkungen. Ja, ich dachte, ich … Ich war schon so lange nicht mehr … Henk erzählte mir, dass … Die Gardinen wurden beiseite geschoben, und jemand nahm mich ins Visier. Ein fremdes Gesicht mit scharfen Zügen und einer großen, schweren Hornbrille. Johan hatte doch früher keine Brille getragen? Das Gesicht verschwand wieder. Ich wollte schon weggehen, aber da öffnete sich die Tür.
»Peter?«
Ich erkannte seine Stimme sofort. Mit langsamen Schritten ging ich zur Tür. Jederzeit könnte ich umkehren, so schnell mich meine Füße trugen, zum Bahnhof. Zurück in die sichere Geborgenheit meines Hauses, zurück zu Astrid. Keine Fragen mehr, nie mehr.
Ich gab Johan die Hand. Die Zeit hatte tiefe Furchen in sein Gesicht gegraben, doch langsam entdeckte ich die

bekannten Züge, als würde die Vergangenheit Stück für Stück freigelegt.
»Was guckst du mich so an?«
»Einfach so … Du hast dich verändert.«
»Was dachtest du denn? Dass ich ewig neunzehn bleiben würde?« Er lachte. Sein Lachen ging in ein raues Husten über. Und mit einem Mal wurde mir klar: Trudy und Sytze waren immer achtzehn oder neunzehn geblieben, die hatten sich nicht verändert.

14

Henk sah, wie Sytze mit dem üblichen feierlichen Ernst einen Zeitungsausschnitt aus seiner Innentasche holte; er faltete ihn behutsam auseinander, räusperte sich und schaute einen nach dem anderen an. »›Prügel wurden vom Schulleiter veranlasst‹«, las er. »›Der 28-jährige Direktor einer englischen Privatschule in Stafford hat zugegeben, die Schläge, die der Londoner Spazierstockfabrikant Wildman …‹«

»*Wildman*«, sagte Henk. »Du musst das Wort schon richtig aussprechen. Das ist ein englischer Name.«

»›… die Schläge, die der Londoner Spazierstockfabrikant Wildman in seiner Schule bezog, veranlasst zu haben. Copping bekannte, er habe ein Zeichen gegeben, das für sechs Schüler das Signal war, sich auf den Mann zu stürzen, der vor der Klasse den Nutzen der körperlichen Züchtigung erläuterte. Die Jungen gaben ihm sechs kräftige Hiebe mit dem Stock, von dem Wildman kurz zuvor behauptet hatte, er habe das ideale Gewicht und die optimale Flexibilität für das Hinterteil von fünfzehnjährigen Jungen …‹« Sytze sah noch einmal in die Runde. »›Copping berichtete, er habe Wildman zu diesem Vortrag eingeladen und ihm sogar fünf Pfund im Voraus bezahlt, weil er, Copping, den Verlust einiger Stöcke befürchtete. Der misshandelte Stockfabrikant erwägt, gerichtlich gegen den Leiter der Horsley-Hall-Schule und die sechs Schüler vorzugehen.‹«

Einen Moment lang war es still. Dann redeten sie alle durcheinander. Achtundzwanzig war der Direktor, überlegte Henk. Wie alt mochte Van Vliet sein? Vielleicht achtundfünfzig. Und seine Befürchtung, dass Stöcke verloren gehen könnten, wie meinte er das?

»Ideal für das Hinterteil von Jungen«, sagte Trudy. »Warum nicht auch für Mädchen?« Sie stand auf und schlug sich kräftig auf den Hintern.

»Das war natürlich eine Jungenschule. In England sind die Privatschulen entweder Jungen- oder Mädchenschulen.«

»Sechs Jungs und sechs kräftige Schläge«, sagte Johan. »Ob jeder einmal geschlagen hat? Der Reihe nach, wie es sich gehört, während die anderen fünf den Kerl festhielten?«

Henk spürte die ausgelassene Stimmung. Endlich waren sie wieder einmal zusammen. Er hatte wochenlang Hausarrest gehabt, wegen all der ungenügenden Klassenarbeiten. Doch je schlechter seine Noten wurden, desto weniger Lust hatte er, Hausaufgaben zu machen. Es war, als zögen die Noten ihn nach unten. Die sollten ja nicht glauben, sie könnten ihn zwingen. In der Klasse sahen sie einander an, wenn die Noten einer Klassenarbeit oder eines Tests vorgelesen wurden. Es waren vereinbarte Zeichen, die die übrigen Mitschüler vor ein Rätsel stellten. Mündlich abgehört wurden sie schon gar nicht mehr, da bekamen sie sowieso nur ein Ungenügend. Die Lehrer waren ratlos. »Aber Henk, du warst doch immer so gut in Englisch!« »Voriges Jahr hast du diese Gleichungen mit links gemacht. Was ist los mit dir?« Einige meinten, es handle sich um einen Fall von vorzeitiger Examensangst. Andere zweifelten daran. »Arbeitet ihr auch genug?«

Einmal hatte Van Vliet sie alle sechs zu sich bestellt. Das war ein Fehler gewesen, denn gemeinsam fühlten sie sich umso stärker, nahezu unverletzbar. All die schlechten Noten hatten natürlich Hausarrest und andere unangenehme Maßnahmen nach sich gezogen. Aber auch das gab ihnen nur mehr Kraft. Und jetzt, da sie wieder zusammen waren, an diesem Silvesterabend, jetzt waren sie unbesiegbar. Johan hatte mit Hilfe seines Onkels Zigaretten organisiert. Die Luft auf dem Speicher war blau vor Rauch.

Sytze hatte eine Flasche Bessenjenever mitgebracht. Es wäre kein Problem gewesen, sechs Gläser zu besorgen, trotzdem machte nur ein Glas die Runde, an dem sie reihum nippten. Zwei Kerzen brannten. Vor den Fenstern hatten sie Verdunkelungspapier angebracht. Hin und wieder huschten ihre Schatten gespenstisch über die Wände.

»Wie spät ist es?«

»Viertel nach elf.« Peter war immer noch der Einzige, der eine Uhr hatte.

»Was machen wir nachher?«

»Zum Markt gehen natürlich.«

Zusammen mit Hunderten von anderen Menschen würden sie auf dem Markt stehen. Henk war nie dabei gewesen, die fünf anderen im Übrigen auch nicht, aber man erzählte sich so einiges von den Jahreswechseln vor dem Krieg, wo es immer zu Zusammenstößen mit der Polizei gekommen war.

Das Glas ging wieder herum.

»Hast du noch eine schöne Geschichte auf Lager, Sytze?«

»Ich hab ihn nicht bei mir, aber in der Zeitung stand neulich ein Artikel über den schlechten Einfluss, den Comics auf Jugendliche haben. Jugendliche könnten nicht mehr zwischen Gut und Böse unterscheiden, irgendetwas in der Richtung …

Das sei eine Folge der Gewalt und Brutalität in diesen Geschichten. Und da wurde von einem Jungen und einem Mädchen, zehn Jahre oder so, in Amerika berichtet. Die hatten einen Nachbarsjungen ermordet, nur um zu sehen, wie man das macht und wie man sich dabei fühlt.«
Henk hatte einige solche Hefte, von Dick Bos. Er hatte auch schon mal andere gesehen, in denen knallhart geboxt wurde und reihenweise Leichen vorkamen. Die Frauen trugen enge Blusen, die einen ordentlichen Teil ihres Busens unbedeckt ließen. Die Röcke spannten sich so eng um ihren Hintern, als könnten sie jeden Moment reißen. Einmal hatte er sich, nachdem er so ein Heft gelesen hatte, selbst befriedigt.
»Kinder im Alter von zehn Jahren …«, sagte Ineke.
Johan stand auf. »Gehen wir?«
Wogen lärmender Unruhe gingen durch die Menge. Bekannte wünschten einander lachend ein frohes neues Jahr. Zu sechst standen sie etwas abseits von der großen Gruppe und rauchten ihre letzten Zigaretten. Sie wussten, dass einige Leute Büchsen mit Karbid bei sich hatten. Vielleicht hatte auch jemand Feuerwerk. Schwarzpulver aus dem Krieg. Ein paar Minuten später ertönte der erste Knall. Jubel und Gejohle erhob sich aus der Menschenmasse.
So schnell, dass Henk gar nicht erkennen konnte, woher sie kamen, waren plötzlich ein paar Polizisten auf dem Markt aufgetaucht. Er erkannte Wassink, dessen Sohn Maarten in ihrer Klasse war. Die Menge wurde nun zurückgedrängt. Sie musste einem Mann Platz machen, der zwei alte Autoreifen auf den Platz rollte. Bevor er sie anzünden konnte, wurde er von der Polizei weggejagt. Es knallte zweimal heftig. Die Polizisten gingen nervös auf und ab. Ein übermütiger

Bursche riss Wassink die Mütze vom Kopf, wodurch er gleich viel weniger bedrohlich wirkte. Mit dieser Geschichte würde Maarten nach den Ferien bestimmt aufgezogen werden. Die Mütze wurde hoch in die Luft geworfen und flog in ihre Richtung. Sie landete in einer tiefen Pfütze. Peter hob sie rasch auf und warf sie wieder in die lachende Menge.
Die Polizisten hatten ihre Gummiknüppel gezückt und drängten die Menschen zurück in die Noorderstraat. Wieder waren einige Karbidböller zu hören, und Rauchschwaden zogen über den Marktplatz. Ein paar Leute machten auf schmerzliche Weise Bekanntschaft mit dem Gummiknüppel. Andere warfen mit Steinen.
»Abhauen!«, rief Johan.
Sie rannten in die Noorderstraat. Henk drehte sich um und sah, wie Peter stehen blieb, einen Stein nahm und ihn in Richtung der Polizisten warf. Er konnte nicht erkennen, ob jemand getroffen wurde, aber sofort rannten zwei Beamte hinter Peter her, der durch eine kleine Seitenstraße zu entwischen versuchte.
»Wo tut es weh?«
»Überall ein bisschen.«
Die anderen fünf hockten um ihn herum.
»Hier, nimm noch einen Schluck Bessenjenever.«
»Wieso warst du auch so blöd und hast diesen Stein geworfen? Und dann auch noch stehen bleiben und gucken, was sie wohl machen werden.«
Peter zuckte die Achseln.
»Du wolltest wohl unbedingt eins auf die Birne kriegen, was?«
»Natürlich nicht.«
Schweigend saßen sie zusammen. Dieser Zwischenfall war

ein Schandfleck, der den Abend verdarb. Ihre Unverletzbarkeit wurde dadurch in Zweifel gezogen; Peter war der lebende Beweis dafür. Er zeigte ihnen die Striemen auf seinen Armen und Beinen. Ineke schien Mitleid mit ihm zu haben, aber das fand Henk übertrieben.

Es war halb zwei. Er musste nach Hause. Keiner von ihnen durfte über Nacht wegbleiben. Trotzdem machte keiner Anstalten, nach Hause zu gehen.

Johan berichtete von einem Mann aus dem Widerstand, einem Bekannten seines Vaters, der während des Krieges in irgendeinem Dorf im Rathauskeller eingesperrt gewesen war. Es war ihm gelungen, einige der Eisenstangen vor seinem Fenster herauszubrechen, und er hatte fliehen können. »Und jetzt hat der Mann eine Rechnung bekommen, weil er Reichseigentum zerstört hat. Könnt ihr euch das vorstellen? Nun muss er praktisch eine Strafe dafür bezahlen, dass er geflohen ist. So behandelt man in den Niederlanden die Helden des Widerstands.« Johan stand auf und ging mit knappen, wütenden Schritten auf dem Speicher hin und her. Plötzlich blieb er stehen, inmitten der anderen, und kramte etwas aus der Innentasche seines Mantels, einen dunklen Gegenstand.

15

Es stank nach kaltem Zigarettenqualm, der so eindeutig die Oberhand über den Sauerstoff gewonnen hatte, dass ich kurz nach Luft schnappen musste. Auf dem Tisch lag ein Schachbrett, daneben stand ein vollkommen verdorrter und verstaubter Strauß Trockenblumen.

»Spielst du Schach?«

Johan schüttelte den Kopf. »Mir gefällt diese Figurenkonstellation.«

Wir standen uns gegenüber und musterten einander. Seltsam, dass ich ihn nicht gleich erkannt hatte, aber das lag wahrscheinlich an der Brille, die sein ganzes Gesicht zu beherrschen schien. Johan hatte keine Brille, die Brille hatte ihn.

Johan putzte sich die Nase. »Ein Schatten aus der Vergangenheit«, sagte er, nachdem er sein Taschentuch zusammengefaltet und in der Tasche seiner weiten, farbbekleckten Kordhose verstaut hatte. Über der Hose trug er einen dunkelgrauen Pullover, der an den Bündchen etwas zerfranst war. Auf dem rechten Ellbogen war die Wolle verschlissen.

»Passt es dir?«, fragte ich. »Ich komme hier einfach unangemeldet rein.«

»Ein Schatten aus der Vergangenheit«, wiederholte er, aber er sah nicht so aus, als fürchte er sich davor.

»Wenn du keine Zeit hast oder so, dann musst du …«

»Es passt nie, und es passt immer. Was macht es also aus?« Er deutete auf einen altertümlichen kleinen Sessel, der möglicherweise noch aus seinem Elternhaus stammte. Er selbst setzte sich auf das Sofa, über das eine große Decke gebreitet war. Ich hatte keine Ahnung, was er damit meinte: Es passt immer, und es passt nie. Schon früher hatte Johan öfter mal solch geheimnisvolle Bemerkungen gemacht. Hatte ich damals auch schon das Gefühl, dümmer zu sein als er? Und wie empfanden die anderen das? Verstanden wir, was er damit sagen wollte? Wussten wir, worauf er hinauswollte, oder ließen wir uns von ihm willenlos in seine düsteren Pläne hineinziehen? Vielleicht waren es keine wirklichen Pläne, sondern es überkam ihn einfach. Konnte ich ihn das jetzt fragen? Schweigend saß er da und blickte verschlossen vor sich hin.

Ich räusperte mich. »Du wohnst hier nicht schlecht.«

»Findest du?«

»Nun ja, alles ist großzügig angelegt und …«

»Ein Scheißviertel ist das hier«, sagte Johan. »Vielleicht bin ich deswegen hierher gezogen. Aber woanders habe ich auch kein anständiges Haus finden können, das ich hätte mieten können. Für einen allein stehenden Mann gibt es nichts Passendes, erst recht nicht, wenn man kein Geld hat. Nur ein armseliges Reihenhaus. Wohnzimmer mit Fenstern nach vorne und hinten raus, kleiner Garten vorne, kleiner Garten hinten, Schuppen fürs Fahrrad.« Er lehnte sich zurück und seufzte tief, als wäre er schon müde vom langen Reden.

»Ketelwei«, sagte ich, »woher kommt der Name?«

»Früher hieß das hier Ketelwei, weißt du das nicht mehr? Ein Gebiet mit lauter Viehweiden. Wir sind ab und zu hergekommen, um über die Entwässerungsgräben zu springen. Erinnerst du dich noch, wie du einmal ins Wasser gefallen bist?«

Ich nickte.

Ein schwaches Lächeln erschien auf seinen Lippen. »Der Graben war gar nicht mal so breit, aber du bist völlig falsch gesprungen. Es sah aus, als würdest du's absichtlich machen.«

»Ja, ich bin dann mit zu Sytze nach Hause gegangen und habe am Ofen meine Kleider trocknen lassen. Das waren noch Zeiten, was?«

»Bei mir zu Hause … Du bist damals mit zu mir gegangen.«

»Ich meine zu Sytze.«

Johan ging nicht weiter darauf ein und fing an, sich eine Zigarette zu drehen. Meine Kehle war wie ausgetrocknet. Mir war, als hätte ich stundenlang geredet. Johan zündete die Zigarette an. Der Rauch des schwarzen Tabaks kitzelte in meinen Nasenlöchern. Ich sah mich in dem schlicht und sparsam eingerichteten Zimmer um. An der Wand hing lediglich ein Kalender von 1994, dessen Blätter bis zum Monat Juni abgerissen waren. Darauf war ein Foto des Hafens zu sehen. Der Leuchtturm war gerade noch zu erkennen. Ich könnte jetzt einfach wieder gehen, und dann war nichts passiert. Konnte ich diesen ganzen Besuch vergessen, so wie ich die früheren Ereignisse scheinbar vergessen hatte? Nein, jetzt, da ich einmal damit angefangen hatte, würden die Bilder und Stimmen zurückkehren, nachts, tagsüber, immer. Es würde mir so ergehen wie Henk, der auf seinem Stuhl am Fenster saß und sich jene ansah, die er herbeirufen konnte. Sechs Schatten in der Nacht, ein kleiner Zug von sechs Auserkorenen.

»Ja … das waren Zeiten«, sagte Johan schließlich. »Möchtest du Kaffee? Oder etwas anderes?« Endlich schwang in seiner Stimme auch etwas Herzlichkeit mit. »Kaffee, bitte.«

»Schließlich landete ich am Lehrerseminar in Almelo. Kannst du vergessen, dieses Almelo, das kannst du mir glauben. Das ist das Sibirien der Niederlande. Du kannst dich glücklich schätzen, dass du nicht an einen solchen Ort verbannt wurdest.«

Mir fielen die Worte eines Kabarettisten ein, den ich im Fernsehen gesehen hatte: »In Almelo, da ist immer was los. Erst springt die Ampel auf Grün und dann wieder auf Rot.«

»Seinerzeit gab es dort noch keine Ampeln.«

»Später hast du dann also an einer Grundschule unterrichtet?« Ich konnte mir Johan absolut nicht zwischen all den kleinen Kindern vorstellen. Hatte er die Rolle übernommen, die Trudys Eltern für ihre Tochter vorgesehen hatten? War das die Strafe, die er sich selbst auferlegt hatte? Wollte er so für die Fehler büßen, die er begangen hatte? Vorausgesetzt, er glaubte selbst, dass er Fehler gemacht hatte. »Warum bist du eigentlich ans Lehrerseminar gegangen?«

»Irgendwas musste ich schließlich tun. Ich wohnte bei Verwandten in Enschede.«

»Ich in Amsterdam.«

»Ich weiß. Möchtest du noch Kaffee?«

Ich schüttelte den Kopf. Johan erzählte weiter von seiner »deprimierenden Karriere« als Lehrer. Um »das Kroppzeug in der Grundschule loszuwerden«, hatte er für die Fächer Geschichte, Erdkunde und Englisch die Lehrerlaubnis für weiterführende Schulen erworben. So war er dann an der Realschule gelandet, zuerst in Meppel, später hier. Tag für Tag aber musste er sich einen ermüdenden Kampf mit den Schülern liefern, einen Kampf, den er nur verlieren konnte. »Einmal hat man mich für einen Monat vom Dienst suspendiert, weil ich einem Schüler eine gescheuert habe. Er hatte eine Gehirnerschütterung. Ich ahnte nicht mal, dass ich so hart zuschlagen konnte. Aber der Schüler ist auch aus der Bank gefallen und mit seinem Hohlschädel voll auf den Fußboden geknallt.« Wieder lächelte Johan kurz.

»Warum bist du wieder hierher gezogen?«, fragte ich. Er tat so, als habe er meine Frage nicht gehört. »Und du? Wie ist es dir ergangen?«

Ich erzählte von meinem Leben in Amsterdam, von Astrid, der Firma, von der Elektrotechnik, dem Konkurs. »Und jetzt habe ich alle Zeit der Welt, und da dachte ich mir, ich komm mal wieder hierher … schauen, was aus meinen Freunden von früher geworden ist.«

»Du bist also verheiratet?«

»Ja … und du?«

»Ich habe mein Reich für mich allein … immer gehabt … Mir geht keiner auf die Nerven, der mir sagt, was ich tun soll, welche Kleider ich anziehen soll, wann ich ins Bett muss, was ich essen soll, was ich trinken darf, ob das Fernsehen aus sein soll oder an …«

»Aber ist das nicht … äh, einsam, so ganz allein?«

»Einsam? Ich bin nicht einsam. Nie gewesen.«

Auf einmal, bevor ich mir darüber im Klaren war, ob sie nicht zu indiskret sei, hatte ich die Frage gestellt. »Wärest du jetzt mit Trudy verheiratet?«

Johan stand auf. »Willst du was trinken? Einen Schnaps vielleicht?«

Er blieb lange weg. Ich hörte Geräusche in der Küche. Ich hätte einfach aufstehen und zur Tür hinausgehen können. Johan allein lassen mit seinen ganzen Frustrationen und seiner Jeneverflasche. Und mit seinen Erinnerungen, die er offensichtlich nicht mit mir teilen wollte. Ob er wohl Alkoholiker war? Wieso eigentlich nicht?

Johan trank Jenever aus einem Limonadenglas, in dem ein paar Eiswürfel schwammen. Mein Schnapsglas hatte er bis zum Rand voll gegossen. Der Jenever brannte in meiner Speiseröhre, ebnete den Weg für die Erinnerungen an den Speicher, an das Schnapsglas, das wir immer herumgereicht hatten, an das Ritual des Trinkens, begleitet von Johans feierlichen Worten, Worten von ewiger Freundschaft und dass wir immer zusammenblieben. Die Trinkerei jetzt hatte damit nicht sonderlich viel zu tun.

»Ich bin auch schon bei Henk gewesen«, sagte ich.

»Und du gehst bestimmt auch noch zu Ineke?«

»Vielleicht.«

»Um dir ein vollständiges Bild zu machen?«

»So ungefähr, ja.«

Auf dem Bürgersteig vor Johans Haus stand eine junge Mutter mit einem kleinen Kind, das den Kinderwagen selbst schieben wollte, was ihm aber nicht gelang. Wir beobachteten beide die Szene.

»Warum?«, fragte Johan.

»Warum was?«

»Dir ein vollständiges Bild machen, warum willst du das?«

Ich zuckte mit den Schultern. Die Mutter versuchte vergeblich, das bockige Kind wieder in den Kinderwagen zu setzen, der – mit Einkäufen überladen – nach hinten kippte.

»Triffst du Henk manchmal?«, fragte ich. »Oder Ineke?«

»Nein, nie.«

»Warum nicht?«
»Warum sollte ich?« Er nahm einen Schluck Jenever.
Ich spürte, wie die Wut in mir wuchs. Ich sollte besser gehen, ehe ich richtig böse wurde.
»Aber wir waren doch Freunde«, sagte ich. »Freunde fürs Leben.«
Er lachte gekünstelt. »Fürs Leben? Tsss ... Was für ein Quatsch. Pubertierende Teenager waren wir, nicht mehr und nicht weniger.«
Er schenkte sich nach. Ich machte eine abwehrende Handbewegung in Richtung meines Glases. Mit jedem Schluck schien sich der Nebel in meinem Kopf zu verdichten, während ich doch eigentlich hier war, um mir Klarheit zu verschaffen.
»Auch Teenager können Freunde sein ... Freunde für ewig. Das hast du selbst gesagt.«
»Oh, das kann sehr gut sein. Ich habe ganz bestimmt noch mehr Unsinn dieser Art gesagt damals. Prost.«
Schweigend sahen wir uns an. Ich versuchte, Unsicherheit, Zweifel, Angst in Johans magerem Gesicht zu entdecken, aber es strahlte nur dumpfe Sturheit aus.
»Ich will wissen, was damals passiert ist«, sagte ich. »Darum bin ich hier.«
»Das dachte ich mir schon.«
Ich trank noch einen kleinen Schluck Jenever. Zur Not würde ich bis zum Umfallen trinken, aber Johan musste reden. »Ich muss wissen, was damals passiert ist.«
»Du warst selbst dabei. Du warst einer der sechs, weißt du das nicht mehr, Peetje van Galen?«
Der Name traf mich wie ein unerwarteter Schlag in den

Nacken. Ich stand auf, sank aber ein paar Sekunden später wieder in den Sessel zurück. »Es hätte niemals passieren dürfen. Wir hätten aufhören müssen, wir sind zu weit gegangen. Ich weiß nicht mal mehr, wie es eigentlich angefangen hat.«

»Du warst selbst dabei.« Die Furchen in Johans Gesicht schienen noch schärfer und tiefer zu werden, wie in einer Karikatur. Seine Brille wirkte noch schwerer.

»Aber es ist mir entfallen, verdammt noch mal. Es ist versunken, verschwunden! Herr im Himmel, versteh' das doch. Ich war dabei, natürlich, aber gleichzeitig stand ich neben den Ereignissen, ich kapierte überhaupt nicht, was los war, und jetzt verstehe ich es noch weniger.«

Johan sah mich spöttisch an. »Schon mal Freud gelesen?«, fragte er.

Ich schüttelte den Kopf.

»Verdrängung nennt man das. Du willst das alles nicht mehr wissen. Und vielleicht ist es auch am besten so. Was willst du mit diesen Schatten aus der Vergangenheit? Meinst du, du wärst glücklicher, wenn du genau beschreiben könntest, was damals geschehen ist? Wenn du genau wüsstest, wer was gemacht und gesagt hat? Das glaubst du doch selbst nicht!« Er machte eine wegwerfende Handbewegung.

»Weißt du noch alles genau?«

»Vielleicht, aber wer kann das schon mit Sicherheit von sich behaupten.« Er sah mich eindringlich an. Es gelang mir nicht, mich seinem Blick zu entziehen. »Aber alles, was ich weiß, ist das, was ich behalten habe, es sind meine Erinnerungen, es ist nicht ›die Wahrheit‹.« Er lachte kurz. »Ich meine natürlich nicht die gleichnamige Zeitung. Die gibt es ja inzwischen auch gar nicht mehr. Die hatten wir zu Hause immer.

Manchmal musste ich sie samstags auch austragen, weil meine Mutter Mitglied der Partei geblieben war. An die glaubte sie, noch auf dem Sterbebett. Sie wäre wohl am liebsten in Russland begraben worden. Als sie sechzig oder so war, hat sie einmal eine Reise nach Moskau mitgemacht, veranstaltet von der Partei. Da hat man ihnen alle Errungenschaften des Arbeiterstaates gezeigt und sie durch das sozialistische Paradies geführt. ›Wenn dein Vater das noch erleben könnte‹, sagte sie.« Er holte wieder sein Taschentuch hervor und putzte sich die Nase. Das Schnauben klang wie ein zynischer Kommentar.

Plötzlich sah ich ihn da sitzen, einen von altem Groll erfüllten, verbitterten Mann, und mir wurde klar, dass er damals mit Trudy alles verloren hatte. Niemand konnte ihm noch etwas wegnehmen. Sein Leben war leer, kahl, abgenagt bis auf die Knochen. »Was ist denn damals passiert? Woran erinnerst du dich noch?«

Johan hob die Hände und machte eine hilflose Bewegung. »Du solltest die Geschichte besser ruhen lassen.

Es bringt nichts, sie kommen dadurch bestimmt nicht zurück. Egal, wie viel auch immer du darüber sprichst, wie viel auch immer du darüber weißt.« Sein Gesicht sah jetzt etliche Jahre älter aus. »Es wird nur schlimmer. Fahr zurück nach Amsterdam, fahr zurück zu deiner Frau, genieß dein Leben.« In seiner Stimme war ein Schluchzen zu hören. Oder machte er das absichtlich? Sein Ratschlag klang verlogen. Genieß dein Leben, das musste ausgerechnet er sagen.

»Ebendas kann ich nicht mehr«, sagte ich. »Es gibt nichts mehr, das ich noch genießen könnte. Henk geht es genauso. Der kann die halbe Nacht nicht schlafen.«

»Und er war immer so ein gesunder Bursche. Der Gesündeste von uns allen. Erzählt er noch immer Witze?«
Ich trank einen kleinen Schluck Jenever. »Er hat eine Firma, zusammen mit seinem Sohn.«
»Ich weiß.«
»Eine Unternehmensberatung.«
»Ich weiß.«
Wenn Johan alles wusste, warum erzählte er mir dann nichts?

16

»Noch ein Glas Orangensaft, Johan?«
»Nein, danke.«
»Noch einen Keks?«
Er nahm einen Keks aus der Schale, die seine Schwester ihm hinhielt. Sie saßen im Kreis um den Tisch herum. Seine Mutter hatte das Baby auf dem Arm, ein kleines, runzeliges Äffchen, das ab und zu so heftig zu schreien anfing, dass man zusammenfuhr, und das dann einen noch röteren Kopf bekam, als es sowieso schon hatte. Johan machte wieder die kleine Rechenaufgabe.
Gleich nach der Befreiung mussten Herman und Annie es miteinander getrieben haben, wahrscheinlich nach einer der vielen Feiern. Vor ungefähr einem halben Jahr hatten sie geheiratet. Seine Mutter hatte fürchterlich geflennt. Die Schande, die Nachbarn, was werden die Leute sagen. Das alles schien nun vergessen. Das Kind war nach Johans Vater benannt, Rein. Als seine Mutter das hörte, hatte sie über eine Stunde lang geheult. Ein Taschentuch nach dem anderen hatte sie voll geschnäuzt.
»Ja, das ist Onkel Johan«, sagte seine Mutter, als das Kind mit einer spastischen Bewegung den Arm ausstreckte.
Die Luft war drückend in dem kleinen Zimmer. Herman hatte gerade ein paar Briketts in den Ofen geworfen. »Von Binkhuizen«, hatte er gesagt und dabei mit einem Auge geblinzelt.

Herman verstand es, überall kleine Geschäfte zu machen. Er war ein Experte im Tauschen von Marken. Er wusste als Erster, wo es Kartoffeln zu kaufen gab. Ihnen fehlte es an nichts. Johan verdächtigte ihn des Schwarzhandels. Obwohl er drei Meter von Herman entfernt saß, konnte er ihn riechen. Der Gestank vom Fischgroßhandel, wo er im Büro arbeitete, verschwand nie völlig.

Auch ein älteres Ehepaar aus der Nachbarschaft war gekommen, um sich das Neugeborene anzusehen. Die tranken schon die vierte Tasse Tee, Johan hatte mitgezählt, und jedes Mal hatte es einen Keks dazu gegeben. Wo Herman die wohl wieder herhatte?

»Na, Johan, wie läuft es denn in der Schule?«

Johan zuckte die Achseln.

»Examen, nicht wahr?«

»So, so, Abschlussexamen«, sagte der Nachbar. »Du bestehst doch bestimmt, oder?«

»Weiß nicht.«

»Meinst du, du schaffst es nicht?«, fragte der Nachbar.

Annie nahm die Teekanne. »Möchte noch jemand eine Tasse Tee?«

»Ja, gerne«, sagten die Nachbarn wie aus einem Mund. Es wurden auch wieder Kekse dazu gereicht.

»Höhere Bürgerschule, Fachrichtung B«, sagte Herman.

»So, so«, sagte der Nachbar, »ein richtiger Professor also.«

»Ein richtiger Professor«, wiederholte seine Frau und tauchte ihren Keks in den Tee. Johan sah, dass ein Stück in die Tasse fiel.

»Aber er lernt nicht genug«, sagte seine Mutter. »Er reißt sich nicht am Riemen, genau wie seine Freunde, die haben

auch …« Das Baby fing wieder an zu schreien. »… ja, mein Schatz, du hast bestimmt Hunger und möchtest etwas zu trinken haben.« Sie übergab Rein seiner Mutter, die gleich anfing, eine Brust frei zu machen. »Sie kommen abends immer spät nach Hause und machen ihre Aufgaben nicht. Ich weiß nicht, was ich tun soll.«
Johan betrachtete die große bleiche Brust, durch deren Haut die Adern lila hindurchschimmerten. Nie hatte Johan seine Schwester nackt gesehen, höchstens mal im Badeanzug. Die unappetitlich aussehende braunrote Brustwarze wurde dem Baby in den Mund gesteckt, das sofort heftig zu saugen begann. Johan musste sich fast übergeben.
»Er hört einfach nicht auf mich«, fuhr seine Mutter fort. »Wenn Vater noch lebte, der wüsste schon, was zu tun wäre, der würde ihn …«
Johan sah, dass auch der Nachbar seinen starren Blick auf das saugende Kind und die Brust gerichtet hielt: ein unbeschreibliches Körperteil, etwas fast Unmenschliches. In seinen Händen spürte er Trudys kleine, feste Brüste. Die würden nie zu solch missgebildeten Milchfabriken werden. Das war unmöglich, das durfte nicht geschehen.
»Drei Monate hat er noch Zeit«, sagte seine Mutter. »Wenn er sich jetzt ranhält, dann schafft er es noch.« Herman sah lächelnd die anderen an. »Du machst das schon, nicht wahr, Johan? Du legst dich einfach ins Zeug und machst einen ordentlichen Endspurt, nicht? Der lange Weg macht den müden Mann.«
Johan hatte den Eindruck, dass man hier über jemand anderen sprach, über jemanden, der nicht hier war, der frei und ungebunden draußen herumging, über den Deich oder über

den Festungswall, der auf der Hafenmole saß, den Blick auf den Horizont gerichtet. »Einen ordentlichen Endspurt«, wiederholte der Nachbar, wobei er seine Finger knacken ließ. »Der lange Weg.«

Annie nahm Rein von der Brust und legte ihn sich über die Schulter, ohne vorher ihre Bluse wieder zuzuknöpfen. Sie klopfte dem Kind kräftig auf den Rücken. Der weiße, geäderte und mit einer Kirsche gekrönte Pudding wackelte sanft im Rhythmus der Schläge.

»Und dann?«, fragte Herman.

Johan verstand nicht, worauf er hinauswollte.

»Was machst du, wenn du dein Abschlusszeugnis in der Tasche hast?«

Johan zuckte die Schultern.

Ein tiefes, schnarrendes Geräusch kam aus dem Mund des Babys.

»Gut so«, sagte Annie, »tüchtiges Kerlchen.«

Die Nachbarin lachte. »Das war aber ein Bäuerchen!« Nachdem Annie die Brustwarze sorgfältig mit einem Tüchlein abgewischt hatte, verschwand die Brust endlich wieder in der Bluse.

»Willst du studieren?«

»Studieren?«, fragte seine Mutter. »Das glaube ich nicht. Ich bin froh, dass er dann endlich arbeiten gehen kann und ich nicht mehr alleine für alles aufkommen muss.«

»Arbeiten«, sagte Herman und nickte zustimmend. »Weißt du schon, wo?«

»Nein … Erst mal abwarten.«

»Vielleicht hab ich was für dich. Im Büro bei De Moor haben sie …« Das Baby übertönte ihn mit einem Geräusch, das eigentlich unmöglich aus einem so kleinen Körper kommen konnte.

Stading sah noch blasser aus als sonst, offensichtlich hatte er sich ein paar Tage nicht rasiert. In der Klasse war es nach der Stunde bei Damhuizen noch recht laut. »Ja …«
Das Gemurmel verstummte allmählich, da ein Schüler nach dem anderen den Mund hielt, doch Stading schien nicht zu wissen, was er mit dem Schweigen anfangen sollte. »Ja«, sagte er wieder. Danach hing minutenlang eine gespannte Stille im Raum. Stading blätterte nervös in seinem Buch.
Karel Schuitemaker hob schließlich zögernd die Hand. »Wir sollten die Vokabeln auf Seite vierundachtzig lernen, Herr Stading.«
»Seite … äh, Seite vier … vierundachtzig«, stotterte Stading. Er schien nicht mehr zu wissen, dass er jetzt unterrichten sollte. So schlimm war es noch nie gewesen. Johan war drauf und dran, aufzustehen und zu ihm zu gehen, um ihn spüren zu lassen, dass es Schüler gab, die ihn verstanden, auch wenn er nicht so recht wusste, was mit Stading los war. Vor ein paar Tagen hatte Elly Verweel überall herumerzählt, Stading habe Krach mit seiner Frau, einer auffallend hoch gewachsenen Blondine, die ihre Lippen immer knallrot färbte. Ellys Tante wohnte neben Stadings und hatte es gehört. »Und die Frau von Stading hat gekreischt wie ein Marktweib«, hatte Elly genüsslich berichtet. Danach hatte sie Joke etwas ins Ohr geflüstert, die sofort knallrot wurde.
»Das waren die Hausaufgaben für heute«, sagte Karel noch einmal.
»Hausaufgaben … ja, ja, Hausaufgaben«, murmelte Stading.

Als habe er plötzlich einen Entschluss gefasst, ging Stading zum Pult. Mit bemerkenswerter Entschlossenheit schlug er jetzt sein Buch auf. »Eduard … mutig?«
»Mutig? Wir sollten Französisch-Niederländisch lernen, Herr Stading.«
Stading seufzte tief. »*Cuir?*«
»Äh … Leder.«
»*Impertinent?*«
»Unverschämt.«
»Ja, stimmt, aber das war auch einfach. Im Niederländischen gibt es das Wort auch: impertinent.« Stading fuhr sich durch die Haare, die sich dadurch ein wenig aufrichteten.
»*Verser?*«
Eduard schaute sich um. Hinter ihm flüsterte Anton Verdam: »Gießen.«
»Gießen«, sagte Eduard.
»Wenn ich die Antwort von Anton haben will, frage ich ihn selbst. *Habitude?*«
»Be … äh, Benehmen.«
»Falsch. Anton?«
»Ich weiß es nicht, Herr Stading.«
Elly hob die Hand. Stading gab ihr ein Zeichen. »Gewohnheit.«
»*Accuser*, Elly?«
»Beschuldigen.«
»Richtig, beschuldigen, ein herrliches Wort, *accuser* … beschuldigen. Die Schuld bekommen, die Schuld auf sich nehmen, wer hat keine Schuld?« Stading redete immer lauter. »Schuld, Schuld, Schuld, darum geht es ausschließlich, um die Schuldfrage, die muss man immer stellen, immer

wieder.« Stading verzog die Mundwinkel zu einem seltsamen, schmerzhaften Grinsen. »Sie tat das auch, immer wieder. Immer hieß es Kees hier und Kees da, immer war es Kees …«

Einige Schüler hielten den Blick in ängstlicher Bestürzung auf Stading gerichtet. Andere senkten den Kopf. Wie alle wusste auch Johan, dass Kees Stadings Vorname war.

»Und Kees hatte es getan, das stand fest. Oder Kees hatte es nicht getan, wenn er irgendetwas hätte tun sollen! Ha!«

Stading fuhr fort mit seiner Tirade, die zuweilen undurchschaubar, dann aber auch wieder völlig klar war.

Plötzlich kam Van Vliet in die Klasse. »Ich denke, Sie sollten diese Stunde jetzt beenden, Herr Stading. Es ist besser, die schmutzige Wäsche … nun ja …«

Der kalte Stahl hinterließ einen Kreis auf seiner Schläfe. Wieso fühlte sich Stahl immer kälter an als Holz oder ein anderes Material? Johan blieb starr sitzen, die Pistole an seinen Kopf gedrückt, als wollte er den Kreis unauslöschlich in seine Haut prägen. Die Pistole hatte er vor ein paar Wochen gefunden, als er einige Bücher seines Vaters auf den Dachboden brachte. Hinter dem Schornstein hatte er ein kleines Versteck entdeckt, in dem die Pistole und eine Liste mit Namen lag. Irgendwelche Namen, so schien es, er kannte sie nicht. Die Liste hatte er verbrannt und die Pistole mit auf sein Zimmer genommen. Für einen Moment hatte er das Gefühl, Mitglied von so etwas wie einem Geheimbund zu sein. Die Asche des verbrannten Papiers hatte er in der Toilette heruntergespült. Als seine Mutter einmal nicht zu Hause war, hatte er im Boden seines Wandschranks ein Versteck eingerichtet.

Im Magazin steckten sechs Kugeln. Auf der Liste hatten auch sechs Namen gestanden. War das Zufall? Die Pistole in seiner Hand kam ihm nun vertraut vor. Einen Finger hatte er am Abzug.
Seine Mutter rief von unten. »Johan! Möchtest du Tee?«
»Ich komme sofort.«
Er blieb noch ein paar Minuten sitzen, ehe er die Waffe wieder unter dem Brett verschwinden ließ. Sie lag jetzt direkt auf der Decke des Wohnzimmers. Wenn sie bleischwer wäre, könnte sie hindurchbrechen. Er ging noch nicht nach unten, sondern lauschte den Geräuschen, die aus dem Wohnzimmer nach oben drangen. Seine Mutter lief sinnlos hin und her, das wusste er, ewig unruhig verschob sie irgendwelche Dinge hierhin und dorthin.
»Was würdest du tun, Pa?«, fragte er das Foto über seinem Bett.
Sein Vater lächelte kurz. »Du musst tun, was du tun musst. Etwas anderes bleibt dir nicht übrig.«
»Und die Pistole?«
»Vielleicht.«
»Und die Liste mit den Namen. Ist es in Ordnung, dass ich sie verbrannt habe?«
Sein Gesichtsausdruck blieb unergründlich. Hatte er so auch geguckt, als er damals in dieser Reihe stand? Vier Männer, nebeneinander, beim Zuiderdijk, auf einem elenden, kleinen Acker. Alle vier Parteimitglieder. Wer hatte sie verraten? Zu Hause dachte man, dass sie noch im Gefängnis säßen und nach Amsterdam gebracht würden. Es regnete an diesem Tag, ein ekelhafter, peitschender, kalter Regen. Und die Jungs, die ihnen mit Gewehren gegenüberstanden? Was

dachten die? Oder wollten sie das Ganze nur so schnell wie möglich hinter sich bringen?
»Gestorben für das Vaterland« stand auf dem Stein. Seine Mutter stellte immer frische Blumen daneben. Gestorben für das Vaterland, wieso? Er war für niemanden gestorben, nur für sich selbst.
Plötzlich stand seine Mutter im Zimmer. Er hatte nicht gehört, dass die Tür geöffnet worden war.
»Wo bleibst du denn? Hier oben ist es doch viel zu kalt zum Hausaufgabenmachen. Warum kommst du nicht runter? Der Tee ist fertig.«
Er sah sie unverwandt an, die Fingernägel in die Handflächen gedrückt. Würde sie das Mal an seiner Schläfe entdecken?

Keine Menschenseele auf der Straße, als hätten ihnen alle Platz gemacht. Sie hatten bis nach elf auf dem Speicher gesessen und waren dann in Richtung von Van Vliets Haus gegangen. Niemand war vorangegangen, es geschah einfach. Die Straßen glänzten vom Regen, der aber inzwischen aufgehört hatte. Ein magerer Hund lief vor ihnen her, seine Krallen tickten auf das glatte Pflaster.
Jetzt hing ein Schloss vor der Tür zum Schuppen. Johan lachte kurz auf. Wie naiv waren die Leute doch, wenn sie meinten, sich so schützen zu können. Er hatte ein großes Schlüsselbund bei sich, das so schwer war, dass es ihm beinahe den Rücken beugte. Der achte Schlüssel passte.
Dicht gedrängt standen sie in dem Schuppen. Alles war so wie beim letzten Mal, nur lag diesmal kein Werkzeug mehr auf der Werkbank. Er spürte Trudys Schulter an seinem Oberarm. Wenn die anderen nicht dabei gewesen wären, hät-

te er sie umarmt, hätte sie vielleicht sogar vorsichtig auf den harten Fußboden gelegt. Die Tür zur Küche war leichter zu öffnen.

Im Wohnzimmer hängten sie das Bild wieder verkehrt herum auf. Und jetzt? Er wusste, dass sie diesmal weiter gehen mussten als beim letzten Mal. Sie sahen einander an. Henk setzte sich in einen Lehnstuhl. Die anderen standen unbehaglich herum.

»Nach oben?«, fragte Peter flüsternd.

Johan nickte.

Sie schlichen nach oben, Peter voran. Wie kam es, dass er sich plötzlich so viel mehr zutraute? Auf dem Treppenabsatz blieben sie stehen. Dort hing eine Art Stickerei an der Wand, auf der zu lesen war: »Jeder hat sein Kreuz zu tragen«, wahrscheinlich eine Handarbeit von Van Vliets Frau. Im Haus war es still, totenstill. In der Ferne hörte man ein Auto. Vier Türen führten vom Flur in die angrenzenden Zimmer. Hinter einer dieser Türen musste Van Vliet liegen. Johan gab ein Zeichen, und vorsichtig öffnete Peter die erste. Der Reihe nach schlichen sie hinein. Das war wohl Van Vliets Arbeitszimmer. Zwei Bücherregale standen an der Wand. Auf dem Schreibtisch lag ein Blatt Löschpapier und ein Füllfederhalter, daneben stand ein Tintenfass. Ohne genau zu wissen, warum, versuchte Johan die Schreibtischschublade zu öffnen. Abgeschlossen.

Die nächste Tür öffnete er selbst. Auf der Schwelle hielt er den Atem an. Ein sanftes Schnauben war zu hören, dazwischen leises Schnarchen. Van Vliet und seine Frau atmeten im gleichen Rhythmus. Johan verspürte eine seltsame Erregung, die in ihm pulsierte, vergleichbar der, die er damals

empfunden hatte, auf dem Speicher der Papierfabrik, als er zum ersten Mal mit Trudy schlief. Mit Mühe gelang es ihm, dem Zittern seiner Hände und Knie Einhalt zu gebieten.
Er ging ein paar Schritte ins Zimmer hinein. Van Vliet lag auf dem Rücken, den Mund ein wenig geöffnet. Seine Frau lag auf der Seite, eine Hand baumelte neben dem Bett.
Die anderen standen jetzt auch im Schlafzimmer. Sie wussten nicht recht, was sie nun tun sollten, doch einfach weggehen konnten sie auch nicht. Johan erstarrte, als Van Vliet auf einmal leise stöhnte und sich mit einer plötzlichen Bewegung auf die Seite drehte, so dass er seiner Frau die halbe Decke wegzog. Ein außerordentlich weißes Bein kam zum Vorschein, das Nachthemd weit hochgeschoben. Mit einer Hand vor den Mund verließ Ineke den Raum. Die Sekunden kamen ihnen vor wie Minuten. Sie sahen einander an, standen aber herum, ohne etwas zu unternehmen. Johan spürte die Pistole in seiner Innentasche. Sie drückte ihm gegen die Rippen. Auf dem Speicher hatte er sie schon den anderen gezeigt und gesagt, dass es eine Mauser sei, die man von den Moffen erbeutet habe. Die Waffe ängstigte und faszinierte sie gleichzeitig. Plötzlich zog Johan sie aus der Tasche und richtete den Lauf auf Van Vliet. Er sah Sytzes erschrockenen Blick. Mit ausgestrecktem Arm zielte er auf Van Vliet. Der Mann war ihm hilflos ausgeliefert. Der Kerl kam sich wer weiß wie vor als Direktor der städtischen HBS. Zu Anfang war er Geschichtslehrer, dann stellvertretender Direktor und, seit Bruinestijn weg war, Direktor. Und das alles nur, weil er immer schön gekuscht hatte, immer brav seine Arbeit gemacht, immer alles ordentlich erledigt hatte. Dadurch war er fast automatisch auf diesem Posten gelandet, und man spürte, dass er

dies jeden Tag mit jeder Faser seines Körpers genoss. Johans Finger krümmte sich um den Abzug. Trudy legte eine Hand auf seinen Arm. Genauso wenig wie die anderen wusste sie, dass er die Kugeln zu Hause gelassen hatte, in dem Versteck unter den Dielen im Schrank. Zu gern hätte er den Abzug betätigt, um das kurze metallische Klicken zu hören, aber womöglich wären Van Vliet und seine Frau davon wach geworden.

»He, Mann, geh mal zur Seite. Du stinkst nach Scheiße.«
Johan kam gerade mit den anderen zur Pause auf den Schulhof. Wijnand de Boer schubste Teun Latage grob zur Seite. Teun war ein magerer, schreckhafter Junge, der nirgendwo dazugehörte und immer so wirkte, als wollte er sich unsichtbar machen. Sein Vater gehörte zu den Arbeitern, die im alten Teil der Stadt, wo es noch keine Kanalisation gab, mit einer Karre die Runde machten und alle paar Monate die Güllefässer abholten. »Parfüm-Express« wurde die Karre manchmal genannt. Wer diese Arbeit verrichtete, der war gezeichnet, und seine Kinder noch mehr. Johan gab Peter, Sytze und Henk ein Zeichen. Zu viert liefen sie hinter Wijnand her, der in Richtung der Fahrradständer verschwand.
»Was wolltest du von Teun?«
Johan hatte Wijnand am Ärmel gepackt. Der versuchte vergeblich, sich loszumachen.
»Was geht das dich an? Du hast hier nichts zu sagen.«
Sytze verpasste Wijnand eine Ohrfeige, aber nicht zu fest.
»Zu viert traut ihr euch, was?«
»Was wolltest du von Teun?«, wiederholte Johan seine Frage.
»Das geht dich nichts an, dreckiger Komm …«

»Was?«, fragte Johan.
»Nichts«, sagte Wijnand.
»Du lässt Teun in Zukunft in Ruhe. Dein Vater stinkt auch, noch viel mehr, der stinkt nach Verrat. Der hat mit den Moffen …«
»Lass mich los!«
Sytze schlug ihn erneut, diesmal fester.
»Verdammt noch mal.«
Wijnand riss sich los, aber Sytze hatte ihn schon wieder erwischt. Die anderen drei brauchten nur noch zuzusehen und Sytze anzufeuern.

17

Ich stand auf der gegenüberliegenden Straßenseite, vor ihrem Haus. Ein kleines Gebäude, fast genau so ein Arbeiterhäuschen, wie wir es früher bewohnt hatten. Zweimal hatte ich geklingelt, aber niemand machte auf. Vielleicht war sie einkaufen oder in der Schulbibliothek.

Ich bog in die Vijzelstraat ein und kam an der Geschäftsstelle der Lokalzeitung vorbei. Die Zeitung, dass ich da nicht früher draufgekommen war. Wenn die Zeitung ein Archiv hatte, dann konnte ich nachsehen, was damals über die Ereignisse geschrieben worden war. Ich hatte die entsprechenden Ausgaben seinerzeit zwar in den Händen gehabt, konnte mich aber an den Inhalt der Artikel nicht mehr erinnern. Vielleicht hatte ich auch nicht wirklich die Gelegenheit gehabt, sie zu lesen. Dass die Sache nicht auf der Titelseite gestanden hatte, wusste ich allerdings noch. Die Zeitung hatte scheinbar mit gesundem Widerwillen darüber berichtet, beide Male. Man befürchtete einen Skandal, hatte Angst, die Gefühle der Angehörigen zu verletzen, Angst vor negativen Auswirkungen auf das angeblich so gute Gemeinschaftsgefühl in der Stadt. Heute würden die Tageszeitungen gleich eine ganze Serie mit ähnlich schrecklichen Fällen drucken. Interviews mit den Nachbarn, Familienangehörigen, Freunden und Lehrern. Jede Einzelheit würde die Presse ans Licht der Öffentlichkeit zerren. Die Journalisten hätten mein gesamtes Privatleben und das der anderen von innen nach außen gekrempelt.

Hinter dem Schreibtisch saß ein junger Mann mit ältlichem Gesicht. Sein grauschwarzes Haar hatte er streng nach hinten gekämmt. »Sie wünschen?« Er sprach, als hätte er einen Kaugummi im Mund.

»Ich würde gerne etwas nachsehen, in einer alten Zeitung aus dem Jahr neunzehnhundertsechsundvierzig.«

»Im Archiv?«

»Ja, woanders werde ich sie wohl kaum finden.«

»Das Archiv ist nicht mehr hier untergebracht. Sie wissen vielleicht, dass wir seit einigen Jahren zu einem größeren Konzern gehören, und die Archive wurden inzwischen ebenfalls fusioniert. Im zentralen Archiv können Sie alle alten Zeitungen einsehen.« Er informierte mich noch darüber, in welcher Stadt sich das Archiv befand und wie ich dort hinkommen konnte.

Es war halb fünf, als ich erneut an Inekes Haustür klingelte. Wenn sie nicht da war, würde ich nach Hause zurückfahren und alles auf sich beruhen lassen. Für immer. Als die Tür nach kurzem Warten geöffnet wurde, war ich beinahe enttäuscht.

Sie trug eine nicht ganz altersgemäße Jeanshose und eine bunte Bluse. Jedenfalls keine typische Seniorentracht. Zunächst sah sie mich etwas fragend an. »Peter?«, fragte sie dann. »Peter van Galen?«

Ich nickte.

Ein zaghaftes Lächeln erschien auf ihrem Gesicht. »Komm rein.«

Ich betrat die kleine Diele.
Sie sah mich an, als müsse sie Maß nehmen. Dann beugte sie sich zu mir vor und gab mir einen trockenen Kuss auf beide Wangen. »Endlich.«
»Ich war schon bei Henk«, sagte ich, »vorgestern.«
»Hab ich gehört. Gib mir deine Jacke, dann setzen wir uns hinten hin.«
Sie führte mich in einen Wintergarten voller Pflanzen, der Aussicht auf einen großen, wild gewachsenen Garten bot. Im Wintergarten stand ein großer Vogelkäfig mit ein paar Sittichen. Sie sahen zumindest aus wie Sittiche, doch von Vögeln hatte ich noch nie Ahnung gehabt. Die Möwen am Hafen, ja, die kannte ich, ansonsten aber war ich ein typischer Amsterdamer, der eigentlich nur zwei Vogelarten kennt: fliegende und schwimmende, also Vögel in der Luft und Vögel auf dem Wasser.
Ein wenig stotternd erzählte ich Ineke von den Vogelkenntnissen der Amsterdamer.
Sie lachte genau so wie früher. »Möchtest du Tee? Oder lieber Kaffee? Ich hab Vanilletee.«
»Sehr gut. Ich wollte schon immer mal wissen, wie Vanilletee schmeckt. Wie Vanillepudding, nur warm?« Ich setzte mich in einen knarrenden Rattansessel. Sie nahm auf dem Sofa Platz und kniete sich mädchenhaft auf die Unterschenkel. Ich rührte in meinem Tee ohne Zucker herum, aber mein Blick wanderte wie von selbst zu ihr hinüber. Sie hatte sich kaum verändert. Natürlich war sie älter geworden, doch ansonsten war sie die Ineke geblieben, mit der ich jahrelang zusammen in eine Klasse gegangen war, die ich erst im Januar siebenundvierzig definitiv aus den Augen verloren hatte

und die somit endgültig unerreichbar geworden war. Zu Hause hatte ich noch einige Klassenfotos, auf denen sie auch zu sehen war.
»Was schaust du mich so an?«
»Du hast dich nicht verändert.«
»Du dich auch nicht«, sagte sie, »aus dir ist bloß ein netter alter Herr geworden.«
Ich fragte mich, ob das negativ gemeint war. »Und aus dir eine nette alte Dame.«
Sie lächelte. »Alt schon, aber nicht nett.«
»Ach … nicht nett?«
»Ich kann mir jedenfalls nicht vorstellen, dass du mit so einem feinen Anzug einfach so ins Wasser rennst.«
»Ins Wasser rennen?«
»Ja, damals bei der Hafenmole, beim ähm … beim Leuchtturm.« Nachdenklich schaute sie vor sich hin. »Als du einfach so ins Wasser gerannt bist. Erinnerst du dich nicht mehr daran?«
Vage Erinnerungen dämmerten auf, an eine düstere Stimmung, einen trüben Abend, schiefergraues Wasser, das Gekreisch der Möwen. Es war wegen meiner Mutter. Vielleicht begriff ich damals noch nicht ganz richtig, aber ich konnte mich wohl nicht damit abfinden. Mein Vater war damals noch da, aber mit ihm habe ich nie darüber geredet.
Ineke bot mir Plätzchen an. Immer noch sah ich sie an, verglich sie unwillkürlich mit Astrid. Ich musste mir eingestehen, dass sie sich ein wenig ähnelten.
»Du bist also bei Henk gewesen«, sagte sie.
»Hat er davon erzählt?«

»Nein, nur dass du ihn besucht hast … übernachtet sogar. Noch Tee?«

Ich schüttelte den Kopf.

»Erzähl mal, wie ist es dir ergangen in all den Jahren? Was hast du so alles gemacht. Dich hat man doch nach Amsterdam geschickt?«

Zum dritten Mal innerhalb weniger Tage berichtete ich von den Widrigkeiten in Amsterdam. Von den ersten Jahren in dem engen Mansardenzimmer bei Onkel Sjoerd und Tante Jantje in der Rustenburgerstraat, vom Examen, das ich schließlich doch gemacht hatte, obwohl mir das damals noch wie ein Verrat vorkam. Astrid erwähnte ich nur kurz, während ich über die Erfolgsjahre unserer Firma weiter ausholte.

»Und jetzt habe ich alle Zeit der Welt, Tag für Tag, und da dachte ich, ich besuch einfach mal ein paar alte Freunde.«

Ineke nickte. »Du dachtest, du besuchst einfach mal …«

»Ja, ich wollte …« Weiter kam ich nicht.

»Was wolltest du?«

»Nichts, es ist einfach so, dass ich manchmal … dass ich nicht mehr weiß …«

Sie sah mich weiterhin freundlich interessiert an.

Ich wollte mich an ihren Blick klammern, aber es gelang mir nicht.

»Und ich finde es wirklich schön, dich wieder zu sehen.« Ich gab einen tiefen Seufzer der Erleichterung von mir: Zumindest etwas hatte ich gesagt, das ich ehrlich meinte.

»Das höre ich gern.«

»Wie ist es dir denn ergangen?«, fragte ich.

Sie erzählte mir die Geschichte, die ich zum größten Teil schon von Henk gehört hatte, nur ihre Depressionen erwähnte sie nicht. »Ich arbeite jetzt also wieder in einer Bibliothek. Wenn ich den ganzen Tag zu Hause sitzen müsste, würde ich eingehen wie eine Primel. Jetzt bin ich an drei Tagen in der Woche wieder unter Menschen, unter vielen jungen Menschen.«

»Man hat doch jetzt einen ganzen Schulkomplex daraus gemacht?« Schulkomplex, das Wort kam mir nur widerwillig über die Lippen.

»O ja, mindestens fünfmal so groß wie unsere alte HBS, eine richtige Lernfabrik.«

Ich wollte sie etwas über all die jungen Menschen, die Schüler, fragen, aber ich traute mich nicht. Erkannte sie sich in ihnen wieder? Erkannte sie uns wieder? Gab es heute auch noch solche Cliquen? War das der Grund, warum sie ehrenamtlich an der Schule arbeitete? Wir blieben bei dem Thema und sprachen über unsere Schulzeit. Nein, zu Mitschülern von damals hatte auch sie praktisch keinen Kontakt mehr. Alle unsere Lehrer waren tot und begraben. Was aus Stading geworden war, wusste sie auch nicht. Vielleicht hatte er den Rest seines Lebens in einer Anstalt verbracht und durfte ab und zu übers Wochenende nach Hause. »Aber wo war sein Zuhause? Hier habe ich ihn nie mehr gesehen«, sagte Ineke.

Ich fragte, ob sie allein hier wohnte. Die Antwort kam in Gestalt einer dicken, rötlichen Katze, die mir völlig unerwartet auf den Schoß sprang. Vor Schreck fuhr ich ein paar Zentimeter in die Höhe, aber das schien die Katze nicht weiter zu stören.

»He«, sagte Ineke. »Das macht Bollie sonst nie, einem Fremden auf den Schoß springen.«
Ich fragte mich, was die Katze von den Sittichen hielt. Sie drehte ein paar Runden auf meinen Oberschenkeln, drückte mir fast ihr Hinterteil ins Gesicht und legte sich dann schnurrend hin.

»Magst du noch Fu Yong Hai?«
»Danke, ich hab noch.«
»Oder Tjap-Tjoy?«
»Nein, danke dir.«
Ineke hatte in einem chinesischen Restaurant Essen geholt. »Hier gibt es inzwischen alles«, hatte sie gesagt. »Mexikanisch, indisch, argentinisch, surinamisch, was immer du willst. Erinnerst du dich noch, früher gab es lediglich das Hotel-Café-Restaurant »Zum roten Hirsch«. Ich habe nie verstanden, was der Name sollte. Hier in der Nähe gab es nirgends einen Hirsch oder einen Wald, nichts … Heute ja, Hirsche im Wildpark. Im »Roten Hirsch« konnte man essen. Rinderfilet und Schnitzel und so. Aber ich weiß nicht mal mehr, ob das gleich nach dem Krieg auch schon so war … oder während des Krieges. Komisch nicht, dass man so was einfach vergisst, dass die Erinnerung daran einfach so verschwindet.«
Wir saßen uns gegenüber. Die Plastikteller mit dem Essen standen zwischen uns auf dem Papier, in das sie eingewickelt gewesen waren. Ohne mich zu fragen, ob ich überhaupt wollte, hatte sie eine Flasche Bier für mich mitgebracht. Sie trank Wasser.
Als sie aufgegessen hatte, sagte sie unvermittelt: »Für mich

war das eine schwierige Zeit. Ich weiß bis heute nicht, wie ich sie überstanden habe. Es war fürchterlich.« Sie senkte den Kopf. »Henk, der lebte einfach weiter, so sah es jedenfalls aus … Was er wirklich empfand, weiß ich natürlich nicht, über solche Sachen haben wir uns nie unterhalten … Aber ich …« Sie nahm eine Serviette und putzte sich die Nase. »Immer wieder sah ich es vor mir, alles, was passiert ist. Und du?«

Ich ging um den Tisch herum und legte eine Hand auf ihre Schulter.

Sie nahm meine Hand und küsste sie. »Anfangs traute ich mich gar nicht auf die Straße. Wochen, Monate habe ich zu Hause gesessen … aus Angst, dass die Leute mich ansprechen, anklagen, mir Vorwürfe machen könnten. Jeder konnte es mir ansehen, es war mir ins Gesicht geschrieben. Tagelang habe ich auf meinem Bett gelegen und geweint. Und dann schleppten mein Vater und meine Mutter eines Tages so einen dämlichen Pastor an. Ich sollte mein Herz Jesus Christus öffnen! Dann würde es ganz von selbst wieder besser werden.«

Beklommen und ratlos blieb ich neben ihrem Stuhl stehen. Wieder berührte sie meine Hand mit ihren Lippen. Es kitzelte ein wenig, aber nicht unangenehm.

»Tja, du warst natürlich in Amsterdam, du hattest kein Problem mit all den Leuten hier.«

»Lustig war es da auch nicht. Vor allem zu Beginn kam mir alles furchtbar feindselig vor. Ich war ein Fremder, und ich verstand die Amsterdamer nicht, die ganzen Witze, die sie machten. Und für sie war ich nur ein Bauer, jemand vom Land. Ich hatte das Gefühl, dass ich da wegmüsste, dass ich eine Krankheit hätte oder so was, etwas Ansteckendes …«

Ineke hob den Kopf und sah mich an. Sie sah plötzlich älter aus und müde. »Wir hatten doch auch eine Krankheit, alle sechs.«

»Ja, vielleicht hast du Recht.«

»Ich vermisse Trudy immer noch. Ich denke jeden Tag an sie, jeden Tag.«

»Ich glaube, Johan auch.«

»O ja, der bestimmt … Er hat nie geheiratet.« Sie trank von ihrem Tee. »Johan ist ein vereinsamter Zyniker geworden … ein Einsiedler, ein Hypochonder, ein Alkoholiker. Ziemlich klischeehaft, aber er ist gleichzeitig er selbst geblieben. Na ja, jedenfalls so, wie er in meiner Erinnerung war.«

»Und du … du hast auch nicht geheiratet?« Ich fühlte einen seltsamen Schmerz in meinem Knie, blieb aber trotzdem neben Ineke stehen, leicht an sie gelehnt, so dass ich ihre Wärme durch meine Kleider hindurch spüren konnte.

»Nein«, antwortete sie nüchtern.

»Warum nicht?«

»Mir ist nie wieder der Richtige über den Weg gelaufen, vermute ich.«

»War Sytze der Richtige?«, fragte ich.

Sie schien kurz zusammenzufahren. »Wie kommst du denn darauf?«

Sie setzte sich anders hin. Ich ging zu meinem Stuhl zurück und versuchte sie nicht anzusehen.

»Ich habe Beziehungen gehabt, das schon! Viele, zu viele vielleicht. Liebenswürdige Männer, nette Männer … vor ein paar Jahren sogar einen, der entsetzlich reich war. Der wollte mit mir eine Kreuzfahrt rund um die Welt machen, aber dazu hatte ich keine Lust.

Das ist nichts für mich, tagelang auf so einem Schiff zwischen all den Menschen hocken, die vor Geld nur so stinken.«

»Für mich wäre das auch nichts«, sagte ich.

»Du bist aber verheiratet«, sagte sie. »Dir ist also doch noch die Richtige über den Weg gelaufen.«

18

Innerhalb weniger Minuten hatten sich auf der Straße Dutzende von Menschen zusammengedrängt. Sytze arbeitete sich zum Mittelpunkt der kleinen, unruhigen Menge vor. Ein Polizist hielt einen Mann am Arm fest. »Platz da, Leute, den Weg frei machen. Hier gibt es nichts zu sehen.«

»Was ist hier los?«, fragte Sytze einen Mann, der neben ihm stand.

»Kleidermarken«, sagte der Mann. »Er hat Kleidermarken verkauft … Einer aus Amsterdam, glaube ich.« Der Amsterdamer trug einen schönen, neu aussehenden Anzug; das Hosenbein hatte eine scharfe Bügelfalte; seine Schuhe waren spiegelblank. Er hatte eine Pfeife, in der eine brennende Zigarre steckte, und dass er gerade verhaftet worden war, schien ihm vollkommen gleichgültig zu sein. Mit seinen vorwitzigen Augen sah er die ihn umringenden Leute an, als hielte er Ausschau nach Kunden, denen er noch etwas verkaufen konnte.

»Und die, die Marken gekauft haben, werden wohl auch ’ne Anzeige bekommen«, sagte der Mann neben Sytze. Er hatte eiterfarbene Wattepfropfen in den Ohren.

»So sindse, die Amsterdamer, joh. Wenns was zu verkaufen gibt, dann sindse dabei, fürchten weder Gott noch Teufel, Hauptsache, es kommt was bei rum.«

Der Polizist führte seinen Gefangenen ab. Der Mann blinzelte Sytze zu, der sofort einen roten Kopf bekam.

»Gut«, sagte Van Baar, »ein Dreieck hat also immer einen umschriebenen Kreis, das habt ihr in Planimetrie schon gelernt. Wenn ihr das behalten habt, sind die Stunden nicht umsonst gewesen … keine Perlen vor die Säue.«

Sytze sah den Mann noch vor sich, seinen frechen Blick, seine Haltung, die zeigte, dass ihm alles und jeder völlig egal war. Er selbst war fünf Minuten zu spät zur Schule gekommen.

»Und wie findet man den Mittelpunkt?«, fragte Van Baar.

Die halbe Klasse hob die Hand.

»Ja, Eduard.«

»Das ist der Schnittpunkt der Mittelsenkrechten der Seiten.«

»… des Dreiecks«, ergänzte Van Baar.

Van Vliet hatte Sytze eine Strafpredigt gehalten. Gerade von einem Schüler der Examensklasse erwarte er Pünktlichkeit. Disziplin, darauf komme es an. »Alte Bäume lassen sich nicht mehr biegen«, hatte Van Vliet gesagt. Seine Noten seien ohnehin nicht besonders gut. Sytze hatte ihn teilnahmsvoll angesehen. Neben seinem Bett hatte er gestanden. Er hatte gesehen, wie Johan die Pistole auf ihn gerichtet hatte. Van Vliet war ihm völlig ausgeliefert gewesen. Wäre Van Vliet nicht so ein widerlicher Kerl, er hätte vielleicht Mitleid mit ihm gehabt.

Van Baar ging in der Klasse auf und ab. »Jetzt beschäftigen wir uns mit Kugeln … Kugeln im Raum.

Wir wissen, dass ein Kreis durch drei Punkte definiert wird, die nicht auf einer Linie liegen. Durch wie viele Punkte im Raum wird eine Kugel definiert? Ineke?«

»Auch durch drei.«

»Wie meinst du das? Erläutere uns das bitte.«

Ineke sah sich zuerst fragend um, als erwarte sie Hilfe von den

anderen. »Also, ein Kreis schneidet drei Punkte, also kann auch eine Kugel immer diese Punkte schneiden.«
»Ja, das ist richtig, aber darauf will ich jetzt nicht hinaus. Die Frage ist, wie viele Punkte brauche ich mindestens, um eine Kugel festlegen zu können.«
Ineke zuckte die Achseln. Ob sie jetzt auch an den Abend dachte, als sie in Van Baars Haus gewesen waren? An das Gerümpel im Wohnzimmer? Hier war alles klar und sauber, vor allem die Figuren auf der Tafel.
»Henk, kannst du deiner Schwester vielleicht helfen?«
»Ich weiß nicht, Herr Lehrer. Ich weiß nicht recht, was Sie mit ›eine Kugel festlegen‹ meinen. An eine Kette vielleicht?«
Einige Mitschüler lachten.
»Wir haben jetzt keine Zeit für Witze, Duindam. Mach erst mal deine Hausaufgaben ordentlich, dann kannst du dir dergleichen vielleicht wieder erlauben. Vorläufig aber würde ich das Ganze an deiner Stelle etwas ernster nehmen. Keine vier Wochen mehr, dann fängt das Examen an. Gerard, wie viele Punkte braucht man mindestens, um eine Kugel festzulegen?«
»Vier, Herr Lehrer, denn von allen Kugeln, die einen Kreis schneiden ...«
»Ja, sehr gut, denn natürlich wird ein Kreis von mehr als einer Kugel geschnitten.«
»... von all den Kugeln schneidet nur eine einen vierten Punkt.«
»Ausgezeichnet«, sagte Van Baar, »und dieser vierte Punkt liegt natürlich nicht auf der Ebene des Kreises, sondern im Raum. Hat das jeder verstanden?«
Zustimmendes Gemurmel war zu hören.

»Gut, ich wiederhole das Ganze noch einmal. Das gilt auch für dich, Menno. Was hast du da?«

»Nichts, Herr Lehrer.«

»Na, dann tu's weg … Also, eine Kugel wird durch genau vier Punkte definiert, die nicht auf einer Ebene liegen. Das möchte ich noch einmal beweisen. Ganz nebenbei gesagt, diese Frage könnte auch in der mündlichen Prüfung drankommen, aber vielleicht seid ihr ja alle von Stereometrie freigestellt.«

Einige wenige Schüler lachten.

»Den Beweis erbringen wir mit Hilfe der ›Kopfgeometrie‹.« Van Baar betonte besonders das Wort »Kopf«. »Also, Augen zu allerseits, und konzentriert euch. Stellt euch vor: vier Punkte A, B, C und D im Raum. Willkürlich verteilt, also nicht drei auf einer Linie, nicht alle auf einer Ebene. Sie definieren ein Vierflach. Seht ihr es vor euch?«

Sytze sah das Wohnzimmer von Van Baar vor sich, voller Kugeln, Kugeln von unterschiedlicher Größe. Van Baar und seine Frau saßen dort und wurden von den Kugeln fast begraben.

Wie aus großer Entfernung drang Van Baars Stimme an Sytzes Ohr. »Wir denken jetzt an die senkrechte Mittelfläche, denn wir haben es hier nicht mit einer Ebene zu tun, sondern mit einem dreidimensionalen Raum … Die senkrechte Mittelfläche von AB, die nennen wir α. Das ist der geometrische Ort aller Punkte, die den gleichen Abstand zu A und B haben … Augen zu, Johan …«

Der Mann aus Amsterdam betrat Van Baars Wohnzimmer. Er hatte Johans Pistole in der Hand. Lässig schoss er eine Reihe der Kugeln kaputt, die wie Ballons explodierten. Schrecken, Panik, Todesangst auf den Gesichtern von Van Baar und seiner Frau.

Van Baars Stimme wurde immer leiser. »… weil es zu β gehört und außerdem MC = MD, weil es in χ liegt. Jetzt gibt es einen Punkt, für den gilt MA = MB = MC = MD. Dieser Punkt, M, ist also der Mittelpunkt der Kugel, die durch die Punkte A, B, C und D definiert wird, und er ist auch der einzige Punkt, der diese Eigenschaft hat, denn es können keine Punkte außerhalb der senkrechten Mittelflächen liegen, die die gestellten Bedingungen erfüllen. Augen auf!«

Plötzlich stand Ineke bei Van Baars im Zimmer; sie sprach mit der Stimme Elly Verweels. »Ich verstehe das immer noch nicht so ganz, Herr Van Baar, diesen letzten Satz. Das sagen Sie immer, reden vom Erfüllen der gestellten Bedingungen, aber … was bedeutet das eigentlich?«

Van Baars Stimme bekam einen feierlichen Unterton. »Das hängt mit dem Begriff des geometrischen Orts zusammen. Bei einer solchen senkrechten Mittelfläche muss man nicht nur beweisen, dass für jeden ihrer Punkte gilt, dass … dass die Abstände zu den beiden Endpunkten der Strecke gleich sind, sondern auch, dass – wenn ein Punkt die gleichen Abstände hat – er auch auf dieser Fläche liegt. Verstehst du die Umkehrung?«

Der Amsterdamer legte die Pistole beiseite und schlang einen Arm um Ineke. Aus seiner Innentasche holte er Kleidermarken. »Wie viel?«, fragte er Van Baar. »Wie viel bezahlen Sie mir hierfür? Mit ein paar armseligen senkrechten Mittelflächen gebe ich mich nicht zufrieden. Wenn Sie mich fragen, könnten Sie durchaus ein paar Kleidermarken gebrauchen.« Erst jetzt sah Sytze, dass Frau Van Baar nur einen blassgelben, gefleckten Unterrock trug. Ihre Arme hatte sie vor ihren Brüsten verschränkt, die so zusammengedrückt wurden.

»Und du, Sytze, verstehst du das auch? Warum hast du eigentlich noch immer die Augen zu?«

Blinzelnd öffnete er die Augen. Einige seiner Mitschüler starrten ihn an, als käme er aus einem Roman von Jules Verne.

»Hast wohl ein bisschen geträumt, was?«, fragte Van Baar. »Vielleicht vom Examen? Träumtest du vielleicht von einer Zwei plus in Stereometrie im Examen?«

Er schüttelte den Kopf.

Van Baar baute sich vor ihm auf und klopfte mit dem Tafelzirkel auf seine Bank. »Wovon denn? Wovon hast du geträumt?«

Ehe er sich's versah, war es ihm bereits herausgerutscht. »Von Kleidermarken, Herr Van Baar.«

»Ich muss wahnsinnig viele Hausaufgaben machen. Montag schreiben wir einen Test in Algebra.«

»Ist mir völlig egal, das machst du dann eben irgendwann anders.« Die Stimme von Sytzes Vater klang barsch und ungeduldig. »Die zwei Zimmer müssen heute Nachmittag fertig werden.«

»Ich muss aber einen Aufsatz für Niederländisch schreiben.«

»Hör auf zu jammern. Wenn du mir heute Nachmittag hilfst, dann hast du morgen den ganzen Sonntag Zeit, um Hausaufgaben zu machen.«

»Es ist aber so schönes Wetter, und morgen will ich mit …«

Sein Vater packte ihn hart am Oberarm, als sei er ein kleines Kind. »Und jetzt hältst du den Mund. Wer legt sich jeden

Tag krumm, damit du zur Schule gehen kannst? Wer? Ja, genau, ich, dein Vater. Also kannst du auch mal was für mich tun. Oder etwa nicht? Oder ist der Herr sich zu schade dafür, jetzt, da er in die zehnte Klasse der Höheren Bürgerschule geht? Denkt der Herr vielleicht, er sei ein höherer Bürger, der aufs Tapezieren hinabsieht?«

»Darum geht es doch nicht«, sagte Sytze. Er wollte sich losreißen, traute sich aber nicht.

»Gut, dann zieh dich um. Wir gehen gleich.«

Widerspruch war ausgeschlossen. Man wurde einfach vor vollendete Tatsachen gestellt, Flucht war unmöglich. Die Erwachsenen hatten die Welt nach ihren Vorstellungen aufgebaut und eingerichtet, und man hatte sich den Gegebenheiten anzupassen, einen anderen Weg gab es nicht. Jedenfalls meinten sie das.

»Habt ihr schon von Simon Kuiper gehört?«

»Von wem?«

»Simon Kuiper, dem Sohn des Metzgers Kuiper.«

»Ach ... der. Der ist doch mit dir zusammen zur Grundschule gegangen, oder?«

Sytze nickte. Simon Kuiper, ein lebhafter, rastloser Junge, der zuweilen auch minutenlang still dasitzen konnte, tief in sich gekehrt, unerreichbar.

»Was ist denn mit ihm?«

»Na ja, er arbeitet im Geschäft seines Vaters«, sagte Sytze, »und als er dabei war, Hackfleisch zu machen, da hat er seine Hand in den Fleischwolf gesteckt ...«

»O Gott.«

»Mit Absicht, sagt man ... Er wollte nicht in der Metzgerei

arbeiten, das fand er schrecklich … Er konnte es absolut nicht ertragen, all das Blut, die Eingeweide, die toten Tiere …«
Eine Zeit lang war es still. Sytze sah wieder einen blutenden Armstumpf vor sich … zerfetztes Fleisch. Dann fragte Henk: »Und was hat man mit dem Hackfleisch gemacht?«
»Weggeworfen, natürlich«, sagte Trudy.
Henk lachte kurz auf. »Schade drum … jammerschade.«
Sie blieben am Deich liegen, betrachteten die Wolken, das Wasser und sahen einem vereinzelten vorbeifahrenden Fischkutter nach.
»Hast du Algebra gemacht?«, fragte Johan Sytze. Das war eine etwas unpassende Frage in diesem Moment. Hier draußen gab es schließlich keine Schule.
»Ich hab's mir angesehen.« Das stimmte. Gestern Abend hatte er im Buch herumgeblättert und auf die Formeln in seinem Heft gestarrt.
»Und, wie sah es aus?«
»Schwierig, viel zu schwierig für mich.«

Die Frühjahrssonne war bereits angenehm warm. Auf dem Wasser waren ein paar Boote unterwegs. Sytze stellte sich vor, wie er auf einem der Boote davonfahren würde, wenn möglich zusammen mit den anderen. Durch die Schleusen bei Den Oever, durch das Wattenmeer, weiter, immer weiter. Henk konnte segeln und Johan auch.
»Wer von euch hat denn den Aufsatz schon geschrieben?«, fragte Trudy.
»›Meine Zukunft‹«, höhnte Henk. »Wie kann man sich nur ein solches Thema ausdenken? Das schlägt doch … das schlägt doch dem Fass den Boden aus.«

»Dem Fass den Boden aus?«
»Oder was weiß ich.«
»Hast du deinen Aufsatz schon, Peter?«
»Ich hab damit angefangen, aber dann …«
»Aber dann hast du entdeckt, dass du keine Zukunft hast«, sagte Johan. Sie lachten alle.
»Es gab also nichts, worüber du hättest schreiben können«, fuhr Johan fort. »Man kann schlecht über nichts schreiben. Nichts … nichts … nichts.«
Sytze roch das Gras und die Erde, ein schwerer Duft, der ihn ganz erfüllte und ihn hinabzog. Gerne wäre er aufgestanden und weggelaufen. Irgendetwas in seinem Innern sagte ihm, dass er dies tun solle, aber er konnte sich nicht erheben.
»Nichts … nichts … nichts …« Johan wiederholte das Wort immer wieder. »Drei Seiten, voll mit deiner Zukunft.«
Das Tapezieren hatte Sytze den ganzen Samstagnachmittag verdorben. Gleich nach der Schule war er zu dem Haus gegangen, in dem sein Vater arbeitete.
Die Arbeit war nicht so schlimm, aber den ganzen Nachmittag zusammen mit seinem Vater in zwei kleinen Mansarden zubringen zu müssen, das war bedrückend gewesen. Immer wieder hatte er fast zwanghaft den kahlen Schädel seines Vaters betrachtet. Er würde auch so kahl werden, das stand fest. Er hatte Fotos gesehen, auf denen sein Vater ungefähr dreißig Jahre alt war; schon damals hatte er eine Glatze gehabt. So was war natürlich erblich. Der Kopf seines Opas war auch blank wie eine Billardkugel. Man sah es des Öfteren, einen erwachsenen Mann zusammen mit seinem Vater: beide mit Glatze. Sytze fuhr sich mit der Hand durchs Haar. Wenn er sich gekämmt hatte, hingen manchmal ein paar Haare im

Kamm. So fing es natürlich an. Dann verfluchte er seinen Vater. Es war seine Schuld. Nicht wirklich natürlich, aber in gewisser, undefinierbarer Weise eben doch.

»Ich bin mal gespannt, was Damhuis dazu meint«, sagte Ineke.

»Vielleicht sollten wir ein paar schwarz gefärbte Blätter abgeben. Jeder von uns.«

Sytze stützte sich auf einen Ellbogen. Er fühlte, wie die Erde ihn anzog, richtete sich aber trotzdem auf. »Das finde ich kindisch. Was soll das denn, eine schwarze Zukunft?«

»War doch nur ein Scherz«, sagte Johan.

»Ich finde das nicht lustig.«

»Aber Kleidermarken schon?«, fragte Johan.

Henk versuchte, den Amsterdamer zu imitieren, einen kleinen Ast als Zigarettenspitze zwischen den Zähnen. Dann schwiegen alle wie auf Kommando.

Sie lagen nebeneinander, Sytze zwischen Ineke und Henk. Er hätte beide berühren können. Ein paar Schüler aus dem neunten Schuljahr kamen vorbei, die tuschelnd einen großen Bogen um sie machten. Der frühe Abend war sonderbar, aber schön. So für immer liegen bleiben können, nichts tun und nirgends hinmüssen. In der Ferne ertönte eine Kirchenglocke. Sytze ging schon seit ein paar Jahren nicht mehr mit in die Kirche, Henk und Ineke auch nicht. Er dachte an all den müßigen Streit, den es über dieses Thema gegeben hatte, an die Tränen seiner Mutter, die Wutanfälle seines Vaters. Welchen Sinn hatte das alles gehabt? Am Ende war es doch nur ein lautes Schreien in einer dunklen, engen Sackgasse, wie Johan es immer ausdrückte.

Wolken schoben sich vor die tief stehende Sonne. Es wurde

kühler, aber sie blieben liegen. Er hatte keine Ahnung, wie spät es war, wollte Peter jedoch auch nicht fragen. Wenn er den Blick nach rechts wandte, sah er Inekes schönes, zartes Profil. Ihre Hand lag im Gras. Er könnte seine Hand einfach so auf ihre legen, doch er wusste, dass sie die ihre dann wegziehen würde. Schade, dass Peter da war. Sytze konnte sich nicht vorstellen, mit einer anderen als Ineke zusammen zu sein. Was sollte er überhaupt ohne sie? Die Tränen ließen sich nur mit Mühe unterdrücken.

»Warum gehen wir nicht mal bei Damhuis vorbei?«, fragte Peter. Er sah auf seine Uhr.

Langsam kam Leben in die übrigen fünf. »Bei Damhuis?«

»Ja, Damhuis.«

»Heute Abend?«, fragte Johan. »Ich weiß nicht, ob ich darf«, sagte Trudy. »Nach meinen Informationen musst du heute Abend zusammen mit Ineke Hausaufgaben machen«, sagte Henk, »furchtbar viele Hausaufgaben.«

19

Ich stand mitten in der Bahnhofshalle. Die Menschen strömten an mir vorbei, zu den Zügen und in Richtung Stadt. Wie spät war es jetzt? Fast halb elf.

Ineke hatte mich zum Bahnhof gebracht. Sie hatte sich bei mir eingehakt; ab und zu drückte sie meinen Arm etwas stärker an ihren Körper, als wollte sie damit noch einmal bekräftigen, dass wir zusammen dort gingen. Nie war ich mit einer anderen Frau als Astrid so gegangen, aber Ineke schien das ganz selbstverständlich zu finden. Leider waren wir bereits nach gut zehn Minuten am Bahnhof. Mein Zug war schon da, und ich stieg ein. »Ich bleibe nicht, um zu winken«, hatte Ineke gesagt. Ich setzte mich auf die Bahnsteigseite, doch Ineke war schon verschwunden. Plötzlich war sie wieder da. »Kommst du noch mal wieder?« Ich nickte. Dann ging sie weg, rasch, ohne sich umzusehen. Ich kurbelte das Fenster runter und lehnte mich hinaus, ihren Namen schon beinahe auf den Lippen. Für einen Moment konnte ich sie noch sehen.

Scharenweise zogen jetzt Fußballfans in rot-weißer Montur, mit zahllosen gleichfarbigen Accessoires, durch den Hauptbahnhof. »Olé, olé, olé«, hallte es durch die Halle. Anschließend sangen sie: »*We are the champions.*«

Ein Mann mit kolossalem Bierbauch rempelte mich an. »Ajax, Ajax, Ajax«, brüllte er mir ins Ohr.

Ich suchte schnell das Weite. Auf dem Bahnhofsvorplatz stand eine dichte, rot-weiße, singende und tanzende Menge. Ich ging wieder in den Bahnhof und erreichte gerade noch den Zug zurück.

»Gordweil wurde abrupt von jener feindlichen, nach anrüchigen Abenteuern und unerwarteten Missgeschicken riechenden Atmosphäre überwältigt, die Hotelzimmern dieser Art anhaftet, und war augenblicklich ernüchtert. Die ganze Sache schien zugebenermaßen etwas sonderbar. Ohne großes Zutun fand er sich in einer neuen, zweifelhaften Lage wieder, war nicht mehr Herr seiner Taten, unfähig, sie nach seinem Willen zu lenken. Was hatte er in diesem fremden, ungemütlichen Zimmer verloren?« Ich hörte auf zu lesen und sah kurz auf. Das Zimmer, in dem ich lag, war zwar unbekannt, aber keineswegs unheimlich. An der Wand hingen einige Reproduktionen von Gemälden. Impressionisten, meinte ich. Wie fast überall in Inekes Haus standen auch hier Bücherregale. Ihr Leben musste sich zum größten Teil in Büchern abspielen. Weil ich nicht schlafen konnte, hatte ich eins aus dem Regal genommen, *Eine Ehe in Wien,* nicht ganz zufällig. David Vogel hieß der Autor. Ich hatte nie von ihm gehört, aber das musste nichts heißen. Zu meinem Erstaunen ging aus dem Klappentext hervor, dass Vogel kein Niederländer war. Ich las weiter über Gefühle der Scham und der Reue, die Gordweil überfielen. Er wollte weggehen, vermochte es aber nicht. Thea, diese abscheuliche Thea, hatte ihn in ihrer Gewalt. Gordweil war die ganze Situation peinlich. »Er wurde sehr verlegen. Suchte mit den Augen nach einer Ablage für seinen Hut und setzte ihn geistesabwesend wieder auf. Trat, warum auch immer, ans Fenster, schob den Vorhang beiseite und blickte kurz hinaus, ohne etwas zu sehen. Dann kehrte er zu Thea zurück, die schon auf dem Bett saß und die Schuhe aufschnürte. Ihr vorspringendes, nach unten gekrümmtes Kinn zuckte krampfartig, und ihr Busen wogte mächtig. Gordweil setzte sich neben sie aufs Bett. Sofort ließ sie von ihren Schuhen ab, wandte ihm ein Gesicht zu, auf dem sich jetzt ein grausamer, blutlüsterner Ausdruck abzeichnete, heftete lanzenblitzende Augen auf ihn, um ihn gewissermaßen völlig zu unterwerfen.« Wie anders hatte Ineke ausgesehen, als ich erneut vor ihrer Tür stand; ein Ausdruck amüsierten Erstaunens glitt über ihr Gesicht, und ihre Augen lachten. Ich war gleich vom Bahnhof aus durch die so gut wie menschenleeren Straßen zu ihrem Haus gegangen. Ich hatte so stark das Gefühl, etwas schrecklich Verbotenes zu tun, dass ich glaubte, jeder könne es mir ansehen. »Natürlich darfst du reinkommen«, hatte Ineke gesagt, die einen Morgenmantel trug, »gerne sogar. Ich hatte damit gerechnet, dass du wiederkommst, aber so bald nun auch wieder nicht.« Dann hatten wir noch eine Weile beieinander gesessen. Ich erzählte von den Fußballfans, von der weinroten Menge vor dem Bahnhof, die mir undurchdringlich erschienen war, und von der jähen, unerträglichen Angst, nach Hause zu gehen, Astrid zu sehen, wieder in meiner Amsterdamer Welt zu versinken. Erst während der Zugfahrt hatte ich mich ein wenig beruhigt. Ob ich nur deswegen zurückgekommen sei? Nein, natürlich auch ihretwegen. Ob Astrid schon wisse, dass ich nicht nach Hause käme, sondern hier übernachtete? Nein, ich musste sie noch anrufen. Schließlich hatte ich das auch getan, während Ineke diskret das Zimmer verließ. Es dauerte eine Weile, bevor

Astrid den Hörer abnahm; ihre Stimme klang müde und verschlafen. Erst hatte ich sagen wollen, dass ich bei einem alten Freund übernachte, doch dann machte ich aus dem Freund eine Freundin. »Eine Freundin?«, hatte Astrid gefragt. »Aber dazu hast du …« Ich unterbrach sie und sagte, dass ich morgen nach Hause kommen würde, wünschte ihr eine gute Nacht und legte auf.

Ich nahm das Buch wieder zur Hand und musste kurz die Stelle suchen, an der ich stehen geblieben war. »… um ihn gewissermaßen völlig zu unterwerfen, fuhr dann ruckartig zurück und schlug ihm wie ein Raubtier die Zähne in den Nacken. Gordweil stieß ein ersticktes Ächzen aus. Er meinte, vor Schmerz und Lust zugleich ohnmächtig zu werden. Spürte seine Kräfte aus dem Körper weichen. Rote Flammenspieße tanzten ihm vor den Augen, und Schweiß trat ihm auf die Stirn. Dabei wünschte sich Gordweil, dieser Zustand möge unendlich anhalten, sein Schmerz sich vertausendfachen, ihn gänzlich abtöten. Bisher hatte noch keine Frau ihn in eine ähnliche Lage versetzt.

Plötzlich sprang Thea auf.

›Zieh dich aus, Rudi‹, befahl sie mit etwas heiserer Stimme, wobei sie sich selbst die Kleider herunterriss und sie auf einen Stuhl warf. Dann packte sie Gordweil, hob ihn wie ein leichtes Spielzeug vom Boden hoch und legte ihn aufs Bett.«

Ich schlug das Buch zu. Der Schmerz und die Wonne waren fast gleichzeitig spürbar. Mein Schmerz über die Vergangenheit und die Wonne, Ineke wieder zu sehen, über das Versprechen, das in ihrem Augenaufschlag verborgen lag. Ich hatte nicht gewusst, dass es solche Bücher gab. Wieso hatte ich diesen Roman aus dem Regal genommen? War nur der

Titel der Grund gewesen? Meine Augen brannten; seit Jahren hatte ich nicht mehr so viel am Stück gelesen. Wie spät war es jetzt? Viertel vor drei. Mich hatten sie früher immer nach der Uhrzeit gefragt. Ich war ihre wandelnde Uhr gewesen. Was war ich sonst noch gewesen? Letztendlich hatte ich nur ein wenig bei den anderen herumgelungert. Ich war Mitglied der Clique gewesen, aber auch wieder nicht. Vielleicht war meine Erinnerung deshalb so lückenhaft?

Obwohl es in meinem Zimmer ein Waschbecken gab, ging ich nach unten zur Toilette. Dort hing ein Geburtstagskalender, auf dem nur ein paar Namen standen. Henk natürlich. Der war offenbar am 1. Oktober geboren. Das hatte ich völlig vergessen.

Oben gab es zwei Zimmer. Ich schlief in dem einen, Ineke in dem anderen. Mein Herz klopfte heftig gegen meinen Brustkorb, als ich vor ihrer Tür stehen blieb, minutenlang. Als Bollie mir aus heiterem Himmel seine Krallen in die rechte Wade schlug, schrie ich laut auf.

20

Sie kamen von der Tanzstunde. Zunächst hatten sie eine Weile auf der Straße herumgestanden, sich dann aber, ohne dass sie sich hätten absprechen müssen, auf den Weg gemacht.

Die Tür stand zwar nicht weit offen, aber viel hätte nicht gefehlt. Noch nirgendwo waren sie so problemlos ins Haus gelangt. Ineke erwartete beinahe, Gläser mit Orangensaft und eine Schale Plätzchen auf dem Tisch vorzufinden. Eine Wand des Wohnzimmers verschwand vollständig hinter einem Bücherregal. Mehr oder weniger willkürlich nahm Ineke zwei Bücher heraus, *Eva* von Carry van Bruggen und *Mijnheer Vissers Höllenfahrt* von Simon Vestdijk. Sie kannte keines von beiden, aber von Carry van Bruggen hatte sie schon mal gehört. Sytze machte einige Schubladen der Kommode auf und zu. Ein wenig albern standen sie herum und schubsten und knufften sich gegenseitig.

Henk hatte von einem Schreibtisch ein leeres Blatt Papier und einen Bleistift genommen. »Meine Zukunft« kritzelte er mit großen Buchstaben darauf.

Johan schüttelte den Kopf und zerknüllte das Papier zu einem Ball, den er in die Hosentasche steckte. »Bist du bescheuert? Dann weiß man doch sofort, wer hier war.«

Sytze hängte ein Bild von der Veepoort verkehrt herum auf. Die Veepoort, schon wieder die Veepoort. Wieso hatte die bloß jeder im Wohnzimmer hängen, irgend so ein düsteres, bräunliches Gemälde von einem langweiligen, klotzigen Gebäude? Wahrscheinlich war damit mal ein Händler von Haus zu Haus gegangen. Vielleicht gab es ja jemanden, der tagein, tagaus nichts anderes tat, als die Veepoort zu malen.

Peter ging voran, die Treppe hoch nach oben. Woher nahm er auf einmal den Mut? Ineke wollte ihn zurückhalten, aber sie war auch froh, dass er es wagte. Sie spürte eine warme Glut in ihrem Körper, als habe sie stundenlang in der Sonne gelegen. Es war schade, dass sie heute Abend nicht auf dem Speicher übernachten konnten. Sie wusste, was zwischen Johan und Trudy gewesen war. Trudy hatte es ihr erzählt. Wann würde Peter den Mut haben? Bis jetzt hatten sie sich bloß zaghaft geküsst, flüchtig beinahe, wie im Vorübergehen. Als wollten sie sofort leugnen können, dass es passiert war, wenn sie jemand danach fragte.

Sie standen oben an der Treppe und überlegten, welche Tür sie nehmen sollten. Die Spannung pochte in ihrer Kehle. Plötzlich ging eine Tür auf, wahrscheinlich die Toilettentür. Vor ihnen stand Herr Damhuis, in Wollunterhemd und langen Unterhosen. Man hätte nicht sagen können, wessen Schreck größer war.

Henk war oben. Ineke wusste nicht, was er dort tat. Vielleicht versuchte er sein Radio zu reparieren. Mittags hatte er plötzlich angefangen, vom Wehrdienst zu reden. Wenn er das Examen bestand, müsste er seinen Wehrdienst ableisten, wenn nicht, ein Jahr später. »Da werden sie schon einen richtigen Mann aus dir machen«, hatte sein Vater gesagt. »Verdammt noch mal, ich will nicht zur Armee«, sagte Henk. »Du wirst wohl müssen.« »Ich geh nicht.« »Dann kommen sie dich holen und stecken dich in den Bau. Ist dir das lieber?« Als sie mit ihm sprach, hatte sie die Verzweiflung und den Widerwillen in seinen Augen gesehen.

Jetzt saß sie zusammen mit Opa am Tisch. Ein dünnes Rinnsal Pflaumensaft lief ihm aus dem Mundwinkel übers Kinn. »Ja, ja«, sagte er ab und zu ohne jeden Anlass, oder: »Soso.« Manchmal fing er an, einige unverständliche Sätze von sich zu geben, die dann allmählich leiser wurden. »Aber die Bäume, die haben sie damals mitgenommen, weil es immer jemanden gibt, der …« Solange sie denken konnte, wohnte Opa bei ihnen zu Hause. Ihre Oma hatte sie nie gekannt. Der Opa hatte unten ein kleines Zimmer mit einem Bett, einem Stuhl und einem Schrank, aber meistens saß er im Wohnzimmer in dem Sessel, der für jeden in der Familie »Opas Sessel« war. »He, he, nicht in Opas Sessel«, wurde früher manchmal gesagt, wenn Besucher sich zufällig dort hinsetzen wollten. Ineke hatte den Eindruck, als würde Opa immer stärker riechen. War das nur der Geruch des Alters oder des Verfalls und der Fäulnis seines Körpers? Sie sah ihn an. Er hatte rote Flecken und ein paar kleine verschorfte Wunden im Gesicht. Seine Lippen bewegten sich, aber er sagte nichts. Nie zuvor hatte sie so deutlich empfunden, dass sie ihn überhaupt nicht liebte, dass ihr nichts, aber auch gar nichts an ihm lag. Ein schmutziger, stinkender alter Mann, der wirr redete. Er nahm seinen Spucknapf und rotzte hinein. Wie gebannt beobachtete Ineke ihn; sie sah und hörte, wie der braune Saft in dem Napf verschwand, und ihr drehte sich dabei der Magen um.

Schon seit ein paar Wochen hatten sie nun Hausarrest, und

Henk war der Einzige, zu dem sie Kontakt hatte. »Wo soll das alles enden, wo soll das alles enden«, sagte Opa. »Jetzt haben sie das Boot ans Ufer gezogen, und mit dem Zug fahren sie … Ich sagte schon: Die Graupensuppe steht viel zu lange auf dem Herd …«

Stundenlang waren sie einzeln von der Polizei verhört worden. Dass sie auch bei Van Vliet und Van Baar eingebrochen waren, konnten sie nicht leugnen. Im Nachhinein betrachtet war es dumm gewesen, überall ihr Erkennungszeichen zu hinterlassen, aber wirklich Leid tat es ihnen doch nicht. Am Montagnachmittag war Van Vliet zu den Verhören hinzugezogen worden. Warum hatten sie das getan? Einfach so. Ob sie nicht wüssten, dass es ein schwerer Verstoß gegen das Gesetz war, in fremde Wohnungen einzubrechen? Natürlich, aber darum ging es ja gerade. Darum ging es ja gerade? Van Vliet sah sie erstaunt an. Der Kerl hatte noch nie etwas verstanden und würde auch nie etwas verstehen. Ob sie sich im Klaren darüber wären, dass sie den Ruf der Schule ernsthaft in Misskredit gebracht hatten? »Ich weiß nicht, was ›Misskredit‹ ist«, hatte sie geantwortet. Das hatte die mühsam unterdrückte Wut von Van Vliet nur gesteigert. Meinten sie etwa, auf diese Weise einen Beitrag zum Aufbau des neuen, freien Vaterlandes zu leisten? Van Vliets Stimme überschlug sich, als wäre er gerade im Stimmbruch. Sie hatte sich die Antwort verkniffen, dass sie dazu keinen Beitrag leisten wolle, dass sie das überhaupt nicht interessiere.

»He, he, Junge, Junge! Die Frau macht aber Tempo, die muss sicher mit den Kindern … Das Fahrrad, das steht noch am Hafen beim Fischgroßhandel, aber ich habe …«

Von den anderen hatte sie später gehört, dass es bei ihnen

ähnlich abgelaufen war. »Warum habt ihr das getan?«, hatte Van Vliet sie immer wieder aufs Neue gefragt. »Einfach so, weil wir es interessant fanden.«

»Was ist denn daran interessant, mitten in der Nacht bei fremden Leuten einzubrechen?«

»Sie müssten es mal ausprobieren, dann würden Sie es schon merken.« Van Vliet sagte, dass ihm mit einer derart frechen Antwort nicht gedient sei. »Man merkt, dass du die Schwester von Henk Duindam bist. Ihr seid eine Schande für eure Eltern.« Der Polizist, Wassink, hatte beifällig nickend daneben gesessen, die Augen voller Hass auf Ineke gerichtet.

Draußen ging jemand am Fenster vorbei. »Wer ist das nun schon wieder?«, fragte Opa.

Ineke antwortete nicht, denn sie wusste, dass er ohnehin keine Antwort erwartete.

Van Vliet hatte damit gedroht, sie vom Abschlussexamen auszuschließen. Sie hatte darauf nicht reagiert. »Du kannst nicht einfach so deine ganze Zukunft aufs Spiel setzen«, hatte er gesagt. Sie musste an den Aufsatz für Frau Damhuis denken. Die Zukunft, ihre Zukunft. Was wusste Van Vliet schon davon? Nichts, so viel war sicher. Während der letzten Wochen vor den Prüfungen durften sie nicht mehr am Unterricht teilnehmen. Das galt als eine schwere Strafe, weil in der Zeit »das Tüpfelchen auf das i« gesetzt wurde, wie Van Vliet sich ausdrückte. Sie mussten sich alleine auf die Abschlussprüfungen vorbereiten. Ineke konnte nur zusammen mit Henk lernen.

Ihre Eltern waren fassungslos, als sie von der Polizei informiert wurden. Stundenlang hatte ihre Mutter dagesessen und geheult, ihr Vater war wütend durchs Haus gestapft und hatte ab und zu laut mit den Türen geschlagen. Als Henk sagte, sie hätten doch schließlich nichts gestohlen, verpasste er ihm ein paar tüchtige Ohrfeigen.

»Wo soll das alles enden«, sagte Opa, »wo soll das alles enden.«

Ineke floh in ihr Zimmer auf dem Dachboden und nahm ihr Tagebuch heraus.

21

Sie hatte ein köstliches Frühstück bereitet: frisch gepressten Orangensaft, Croissants, die sie offensichtlich schon beim Bäcker geholt hatte, ein gekochtes Ei, Tee und Kaffee. Wir unterhielten uns ungezwungen, als wenn nichts wäre, übers Wetter, über die Veränderungen im Stadtbild, über ihre Arbeit in der Schulbibliothek und über meine Firma. Lachend berichtete ich von den Fehlern, die wir gemacht hatten und die mir plötzlich lustig erschienen und nicht mehr schmerzlich. »Eigentlich war ich überhaupt nicht der Richtige für so eine Firma. Ich bin nie so ein Junge gewesen, der Radios auseinander nimmt und wieder zusammenbaut, wie Henk es mit dem alten Radio auf seinem Zimmer gemacht hat. So was interessierte mich einfach nicht. Wahrscheinlich war ich sogar irgendwie froh, als der Laden Pleite ging.« Noch nie hatte ich das so ausgesprochen, und noch nie hatte ich die Erleichterung verspürt, die mich jetzt erfüllte.

»Warum bist du denn nicht früher aus der Firma ausgeschieden? Warum hast du nicht etwas anderes gemacht?«

»Tja … das sagst du so einfach.«

Ich trank einen Schluck Tee.

»Warum nicht, Peter?«

Ich zuckte mit den Schultern. »Ich glaube, ich hatte nicht den Mut dazu. Die Firma war mein Halt, sie gab mir Sicherheit. Außerdem verdiente ich auch sehr ordentlich.«

»Aber du warst nicht glücklich.«

Ich hatte das Gefühl, dass sie mir etwas übel nahm. »Warst du denn glücklich?«, fragte ich sie. Mein Ton war schärfer als beabsichtigt.

»Konnte ich denn überhaupt noch glücklich werden?« Ich antwortete nicht, und schweigend aßen wir weiter. Ich bedauerte, dass ich so heftig reagiert hatte, aber ich wusste nicht, wie ich mich Ineke wieder annähern sollte, während es doch heute Nacht nach dem ersten Schreck so einfach gewesen war. Noch ehe sie aus dem Bett war, hatte ich mein Zimmer bereits wieder erreicht. Mit wild klopfendem Herzen lag ich da und wartete. Endlich klopfte sie an meine Tür. »Peter … Peter!« Ich öffnete, und wir standen uns noch unbeholfener gegenüber als vor fünfzig Jahren. Sie fragte, was los sei, und ich berichtete ihr von den Krallen ihrer Katze. Plötzlich umarmte sie mich und drückte mich an sich. Minutenlang standen wir so da. Ich streichelte über ihr Haar und fühlte, wie ihre Hände über meinen Rücken fuhren. Mit merkwürdigen, ungelenken Bewegungen schob ich mich – mit Ineke im Arm – ganz langsam in Richtung meines Bettes. »Noch nicht …«, sagte Ineke. »Ich bin noch nicht so weit. Das geht zu schnell.« »Warum?« »Wir können fünfzig Jahre nicht einfach so ungeschehen machen.« Ich spürte das Versprechen ihrer Lippen auf den meinen, sanft, warm und feucht.

»Konnte ich denn überhaupt noch glücklich werden?«, fragte Ineke wieder und sah mich an, als erwarte sie eine zustimmende Antwort.

Der Kies knirschte unter meinen Schuhen, so dass jeder Schritt meine Anwesenheit verriet. Nur wem? In einiger Entfernung sah ich zwei Männer in Arbeitskleidung, die neben einem Erdhügel beschäftigt waren. Waren sie dabei, ein Grab zu schaufeln?

Langsam ging ich an den Grabsteinen entlang. Van Vliet. War dies das Grab unseres Direktors? Den in den Marmor gemeißelten Zahlen nach war er 1964 gestorben; seine Frau 1968. Immer wenn ich an ihn dachte, tauchte ein Bild vor meinen Augen auf: Van Vliet im Flur neben der Treppe stehend, wo er die hereinströmenden Schüler kontrollierte. Und damals bei der Polizei, ist er da auch dabei gewesen? Und immer diese Sprichwörter und Redensarten. Komischerweise konnte ich mich an eine ganz genau erinnern: »Man kann niemandem ins Herz sehen.« Das hatte er damals über uns gesagt. Er verstand nicht, warum wir es getan hatten, aber wie hätten wir es ihm erklären sollen? »Gegen den Tod ist kein Kraut gewachsen«, hätte eigentlich auf seinem Grabstein stehen müssen. An der Richtigkeit dieses Satzes gab es keinen Zweifel.

Ich entdeckte ein paar bekannte Namen: Edelenbos, Van Maurink, Molenaar, Verweel. Hier ein kleiner Junge, der nur zwei Jahre alt geworden war, Theo Latage, gestorben 1958. Ein Sohn von Teun Latage? Welche Schicksalsschläge hatte Teun sonst noch erdulden müssen? War es nicht schon schlimm genug, dass sein Vater auf dem Parfüm-Wagen fuhr? Das Grab von P. Damhuis und L. Dambuis-Noordegraaf. Beide 1972 verstorben, innerhalb von zwei Monaten. ja natürlich, in ihrem Haus wurden wir seinerzeit erwischt und nicht bei Van Baar, wie ich mich zu erinnern meinte. Jetzt kamen die Bilder ganz von alleine. Ich sah Damhuis vor mir, in Unterwäsche, mit schreckverzerrtem Gesicht.

Mit steifen, müden Beinen ging ich weiter. Es war, als schwächten mich all die Knochen, die hier unter mir in der Erde lagen. Ob man hier irgendjemanden fragen konnte, wo Trudy und Sytze lagen? Oder sollte ich besser sagen: ruhten? Hatten sie Ruhe gefunden, ewige Ruhe? Ich ging zum Eingang zurück, wo sich ein kleines Büro befand. Stotternd und mich ständig verhaspelnd fragte ich die schätzungsweise zwanzigjährige Angestellte, die ich dort antraf, ob sie mir sagen könne, wo sich die Gräber von Trudy Bos und Sytze Veenstra befänden.

»Natürlich.« Sie stand auf, ging zu einem Computer und gab die Namen ein. Dann sagte sie mir, wo ich die Gräber finden könne. Sie bemerkte, dass ich auf ihre langen, schlanken Beine und ihren fast unanständig kurzen Rock sah. Ich konnte ihr nicht sagen, dass mir diese Kleidung nur merkwürdig vorkam, hier auf dem Friedhof, und dass ich deshalb so guckte.

Ich folgte ihrer Wegbeschreibung und gelangte zunächst zu Trudys Grab. Ein schlichter Stein, auf dem lediglich Geburts- und Todesdatum vermerkt waren. Ein fast verwelkter Blumenstrauß stand in einer Vase. Ich hatte das Gefühl, irgendetwas tun zu müssen, wusste aber nicht, was. Wäre ich religiös gewesen, ich hätte auf die Knie sinken und beten können. Nicht einmal Blumen hatte ich mitgebracht. Ich war mit leeren Händen gekommen. Sytzes Grab war ganz woanders. Eigentlich hätte man sie nebeneinander beerdigen müssen, aber das hatten die Angehörigen vielleicht nicht gewollt.

»Durch einen tragischen Unfall wurde unser innig geliebter Sohn aus unserer Mitte gerissen. Sytze Veenstra 12. März

1928–28. November 1946. Möge er ruhen in Frieden.« 28. November. An das genaue Datum konnte ich mich nicht mehr erinnern. Aber kam es auf das Datum an? Es ging nicht um das Wann, sondern um das Warum und das Wie. Wer könnte eine Antwort auf diese Fragen geben? Ich musste in Erfahrung bringen, wie sich all das zugetragen hatte. Jetzt, da ich einmal so weit war, gab es keine andere Möglichkeit. Es gab keinen Weg zurück. Als ich mich auf dem Bahnhofsvorplatz umgedreht hatte, da war es passiert. Es war, als triebe ich in einem reißenden Fluss, als wäre es unmöglich, gegen den Strom zurückzuschwimmen.

Ich ging wieder zu Trudys Grab zurück, um zu prüfen, ob ich nicht etwas übersehen hatte, ein Zeichen, ein Signal. Ich konnte aber nichts entdecken. Trudys Namen und die Daten. Sie war am 22. November gestorben. Am zweiundzwanzigsten Tag des elften Monats. Hatten die Zahlen eine besondere Bedeutung? Nein, natürlich nicht. Die Lösung des Rätsels lag nicht in Zahlen und Ziffern. Was wir damals gesagt und getan hatten, darum ging es. Ich schloss die Augen und versuchte mir Trudy vorzustellen. Nur ihren Gesichtsausdruck damals auf dem Speicher konnte ich aufrufen: ernst, düster beinahe, als ahnte sie, was auf sie zukam.

Ohne zu wissen, wie ich dorthin gelangt war, stand ich am Friedhofseingang. Ich setzte mich auf eine Bank. Es fing an zu regnen, zunächst leicht, dann immer stärker.

»Du bist ja ganz nass«, sagte Ineke. »Komm, zieh deine Sachen aus und nimm eine heiße Dusche.«

Sie musste Männerkleider im Haus haben, denn sie legte Wäsche, eine Hose und ein Sweatshirt auf den Hocker im

Badezimmer. Die Hose war mir zu weit, doch weitsichtig hatte sie einen Gürtel dazugelegt. Obwohl ich neugierig war, fragte ich sie nicht, wem die Sachen gehörten. Dem reichen Mann, der sie mit auf eine Kreuzfahrt hatte nehmen wollen? Am Morgen hatte ich bereits feststellen können, dass sie auch über einen Rasierapparat verfügte, als wäre sie auf meine Ankunft vorbereitet gewesen. Oder bewahrte sie die Sachen für unangekündigten Männerbesuch auf, für kurzfristige Liebhaber? Wie viele Männer hatten sich bereits morgens mit dem Ding rasiert, nachdem sie mit ihr im Bett gewesen waren? Schon die Fragen schmerzten, die Antworten vielleicht noch mehr.

Ich berichtete von meinem Besuch auf dem Friedhof. »Ich bin noch nie dort gewesen.«

»Tee? Oder Kaffee?«

»Kaffee, bitte.«

Bevor sie in die Küche ging, fuhr sie mir kurz mit der Hand durchs Haar. Bollie sprang wieder auf meinen Schoß. Am Vormittag hatte ich Astrid angerufen. Ich würde noch ein paar Tage bleiben. Warum? Weil ich etwas herausfinden müsse. Was denn? Das könne ich ihr am Telefon nicht erklären, es habe mit meiner Jugend, der Zeit, als ich hier wohnte, zu tun. Worum es sich denn handele? Nichts, ich würde es ihr später erzählen, ich müsse der Sache aber nachgehen; wenn ich es jetzt nicht täte, würde ich es nie machen. Ob ich noch immer bei dieser … dieser Freundin wohnte? Ja, da wohnte ich. Oh, sagte sie, nichts als: oh. Doch darin lagen alle nur denkbaren Vorwürfe, alle Vorwürfe, die die vernachlässigte, betrogene, ins Unrecht gesetzte Frau, die alles versucht, es aber mit ihrem Gatten so schlecht getroffen hatte, ihrem

Mann nur machen konnte. Ich fühlte mich schuldiger, als wenn sie einfach wütend geworden wäre oder mich regelrecht beschimpft hätte. Schließlich fragte sie, wann ich zurückkäme. Ich sagte, ich wüsste es nicht. Und wieder: oh, dieses tödlich zynische oh. Ich hatte so eine Ahnung, dass ich hier bleiben würde, für immer, solange ich lebte, war aber zu feige, es ihr zu sagen.

Ineke schenkte Kaffee ein, während ich Bollie geistesabwesend streichelte.

»Der kann dich wohl gut leiden, was?«

Die Katze miaute, als wollte sie die Antwort selbst geben.

Wir tranken Kaffee. Aus irgendeinem Grund war ich mir sicher, dass Ineke und ich heute Abend miteinander ins Bett gehen würden.

»Wie war's auf dem Friedhof?«

»Merkwürdig, sehr merkwürdig. Als wäre das alles nicht wirklich.«

»Das ist es aber.«

Ich nickte. »Ja, das ist es wohl.«

»Ich kann es auch nicht begreifen, dass sie dort liegen, ihre sterblichen Überreste, wie man so sagt, dort unter dem kalten Stein. Wir könnten auch dort liegen. Wenn es etwas anders gelaufen wäre …«

»Ja, das Schicksal, das blinde Schicksal.«

Ineke schenkte Kaffee nach. »Fast jede Woche stelle ich Blumen auf Trudys Grab.«

»Und zu Sytze … gehst du auch zu Sytzes Grab?«

»Nein«, sagte sie kurz und auffallend heftig.

Sie stand auf und ging zum Fenster, das Aussicht auf den Garten bot.

Ich stellte mich hinter sie und legte meine Arme um sie. Sie lehnte den Kopf an meine Schulter.

»Ich vermisse Trudy noch immer jeden Tag«, sagte sie. »Sie war meine beste Freundin, meine einzige Freundin. Nie wieder hab ich eine solche Freundin gehabt, niemand hat mir je wieder so viel bedeutet wie sie. Warum musste sie sterben und nicht ich?«

»Warum nicht ich?«

Sie schluchzte. »Was haben wir getan, Peter? Was haben wir getan?«

»Ich weiß es nicht … es ist einfach passiert.«

Sie drehte sich um. Ich konnte ihrem Blick nicht ausweichen. »So etwas passiert nicht einfach … wir haben es getan.«

»Aber es lag auch an den Umständen … der Situation. Ich weiß es auch nicht genau. Schon damals hatte ich das Gefühl, dass ich … dass es mir … dass es mir widerfuhr … ich weiß auch nicht. Es war Johan, der …«

»Dass es dir widerfuhr? Unsinn … du warst dabei, genau wie ich. Du kannst dich also nicht hinter Johan verstecken, als wäre er an allem schuld, als wärest du nur ein Außenstehender, ein willenloser Zuschauer. Du hättest auch bei den ersten beiden sein können.«

Ich wiederholte den Satz, den ich schon so oft gesagt hatte, den Satz, der beschwörend wirken sollte. »Aber ich weiß doch nicht einmal mehr, was genau passiert ist. Vage Erinnerungen, Bilder, das ist alles. Wir im Bunker, das sehe ich noch vor mir. Johan und seine Pistole … Sytze und Trudy.«

»Hör auf«, sagte Ineke.

»Ich will es aber verstehen. Jahrelang habe ich meine Jugend, meine Vergangenheit totgeschwiegen, versteckt, verdrängt.

Das muss sich ändern. Ich kann so nicht mehr … ich will so nicht mehr weiterleben.«
Ineke löste sich aus meinen Armen und ließ mich stehen. »Es ist alles schlimmer, als du denkst … viel schlimmer.«

22

»GEHST DU MAL eben zu ›De Gruyter‹? Ein Kilo Zucker und ein Paket Haferflocken. Das Portemonnaie und die Marken liegen auf der Kommode.«

Als er wiederkam, stand seine Mutter immer noch mitten im Zimmer, als habe sie sich die ganze Zeit nicht bewegt.

»Peetje …?«

Ich heiße Peter, wollte er sagen, aber er hielt den Mund. Es hatte ja doch keinen Zweck.

»Ich muss dir was sagen«, fuhr seine Mutter fort. Ihre Stimme klang merkwürdig, anders als sonst, ein ungewohntes Zittern lag darin.

Dann folgte ein betretenes Schweigen. Sie stellte den Nähkasten zurück in den Schrank, strich ein paar Falten aus der Tischdecke und sammelte einige Krümel auf, die sie in den Mund steckte. »Ich bin … ähm, du solltest wissen, dass …«

Ob seinem Vater etwas passiert war? Heute Morgen hatte er gemeinsam mit Peter das Haus verlassen, natürlich hatte er seine Angel bei sich, und der Eimer hing am Fahrradlenker. Er war noch nicht zurück. Wieder fuhr seine Mutter mit der Hand über die Tischdecke, kratzte mit dem Fingernagel an einem fast unsichtbaren Fleck herum. »Ich bin … ähm, du kriegst bald ein Brüderchen oder Schwesterchen.« Sie sprach die Wörter rasend schnell und kaum hörbar, so dass Peter für einen Moment meinte, er habe sie nicht richtig verstanden.

Auf ihren Wangen und ihrem Hals erschienen dunkelrote Flecken.
Er kam nicht ganz mit. Ein Brüderchen oder Schwesterchen? Wie denn? Das war doch unmöglich.
»Wieso?«, fragte er.
»Ich bin schwanger«, sagte seine Mutter mit noch immer hochrotem Kopf und einer Hand halb vor dem Mund. Das Wort »schwanger« klang wie ein schmutziges Wort, das direkt auf die Tat verwies, die der Schwangerschaft vorausging.
Peter sagte nichts; mit weichen Knien ging er nach oben auf sein Zimmer. Es war unvorstellbar. Seine Mutter und sein Vater. Dieser komische, schweigsame Mann hatte also offensichtlich doch … Schon bei dem Gedanken wurde ihm übel. Er ließ sich vornüber auf sein Bett fallen und drückte den Kopf ins Kissen, das merkwürdig muffig roch. Nicht mehr lange, dann gab es hier im Haus ein Baby, so ein kleines, schreiendes Monster. Voll gekackte Windeln! Füttern mitten in der Nacht! Tagsüber leise sein, weil das Baby schläft! Aber das war noch nicht das Schlimmste. Am schlimmsten war die Vorstellung, dass bald ein Kind aus dem Körper seiner Mutter kommen würde, das war unbegreiflich. Was würden die Nachbarn dazu sagen? Und seine Freunde, was würden die darüber denken? Die Lächerlichkeit und Stupidität des Ganzen würden auf ihn abfärben, ihn besudeln. Ineke würde ihn auslachen. Mit vom Kissen halb gedämpfter Stimme fluchte er lange und aus tiefstem Herzen.
Sein Körper war schwer und müde, schlimmer als sonst. Seit drei Wochen arbeitete er nun in einer Holzhandlung, die einem entfernten Vetter seines Vaters gehörte. Es war schwere, schmutzige Arbeit. Ständig fürchtete er, sich zu verletzen.

Splitter waren noch das Wenigste. Manchmal musste er an der Kreissäge oder der Hobelbank mithelfen. Einem Mann, der dort arbeitete, Saamink, fehlten die Kuppen von Zeige-, Mittel- und Ringfinger der rechten Hand. Ab und zu betrachtete Peter fasziniert die leicht verstümmelten Gliedmaßen.

Von seinem Lohn durfte er selbst einen Gulden fünfzig pro Woche behalten; den Rest bekamen seine Eltern. Jeden Samstag holte sein Vater das Geld ab; heute also auch wieder. Nachdem sie alle durchs Examen gefallen waren, durfte keiner von ihnen in die Ferien fahren. Die anderen arbeiteten auch, mehr oder weniger zur Strafe. Sytze natürlich mit seinem Vater, Henk in einem Käsegeschäft, Trudy in der Papierfabrik, Ineke in einer Druckerei und Johan in der Eisenwarenhandlung seines Onkels. Vor dem Examen waren alle anderen entsetzlich nervös gewesen, aber sie nicht, sie wussten, dass sie nicht bestehen würden. Erst die schriftlichen Prüfungen, dann die mündlichen. Zu seiner Überraschung wurde Peter von der mündlichen Prüfung in Stereometrie freigestellt. Das bedeutete also mindestens eine Zwei plus im Schriftlichen. Er hatte festgestellt, dass es fast unmöglich war, Aufgaben, die er konnte, falsch zu lösen. Für einen Moment fürchtete er, dass er als Einziger der sechs bestehen könnte. Das hätte sein Leben ruiniert. Komischerweise kostete es ihn bei den mündlichen Prüfungen kaum Mühe, so gut wie nichts zu wissen. Die Lehrer sahen ihn erstaunt oder beunruhigt an. Selbst auf die einfachsten Fragen blieb er die Antworten schuldig. »Ich weiß es nicht mehr.«

Am Tag der Zeugnisvergabe mussten alle Prüfungsteilnehmer in der Schule erscheinen. Sie saßen in dem Klassenzimmer, in dem Mathematik unterrichtet wurde; die meisten waren recht albern, manche still und schweigsam. Zukunftspläne wurden diskutiert, Ferienausflüge besprochen, sie aber hielten alle sechs den Mund. Dann betrat Van Vliet das Klassenzimmer. »Darf ich um Aufmerksamkeit bitten?« Er wartete, bis es mucksmäuschenstill war, und ließ dabei seinen Blick durch den Raum schweifen. »Zunächst habe ich für einige von euch eine schlechte Nachricht. Nämlich, dass sie die Prüfung nicht bestanden haben. Es handelt sich dabei um folgende Schüler.« Van Vliet wartete einige endlos lange Sekunden und nannte dann die Namen. Nach jedem Namen sah er den betreffenden Schüler mit durchbohrendem Blick an und machte eine kurze Pause. Alle sechs wurden genannt. Außer ihnen hatten es Elly Verweel und Jules de Wit nicht geschafft. Bert Thijssen und Karel Schuitemaker, der ganz blass wurde, als er es hörte, mussten je zwei Prüfungen wiederholen. »Die Zahl der Schüler, die nicht bestanden haben, ist bemerkenswert hoch«, hatte Van Vliet gesagt, »und das ist ein schwerer Schlag für die Schule. Die betreffenden Schüler sollten sich im Klaren darüber sein, dass sie damit nicht nur sich, sondern auch der Schule geschadet haben.« Danach hatte Van Vliet sich speziell an sie gewandt. Er erinnerte an ihre »Probleme«, an die Schwierigkeiten, die sie zuvor bereitet hatten, an die Warnungen, die man bei diesen Gelegenheiten an sie gerichtet hatte, die aber offenbar in den Wind geschlagen worden waren. »Ihr habt einen schlechten Einfluss aufeinander. Wer Pech anfasst, besudelt sich. Wenn erneut Probleme auftauchen, müssen wir sorgfältig prüfen, ob ihr auf dieser Schule bleiben könnt. Sieh mich an, Johan Smit. Das gilt auch für dich!«

Unten fiel irgendetwas mit enormem Getöse zu Boden. Peter blieb im Bett liegen. In ungefähr sechs Wochen würden sie wieder zur Schule gehen müssen, dann fing alles von vorne an. Niemand konnte sie zwingen, das Examen zu bestehen. Das hatten sie zum Glück selbst in der Hand. Wann würde das Baby geboren werden? Ob sein Vater dann auch noch jeden Tag zum Angeln ging? Er vermisste Ineke; seit Tagen hatten sie sich nicht gesehen. Manchmal überstand er die Stunden in der Holzhandlung nur, indem er von ihr träumte: Sie waren zusammen am Deich. Schwimmen und in der Sonne liegen. Abends ging er mit ihr durch den Wilhelminapark. Er umarmte sie, spürte ihren Körper an seinem. Einmal wäre er mit seiner Hand fast in die Kreissäge geraten. Saalmink hatte ihn im letzten Moment gewarnt.
Peter betrachtete seine Fingerspitzen. Unten war ein merkwürdiges Geräusch zu hören, das er zunächst nicht einordnen konnte. Erst nach einer Weile kam ihm der Gedanke, dass es seine Mutter war, die unten weinte.
Sein Blick folgte dem Muster der Tapete. Es änderte sich ständig, blieb aber doch immer gleich. Alles würde gleich bleiben, nur schlimmer würde es werden. Seine Mutter weinte noch immer heftig. Es war ihm unmöglich, nach unten zu gehen und sie zu trösten. Seine Muskeln erstarrten. Er versuchte sein Knie zu bewegen, aber es gelang ihm nicht. Ewig würde er auf dem Bett liegen bleiben. Man würde ihn füttern und waschen müssen. Der Doktor würde kommen und eine Krankenschwester, aber er wollte nicht, dass sie seinen Körper berührten. Weg, alle sollten verschwinden. Nur Ineke wollte er sehen und die anderen. Er war ein Teil dieses erstarrten Lebens. Bett, Stuhl, Tisch, er selbst und nichts

weiter. Außer diesem verdammten Geräusch, das jetzt aus der Küche kam. Zum Glück konnte er seinen Kopf noch bewegen. Er sah sich in seinem Zimmer um. Das Muster auf der Tapete blieb in seiner braunbeigen Regelmäßigkeit auf angsterregende Weise gleich. Auf dem kleinen Tisch unter dem Dachfenster lagen seine Bücher. Dieses Jahr musste er nicht am ersten Schultag zur Schule, um auf dem alljährlichen Flohmarkt die gebrauchten Bücher für das neue Jahr zu kaufen. Er konnte zu Hause bleiben, hier im Bett. Von unten drang das Geräusch unendlichen Kummers herauf.

»Ach«, sagte Sytzes Vater, »noch so ein durchgefallener Examenskandidat. Was willst du?«
»Ist Sytze da?«
»Ja«, sagte er widerwillig und blieb in der Türöffnung stehen, ein bleicher Mann mit glänzendem, kahlem Schädel, eine qualmende Zigarette im Mundwinkel. Sein linkes Auge hatte er wegen des aufsteigenden Rauchs zugekniffen. Es sah aus, als hätte er sein Gesicht mit Leim eingeschmiert, der jetzt trocken war. Er schaute an Peter vorbei auf die andere Straßenseite, als gäbe es dort etwas zu sehen. Peter drehte sich um, konnte aber nichts Besonderes entdecken.
Endlich kam Sytze.
»Nicht zu spät nach Hause kommen, verstanden?«
»Warum nicht? Morgen ist doch Sonntag.«
»Auch noch frech werden?«
Sytze brummte nur etwas vor sich hin. Zuerst gingen sie zu Henk und Ineke, dann zu Johan und zum Schluss zu Trudy. Die Jungs warteten hinter einer Häuserecke, nur Ineke ging hin und klingelte an ihrer Haustür.

Mit monotoner Stimme berichteten sie einander von ihrer Arbeit. Nicht einmal Henk hatte etwas Lustiges zu erzählen. »Käse fand ich immer lecker, aber jetzt kann ich ihn nicht mehr sehen. Der Käse kommt mir zu den Ohren raus. Na ja, erst sollte ich zum Fischgroßmarkt, da ist aber glücklicherweise nichts draus geworden. Der Gestank … schrecklich.« Er hielt sich die Nase zu.

Lustlos gingen sie durch die Stadt, durch Straßen und über Plätze, durch Gassen und am Kai entlang, aber es wurde nicht besser. Es war, als seien sie von irgendetwas umgeben, etwas, das sie nicht von sich abschütteln konnten. Einen Moment lang blieben sie vor der Kneipe »De Roskam« stehen. Durch die offene Tür drangen Stimmengewirr, Musik, ein Fluch, Gelächter. Doch sie gingen nicht hinein. Was hatten sie schon in dieser Samstagabendfröhlichkeit verloren? Die anderen Kneipenbesucher hätten die beiden Mädchen bestimmt komisch angesehen. Außerdem erzählte man sich über »De Roskam« merkwürdige Geschichten.

Schließlich landeten sie auf der Hafenmole und setzten sich dort auf eine Bank. Es war fast windstill, und die träge Wärme des Sommertags hing noch in der Luft. Möwen umkreisten den Leuchtturm, der wie ein riesiger, warnender Zeigefinger am Ende der Mole stand.

Plötzlich hatte Peter es ausgesprochen, praktisch ohne es zu wollen. »Meine Mutter ist schwanger.«

»Häh?«

»Ich bekomme ein Brüderchen oder Schwesterchen.« Er fluchte, fühlte sich jedoch auch erleichtert. Zu seiner Genugtuung hörte er auch die anderen einige Flüche ausstoßen.

»Wann?«, fragte Ineke.

»Keine Ahnung … vergessen zu fragen.«
»Als ich vorige Woche bei dir war, hatte ich schon den Eindruck, dass deine Mutter dicker geworden ist«, sagte Henk. »Ich dachte noch, die haben aber ordentlich was zu futtern.«
Peter war es selbst nicht aufgefallen. Eigentlich hatte er sich schon eine ganze Zeit lang seine Mutter nicht mehr richtig angeschaut.
Schweigend saßen sie da. Eduard Molenaar und Anton Verdam kamen über die Hafenmole zu ihnen. Neben der Bank blieben sie stehen und erzählten begeistert von ihren Ferienerlebnissen.
»Meinst du wirklich, dass uns so ein Kinderkram interessiert?«, fragte Johan.
»Na ja, als der Mann schreiend rausgelaufen kam, da haben wir …«
»Hör auf mit diesem kindischen Unsinn.«
»Ihr seid selbst noch Kinder; ihr müsst nächstes Jahr noch zur Schule, wir nicht.«
»Los, verschwindet! Haut ab!« Henk und Johan erhoben sich drohend. Eduard und Anton machten sich aus dem Staub. Nach fünfzig Metern blieben sie stehen. »Ihr seid bekloppt … total bekloppt«, rief Eduard. »Ihr gehört ins Irrenhaus«, ergänzte Anton.
Peter, Henk und Johan taten so, als wollten sie den beiden hinterherlaufen. Eduard und Anton rannten in Richtung Stadt.
Inzwischen war es dunkel geworden. Ab und zu flogen ein paar Möwen kreischend auf, als schlügen sie Alarm. Das Licht des Leuchtturms strich übers Wasser. Peter ging ans Ufer hinunter. Lustlos plätscherten die Wellen gegen die

Steine. Eine dunkelgraue Fläche erstreckte sich vor ihnen. So war es, und so würde es immer bleiben. Das Wasser zog ihn unwiderstehlich an. Es war gar nicht mal so kalt, es war vertraut, bekannt, zuverlässig. Jetzt umspülte es seine Fußknöchel. »Peter«, hörte er hinter sich Ineke rufen. Ansonsten blieb es still. Leises Plätschern, das man fast als friedlich hätte bezeichnen können, wenn man es nicht besser gewusst hätte. Friedlich! Er musste darüber lachen. Vorsichtig, um nicht auszurutschen, ging er weiter ins Wasser hinein. Wenn er ausrutschte, war alles verloren.

Es war ein merkwürdiges Gefühl, mit Schuhen durchs Wasser zu gehen. Die anderen würden ihm gleich folgen; er wies ihnen den Weg. Ein lichtes Gefühl breitete sich in seinem Kopf aus: Er sah alles auf einmal viel klarer, als leuchte innen eine Lampe, die ihr Licht auf alles warf. Gleichzeitig fühlte er sich ganz leicht, als habe er an Gewicht verloren.

»Peter!« Das war Henks Stimme. Sie klang anders als sonst. »Gehst du schwimmen?«

Natürlich ging er nicht schwimmen. Wie kam Henk bloß darauf?

23

»Wo wohnst du?«, fragte Henk.

»Ähm … bei Ineke.«

»Dachte ich mir schon. Alte Liebe rostet nicht, auch wenn man selbst alt und rostig geworden ist.«

Henk sah mich an, als wüsste er, was geschehen war. Es fehlte nur noch, dass er mir viel sagend zuzwinkerte. Nach dem Essen hatten Ineke und ich uns auf die Couch gesetzt, um Kaffee zu trinken und uns zu unterhalten. Die Distanz zwischen uns wurde immer geringer. Sie streichelte mich, wir küssten uns, ich spürte ihren Körper, der sowohl alt als auch neu war, bekannt und erregend, ungewohnt. Seit ungefähr fünf Jahren hatte ich mit keiner Frau mehr geschlafen. Als ich in der dunklen Kälte unseres Ehebetts wieder einmal versucht hatte, mich Astrid zu nähern, da hatte sie endlich gesagt, was ich schon seit Jahren befürchtete: Für sie war es nur noch ein lästiger Gefallen, den sie mir tat, eine unangenehme Verpflichtung. Unser Sexualleben war im Laufe der Jahre sowieso immer mechanischer und vorhersehbarer geworden, fast so etwas wie Tisch abräumen oder abwaschen. Mit Ineke war es in der vergangenen Nacht ganz anders gewesen, so anders, dass es sich gar nicht um die gleiche Sache zu handeln schien. Ich spürte ihre Haut noch an meinen Händen, ich roch ihren Körper, sogar hier im Café mit all den Gerüchen von Speisen und Getränken und Tabakrauch.

Ein Mädchen mit langer Schürze räumte den Tisch ab. Henk bestellte Kaffee.
»Grand Cafés, die haben wir hier jetzt auch.« Henk deutete auf die Einrichtung, die aus großen Spiegeln, Rattanmöbeln und riesigen Topfpflanzen bestand, als wäre das alles auch ein wenig sein Eigentum. »Die Stadt ist längst kein altmodisches Kaff mehr. *Progress and development.*«
»Es gibt sogar eine Unternehmensberatung«, sagte ich.
Henk lachte. »Ja, und was für eine.« Er zündete sich umständlich eine Zigarre an. Jetzt saß er da und rauchte zufrieden. Ob er heute Nacht wieder im Wohnzimmer vor dem Fenster gesessen hatte, um auf Trudys und Sytzes Besuch zu warten? Eigentlich hatte mir noch niemand wirklich etwas erzählt, aber langsam fing ich an zu verstehen, was damals in uns vorgegangen war, was uns in den Abgrund gezogen hatte. Es war, als hätten die Häuser, Straßen und Gebäude das Geheimnis aufgesogen und würden es nun nach und nach wieder preisgeben. Was aber genau passiert war, das hatte ich noch nicht herausfinden können. Die Tatsachen kamen nicht einfach so ans Licht, und die musste ich auch in Erfahrung bringen. Da führte kein Weg dran vorbei.
»Erinnerst du dich noch daran, wie das alles angefangen hat?«
»Was? Mein Büro … meine Firma?«
»Nein, natürlich nicht. Mit uns … mit dem Plan … die Verabredung.«
Henk sah mich ein wenig scheu an, als sei ich die Reinkarnation von Wassink. »Darüber mag ich nicht mehr sprechen.«
Das hatte er mir auch schon gesagt, als ich bei ihm übernach-

tete, doch jetzt ließ ich mich nicht einfach damit abspeisen. »Hatte nicht Johan die Idee?«

Henk seufzte tief. Er zog ein paarmal an seiner Zigarre, aber sie schien ihm nicht mehr so gut zu schmecken wie vorher. Der Kaffee kam.

»Bringen Sie mir doch bitte auch noch einen Calvados«, sagte Henk. »Du auch?«

Ich lehnte dankend ab.

Nachdem die Kellnerin den Calvados gebracht hatte (»Einen Calva für den Herrn«), sprach ich weiter über das Thema, das ich angeschnitten hatte und das für Henk offenbar mit einem Tabu belegt war. Wir redeten über die Abende auf dem Speicher, über die Pistole, die Johan mitgebracht hatte, über den Aufsatz für Damhuis, den wir nie geschrieben hatten …

»Eine schwarze Zukunft«, sagte Henk. »Das dachten wir damals. Heute würde man sagen: Wir sahen keinen Sinn mehr im Leben. Wenn wir heute jung wären, würden wir vielleicht Drogen nehmen … Heroin, Kokain, Ecstasy oder was weiß ich welchen Mist. Es scheint Sechzehn-, Siebzehnjährige zu geben, die so was schon nehmen. Mädchen, die in dem Alter auf den Strich gehen, um sich das Geld für das Zeug zu besorgen.« Er trank einen Schluck von seinem Calvados. Plötzlich wirkte er viel älter. Alle Heiterkeit und Energie waren aus seinem Blick verschwunden. Sah ich auch aus wie ein erschöpfter alter Mann? Ich setzte mich gerade hin. »Aber was hätten wir denn damals tun sollen?«, fuhr Henk fort. Es schien, als seien in ihm auf einmal Dämme gebrochen. »Nichts doch wohl. Die Leute denken oft, nach fünfundvierzig, das war eine schöne Zeit. *Forget it.* Weißt du, ich hab mal ein Buch über die Zeit nach der Befreiung gelesen mit lauter Zeitungsausschnitten und so … Fotos, Berichte, Artikel … und dieses Buch hatte ein wunderbares Motto. Ich werde es nie vergessen. ›Wie schön war der Frieden, als noch Krieg war.‹ So war es und nicht anders. ›Wie schön war der Frieden, als noch Krieg war.‹«

»Und diese Jacke?« Der Verkäufer hatte eine bordeauxrote Jacke vom Ständer genommen. »Die Farbe passt sehr gut zu Ihnen. Sie steht Ihnen ausgezeichnet.«
Ich zog sie an und sah in den Spiegel. Würde Ineke freudig überrascht sein? Oder machte ich mich lächerlich? Sollte ich einfach ich selbst bleiben? Aber wer war ich denn? Warum, verdammt noch mal, immer diese Bedenken?
»Ja, die Jacke ist gut. Ich behalte sie an, und die Hose ziehe ich auch an.« Ich deutete auf eine Hose, die ich ausgesucht hatte. Erst hatte ich überlegt, mir eine Jeans zu kaufen, aber das ging mir dann doch zu weit. Mit zwei Taschen in der Hand trat ich aus dem Geschäft in den strahlenden Sonnenschein. In der einen waren Hemden, Unterwäsche und Socken, in der anderen meine alten Kleider. Einen Moment lang spielte ich mit dem Gedanken, die zweite Tasche auf dem Bürgersteig vor dem Geschäft stehen zu lassen.
Ineke war nicht zu Hause. Vergebens suchte ich nach einem Zettel mit einem Hinweis, wohin sie gegangen war und wann sie wiederkommen würde. Vielleicht wollte ich aber auch nur die Anrede lesen: Lieber Peter. Oder: Liebster Peter. Wenn sie da gewesen wäre, hätte ich sie in den Arm genommen. Wir wären nach oben gegangen, hätten uns gegenseitig ausgezogen, vorsichtig und zärtlich zögernd zwar, aber doch … Warum war ich eigentlich wiedergekommen? Um die Ver-

gangenheit zu erforschen oder um mit Ineke zusammen den Faden wieder aufzunehmen, den wir damals aus unseren Händen hatten gleiten lassen?

Ich nahm mein Buch und setzte mich in einen Sessel. Bollie sprang auf meinen Schoß und ließ dann ein sonores Brummen hören. Ich las wieder über Gordweil und über die abschreckende und zugleich verlockende Thea und über Lotte, die traurige Lotte, deren Gefühle Gordweil nicht bemerkte. »Gänzlich verlassen war sie in diesem Augenblick, verlassen um Mitternacht in der großen schwarzen Welt neben diesem jungen Mann, der jetzt betrunken war und dessen Herz für jene andere schlug, die doch nichts kannte, als ihn zu peinigen und zu martern. Gordweil streckte sich unwillkürlich auf dem Sofa aus, legte den Kopf in ihren Schoß und war sofort eingeschlafen.«

Plötzlich hatte ich das Bedürfnis, Astrid anzurufen. Sie nahm sofort den Hörer ab, als habe sie neben dem Telefon gesessen und auf meinen Anruf gewartet. Aus irgendeinem Grund wollte ich ihr von Gordweil erzählen, von Thea und Lotte, über Irrtümer und falsche Entscheidungen, aber sie würde es nicht verstehen. Nachdem ich eine Weile rumgestottert hatte, war nur noch ein Rauschen in der Leitung zu hören.

»Was sagtest du?«, fragte ich.

»Nichts«, sagte Astrid, und dann plötzlich, mit immer lauter werdender Stimme: »Da gibts doch sowieso nichts mehr zu sagen. Weißt du, was du bist? Du bist ein hinterhältiges Arschloch, das bist du!«

»Aber ich hab …«

Sie ließ mich nicht ausreden. »Da haust einfach ab und lässt mich hier sitzen, ohne etwas zu sagen, ohne jede Erklärung.

Als ob ich nichts wäre, als wenn es mich nie gegeben hätte.«
Ich hörte, dass sie weinte.
»Astrid, lass uns jetzt …«
Sie hatte bereits aufgelegt.

Das Haus sah menschenleer aus. Auch auf der Straße war es ruhig, so wie es sich für ein so neues Wohnviertel gehört. Ein Windstoß fegte Papier und ein paar Plastikbecher übers Pflaster. Ich hatte ein Taxi genommen und optimistisch gestimmt, wie ich war, hatte ich den Fahrer nicht gebeten zu warten.
Ich klingelte. Niemand öffnete. Noch einmal betätigte ich die Klingel. Länger jetzt und dringlicher. Jedenfalls klang es so in meinen Ohren. Nach einer Weile wurde die Tür einen Spaltbreit geöffnet, und ich sah Johans graues, unrasiertes Gesicht. Er hatte seine Brille nicht auf.
»Du schon wieder?«, fragte er.
»Ja, ich wieder.«
»Was willst du?«
»Reden«, sagte ich.
»Warum?«
Ich dachte kurz nach. »Weil ich nicht anders kann … es muss sein.«
»Wer sagt, dass es sein muss?«
»Ich, ich muss darüber reden.«
Er zog die Nase hoch und wischte sie gleichzeitig mit dem Handrücken ab.
»Darf ich reinkommen?«
Er sagte nichts, öffnete aber die Tür und ging voraus ins Wohnzimmer. Auf dem Esszimmertisch lag noch immer das

Schachbrett, doch die Figuren waren verschwunden. Der Kalender zeigte wie beim letzten Mal noch das Bild vom Juni 1994.

Er deutete auf den niedrigen Tisch. Dort lag seine Brille, der Steg war zerbrochen. »Kaputt … ich war gerade dabei, sie mit Klebeband zu reparieren, aber es ging nicht.«

»Soll ich mal versuchen?«, bot ich an. »Nein, lass nur.«

Eine Zeit lang saßen wir schweigend da. Johan zündete sich eine Zigarette an. Der Aschenbecher quoll über vor Asche und Kippen, aber das schien ihn nicht zu stören. Johan war für mich ein Schlüssel, allerdings einer, mit dem ich nicht so recht umzugehen verstand. Er war nicht nur der Schlüssel zu allem, was geschehen war, sondern buchstäblich derjenige, der die Schlüssel besaß. Was wäre gewesen, wenn Johans Onkel nicht die Eisenwarenhandlung gehabt hätte, was wäre gewesen, wenn … Ach, alles Unsinn.

»Warum hast du damals die Pistole mitgebracht?«, fragte ich.

»Die … eh, die Mauser?«

»Keine Ahnung. Ich fand's spannend, glaube ich. Und ihr auch, alle. Jeder wollte das Ding in der Hand halten, wollte wissen, wie es sich anfühlt. Und dann die Vorstellung, dass die Waffe von Widerstandskämpfen benutzt worden war.«

Plötzlich sah er mich an.

»Damit sind Moffen niedergeschossen worden, weißt du das? Mit einer Pistole, die man ihnen gestohlen hatte!«

»Ja, das hast du erzählt.«

Johan seufzte. Wortlos verließ er das Zimmer. Einige Minuten später kam er mit zwei Limonadengläsern, Eiswürfeln und einer halben Flasche Jenever zurück.

»Du auch?«

»Nein, danke.«
Mit einer unerwartet schnellen Bewegung stellte er die Gläser und die Flasche auf den Tisch und packte mich am Hemd. Ich roch seinen fauligen Atem. Sein Blick bohrte sich in meine Augen.
»Du glaubst wohl, du kannst hier einfach so unangemeldet reinplatzen, mit deinen schönen Kleidern, wie der vornehme Herr, und mich mit Fragen über die Vergangenheit belästigen, Fragen über all das, was ich falsch gemacht habe, über all die Fehler, die ich begangen habe, über das Leid …« Das Wort kam fast wie ein Schrei aus seinem Mund; Speichel spritzte mir ins Gesicht. »… das ich angeblich verursacht habe? Als ob du nicht auch dabei gewesen wärest, als ob du nur am Rande gestanden und zugeguckt hättest, Petertje van Galen?« Er zog so fest an meinem Hemd, dass ein Knopf absprang.
»Nein, aber ich …«
»Und dass du dich dann weigerst, einen Schnaps mit mir zu trinken, glaubst du, dass du das machen kannst?«
»Nun ja, ich … äh …«
Er ließ mich los, schenkte zwei Gläser ein und gab mir das eine. »Hier … verdammt … trink, Arschloch … Prost.« Wie kurze verbale Explosionen brachen die Wörter aus ihm hervor. Ich sah, wie seine Hand zitterte.

»Möchtest du Kaffee?«
Ich schüttelte den Kopf. Der Schmerz schoss von links nach rechts. Als rollte in meinem Schädel eine Bleikugel hin und her.
»Etwas anderes?«

»Ein Glas Wasser, bitte.«
Ineke holte mir ein Glas Wasser und setzte sich dann wieder zu mir ans Bett. Sie schickte Bollie, der unbedingt auf dem Bett liegen wollte, aus dem Schlafzimmer. Ich konnte mich nicht daran erinnern, wie ich hergekommen war. Wahrscheinlich hatte mir Johan ein Taxi bestellt. Undeutliche Bilder einer Autofahrt tauchten vor mir auf: ein plötzlicher Halt, schnell die Tür auf und in den Rinnstein erbrechen, während ich noch im Auto sitze.
Meine Zunge fühlte sich an, als gehörte sie nicht zu mir, als sei sie ein Transplantat: zu dick und zu rau für meinen Mund. Ich trank von dem kühlen Wasser und verschluckte mich. Ineke hielt meine Hand.
»Seit Jahren habe ich nicht mehr so viel getrunken«, sagte ich.
»Du bist immer sehr mäßig gewesen, vielleicht das eine Mal nicht, im Bunker.«
Ich wusste nicht, was sie meinte.
»Habt ihr euch unterhalten?«, fragte Ineke. »Über früher?«
Ich nickte. »Glaub schon, aber ich weiß es nicht mehr genau.«
Langsam nickte ich ein. Ich sah Johan vor mir, wie im Nebel. Er zeigte mir die Pistole, ein bitteres Grinsen auf dem scharf konturierten Gesicht. Er zog das Magazin heraus; fünf Kugeln waren darin. War das jetzt geschehen, heute Nachmittag? Oder waren es Bilder von früher? Oder ein Traum? Johan verschwand. Ich ging mit Ineke zum Bunker, der sich mit jedem Schritt, den wir uns näherten, weiter entfernte. Die anderen fünf standen in der Türöffnung des Betonungetüms, Ineke auch. Ich rannte, stolperte aber über die Trümmer eines abgestürzten Flugzeugs. »Royal Air Force« stand darauf. Ich lag auf einem Bett, und Ineke saß neben mir, eine glänzende,

schwarze Pistole auf ihrem Schoß. Ich nahm ihre Hand, sie fühlte sich kalt an, wie Metall.
Ineke beugte sich über mich. »Du hast so merkwürdig gezittert und dich bewegt … da habe ich dich lieber geweckt.«
Gierig trank ich von dem Wasser. »Seit Jahren hab ich nicht so viel getrunken.«
»Das hast du schon ein paar Mal gesagt.«
»Es stimmt aber.« Ich dachte, sie glaubte mir nicht. »Henk trinkt auch zu viel«, sagte sie.
»Um zu vergessen?«, fragte ich.
»Ich weiß nicht. Mit einer solchen Erklärung macht man es sich vielleicht zu einfach. Ich trinke doch auch nicht, und ich muss genauso viel vergessen, vielleicht sogar noch mehr …«
Mir schien, die letzten Worte hätte sie lieber nicht gesagt.
»Mehr?«, fragte ich. »Wieso?«
Sie schüttelte den Kopf und machte eine abwehrende Geste.
Vor der Schlafzimmertür war das tiefe, klagende Miauen von Bollie zu hören.
»Du meinst, weil Henk seine Firma hat?«, fragte ich. »Seine Firma? Die gehört doch längst seinem Sohn.«
»Aber Henk arbeitet doch noch dort?«
Ineke gab ein leises Schnauben von sich. »Ja, er hat ein Büro und einen Schreibtisch, aber er tut überhaupt nichts mehr … darf nichts mehr tun … komplett auf dem Abstellgleis.«
Ich wurde aus dem Ganzen nicht schlau. »Auf dem Abstellgleis? Wieso?«
»Die Firma schrieb rote Zahlen … ein paar Hunderttausend … seine Schuld, Fehler, eine paar Böcke geschossen. Zu wenig Umsatz und zu große Ausgaben, ein paar Prestigeprojekte, die den Bach runtergingen, seine Projekte. Dann

musste er das Handtuch werfen. Sein Sohn, Henk junior also … ein sehr ehrgeiziger, unangenehmer Kerl, ich kann ihn ganz und gar nicht leiden … wurde Chef, und Henk landete im Abseits. Sein Büro durfte er behalten, sein Telefon, seinen Computer, aber ich weiß nicht, was er den lieben langen Tag da im Büro macht.«

Ich sah Henk wieder vor mir, fast strahlend vor Stolz hinter seinem Schreibtisch.

24

»Bitte, Mama, hör auf zu weinen. Das hat doch keinen Sinn.« Trudy beugte sich über ihre Mutter, die mit bebenden Schultern auf der Tagesdecke lag. »Thijs kommt bestimmt wieder gesund nach Hause. Es kann gar nichts passieren.«

»Alles kann pa …« Trudys Mutter brach erneut in heftiges Schluchzen aus. Sie krümmte und schüttelte sich auf dem Bett, als steckte etwas in ihr, das sich auf diese Weise aus ihrem Körper befreien könnte. Trudy blieb in einer starren, verkrampften Haltung bei ihr sitzen; sie hatte Angst, den gequälten Körper zu berühren. So hatte sie ihre Mutter noch nie erlebt.

Heute Morgen war der Brief gekommen. In zehn Tagen sollte Thijs, der in Steenwijk stationiert war, nach Indonesien verschifft werden, um dort mit anderen Soldaten die Ordnung wiederherzustellen. Trudy hatte vage von den indonesischen Freiheitskämpfern gehört, die eigentlich Terroristen waren. Hatten die nicht gemeinsame Sache mit den Japsen gemacht, die genauso schlimm waren wie die Nazis? Da hatte es doch auch Lager gegeben, genau wie in Deutschland? Und in diesen Lagern der Japse waren doch Niederländer interniert gewesen? Das bedeutete, dass sie auf der guten Seite standen. Sie stellte eine Gleichung auf. Juden verhalten sich zu den Deutschen wie Niederländer zu den Japanern. So musste es ungefähr sein. Aber wo standen dann die Indone-

sier? Nun kam es ihr so vor, als handele es sich um eine Gleichung mit zwei Unbekannten.
Plötzlich, wie eine Marionette, richtete sich Trudys Mutter auf. Der Puppenspieler hatte an den Fäden gezogen. Die Beine lagen noch schlaff und willenlos auf dem Bett. Ihre Augen waren rot und geschwollen. »Was soll er da überhaupt, im Dschungel? Da hat er doch nichts verloren?« Sie zog ein Taschentuch aus dem Jackenärmel und putzte sich die Nase.
»Ich weiß es nicht«, sagte Trudy.
»Der Junge gehört hierher, hier in die Niederlande. Wenn die Moffen wiederkommen würden, dann, ja dann würde ich ja einsehen, dass er kämpfen muss, hier, unser Vaterland verteidigen. Aber in Indonesien, gegen so eine Bande ...« Sie fing wieder an zu weinen.

Ihr Vater legte die Zeitung beiseite und berichtete Trudy vom Plan des Finanzministers Lieftinck, der den Gulden abwerten wollte, und erklärte, warum dies eine gute Idee sei und wie sie funktionierte. Trudy verstand es nicht, aber sie hörte auch kaum hin. Ihre Mutter brachte Kaffee. Mit zitternden Händen schenkte sie ein. Ihr Vater redete noch immer über das Geld der Schwarzhändler, das auf diese Weise wertlos würde.
Plötzlich fing ihre Mutter wieder an zu schluchzen. »Ich will nicht, dass Thijs nach Indonesien geht.«
»Er wird wohl müssen, Mutter. Wir haben dort eine Aufgabe zu erfüllen, vergiss das nicht. Wir müssen unsere Pflicht erfüllen, eine vornehme Pflicht. Wir können doch nicht zulassen, dass alles, was die Niederlande dort aufgebaut haben, von einer kleinen Gruppe von Revolutionären zerstört wird, von irgendwelchen Unruhestiftern, die nichts anderes wollen, als

an die Macht zu kommen, die nur einen einzigen Gegner haben, die Niederländer.« Er sah Trudys Mutter ernst an, und mit jedem Wort ähnelte seine Stimme mehr und mehr der eines Lehrers, der einem dummen, unwissenden Kind etwas beizubringen versucht. »Sie repräsentieren nicht das Volk. Es sind nur ein paar Aufrührer, die nichts als Hass gegen uns säen, gegen uns, die wir dem Land so viel Gutes gebracht haben … Wohlstand, Schulen, medizinische Einrichtungen. In ihrer blinden Wut sehen sie das nicht … wollen es auch nicht sehen. Sie werden von Menschen wie Sukarno verführt.«

»Das ist mir völlig egal. Ich will einfach nicht, dass Thijs dorthin geht, um sich erschießen zu lassen oder sich irgendeine gefährliche Krankheit zu holen. Malaria oder so. Ich will meinen Sohn nicht auf diese Weise verlieren. Du vielleicht?«

»Natürlich nicht, aber darum geht es nicht, es geht um …«

»Darum geht es sehr wohl, für mich geht es darum.« Trudys Mutter stand auf.

Entsetzt starrte Trudy ihre Mutter an. Sie hatte noch nie erlebt, dass sie ihrem Vater so laut widersprach.

Ihr Vater seufzte tief. »Sei vernünftig, Mutter. Du musst …«

»Ich muss überhaupt nichts. Sei du lieber vernünftig. Ich sage, was ich fühle und was ich denke, und wenn das nicht in Ordnung ist, dann … dann …« Heulend rannte sie aus dem Zimmer.

Trudy wollte ihr folgen, doch ihr Vater sagte im Befehlston: »Lass das, hierbleiben!«

Zusammen saßen sie bei Tisch. Trudy konnte sich nicht erinnern, dass dies früher schon einmal vorgekommen war. Ihr Vater tat sich Kartoffeln, Endivien und Fleisch, ein Stück

Speck, auf. Trudy ekelte sich vor den Fettstreifen zwischen dem Fleisch. Sie beobachtete, wie er die Kartoffeln zerquetschte, bevor er Soße darüber goss. Er fing an zu essen.
»Willst du nichts essen?«
Sie schüttelte den Kopf.
»Du bist noch im Wachstum. Das Essen ist gut.«
»Ich habe keinen Hunger.«
»Vor noch nicht einmal anderthalb Jahren gab es fast nichts zu essen. Weißt du das nicht mehr? Hast du ein so schlechtes Gedächtnis? Das ist wertvolle Nahrung. Wir müssen unserem Herrgott auf Knien danken, dass wir wieder zu essen haben. Hunderttausenden von Menschen geht es viel schlechter als uns. Denk nur mal daran, wie es in den Lagern war.«
Trudy dachte an die gräulichen Dinge, von denen Stading erzählt hatte. Widerwillig tat sie sich auf. »Sehen wir Thijs noch, bevor er fährt?«
»Natürlich sehen wir ihn noch. Wir fahren nach Amsterdam, um ihm zum Abschied zu winken, vielleicht auch nach Ijmuiden, und am Sonntag kommt cr wahrscheinlich nach Hause.«
Trudy schob sich eine Gabel Endivien in den Mund, die noch bitterer als sonst schmeckten. »Ich sehe kurz nach Mama.«
»Nein, du bleibst sitzen. Nachher kümmere ich mich um sie. Ich werde mit ihr reden.«
Sie sah ihren Vater an und konnte auf einmal nicht mehr verstehen, dass er ihr Vater war. Den Scheitel im Haar kannte sie nicht, den barschen Zug um den Mund noch viel weniger. Härchen wuchsen ihm aus Nase und Ohren; das hatte sie nie zuvor bemerkt. Was machte dieser Fremde in ihrem Haus? War er hierher versetzt worden, um für Ordnung zu sorgen?

Konnte er überhaupt mit Mama reden? Oder würde er ihr nur auftragen, was sie zu tun hatte, wie ein Polizist? Das sind die Regeln, daran musst du dich halten. Für ihn war ihr Leben wahrscheinlich auch nur ein buchhalterisches Problem. Spalten mit Einnahmen und Ausgaben, die man addieren und voneinander subtrahieren konnte, und wenn man alles gut gemacht hatte, dann kam am Ende ein tüchtiger Saldo heraus. Sie sah es schon vor sich: mit dunklen Buchstaben auf einem glänzenden, lackierten Brett, das über der Tür an die Wand geschraubt war.

»Du vergisst dein Fleisch.«

Sie schnitt ein Stück von dem Fleisch ab und fing an, darauf herumzukauen. Der schwere, fettige Geschmack breitete sich in ihrem Mund aus. Diesen Geschmack sollte sie also mögen, weil sie ihn im Krieg so lange hatte entbehren müssen. Sie sah, dass ihr Vater sie beobachtete. Mit aller Macht wollte sie etwas von dem Fleisch hinunterschlucken, aber es gelang ihr nicht. Ihr Magen rebellierte. Ihr wurde ohnehin in letzter Zeit so leicht schlecht, manchmal schon morgens, wenn sie aufstand. Mit zusammengepressten Lippen versuchte sie, ruhig und regelmäßig durch die Nase zu atmen, um so die Gefahr zu bannen. Sie starrte auf das Familienfoto über der Kommode. Da war sie sieben Jahre alt und Thijs neun. Nachdem sie ein paarmal mühsam geschluckt hatte, rannte sie würgend zur Toilette.

»Ich geh kurz zu Ineke.«

Ihr Vater sah irritiert von der Zeitung auf. »Aber du hast kaum was gegessen. Du bist viel zu schwach, um nach draußen zu gehen.«

»Wir wollen zusammen Hausaufgaben machen.« Sie tippte

kurz auf ihre Tasche. Das war das einzig wirksame Argument, zumal jetzt beim zweiten Anlauf.

»Du bleibst doch nicht zu lange weg? Zehn Uhr zu Hause, spätestens. Und fleißig lernen, ja. Dieses Jahr musst du ordentlich pauken, denn sonst …«

»Natürlich. Ich hoffe, wir sind um zehn fertig. Wir haben jede Menge für Mathematik auf … Algebra … schwierige Gleichungen.«

»Die hast du doch alle schon mal gemacht.«

»Wir machen jetzt andere Gleichungen.«

»Na gut, zehn Uhr also, aber keine Minute später.«

Johan wartete bereits an der Kreuzung zur Steenstraat.

»Wieso hast du deine Schultasche mit?«

»Sonst wäre ich nicht weggekommen. Jetzt mache ich Hausaufgaben, zusammen mit Ineke.«

Johan lachte kurz auf. Er nahm ihre Hand, und Trudy spürte, wie sie sich veränderte. Sie wurde leichter, sie strahlte. Die wenigen Menschen, denen sie auf der Straße begegneten, müssten es eigentlich bemerken. Trudy versuchte ihnen in die Augen zu sehen, aber jeder ging seines Weges, als wäre nichts. Johan und Trudy gingen am »Tivoli« vorbei. Am Samstag und Sonntag lief *Ein Zeichen an der Wand.* Sie betrachteten die Fotos mit den vielen düster dreinblickenden Männern und Frauen. Johan imitierte die tristen Mienen, aber Trudy konnte darüber nicht lachen.

»Lass uns weitergehen«, sagte Trudy.

Während sie Richtung Hafen spazierten, berichtete sie von Thijs und der Reaktion ihrer Eltern.

»Ich würde niemals gehen«, sagte Johan. »Ich würde den

Befehl verweigern oder desertieren.« Wie auf ein vereinbartes Zeichen hin blieben sie stehen. »Die Niederlande wollen dort doch nur weiterhin den Boss spielen, die Einheimischen unterdrücken, notfalls mit Waffen.«

»Aber Sukarno hat doch mit den Japsen zusammengearbeitet? Das ist doch genauso übel wie die Kollaboration mit den Deutschen hier? Das hat mein Vater gesagt.«

»Sukarno blieb nichts anderes übrig. In den Augen der Einheimischen, also der Indonesier, waren die Japaner die Befreier, und wir waren die Besatzungsmacht. Wenn du die Situation dort mit der hier vergleichen willst, dann sind wir dort die Deutschen, schon seit Jahrzehnten, und die Regierung will, dass wir das auch in Zukunft bleiben.« Johan redete, als spule er eine Lektion aus einem Buch ab. »Das ist nichts anderes als kolonialistische Unterdrückung der Revolution. Die Leute dort wollen einfach nur frei sein, genauso wie auch die Niederlande frei sein wollten. Wenn unsere Regierung in Indonesien so weitermacht, dann hat sich eigentlich nichts verändert, dann war alles umsonst, alle Leute, die …«

Trudy sah zu Johan hinüber, und fast erkannte sie sein verbittertes, wütendes Gesicht nicht wieder. Behutsam drückte sie seine Hand, aber er reagierte nicht.

Sie saßen auf einer Bank und schauten übers Wasser. Er hatte seinen Arm um sie gelegt. Schon über eine Stunde saßen sie so, aber Zeit spielte keine Rolle. Nur ihr Beisammensein zählte. Der Bahnhof war dreihundert Meter entfernt. Könnten sie doch in einen Zug steigen, einfach so, egal welchen. Und dann reisen, reisen, reisen, weit weg von hier, weg von allem, das sie gefangen hielt.

Trudy hatte das Gefühl, als müsste sie Johan etwas erzählen,

etwas, das für sie beide wichtig war, aber sie wusste nicht, was. Hatte sie es vergessen, oder war es etwas, das sie selbst noch nicht benennen konnte? Eine Erkenntnis, eine Hoffnung für die Zukunft? Die Zukunft … sie fürchtete sich vor all den Jahren, die noch kommen würden, vor all den Tagen, die sie noch zur Schule gehen müsste, vor all den Stunden, die sie mit ihren Eltern bei Tisch verbringen würde. Dieser Moment müsste ewig währen. Für immer wollte sie in einem Foto dieses Augenblicks, dieser Situation leben. Sie spürte Johans Lippen auf ihrer Wange. Sie wandte ihm ihr Gesicht zu, und ihre Lippen berührten sich, vorsichtig zunächst noch.
»Ich hab den Schlüssel dabei«, sagte Johan. Er zeigte in Richtung des Leuchtturms.

Um fünf nach zehn war sie zu Hause. Keuchend betrat sie das Wohnzimmer.
»Fünf Minuten zu spät«, sagte ihr Vater.
Ihre Mutter saß im Lehnstuhl, das Strickzeug auf dem Schoß, und sah sie an. Gestern hatte sie stolz erzählt, wie sie an die Wolle gekommen war. Ansonsten war nichts Besonderes mehr an ihr zu bemerken.
»Fünf Minuten zu spät«, wiederholte ihr Vater.
»Wir haben die Zeit ganz aus dem Auge verloren. Die Gleichungen waren so entsetzlich schwierig.«
»Kann ich mal sehen?«
»Ich geh ins Bett … ich bin müde. Morgen schreiben wir auch noch eine Klassenarbeit in Englisch.«
Sie drückte ihre Lippen, die noch vor zehn Minuten Johans Lippen gefühlt hatten, in einem Akt des Verrats erst ihrer Mutter, dann ihrem Vater auf die Wange.

Sie hatte die Vorhänge offen gelassen. Wenn sie ihren Kopf auf den Rand des Kissens legte, konnte sie den Mond sehen. Er war fast voll. Es war merkwürdig zu wissen, dass Johan für immer zu ihr gehören, dass sie ihn aber nie besitzen würde. Nie würden sie so wie ihre Eltern zusammenleben, geschweige denn Kinder haben. Das war unmöglich. Es lag nicht daran, dass Johans Vater Arbeiter war. Auch die Politik, die Tatsache, dass seine Eltern Kommunisten waren, spielte keine Rolle. Es war etwas anderes, etwas nicht Greifbares. Ohne mit Johan darüber gesprochen zu haben, war sie davon überzeugt, dass er dies auch wusste. Das konnte sie an seinen Augen ablesen, an der Art, wie er sie ansah. Darin lag bereits der Verlust.

Die Kirchturmuhr hatte gerade elf geschlagen, als sie die gedämpften Stimmen ihrer Eltern auf der Treppe hörte. »Nein, Ans«, sagte ihr Vater entschieden, »das stimmt so nicht. Lass uns jetzt lieber schlafen gehen.«

Die Antwort ihrer Mutter konnte sie nicht richtig verstehen.

»Nein, wirklich nicht. Glaub mir.«

»Gut«, sagte ihre Mutter. »Ich werde mich ...« Sie verschwanden im Schlafzimmer.

Was machten sie jetzt? Zogen sie sich aus? Brannte das Licht noch? Behielten sie ihre Unterwäsche an? Ihre Mutter trug ein Korsett. Das zog sie bestimmt aus. Konnte sie die Verschlüsse auf dem Rücken alleine öffnen, oder musste ihr Vater dabei helfen? Merkwürdig, dass es zwischen diesen Menschen, bei denen sie seit ihrer Geburt wohnte, eine solche Intimität geben musste und dass sie davon nichts wusste, weil sie vollkommen unsichtbar war. Die Menschen, die sich nur ein paar Meter entfernt in dem anderen Schlafzimmer befanden, waren Fremde für sie. Gaben sie sich einen Gutenachtkuss? Oder passierte vielleicht noch mehr? Sie konnte es sich nicht vorstellen. Als sie zum ersten Mal ihre Regel bekam, hatte ihre Mutter ihr so knapp wie möglich und sichtbar peinlich berührt etwas über die Fortpflanzung – und wie die vor sich geht – erzählt. In einem Ton, als sei es etwas Lasterhaftes. Trudy hatte sich über dieses Thema natürlich sehr ausführlich mit Ineke unterhalten, die man noch weniger aufgeklärt hatte. Was würde ihre Mutter sagen, wenn sie von dem staubigen Raum wüsste, in dem sie und Johan heute Abend gelegen hatten, durch den alle paar Sekunden ein Lichtstrahl fuhr, in dessen Rhythmus sich Johan in ihr bewegt hatte? Danach waren sie über die Stahltreppe, auf der ihre Schritte so merkwürdig metallisch klangen, nach oben gegangen. Dort war das Licht so grell, dass es sie blendete. Sie tasteten sich zu einer Tür vor, die nicht einmal abgeschlossen war. Johan machte einen Schritt vorwärts. Trudy schloss die Augen; sie spürte, wie der Wind an ihr zog, wie die Tiefe sie hinabsaugen wollte.

25

Ich sah auf den Wecker. Viertel vor drei. Ineke lag neben mir. Sie schlief mit einem gequälten Gesichtsausdruck. Ich wollte sie wecken, um nach dem Grund zu fragen, doch ich traute mich nicht.

Mein Kopf war immer noch schwer und wie benebelt. Ich trank einen Schluck Wasser. Vermutlich hatte Ineke mir die Kleider aus- und einen Pyjama angezogen, wie einem Ehemann, der betrunken aus der Kneipe kommt.

Die Ziffern auf dem Radiowecker sprangen um. Ich fühlte mich matt, wie gerädert, aber mir war klar, dass ich nicht mehr würde einschlafen können. Der Alkohol betäubte jetzt nicht mehr, sondern wirkte nur noch anregend. Was wäre damals gewesen, wenn wir keinen Schnaps gehabt hätten? Konnten wir dem Alkohol die Schuld geben, oder trugen doch wir selbst die Verantwortung? Und wer von uns trug sie? Wer war der Anführer gewesen? Wer gab den Ausschlag, wenn wir nicht wussten, wie wir uns entscheiden sollten? Ich erinnerte mich daran, wie unsicher ich damals gewesen war, wie ich mich von den Ereignissen hatte mitschleifen lassen, nachdem sie einmal in Gang gekommen waren. Meine Gedanken wanderten zurück zu den Abenden auf dem Speicher, dem Kerzenlicht, dem Glas, das die Runde machte. Wenn sie uns den Speicher nicht genommen hätten, wäre vielleicht nichts passiert. So blieb ich bis fast vier Uhr liegen.

Vorsichtig richtete ich mich auf. Als ich auf etwas wackeligen Beinen neben dem Bett stand, fragte mich Ineke: »Wo willst du hin?«

Ziellos ging ich durch die Stadt, die sich bereits für den Geburtstag der Königin herausgeputzt hatte. Die Schaufenster waren orange und rot-weiß-blau dekoriert. In der Noorderstraat hingen Girlanden. Auf einem Plakat las ich das Programm für diesen Feiertag. Er begann mit einem Konzert vor dem Rathaus. Hatte man am 31. August 1945 und 1946 auch Konzerte veranstaltet? Wahrscheinlich schon. Was hatten wir damals gemacht? Hatte die Schule bereits wieder angefangen? Plötzlich wurde ich von einem alten, dicken, schmutzigen Mann angesprochen: »Peter … Peter van … äh …?«
»Peter van Galen«, sagte ich, unangenehm überrascht, weil ich nicht damit gerechnet hatte, irgendwelchen Bekannten zu begegnen, und ganz bestimmt nicht in diesem Zustand von *the day after the day before*.
»Ja, natürlich, Peter van Galen … jetzt erinnere ich mich wieder.« Er starrte mich mit seinen wässrigen, roten Augen an, die fast vollständig von den schweren Lidern verdeckt wurden.
Nun hätte auch ich einen Namen präsentieren müssen, aber es gelang mir nicht, diesen Menschen mit einem Gesicht und einem Namen von früher in Verbindung zu bringen. Er blieb nichts weiter als ein alter, dicker, ungepflegter Mann.
»Bert«, sagte er schließlich, »Bert Thijssen.«
»Natürlich … vom Möbelgeschäft.«
Er nickte. »Das Geschäft führt jetzt mein Sohn.«
»Ein echtes Familienunternehmen.«

Wir standen mitten in der Fußgängerzone. Menschen mit Einkaufstaschen, Frauen mit Buggys, Kinder gingen an uns vorüber. Es gab nicht viel zu erzählen. Eigentlich überhaupt nichts. Mein Blick blieb an seiner schlecht gebundenen Krawatte hängen, die sehr bunt war und ganz und gar nicht zu den übrigen beige-grauen und schon recht alten Sachen passte. Offensichtlich hatte er sich beim Rasieren geschnitten, denn auf seiner linken Wange klebte etwas geronnenes Blut mit ein paar Watteflusen.

»Ja, ja«, brummte Bert.

»So, ich muss dann mal weiter.« Ich versuchte, mir ein geschäftiges Aussehen zu geben, so als hätte ich tatsächlich ein bestimmtes Ziel, eine Verabredung, einen Plan.

»Wenn du nichts dagegen hast, begleite ich dich ein Stück.«

Wir gingen zusammen durch die Noorderstraat.

»Hat sich alles sehr verändert, nicht?«, sagte Bert. »Alles Fußgängerzone heute.«

»Ach ja …«

Wir gingen an einem Haushaltswarengeschäft, einem Drogeriemarkt und einem Schuhdiscount vorbei, und ehe ich michs versah, standen wir vor dem Möbelgeschäft Thijssen.

»Ich wohne über dem Laden. Kommst du mit hoch auf einen Kaffee?«

»Du wohnst also in Amsterdam«, sagte Bert.

Ja, dachte ich, ich wohne in Amsterdam, doch gleichzeitig kam mir das nun vollkommen unwirklich vor.

Genauso gut hätte man Moskau oder ’s-Hertogenbosch oder sonst irgendeine Stadt als meinen Wohnort bezeichnen können. Ich war jetzt hier, und hier würde ich bleiben. Hier kriegte mich keiner mehr weg, ich würde mich nicht mehr verjagen lassen.

»Ich kann sehr gut verstehen, dass du damals dorthin gezogen bist. Hier war ja damals die Hölle los ... zwei Tote, einfach schrecklich.« Bert schüttelte den Kopf.

Dem hatte ich nichts hinzuzufügen. Die Hölle. Schrecklich. Ich trank einen Schluck Kaffee, in den Bert zu viel Milch gegossen hatte. Man konnte an der Zimmereinrichtung sehen, weshalb dem Möbelgeschäft Thijssen kein übermäßiger Erfolg beschieden gewesen war. An der Wand hing ein Foto, auf dem Bert zusammen mit seiner Frau, seinen Kindern und seinen Enkeln zu sehen war. Ich vermutete jedenfalls, dass es sich um seine Familie handelte. Auf dem Foto wirkte er glücklich. Musste ich ihn nach seiner Frau fragen? Sie interessierte mich nicht die Bohne, aber jetzt kam es nur darauf an, einige Minuten Konversation zu machen, bis ich mich, ohne unhöflich zu sein, verabschieden konnte.

»Ihr wart schon ein komischer Haufen, ihr sechs«, sagte Bert. »Ihr habt doch lauter so merkwürdige Sachen gemacht? Bei Lehrern einbrechen und so?«

Ich nickte und zeigte auf das Foto. »Die ganze Familie?«

»Ja. Schön, nicht? Aber dass das alles so enden würde, das hätte ich nicht gedacht ... andere im Übrigen auch nicht.«

»Deine Frau lebt nicht mehr?«

Berts Gesicht verdüsterte sich für einen Moment. »Vor drei Jahren gestorben ... das Herz. Hatte immer schon ein schwaches Herz.« Er seufzte tief. »Ich habe nie ganz verstanden, was damals passiert ist. Wann war das überhaupt? Siebenundvierzig? Oder achtundvierzig?«

»Sechsundvierzig ... November sechsundvierzig.«

»Ja, natürlich. Alle Welt tat damals so geheimnisvoll«, sagte Bert. »Man durfte nicht darüber reden. In der Zeitung stand auch fast nichts.«

»Tja … Nette Kinder? Enkel?« Ich deutete noch einmal auf die munter in die Linse schauende Nachkommenschaft. Es war deutlich zu erkennen, dass alle ihre »Sonntagskleider« anhatten. Auf dem Foto war ein etwas mürrisch dreinblickender Junge von ungefähr zehn Jahren. Offensichtlich konnte er sich einen angenehmeren Zeitvertreib vorstellen, als fotografiert zu werden.

»Ja, phantastisch«, sagte Bert. »Aber damals, sechsundvierzig, weißt du, was damals eigentlich alles passiert ist?«

Ich zuckte mit den Schultern und trank den letzten Schluck meines inzwischen kalt gewordenen Kaffees. Bert ließ nicht locker. »Erzähl doch mal, wie das genau war … einem alten Schulkameraden?«

Ich hätte ihm gerne klar gemacht, dass er kein alter Schulkamerad war, aber ich sagte nur: »Nein, das kann ich dir nicht erzählen.« Erst jetzt bemerkte ich, dass dort, wo eigentlich seine linke Hand hätte sein müssen, eine Art Metallklaue an seinem Arm befestigt war.

26

Als die Schüler das Klassenzimmer betraten, sah Stading verstört auf, so als habe er eigentlich andere, wichtigere Dinge zu tun. Dann las er weiter in einem Buch, das vor ihm auf dem Tisch lag. Nach einer Weile war im Raum ein Gemurmel zu hören, das langsam lauter wurde. Stading schien es nicht zu bemerken, bis er plötzlich aufstand und anfing, vor der Klasse auf und ab zu gehen. Seine Hosenbeine waren ein wenig zu kurz, und Johan konnte sehen, dass Stading zwei verschiedene Socken anhatte. Auf seinem schmuddeligen Anzug waren Flecken, und er trug keine Krawatte. Der Kragenrand und die weit aus den Ärmeln ragenden Manschetten waren schmutzig. Stading war ungefähr einen Monat vor dem Examen krank geworden. Zum Erstaunen aller war er nach den Sommerferien wiedergekommen. Er hatte sich einen Bart wachsen lassen. Elly Verweel erzählte, dass er jetzt alleine wohnte; seine Frau war mit einem anderen durchgebrannt, »irgendeinem Künstler aus Amsterdam«. Während der ersten Wochen hatte er sich sehr strikt an die Lektionen im Buch gehalten, Hausaufgaben aufgegeben und abgefragt – beinahe eine perfekte Kopie der übrigen Lehrer. Doch das hatte sich bald geändert. Jede Unterrichtsstunde war eine Überraschung. Wie lange würde das so weitergehen? Ab und zu blieb Stading stehen und sah die Klasse an. Seine Augen glühten in dem durch Bart und wirres Haar einigermaßen verwilderten Gesicht noch intensiver als sonst. Einige Schüler senkten den Blick, wenn Stading sie ansah, aber Johan wusste, dass man sich vor ihm nicht zu fürchten brauchte. Wenn man sich vor einem nicht zu fürchten brauchte, dann war es Stading.

Plötzlich stellte der Lehrer eine Frage, ohne dabei sein stakkatohaftes Hin-und-her-Schreiten zu unterbrechen: »Warum sind wir hier zusammengekommen?« In der Klasse herrschte unendliche Stille, die durch die leisen Geräusche aus einem Nachbarraum nur noch betont wurde. Johan wusste, dass die Stunden bei Stading für ihn der einzige Grund waren, zur Schule zu gehen.

»Robert Prins, warum sind wir hier zusammengekommen?«

»Weil wir, äh … um uns auf das Examen vorzubereiten.«

Stading lachte kurz auf, hoch und laut. Es klang fast wie das Lachen einer Frau. »Das Examen? Das ist Nebensache, das will Van Vliet, die Schule, das wollen eure Eltern. Nein … warum sind wir hier zusammengekommen, Trudy?«

Johan schaute zu Trudy hinüber, die kreidebleich war. Schon während der Pause hatte sie versucht, ihm etwas mitzuteilen, aber ständig waren andere in ihrer Nähe gewesen. Es schien dringend zu sein.

»Um etwas zu lernen.«

»Ja, um etwas zu lernen. Und um was zu lernen?«

»Französisch, Herr Stading.«

Stading ließ sich auf seinen Stuhl fallen, als ob er todmüde wäre, aber plötzlich begannen seine Augen wie der zu glühen, und er sprang auf. »Und ist das wichtig? Theo?«

Panisch sah Theo sich um. So wohl er sich im Sportunterricht fühlte, so verzweifelt war er jetzt. Stadings Fragen waren

meistens nicht solche, wie man sie im Unterricht erwartete.
»Ich weiß es nicht, Herr Stading.«
»Macht nichts«, sagte Stading. »Selig sind die Unwissenden. Das sollte über dem Eingang der Schule stehen. Ja: Selig sind die Unwissenden. In schönen Lettern. Und jedes Mal, wenn ihr dieses gottverdammte Gebäude betretet, lest ihr diese Worte. Selig sind die Unwissenden.« Stading stieß erneut sein schrilles Frauenlachen aus.
So hatte Johan ihn noch nie erlebt. Was Stading jetzt machte, übertraf alles, was er sich im vorigen Jahr geleistet hatte.
»Das werde ich auf der Stelle Van Vliet vorschlagen.« Stading verließ den Klassenraum, war aber nach ein paar Minuten wieder zurück. »Arbeitet am Stundenplan oder so, keine Zeit, sich wichtige Vorschläge anzuhören. Immer dasselbe. Die Bürokratie hat Vorrang. *Ordnung muss sein.* Die Züge fahren pünktlich ab, auch nach Dachau und Auschwitz.« Er nahm an seinem Pult Platz und blickte in die Klasse, so als wäre er erstaunt darüber, dort gut zwanzig Schüler zu entdecken, die ihn – von einigen Ausnahmen abgesehen – mit ängstlichem Grausen anstarrten.
Ohne Vorankündigung fing Stading an vorzulesen. Johan wusste sofort, wovon der Text handelte. Voriges Jahr hatte Stading von ähnlichen Ereignissen erzählt. Es ging um die Deportationen; er schilderte jetzt den Weg einer jüdischen Familie, die zunächst in Westerbork interniert, dann getrennt und in verschiedene Konzentrationslager gebracht wurde: Ravensbrück, Buchenwald, Auschwitz. »Vernichtungslager«, sagte Stading. »Wisst ihr, was dort geschah?«
In der Klasse war es wieder totenstill. Jeder kannte die Antwort, aber keiner wagte es, die Hand zu heben.

»Henk?«
»Dort wurden Menschen getötet, Juden.«
»Ja«, sagte Stading und fing wieder an, auf und ab zu schreiten. »Juden wurden dort getötet … ermordet … vernichtet, als seien sie keine Menschen, sondern Wesen einer minderwertigen Rasse … Ungeziefer. Mit Lastwagen oder Bulldozern schaffte man sie in die Massengräber. Wenn sie in den Lagern ankamen, wurden sie oft erst mal unter die Dusche geschickt … das dachten sie jedenfalls, aber aus den Duschen kam kein Wasser, sondern Gas, und sie starben, eng zusammengepfercht, nackt, elendig, menschenunwürdig, wie Tiere.« Er stand vor den Schülern, die Arme ausgebreitet, der Blick eher verzweifelt als wütend. Das hatte er schon des Öfteren erzählt, aber die Wiederholung schien Stading keine Probleme zu bereiten. »Aus den sterblichen Überresten wurde anschließend Seife gemacht, indem man das Fett herauskochte … aus der Haut machte man Lampenschirme … das Zahngold wurde herausgebrochen.«
Johan sah, dass einige Mädchen sich die Ohren zuhielten und die Augen geschlossen hatten.
»Und das alles nach Hunderten von Jahren voller Krieg und sinnloser Gewalt, nach dem Ersten Weltkrieg … und ihr wisst, was in den Schützengraben geschah, dass dort Millionen von Soldaten umkamen … das Giftgas …« Stadings Stimme überschlug sich. Er schrie beinahe, heulte halb. »Das ist unsere so genannte Zivilisation, unsere viel gerühmte Kultur. Alles tot … alles umsonst … niemand hat etwas daraus gelernt.«

»Ich muss dir etwas sagen«, sagte Trudy.
Sie gingen schnell weiter, um die anderen abzuschütteln.
»Ich glaube, ich bin … ich bin schwanger«, flüsterte sie.
»Was sagst du?«
»Schwanger … ich glaube, ich bin schwanger.« Sie hielt ihn am Arm fest, aber er ging weiter, schneller noch als vorher. Sie musste fast laufen, um mit ihm mitzuhalten.
»Ich bin schwanger, von dir«, sagte sie keuchend.
Johan fluchte.
Ziellos gingen sie durch die Straßen der Stadt, immer noch sehr schnell. Ab und zu begegneten sie Mitschülern, die ihnen erstaunt hinterherblickten. Schließlich gelangten sie in den Wilhelminapark und setzten sich dort auf eine Bank. In einiger Entfernung verfütterte eine Frau Brot an die Enten. Verschwendung, dachte Johan. Er versuchte, nur an das Brot und die Enten zu denken. Brot war wertvoll, man brauchte Marken, um es zu kaufen. Wie hatten die Enten im Park den Krieg überlebt? Bestimmt hatten eine Menge Leute versucht, sie nachts zu fangen; endlich mal wieder ein Stück Fleisch und dazu noch umsonst. Trudy klammerte sich an ihn. Er wollte sie von sich abschütteln, zugleich jedoch für immer festhalten.
Die Frau, die die Enten gefüttert hatte, kam den Weg entlang und näherte sich ihnen. Lange und ungeniert sah sie die beiden an.
Trudy war fast noch blasser als heute Morgen in der Schule; es war, als hätte sich ihre Haut in weißes, durchsichtiges Wachs verwandelt. Unter ihren Augen lagen große, dunkle Schatten. Sie war plötzlich um Jahre gealtert.
Johan fluchte erneut.

»Was sollen wir jetzt tun?«

»Ich weiß es nicht.« Er musste an Peter denken, der an jenem Sommerabend ins Ijsselmeer gegangen war. Das könnte er hier auch tun, durch die Schilfrohre und Schwertlilien hindurch, und die Enten würden schnatternd davonschwimmen. Als er bis zum Hals im Wasser stand, hatte Peter angehalten und sich verzweifelt umgesehen. Keiner hatte ein Wort gesagt. Einige Minuten später war er wieder ans Ufer gekommen. Aus irgendeinem Grund hatte Johan damals zum ersten Mal probiert, die Tür zum Leuchtturm zu öffnen. Zu seinem eigenen Erstaunen war ihm dies gelungen. Dort hatten sie sich gegenübergestanden und sich angesehen; jeder wollte vom anderen wissen, was sie nun tun sollten. Peter zitterte vor Kälte. Der Leuchtturm, dort war er auch zusammen mit Trudy gewesen. Wie gut, dass er den Schlüssel noch hatte. Den würde er nie hergeben.

»Was sollen wir jetzt tun?«

Die Art, wie Trudy ihre Frage wiederholte, ließ in Johan eine grundlose Wut aufsteigen. Er war wütend auf sie, zum ersten Mal. Woher sollte er verdammt noch mal wissen, was sie tun sollten? Was konnten sie überhaupt tun? Er seufzte einige Male tief und unterdrückte den Wunsch, einfach aufzustehen und wegzugehen. Natürlich hatte er gewusst, welche Folgen es haben konnte, wenn Trudy und er miteinander schliefen, dass aber tatsächlich etwas passieren könnte, diese Möglichkeit schien ihm in weiter Ferne zu liegen. Sie gehörte zu einer anderen Welt, nicht zu seiner.

»Ich weiß nicht, was wir jetzt tun sollen«, sagte er, wobei er die Worte nur mit Mühe über die Lippen bekam. »Hast du schon mit jemand anderem darüber gesprochen?«

Sie schüttelte den Kopf.
»Auch mit Ineke nicht?«
»Nein.«
Schweigend saßen sie auf der Bank. Es fing an zu regnen, aber Johan spürte es kaum.
»Dein Vater und deine Mutter wissen also auch noch nichts davon?«
»Nein.« Laut, fast kalt kam das Wort aus ihrem Mund.
Der Regen strömte ihm in den Kragen, seine Hose wurde nass, aber er blieb sitzen, Trudy fest an sich gedrückt.

Sytze blickte in die Runde. »Habt ihr's schon gehört?«
Johan dachte für einen Moment, dass er Trudy meinte.
»Von Stading?«, fragte Sytze.
»Nein, was ist denn passiert?«
»In der 4A ist er einfach abgehauen. Mitten im Unterricht. Vorher war Van Vliet noch in der Klasse, weil Stading so gebrüllt hat. Dem hatte sicher irgendwer Bescheid gesagt.«
»Verräter«, sagte Johan.
»Als er sich wieder beruhigt …«
»Wer hat dir das alles erzählt?«
»Ein Junge aus unserer Nachbarschaft, Kees de Bot, der ist in der 4A … Jedenfalls, er hatte sich also erst mal beruhigt, aber dann fing er plötzlich wieder an zu schreien … Stading, und er hat sein Buch zerfetzt und gesagt, dass die Schüler auch ihre Bücher zerreißen sollen. Ein paar Mädchen in der Klasse fingen an zu weinen, und dann hat Stading einige Bücher zerrissen, auch das von Kees de Bot, und ist anschließend aus der Klasse gestürmt, raus aus der Schule, raus auf die Straße, ohne Mantel und Hut.«

»Der ist komplett verrückt«, sagte Ineke.
»Wieso verrückt?«, fragte Johan.
Niemand antwortete. Johan wusste, dass sie alle an Stading dachten. Er ließ noch ein Glas herumgehen. Gestern Nacht hatte er mit einem der vielen Schlüssel die Kellertür zur Gaststätte und Spirituosenhandlung »Het Gulden Paard« geöffnet. Es war dunkel im Keller. Über sich in der Kneipe hörte er Stimmen und Gepolter. »Schöner Stoß«, sagte jemand, und dann wurde – offensichtlich mit einem Queue – mehrere Male auf den Fußboden geklopft. Er tastete sich zu einem Regal vor und steckte blind einige Flaschen ein. Bessenjenever, wie sich später herausstellte. Das süße Getränk verklebte ihm nun die Lippen.
Anfangs hatte Trudy nicht mitgetrunken, doch als das vierte Glas die Runde machte, hatte sie auch davon genippt.
»Was sollen wir denn jetzt machen?«, fragte Sytze. In seiner Stimme schwang Ratlosigkeit mit.
Niemand sagte etwas, weil keiner wusste, was sie tun sollten, so viel war Johan klar. Die anderen wussten auch nicht, dass Trudy ihm heute dieselbe Frage gestellt hatte. Er schenkte noch einmal nach.
»Gibt es denn noch etwas zu tun?«, fragte Peter.
Johan stand auf und nahm eine der Kerzen. Das Licht in seiner Hand wanderte durch den Raum. »Es ist sinnlos … es hat keinen Zweck. Die Zeit heilt nicht alle Wunden, sie schlägt sie. Schaut euch nur Stading an. Sobald man wirklich weiß, was los ist, muss man den Mund halten …« Er dachte an Stading, allein in dem großen Haus in der Waagstraat. Wie verbrachte Stading den Abend? Wie brachte er die lange Nacht hinter sich? Wie die ewig langen Stunden des frühen Morgens?

»Ich geh nicht mehr zur Schule«, sagte Henk. »Was soll ich da?«
»Was willst du sonst tun?«
»Nichts.«
Johan füllte das Glas wieder. Das war sein Vorrecht. Heute tranken sie schneller als sonst. Jederzeit könnte er den Keller von »Het Gulden Paard« plündern. Schon spürte er, wie der Alkohol in seinem Blut zu glühen anfing, aber den Gedanken an den Embryo in Trudys Schoß konnte er damit nicht verscheuchen. Es war unvorstellbar, dass er Vater werden sollte, dass Trudy ein Kind gebären würde. Einen Moment lang dachte er an seine Schwester und ihr Baby … seine Mutter … das Stillen … und die Witze von Herman, die keine waren. Außerdem wollte er kein Kind in diese Welt setzen; einem anderen Menschen konnte er dieses Leben nicht zumuten. In ein paar Jahren würde es wieder Krieg geben, dann würden die Menschen sich wieder gegenseitig umbringen. Und wozu? Für nichts und wieder nichts, weil sie von einer Wahnvorstellung besessen waren, weil sie irgendeinem Verrückten hinterherliefen, jemandem, der noch hundertmal verrückter war als Stading, der aber frei herumlaufen durfte.
Er sah hinüber zu Trudy, die schön, aber traurig aussah. Was mussten sie tun, wenn sie kein Kind haben wollten? Andeutungsweise hatte er zwar schon mal gehört, dass es Möglichkeiten gab, den Embryo wieder zu entfernen. Aber wie und wo das gemacht wurde, davon hatte er keine Ahnung. Vielleicht sollte man einen Arzt fragen, aber wem konnten sie vertrauen? Er nahm noch einen Schluck. Glücklicherweise hatte Henk noch Zigaretten.

»Ich geh auch nicht mehr zur Schule«, sagte Peter. »Mich haben sie da zum letzten Mal gesehen.«
»Es hat sowieso keinen Sinn«, sagte Sytze.
Johan schloss die Augen. »Das ganze Leben hat keinen Sinn.«
Eine Weile blieb es still. Johan wiederholte, was er gesagt hatte, und noch immer ging niemand darauf ein. Er sah die anderen an, und im flackernden Kerzenlicht konnte er auf ihren Gesichtern nur Zustimmung entdecken. Tiefste uneingeschränkte Zustimmung.

27

Wir wollten uns auf neutralem Gebiet treffen, im Bahnhofsrestaurant. Die schönen Bogenlampen und die Holzvertäfelung hatte man entfernt, damit es genauso aussah wie in allen anderen Bahnhofsrestaurants in den Niederlanden. Eine Karte, die auf dem Tisch stand, informierte darüber, welches Menü im Angebot war: Hähnchenschnitzel mit gebratener Gemüsefantasie, Früchtekompott und Dauphin-Kartoffeln. Dessert des Monats war Orangencreme. Es gab Menschen in meinem Alter, die gingen zum Essen in so ein Bahnhofsrestaurant.

Ich war eine halbe Stunde zu früh und versuchte mich auf die Morgenzeitung zu konzentrieren. Natürlich gab es wieder Artikel über die bevorstehenden Befreiungsfeierlichkeiten. Geldermalsen war mit dem Beschluss zum Bau der Eisenbahnlinie durch die Betuweebene nicht einverstanden und wollte dagegen vorgehen. Es wurde gefordert, der Justiz endlich per Gesetz zu ermöglichen, gefährdete Zeugen in Sicherheit zu bringen. Gefährdete Zeugen, das waren wir damals nicht gewesen. Und dennoch hatte ich mich bedroht gefühlt. Dem Artikel zufolge hatte die Justiz Zeugen in ein Schutzprogramm aufgenommen. Einige hatten sogar eine neue Identität bekommen.

So etwas Ähnliches hatte man im Prinzip mit mir auch machen wollen, als ich nach Amsterdam geschickt wurde. Dort könnte ich noch einmal von vorne anfangen, wie meine Mutter sich ausgedrückt hatte.

Ich blätterte weiter. »Junge bei Warnung vor Unfall überfahren«, las ich. »Ein neunjähriger Junge aus Voorburg ist Dienstagabend auf der A 12 bei Woerden ums Leben gekommen, als er Autofahrer vor einem Unfall warnen wollte. Der Junge saß gemeinsam mit seinem Bruder und den Eltern im Auto, als die Mutter die Kontrolle über das Fahrzeug verlor. Der Wagen überschlug sich und rollte die Böschung hinab. Die beiden Kinder wurden aus dem Wagen geschleudert, der Ältere wollte den nachfolgenden Verkehr warnen. Die Eltern des verunglückten Jungen wurden ins Woerdener Krankenhaus eingeliefert.« Ich ging nach draußen, hinaus auf die Hafenmole, um den Wind und das Wasser zu spüren. Dann ging ich wieder hinein.

Im Restaurant saß Astrid bereits bei einer Tasse Kaffee, zufällig ausgerechnet an dem Tisch, an dem vorher auch ich gesessen hatte. Mit prüfendem Blick betrachtete sie meine bordeauxrote Jacke, das neue Hemd, die Leinenhose. Sie sagte nichts dazu, doch ihr Blick war sehr kritisch: eitler, alter Mann, der unbedingt flott aussehen möchte. Oder las ich dies bloß in ihren Blick hinein?

Ich bestellte mir noch einen Kaffee. Schweigend saßen wir da. Offensichtlich hatte sich nicht sehr viel geändert. Ab und zu sah Astrid mich an, aber wenn ich ihr in die Augen schaute, wandte sie rasch den Blick ab. Ich hatte den Eindruck, dass sie sich vor mir fürchtete, vor dem, der ich in den wenigen Tagen hier geworden war. Am Telefon hatte ich nur gesagt, dass ich mit ihr reden wolle, dass es so nicht weitergehen könne. Sie hatte mich gefragt, ob ich nach Amsterdam kommen

wolle, aber dazu hatte ich keine Lust. Etwas wäre dann unterbrochen worden, eine Linie, der ich gerade folgte.
So, schweigend, konnten wir einander stundenlang gegenübersitzen, darin hatten wir Übung. Es schien mir das Beste zu sein, ihr kurz und knapp mein Anliegen zu unterbreiten, nicht wie die Katze um den heißen Brei herumzustreichen, keine einleitenden Bemerkungen, keine feinsinnigen Nuancierungen, die schon von vornherein Raum ließen für umständliche Verhandlungen. »Ich möchte mich scheiden lassen.«
Sie tat, als habe sie mich nicht gehört.
»Ich möchte, dass unsere Ehe aufgelöst wird«, sagte ich etwas lauter. Der Ausdruck klang lächerlich formell in meinen Ohren.
»Ich habe durchaus gehört, was du gesagt hast. Ich bin nicht taub.«
Danach war es wieder still. Astrid rührte in ihrer leeren Tasse herum. Ich fragte sie, ob sie noch Kaffee wolle, aber sie schüttelte den Kopf, einen verbitterten Zug um den Mund. Ich wusste, dass es rücksichtslos von mir war, sie hier mit meinem Wunsch nach Scheidung zu überfallen, aber sonst hätte ich es nicht über mich gebracht. In unserer Wohnung hätte ich diese Worte nie aussprechen können.
»Ich gehe mal eben zur Toilette«, sagte sie mit erstickter Stimme.
Fast zehn Minuten blieb sie weg. Ich wollte schon nachsehen, ob ihr etwas passiert sei – die schlimmsten Phantasien spukten mir durch den Kopf: Tod auf der Toilette –, als sie wiederkam. Sie lächelte gezwungen. »Die Scheidung also …« Sie nahm eine Serviette und riss sie mitten entzwei. »… einfach so.«
»Nein, nicht einfach so.« Ich versuchte mich an meine sorg-

fältig zurechtgelegten Argumente zu erinnern und sie in Gedanken zu ordnen, aber mir fiel nichts anderes ein als: »Mit uns, das funktioniert nicht mehr … es ist vorbei.«
»Und du glaubst, du kannst das entscheiden? Ganz allein? Dass ich da nicht mitzureden habe?«
»Ich möchte ja drüber reden«, sagte ich.
»Dein Entschluss steht aber bereits fest.« Jetzt sah sie mir direkt in die Augen.
»Mehr oder weniger«, musste ich zugeben.
»Mehr oder weniger oder hundertprozentig?«
»Eigentlich schon hundertprozentig.«
Sie sah mich mit großen, zornigen Augen an. »Hast du eine andere?«, fragte sie nach einer Weile.
»Ich … äh …«
»Hast du eine andere? Ich meine, du wagst es, mir in so einem verdammten Bahnhofsrestaurant ins Gesicht zu sagen, dass du dich scheiden lassen willst, nachdem wir mehr als vierzig Jahre miteinander verheiratet waren … Dann kannst du mir doch auch wohl sagen, ob du eine andere hast … ob du mich mit einer anderen Frau betrügst?« Sie redete zu laut. Einige der Gäste blickten in unsere Richtung.
»Ich betrüge dich nicht«, sagte ich fast flüsternd. »Ach nein? Hast du eine andere?«
Ich nickte.
»Dann betrügst du mich sehr wohl, denn wir sind immer noch verheiratet. Ehebruch nennt man das.«
Während sie dies sagte, schluchzte sie leise. »Wohnst du bei ihr?«
»Ja.«
»Hat sie dir diese Sachen gekauft?«

»Nein«, sagte ich, »die habe ich selbst ausgesucht.«

»Für sie … um ihr eine Freude zu machen.« Das war eine Feststellung, keine Frage.

»Ich habe die Sachen für mich gekauft … ich wollte mal was anderes.«

Ein höhnisches Lachen war die Antwort.

»Es wäre am besten, wenn wir uns beide einen Anwalt nehmen«, sagte ich, »möglichst bald.«

»Hast du es eilig? Hast du vielleicht eine junge Freundin, die schwanger ist? Müsst ihr heiraten?«

»Natürlich nicht.« Schwanger … meine Mutter war damals schwanger. War das der Grund für meinen Vater gewesen wegzugehen? Und was, wenn das nicht gewesen wäre, was wäre dann passiert? Wäre es mir dann besser ergangen? Hätte ich dann den scheinbar unaufhaltsam herabrollenden Felsbrocken aufhalten können? Wäre ich dann stark genug gewesen?

»Es ist bestimmt die Frau, bei der du wohnst«, sagte Astrid.

»Ja.«

»Diese Freundin von früher.« Hämisch, herablassend und zugleich aggressiv.

»Wir waren in derselben Klasse.« Was zwischen mir und Ineke war, wurde durch Astrids Worte besudelt: Das sei nur eine ganz ordinäre Jugendliebe, eine kindliche Gefühlsaufwallung, die sich wieder legen würde. Normale Menschen kämen über so was hinweg, bevor sie erwachsen wurden, während Trottel wie ich darin stecken blieben. »Und damals ist nie etwas aus euch geworden.«

»Nein«, sagte ich, »eigentlich nicht.«

»Zweite Chance.«

»So ähnlich, ja.«
»Greisensex!«
Darauf reagierte ich lieber nicht. Astrid wollte noch einen Kaffee mit Apfelstrudel haben. Sie nahm einen Bissen von dem Kuchen, ließ ihn dann aber stehen. Von ihrem Kaffee trank sie keinen Schluck. Eine Lautsprecherdurchsage meldete die Verspätung eines Zuges.
»Und ich habe jetzt also ausgedient«, sagte sie. »Ich werde jetzt einfach beiseite gestellt. Du glaubst doch nicht, dass ich das einfach so hinnehme?«
Ich sagte nichts.
»Alles, was du geworden bist, bist du durch mich geworden, durch meine Familie, durch uns. Du hattest von nichts eine Ahnung, von absolut gar nichts. Dass du in die Firma eintreten konntest, das war eine Gunst, die Papa dir gewährte. Und anschließend hast du den Karren in den Dreck gefahren.«
»Aber dein Bruder hat …«
»Natürlich, gib Hein nur die Schuld an allem. Der kann sich ja nicht mehr wehren.«
Sie schob die Tasse von sich.
»Schau, für eine Scheidung müssen wir …«, fing ich an.
Astrid unterbrach mich. »Du hast mir nie von ihr erzählt, nie von früher berichtet, als du hier zur Schule gingst. Zur HBS, stimmt's?«
Ich nickte. »Es gab nie einen Anlass dazu.« Ich erinnerte mich, dass Astrid mal aus ihrer Schulzeit erzählt hatte, von einem Jungen, mit dem sie »gegangen« war. Einen Sonntag bei ihren Eltern, einen bei seinen Eltern. Sie hatte erzählt, dass er sie nur geküsst hatte. An mehr konnte ich mich nicht erinnern.

»Ich möchte sie kennen lernen«, sagte Astrid. »Ich will mit ihr reden.«
Ich erschrak; ein solches Treffen hatte ich nicht eingeplant. Schon stand Astrid auf. »Also, können wir gehen?«
Ich gab ihr ein Zeichen, sich wieder hinzusetzen. »Warum? Warum willst du sie sehen? Es geht überhaupt nicht um sie … es geht um uns.« Ich hielt einen Moment inne, weil ein Mann, der zwei schwere Koffer schleppte, an uns vorbeiging. »Es ist aus zwischen uns. Schon seit Jahren führen wir keine echte Ehe mehr. Alles ist leer … es hat keinen Sinn.«
Astrid tat so, als habe sie mich nicht gehört. »Wie heißt sie?«
»Ineke«, sagte ich widerwillig.
»Wollen wir dann gleich mal zu Ineke gehen?«

28

»13. Oktober. Ich fürchte mich. Vor allem. Vor dem, was passieren kann, und vor dem, was passieren wird. Und ich verstehe es nicht. Vielleicht aber auch doch. Gestern Abend war ich bei Trudy, und sie hat mir erzählt, dass sie schwanger ist und dass Johan nicht darüber reden will. Dass sie nicht weiß, was sie jetzt tun soll. Ihr Vater und ihre Mutter wissen noch nichts davon. Sie ist jetzt ungefähr im zweiten Monat, man sieht also noch nichts. Für einen Moment dachte ich, dass man sich freuen sollte, wenn man ein Kind bekommt. Das wollte ich Trudy sagen, aber ich konnte es nicht.«

Sie las das, was sie bis jetzt geschrieben hatte, noch einmal. Unten rief jemand nach ihr. »Ineke!« Sie blieb regungslos sitzen, mit angehaltenem Atem. »Ineke! Nein, Opa, lass gut sein … du kannst nicht mehr nach oben.« Das ging von selbst vorbei. Das schon.

Sie schrieb weiter in das dicke Heft. »Trudy sagt, dass alles hoffnungslos ist. Ihre Mutter läuft ab und zu heulend durchs Haus, weil Thijs in Indonesien ist. Sie sagt, sie sei sich ganz sicher, dass er nicht lebend nach Hause kommt. Es scheint fast so, als sei es bei Trudy zu Hause immer kalt, viel kälter als draußen. Ihr Haus steht auf Grönland oder am Nordpol. Manchmal lese ich das Straßenschild, um zu sehen, ob einer dieser Orte dort genannt wird, aber da steht immer nur

Schimmelstraat. Ich fürchte mich vor ihrem Vater. Auch Trudy fürchtet sich. Ich habe ihr gesagt, sie muss zu einem Arzt gehen. Ich würde mit ihr gehen, aber sie traut sich nicht, und das kann ich sehr gut verstehen. Was sollen wir tun? Einfach weiter zur Schule gehen? Henk und Peter haben schon angekündigt, dass sie nicht mehr zur Schule gehen wollen, aber noch kommen sie. Was sollen sie sonst auch machen? Ich weiß nicht, was Peter vorhat. Ich glaube, ich bin noch immer in ihn verliebt, aber das bin ich schon so lange, dass ich mir nicht mehr sicher bin. Mache ich mir vielleicht etwas vor? Warum unternimmt er nichts? Wir sitzen zusammen, halten Händchen, und das ist alles.«

»Henk!«, tönte es jetzt von unten.

Ineke tauchte ihre Feder wieder ins Tintenfass. »Vielleicht liegt es daran, dass Sytze immer in der Nähe ist. Ich will Sytze nicht wehtun. Peter vielleicht auch nicht. Warum können wir darüber nicht reden? Wir reden immer weniger miteinander, auch wir sechs untereinander! Früher ging es in einem fort. Reden, reden, reden. Und jetzt scheint es fast so, als wäre es nicht mehr notwendig. Unser Schweigen wird immer schwerer. Zum Glück hat Sytze meist etwas zu erzählen, eine merkwürdige Geschichte aus der Zeitung oder Ähnliches. Ich fürchte mich. Damals, in den Häusern von Van Vliet, Van Baar und Damhuis, war es noch erträglich, das war ein Spiel, ein Abenteuer, aber ich weiß nicht, wo es jetzt enden wird. Heute ist Französisch ausgefallen. Am schwarzen Brett im Flur steht, dass Herr Stading krank ist. Die anderen Stunden waren langweilig, nur Damhuis war einigermaßen erträglich. Beim Turnen habe ich nicht mitgemacht. Ich habe gesagt, ich hätte Bauchschmerzen. Heute eine Klassenarbeit in Physik

zurückbekommen. Ich hatte eine Vier minus, Trudy eine Fünf plus.«
Das Licht ging aus. Unten hörte sie ihre Mutter rufen. Sie konnte natürlich die Münze für den Stromzähler wieder nicht finden.

»Frau ermordet. Ihr Mann legte die Tote anschließend auf die Eisenbahngleise. Von unserem Korrespondenten.« Sytze sah kurz von dem Zeitungsausschnitt auf, bevor er weiterlas. »Heute im Morgengrauen fand die Polizei auf dem Bahnübergang bei Birkhoven die stark verstümmelte Leiche einer ca. dreißigjährigen verheirateten Frau. Nach eingehenden Nachforschungen hat die Polizei den Ehemann der Frau verhaftet. Er ist ein Mitglied der Wachmannschaft des Lagers in Laren.«
»Ist das nicht ein Lager für NSB-Leute?«, fragte Johan.
Sytze las weiter. »Der genaue Hergang des Verbrechens ist rätselhaft und muss von der Polizei noch genauer untersucht werden. Man nimmt an, dass zunächst ein Kampf zwischen dem Mann und der Frau stattgefunden und dass der Mann anschließend das bewusstlose oder bereits tote Opfer auf die Gleise gelegt hat. Die Tote lag auf dem Bauch, und da das Verbrechen vermutlich bereits am Donnerstagabend zwischen 22 und 23 Uhr begangen wurde, haben mehrere Züge den Körper überfahren.«
Ineke schauderte. Sie sah den blanken Stahl der Schienen vor sich, die erbarmungslos herannahenden Räder. Das Geräusch des Zuges, das Geräusch des Todes. Aber für die Frau war es vielleicht auch die Lösung all ihrer Probleme. Wer weiß, wie schlecht ihre Ehe war, welche Schwierigkeiten sie mit ihrem Mann hatte?

»Donnerstagabend zwischen 22 und 23 Uhr ... Woher wollen die das so genau wissen?«
»Warum hat sich die Polizei im Morgengrauen auf die Suche gemacht? Warum an der Bahnlinie?«
»Auf dem Bahnübergang. So steht es doch da, Sytze? Da müssen schon früher Leute vorbeigekommen sein. Haben die denn nichts gesehen?«
»Frühmorgens ist es noch dunkel.«
»Birkhoven, wo liegt das überhaupt?«
»... mehrere Züge den Körper überfahren. Wie sie wohl ausgesehen hat danach?«
»... Lagerwächter in Laren ... tz tz.«
»Stell dir vor, sie war bewusstlos und wurde erst wieder wach, als der Zug schon ganz nahe war. Dass sie also praktisch vom Rattern des Zuges geweckt wurde und gerade noch sehen konnte, was im nächsten Moment passierte.«
»Aber man ist auf der Stelle tot. Mit einem Schlag ist es vorbei.«
»Ja, das ist der Vorteil.«
»Jetzt wird dieser Mann selbst in einem Gefängnis bewacht.«
»Stand da, ob sie Kinder hatten?«
»Nein ... keine Kinder.«
Plötzlich waren unten Geräusche zu hören. Schritte auf der Treppe. Stimmen. Johan versteckte die halb leere Flasche Bessenjenever unter seinem Pullover.

Zwei Polizisten kamen durch die Tür. Für einen kurzen Moment schienen sie vor der Gruppe zu erschrecken, die von einer Kerze in ihrer Mitte beleuchtet wurde. Ineke erkannte Wassink. Den anderen hatte sie noch nie gesehen.

»So, meine Damen und Herren …« Wassink ging um sie herum. »Wir haben es hier wohl mit einem klaren Fall von Hausfriedensbruch zu tun. Oder was sagst du dazu, Laarhoven?«
Der andere Polizist nickte. Hausfriedensbruch, dachte Ineke. Lächerlich! Das hier war kein Haus, und den Frieden brachen sie auch nicht. Im Gegenteil, sie saßen hier ganz friedlich zusammen.
»Wie seid ihr hier reingekommen?«
»Durch die Tür und dann die Treppe hoch.«
Wassink machte einen drohenden Schritt auf Johan zu. Er trug schwere Stiefel. »Keine blöden Bemerkungen, junger Mann. Wie seid ihr hier reingekommen? Das Gebäude ist doch abgeschlossen?«
»Mit einem Schlüssel«, sagte Johan, »einem Nachschlüssel.«
»Ach, natürlich, der Schlüsselspezialist. Das hätte ich mir denken können. Dieselben wie neulich in den Häusern der Lehrer.« Wassink fuhr mit feierlicher Stimme fort. »Wiederholungstäter also, ein schwerer Fall …«
Ineke fragte sich, wie die Polizei ihnen auf die Spur gekommen war. Vielleicht hatte man sie gesehen. Lange war es gut gegangen, aber irgendwann musste es schief gehen. Alles musste irgendwann schief gehen. »Ich muss euch bitten, nein, eigentlich befehlen, mit auf die Wache zu kommen. Dort werden wir dann die Anzeige aufnehmen.«
»Warum? Wir machen doch nichts. Wir fallen niemandem zur Last.«
»Ihr fallt niemandem zur Last?«, wiederholte Wassink. »Ihr seid hier widerrechtlich eingedrungen. Das ist genug, mehr

als genug. Und ihr habt ordentlich gequalmt hier, das riech ich doch. Das ist gefährlich, mit all dem Papier.« Wassinks Stimme klang sehr barsch. Ineke hatte den Eindruck, als blinkten seine Stiefel im Kerzenlicht ganz besonders. Wer putzte wohl die Stiefel? Wassink selbst? Seine Frau? Oder musste Maarten das machen?

»Aber wir sitzen doch hier nur rum. Und wir räumen immer alles auf.«

»Ich bin nicht hier, um mit euch zu diskutieren.«

»Aber wir haben ...«

»Mund halten. Ihr kommt mit auf die Wache, und ich bin überzeugt davon, dass diese Sache für euch noch ein Nachspiel haben wird. Vorwärts, und ein bisschen plötzlich, alles aufstehen. Wir haben nicht die ganze Nacht Zeit.«

Langsam, ganz langsam stand einer nach dem anderen auf. Johan hatte wohl nicht aufgepasst, denn die Flasche rutschte ihm aus dem Pullover und fiel zu Boden. Sie zerbrach nicht. War das ein gutes Zeichen? Aber wofür?

Fröstelnd standen sie auf dem Schulhof zusammen. Die Blicke der anderen Schüler waren noch neugieriger als sonst, aber auch abweisender. Maarten Wassink hatte natürlich dafür gesorgt, dass sich die Neuigkeiten herumsprachen. Das bereitete ihnen keine Probleme. Drei Tage waren sie nicht zur Schule gegangen. Hausarrest. Sie waren mit einem blauen Auge davongekommen, weil die Papierfabrik keine Anzeige erstatten wollte. Dafür hatte sich Trudys Vater eingesetzt. »Ich habe deine Zukunft gerettet, und die deiner so genannten Freunde auch«, hatte er ihr mindestens zwanzigmal vorgehalten. »Mit einem Vorstrafenregister hast du in unserer

Gesellschaft nichts mehr zu melden. Dann kannst du nie mehr Lehrerin werden.«
»Am liebsten hätte ich ihn um ein Vorstrafenregister angefleht«, sagte Trudy.
»Eine wunderbare Vorstellung. Dann darf man nichts mehr machen und braucht auch nichts mehr zu machen.«
Kees van der Voort durchbrach die unsichtbare Barriere. Er wandte sich an Sytze, als sähe er die anderen nicht. »Hast du schon von Stading gehört?«
»Nein, was denn? Ist er wieder da?«
Kees lachte. »Wieder da? Der kommt nie mehr wieder. Gestern Abend hat man ihn geschnappt. Maarten weiß es von seinem Vater. Er rannte über die Straße …«
»Wer? Wassink?«
»Nein, Stading, er lief splitternackt über die Straße …« Kees warf einen scheuen Blick hinüber zu Ineke und Trudy. »Er schrie und schimpfte … dass er das Monster besiegen werde … dass Hitler wiederkommen würde, aber er würde ihn besiegen … Selbst zu dritt gelang es ihnen nicht, Stading festzuhalten.«
Ineke stellte sich einen nackten Mann vor, der mit drei Angreifern rang, die ihn überwältigen wollten. Wo hielten sie ihn fest? An seinen Haaren?
Kees' Augen funkelten lüstern. »Das war eine ziemliche Keilerei. Maartens Vater ist auf die Straße geknallt. Der hat jetzt eine leichte Gehirnerschütterung.«
»Geschieht ihm recht.«
»Nach einer Weile ist es ihnen gelungen, Stading in eine Zwangsjacke zu stecken. Jetzt ist er anscheinend in Santpoort, im Irrenhaus.«

Ineke fragte sich, wie eine Zwangsjacke aussah. Wann er da wohl wieder rausdurfte? Was machte er, wenn er zur Toilette musste? Ob die anderen genauer wussten, was das war, eine Zwangsjacke? Leise fragte sie Trudy, aber die schüttelte den Kopf.

Johan fluchte.

»Den sehen wir nie mehr wieder«, sagte Kees.

»Sie könnten besser Van Vliet in eine Zwangsjacke stecken und ins Irrenhaus bringen«, sagte Henk.

»Das trauen sie sich, jemanden wie Stading …«

»Schenk noch mal ein«, bat Sytze.

»Nichts mehr da«, sagte Johan.

Ineke fror. Vor gut einem Jahr hatten sie ohne Probleme stundenlang im Bunker gesessen, aber jetzt war er nur noch ein nasskalter, ungemütlicher Raum, fast so etwas wie ein Gefängnis, mit dem Unterschied, dass sie hier rauskonnten. Aber wo sollten sie hin? Vielleicht hätte sie einen wärmeren Mantel anziehen sollen, aber ihr Wintermantel war zu klein geworden, und Marken für einen neuen hatten sie nicht. Ihre Mutter hatte vorgeschlagen, einen ihrer alten Wintermäntel umschneidern zu lassen. Der Boden war hart und schmutzig. Im Vergleich hierzu war der Speicher ein Palast gewesen. Am Nachmittag hatten Henk und Sytze schon einen Teil des Mülls weggeräumt und ein paar Kindern, die hier spielten, dermaßen Angst eingejagt, dass sie wohl nicht wiederkommen würden. Auf eine der Mauern hatte jemand *»Killroy was here«* gepinselt. »Das wird doch mit einem l geschrieben«, sagte Henk. »Das ist schlicht und einfach ein Name, der hat nichts mit *to kill* zu tun.« Die anderen wussten es nicht; Henk war der Spezialist in solchen Fragen. An einer anderen Stelle sah man auf dem bröckeligen Beton ein von einem Pfeil durchbohrtes Herz mit den Initialen JV und WM.

Zum Glück hatte Johan einen kleinen Vorrat an Alkohol angelegt, gut verwahrt in seinem »geheimen, illegalen Versteck«, wie er es nannte. Die Polizei war zwar bei ihm zu Hause gewesen, aber das hatten sie nicht gefunden. »Was die Moffen nicht geschafft haben, das haben die auch nicht geschafft«, hatte Johan stolz gesagt. Dort lagerten auch die restlichen Schlüssel. Den vom Speicher hatte er natürlich abgeben müssen.

Ineke rückte näher an Peter heran und legte eine Hand auf seinen Arm. Sytze beobachtete sie dabei. Sytze beobachtete immer alles.

Henk lenkte das Gespräch auf Stading. Sie erinnerten sich an Anekdoten, merkwürdige, grausame Geschichten, die er erzählt hatte. Ineke sah wieder Stadings glühende Augen vor sich. Warum hatte seine Frau ihn verlassen? Der Mann brauchte eine Frau, alleine kam der nicht zurecht, das war doch sonnenklar.

»Vielleicht sollten wir mal nach Santpoort fahren«, schlug Johan vor. »Ihn besuchen … um mit ihm zu reden.«

Die anderen nickten. »Ja«, sagte Henk, »gute Idee.« Aber es klang nicht sonderlich begeistert.

Draußen rauschte der Wind. Irgendein Vogel machte ein krächzendes Geräusch. Ineke schloss die Augen und wiegte ihren Körper sanft hin und her. Ob Stading noch immer in der Zwangsjacke steckte? Henk hatte ihr erzählt, wie eine Zwangsjacke aussah. Ob Stading zusammen mit anderen

Verrückten in einem Zimmer untergebracht war? Ob die ihn wohl verstanden?
»Morgen Abend will ich mich mit dir treffen«, flüsterte sie Peter übermütig ins Ohr. Das war ein Verstoß gegen die Regeln. Wenn sie alle zusammen waren, machte man so etwas nicht.
Er sah sie kurz verständnislos an. Dann nickte er.
»Wo?«
»Am Hafen. Acht Uhr.«
Plötzlich zog Johan etwas unter seinem Pullover hervor. Ineke dachte zuerst, es handele sich um eine Flasche, doch dann sah sie das matte, dunkle Metall. Obwohl Johan ihnen die Waffe natürlich schon früher gezeigt hatte, stockte ihr der Atem, und in ihrem rechten Knie fing irgendetwas an zu zittern. Jetzt, hier im Bunker, nach allem, was passiert war, schien alles anders zu sein. Diese jähe Spannung jagte ihr einen warmen Schauer durch den Körper. Johan sagte kein Wort, aber präsentierte die Pistole auf seiner geöffneten Hand, so als wolle er damit etwas sagen.
»Verdammt«, sagte Henk. »Warum hast du das Ding wieder mitgebracht?«
»Sechs Kugeln sind noch im Magazin«, sagte Johan. »Sechs Kugeln … das kann doch kein Zufall sein?«

Ineke beobachtete, wie das Wasser in endloser Bewegung gegen die Basaltblöcke schlug. Das würde ewig so weitergehen, solange das Meer nicht zugeschüttet würde. Es musste schon fast halb neun sein. Jemand näherte sich auf der Hafenmole, ein großer, schlaksiger Mann in einem weiten Regenmantel, dessen Schöße um seine Beine flatterten. Er setzte sich neben sie auf die Bank. Sie kannte ihn nicht. Als sie zur Seite sah, bemerkte sie, dass er sie anstarrte. In einem seiner Augen war ein Äderchen geplatzt.

Plötzlich legte der Mann eine Hand auf ihr Bein. Eigentlich ähnelte die Hand mehr einer Klaue. Sie war mager, die Finger waren lang und krumm.

»Kommst du mit?«, fragte der Mann. »Dann können wir schön miteinander rammeln.« Er sprach das R nicht richtig aus, und es klang mehr wie »wammeln«. Starr vor Angst saß sie da, unfähig, irgendetwas zu sagen. Endlich nahm sie allen Mut zusammen und stand auf, doch der Mann drückte sie zurück auf die Bank. Durch ihren Rock spürte sie, wie sich seine Nägel in ihren Oberschenkel bohrten. Der Mann legte seinen anderen Arm um ihre Schultern, und mit seinem Mund suchte er ihr Gesicht. Er roch nach Alkohol. Sie versuchte sich zu wehren, aber der Mann, der leise, brummende Geräusche von sich gab, war stark und unnachgiebig. Sein Mund kam immer näher.

»Du hast schon Brüste«, sagte er, »schöne, junge Brüste. Die werde ich streicheln … die Brustwarzen küssen. Und dann werde ich dich …«

Aus den Augenwinkeln sah sie, dass sich jemand der Bank näherte. Peter blieb einen Moment stehen und stürzte sich dann auf den Mann. Der verpasste Peter eine und machte sich aus dem Staub.

Keuchend ließ sich Peter neben sie auf die Bank fallen. Ineke weinte, die Tränen schossen ihr aus den Augen. So saßen sie da, minutenlang.

Er versuchte sie zu umarmen, doch sie wehrte ab.

»Warum bist du so spät gekommen?«

»Mein Vater.«
»Was ist mit deinem Vater?«
»Verdammt, mein Auge tut weh. Morgen hab ich garantiert ein Veilchen.«
Sie wollte ihre kühle, tröstende Hand auf sein Auge legen, vermochte es aber nicht. »Was ist mit deinem Vater?«
»Der ist weg … abgereist.«
»Weg? Wohin?«
»Zu Verwandten … irgendwo im Achterhoek … Winterswijk.«
»Wieso?«
»Meine Mutter … das Kind«, stieß er mühsam hervor. Er saß neben ihr, den Kopf in die Hände gestützt, die Ellbogen auf den Knien, ganz nah bei ihr und doch unerreichbar weit weg.
»Er kommt doch wieder?«, fragte sie.
Fast unmerklich schüttelte Peter den Kopf.

29

Als ich aus dem Bahnhof kam und, vorbei an den Strichjungen und ihren potenziellen Kunden, den Heroinhuren, den halben und ganzen Pennern, auf den Vorplatz trat, da quoll mir Amsterdam in all seinem schmierigen, orangen, verschwenderischen Chaos entgegen. Auf dem Bürgersteig stand ein etwa acht Jahre altes Mädchen und spielte Blockflöte. Das jedenfalls musste man annehmen, denn wegen des elektronisch verstärkten Lärms, den andere Musiker machten, war sie nicht zu hören. »Mit irer Spände kan ich mein Musikunterichd Bezalen«, stand in großen, kindlichen Filzstiftbuchstaben auf einem Karton, der an ihrem Notenständer befestigt war. Schlau von den Eltern. Vor allem die Rechtschreibfehler waren rührend und würden zusätzliche Einnahmen bringen. Vielleicht hatten sie das Schild sogar selbst geschrieben, zumindest aber hatten sie dem Kind die Wörter Buchstabe für Buchstabe diktiert.

Ich wusste, dass ich mir keinen schlechteren Tag als ausgerechnet den Geburtstag der Königin hätte aussuchen können, aber es war der einzige Tag, an dem ich so kurzfristig einen Termin bei dem Anwalt bekommen hatte. Es war der gleiche, der uns auch geholfen hatte, das Konkursverfahren abzuwickeln. Astrid war schließlich doch damit einverstanden gewesen, die Scheidung rasch über die Bühne zu bringen. »Ich möchte mich mit Ineke unter vier Augen unterhalten«, hatte sie gesagt, nachdem wir zunächst zu dritt unbehaglich zusammengesessen hatten. Ich legte mich oben mit meinem Buch aufs Bett, aber zu lesen war mir natürlich unmöglich. Nicht einmal die traumatischen Erlebnisse von Gordweil schafften es, mich abzulenken. Nach einer halben Stunde, die mir wie eine Ewigkeit erschien, kam Ineke hoch. Mir war, als hätte ich eine Prüfung abgelegt, ohne selbst anwesend zu sein. »Alles o. k.«, sagte Ineke. Astrid war bereits gegangen. Oben auf dem Treppenabsatz hatten wir uns umarmt. Jetzt konnte mir nichts mehr etwas anhaben. Das dachte ich jedenfalls.

Die Straßenbahnen fuhren nicht, und am Bahnhof standen keine Taxis. Ich würde erst ein Stück laufen müssen. Schwitzend und fluchend kämpfte ich mich durch die Menge. Überall präsentierten sich »lebende Standbilder«. Händler boten nachgemachte Antiquitäten, Fanartikel von Ajax Amsterdam, CDs und T-Shirts an.

Von einem Moment auf den anderen hörte Amsterdam in jeder Hinsicht auf, meine Stadt zu sein, und das war nicht nur eine Folge des hässlichen Plunders, der in den Straßen feilgeboten wurde. Ich betrachtete die Häuser, die Straßen, den Verkehr, als wäre ich ein Tagesausflügler aus der Drenter Heide. Wie hatte ich hier leben können, ohne verrückt zu werden?

Außerhalb des Stadtzentrums wurde es ruhiger, aber ab und zu kam ich an Straßen vorbei, wo große und kleine Verkäufer nebeneinander auf dem Bürgersteig saßen und ihre gebrauchten Sachen auf einem alten Teppich oder einfach auf dem Boden zum Verkauf anboten: Schälchen, Tassen, Schüsseln, Aschenbecher, Bücher, die niemand mehr lesen wollte, alte, verwaschene Kleidungsstücke, ein Stapel Pornohefte. Überall kramten Leute auf der Suche nach der einen Tasse, seltenen Büchern oder nach der echten Antiquität, die nicht als solche erkannt worden war. Kinder verkauften selbst gebackenen Napfkuchen. Ein Ausländer hatte einen Stand mit Döner und Hamburgern. Der fettige Gestank verursachte mir Brechreiz, und ich ging rasch weiter. Plötzlich meinte ich, Hein zu entdecken, aber das war natürlich unmöglich. Den hatten wir vor einem halben Jahr beerdigt, Astrid und ich.

In einem kleinen Park ließ sich ein Junge, der an einem Pranger stand, mit Eiern bewerfen. Drei Eier für zwei fünfzig. Wenn er getroffen wurde, fing er laut an zu gackern. Ein Stück weiter lag ein Junge auf einer Luftmatratze, eine Decke über sich. Vor ihm stand ein Teller mit ein paar Münzen und ein kleiner Karton, auf dem stand: ICH WILL IM SCHLAF REICH WERDEN. Ein etwa zwölfjähriges Mädchen hatte eine Gruppe von Leuten um sich versammelt. Sie wollte wetten: dass sie höher als das Haus dort drüben springen könne. Wenn sie die Wette verlor, würde sie jedem, der dagegen setzte, einen Gulden geben, und wenn sie gewann, bekam sie einen Gulden. Drei Leute wetteten mit. Das Mädchen machte einen kleinen Hüpfer. »So«, sagte sie, »ich bin höher als das Haus gesprungen, denn das hat sich keinen Zentimeter bewegt.«

Endlich erreichte ich das Haus des Rechtsanwalts. Er hieß Swachman. Der Name war nicht unbedingt die beste Reklame, aber vielleicht nutzte er ihn zu seinem Vorteil, weil man ihn deswegen unterschätzte. Soweit ich das beurteilen konnte, hatte er das Konkursverfahren ordentlich abgewickelt.

»Kommen Sie herein«, sagte Swachman. Er führte mich in

ein kleines, sparsam möbliertes Büro, in dem ein Schreibtisch und zwei Stühle standen. »Nehmen Sie doch Platz.« Er ordnete ein paar Papiere, die auf dem Schreibtisch lagen. »Meine Frau ist nicht da. Sie hilft der Kleinen. Die verkauft ein paar Spielsachen. Das machen ja alle Kinder, nicht?« Es klang wie eine Entschuldigung. Mir war nicht klar, warum er meinte, sich vor mir rechtfertigen zu müssen. »Sie sind im Vondelpark. Ich gehe nachher auch hin.« Er hielt mir eine Schachtel mit kleinen Zigarren hin, aber ich lehnte dankend ab. Er selbst zündete sich eine an und rauchte genussvoll. »So, eine Scheidung also«, sagte er, nachdem er wieder eine große Rauchwolke in die Luft geblasen hatte, »obwohl Sie doch nicht mehr der Jüngste sind.«

Ich befürchtete, dass er mir die Scheidung ausreden wollte. Möchten Sie das wirklich, in Ihrem Alter? Könnten Sie es nicht doch noch einmal miteinander versuchen? Und noch andere Einwände dieser Art.

»Haben Sie Gütergemeinschaft vereinbart?«

Ich ging durch das Viertel, in dem ich wohnte, und das auch schon nicht mehr mein Viertel war. Hier bemerkte man nichts mehr von dem Trubel. Ich hatte sogar den Eindruck, dass es auffällig ruhig war, ruhiger als an einem normalen Sonntag. Ein Mann telefonierte mit seinem Handy. Ich konnte genau verstehen, was er sagte, und hatte ein Gefühl, als hätte ich ihn heimlich belauscht. Warum kam mir das immer so vor, wenn ich jemandem beim Telefonieren zuhörte, nicht aber, wenn zwei Menschen sich in der Öffentlichkeit unterhielten? In der Straße, in der ich wohnte, hielt ich Ausschau nach unserem Auto, konnte aber den Opel Omega

nirgendwo entdecken. Ich stand vor der Haustür, als gerade ein Nachbar nach draußen kam.
»Tag, Herr Nachbar, wieder zurück?« Das Wort »Nachbar« sprach er wie »Narbar« aus.
Ich murmelte irgendetwas Unverständliches.
»Im Urlaub gewesen?«
»Ja, so ähnlich.«
Er sah mich forschend an. »Allein? Oder mit einer hübschen Frau?« Er blinzelte mir zu.
Am liebsten hätte ich den Kerl einfach stehen lassen, aber das erschien mir dann doch allzu unhöflich. Vor ein paar Monaten hatte ich mir bei ihm eine Bohrmaschine ausgeliehen.
»Nein, keine hübsche Frau. Ich brauchte einfach mal einen Tapetenwechsel.« Ich drückte auf die Klingel. Im gleichen Moment fiel mir ein, dass es einen merkwürdigen Eindruck machen musste, wenn ich an meiner eigenen Haustür klingelte.
»Manchmal passieren die verrücktesten Dinge, wenn man mal ein paar Tage weg ist«, sagte der Nachbar, der auch noch nicht wusste, dass er eigentlich mein Ex-Nachbar war. Seine Stimme klang Unheil verkündend. »Die verrücktesten Dinge? Wieso?«
»Tja … ich würde meine Frau nie so lange alleine lassen.«
Ich sah seine Frau vor mir. Eine kleine, dicke Person, die nach Astrids Meinung an einem krankhaften Putzzwang litt. Wenn man ihr Staubsauger und Scheuertuch ließ, konnte man sie wochenlang alleine lassen.
Ich holte meine Schlüssel aus der Tasche, sagte »Auf Wiedersehen« und öffnete die Tür.
Als ich drinnen war, sah ich, dass die Wohnung fast vollstän-

dig leer geräumt war. Ich ging durch die Zimmer. Nur die sperrigen Möbel waren noch da. Im Gästezimmer stand noch ein Karton mit Resten des Firmenarchivs. Den würde ich nachher mit rausnehmen und an den Bürgersteig stellen. Auf dem Esszimmertisch lag mein altes Fotoalbum. Ob Astrid sich das noch angesehen hatte, um zu erfahren, wie Ineke früher ausgesehen hatte? Ich blätterte es rasch durch, ohne die Fotos genau zu betrachten.

Was hatte das zu bedeuten? Die Matratze lag noch auf dem Bett, aber das Laken und die Decken waren verschwunden. Ich legte mich hin und schloss die Augen. Plötzlich war ich müde, todmüde, bis in die letzte Faser meines Körpers. Vorige Nacht war es, nachdem Ineke und ich miteinander geschlafen hatten, ein oder zwei Uhr geworden. Um halb sieben heute Morgen war ich aufgewacht. Ich schlief ein.

Es war neun Uhr, als ich aus einem unruhigen, von Angstträumen erfüllten Schlaf wieder zu mir kam. Ob Ineke beunruhigt war? Machte sie sich Sorgen? Ich hatte gesagt, dass ich am frühen Abend zurück sein würde. Vielleicht dachte sie jetzt, dass ich es mir anders überlegt hätte und bei Astrid bleiben würde. Panik durchfuhr meinen Körper. Ich wollte anrufen, doch es stellte sich heraus, dass das Telefon abgestellt war. Erst jetzt entdeckte ich, dass auf dem kleinen Tisch ein Umschlag lag. Mit großen Buchstaben stand mein Name darauf. Es war Astrids Handschrift. Ich traute mich nicht, den Umschlag zu öffnen. Sie konnte auf die gleiche Idee gekommen sein wie wir damals in unserer Verwirrung. Ich hatte sie verlassen. Vielleicht hatte dies das Fass zum Überlaufen gebracht. Sie hatte Ineke gesehen, hatte mit ihr gesprochen und wusste nun, dass es für sie vorbei war. Sie war überflüssig geworden, ausrangiert, endgültig. Vielleicht hatte ihr Ineke ja erzählt, was damals vorgefallen war, und hatte Astrid so auf die Idee gebracht. Ich schloss die Augen und sah sie schon vor mir. Buchstäblich leichenblass. In einem kalten, feuchten Raum. Das Laken wurde beiseite geschlagen, und ich musste sie identifizieren. Die Bilder kannte ich aus Fernsehkrimis.

Mit leicht zitternden Fingern öffnete ich das Kuvert. Mein Pass, mein Führerschein und eine Kontokarte waren darin; außerdem noch ein Brief. »Ich bin für ein paar Wochen zu Madelon, Astrid« lautete der Text.

Madelon, eine alte Freundin von Astrid; sie war vor ungefähr zehn Jahren aufs Dorf gezogen, in die Provinz Twente oder so.

30

Durch den Wind und den Regen wirkte es kälter, als es in Wirklichkeit war. Fröstelnd hockten sie zusammen. Den Speicher hatte man ihnen genommen; auch diesen letzten Fluchtort verwehrte man ihnen. Das war nicht gerecht, eigentlich war das sogar eine regelrechte Beleidigung. Johan war noch ein paarmal da gewesen, um nachzusehen, aber die Tür hatte jetzt ein Schloss, das er nicht knacken konnte. Im Übrigen wurden sie auch beobachtet; der Speicher wäre sowieso zu gefährlich gewesen. Der Bunker schien wie ein düsterer Ersatz. Manchmal sagte einer: »Wenn wir jetzt …« oder »Vielleicht könnten wir …« Aber auf diese Worte folgte nichts. Sie prallten an dem dunklen, kalten Schild der Unmöglichkeit ab.

Sytze versuchte sich noch mehr in sich hineinzukauern, um das bisschen Wärme, das in ihm war, festzuhalten. Er zupfte sich ein paar Haare aus; es tat fast gar nicht weh. Nachher würde er nach Hause gehen müssen. »Na, bist du auch wieder da?«, würde seine Mutter sagen, ohne dabei das Sockenstopfen zu unterbrechen. Sein Vater würde dasitzen und über der Zeitung dösen; erstaunt, aber auch böse, würde er aufsehen. Heute Morgen hatte er eine frische Wunde auf seinem Schädel gehabt, während der Schorf der vorigen noch immer nicht ganz verschwunden war. Das Radio würde natürlich eingeschaltet sein, ein Mandolinenorchester, ein Hörspiel oder ein

Sprecher, vielleicht sogar ein Pastor, denn seine Mutter bekam manchmal ganz unerwartet religiöse Anwandlungen. Sie würden nahe am Ofen sitzen, um so viel Heizkosten wie möglich zu sparen. Wenn er aber später nach Hause kam, zu spät, dann war nur noch sein Vater auf. Der saß dann im Wintermantel und mit einem dicken Schal um den Hals im Wohnzimmer. Der Ofen war inzwischen aus. Dann würden sie in Streit geraten. Irgendwann käme der Moment, in dem Sytze mit den Fäusten auf ihn losgehen würde.

»Sollen wir am Sonntag noch mal nach Santpoort fahren?«, fragte Peter, aber sonderlich begeistert klang dieser Vorschlag nicht.

»Wozu? Die lassen uns sowieso nicht rein.«

Am Sonntag zuvor hatten sie es auch versucht. Trudys Eltern hatten ihr verboten mitzufahren, so dass sie nur zu fünft waren. Aber der Portier der Nervenklinik wollte sie nicht hereinlassen. Nein, wenn sie keine Familienangehörigen waren, durften sie nicht hinein. In einiger Entfernung konnten sie Leute über den Rasen spazieren sehen, Patienten vermutlich. Sie sahen nicht aus wie Verrückte. Wie sah ein Verrückter überhaupt aus? Wenn er nachts nackt durch die Straßen lief, dann konnte man ihn leicht erkennen. Aber sonst? Gerard Meijboom, der Sohn des Milchmanns an der Ecke, der war ein bisschen merkwürdig, aber mehr auch nicht, eher noch bemitleidenswert, wenn er so hinter dem Milchwagen herschlurfte. Auf einer Bank saß ein Mann und las ein Buch. Er trug dicke Handschuhe; bestimmt war das Umblättern ziemlich schwierig. Sytze dachte an die Witze über Verrückte, die Henk früher des Öfteren erzählt hatte. Verrückte, die sich aus einem Baum fallen ließen, weil sie faule Äpfel spielten.

In Santpoort hatten sie niemanden dergleichen tun sehen. Johan hatte auf den Portier eingeredet – sie wären extra den weiten Weg gekommen –, und der hatte widerwillig zum Telefon gegriffen und den Stationsleiter angerufen. »Herr Stading darf vorläufig keinen Besuch empfangen«, hatte ihnen der Portier nach dem Telefongespräch, dessen Wortlaut sie nicht mitbekommen hatten, mitgeteilt: »Anweisung des Arztes.«

Henk hatte zwei Zigaretten. »Unter Lebensgefahr erbeutet.« Sytze bemerkte, dass Henk beim Sprechen sonderbar blinzelte.

Schweigend rauchten sie die beiden Old Macs. Johan holte die Pistole wieder hervor. Sytze fürchtete sich vor dem Ding, aber es übte auch eine seltsame Anziehungskraft auf ihn aus, eine Anziehungskraft, die ihm ein schmerzhaftes, fast krank machendes Gefühl in der Magengegend verursachte, ähnlich dem Gefühl, das er hatte, wenn er an Ineke dachte und sich vorstellte, dass sie zusammen wären. Sie saß ihm gegenüber, schaute aber unwirsch an ihm vorbei.

»Darf ich sie mal halten?«, fragte Sytze und streckte seine Hand nach der Pistole aus.

Wortlos gab Johan ihm die Waffe. Sie lag kalt und unangenehm in seiner Hand und doch irgendwie vertraut. Als hätte er schon oft eine Pistole in der Hand gehalten. Die Waffe passte auch gut zum Bunker. So fremd und bedrohlich es auch war, jetzt stimmte alles, auch dass Ineke ihn nicht ansah. Er legte den Zeigefinger auf den Abzug. Niemand sagte ein Wort. Mit aller Kraft kniff er die Augen zu, so dass es schmerzte und seltsame Farbexplosionen sich in sein Hirn entluden. Genau so würde es sein, eine kurze heftige Eruption. Wovor hatten die Menschen eigentlich Angst? Was fürchteten sie? War dieser eine Moment so schrecklich? Waren die endlos und träge dahinplätschernden Stunden etwa nicht schrecklich? Die waren doch noch viel schlimmer, weil man wusste, dass es sich in absehbarer Zeit nicht ändern würde.

Er gab die Pistole weiter an Henk, der sie lange betrachtete. Sytze wusste, dass alle sie in den Händen halten mussten; so würde die Pistole zu einem Teil von ihnen werden, zu etwas, über das man kein Wort zu verlieren brauchte, über das man also auch nicht reden musste.

Am Samstagnachmittag musste er beim Tapezieren helfen. Als er sich weigerte, prügelte sein Vater auf ihn ein. Sytze bekam einen Schlag gegen die Schulter, dann einen in den Magen. Er krümmte sich vor Schmerz.

»Ich geh nicht mit … verdammt, ich geh nicht mit«, schrie er.

Seine Mutter stand weinend daneben. »Nicht, Tonjes … nein … nicht schlagen … nicht schlagen.«

»Ich geh nicht mit«, schrie Sytze erneut.

Ein Schlag traf ihn im Gesicht, und Sytze schmeckte Blut in seinem Mund.

»Jahrelang habe ich mich für euch krumm gelegt«, sagte sein Vater erbittert. Auf seiner Stirn war eine rote, geschwollene Ader zu sehen. Gleich platzt die Ader, dachte Sytze, und er verblutet. Geschieht ihm recht. »Und jetzt möchte ich, dass du mir ein wenig hilfst, aber dafür ist der Herr sich zu schade. Du Versager! Sieh erst einmal zu, dass du dein Examen bestehst. Danach kannst du wieder mitreden!«

Sytze spürte etwas auf seiner Zunge, etwas Hartes. Er spuckte einen Zahn aus. Blut tropfte auf den Teppich. »Nicht schlagen, Tonjes … nicht schlagen.«
»Und wenn ich ihn zum Krüppel mache … Wer nicht hören will, muss fühlen. Das sagte mein Vater früher auch immer, und es hat mir nicht geschadet. Vorwärts … zieh deinen Overall an.«

Sytze war in seinem Mansardenzimmer. Früher schlief er hier zusammen mit seinem Bruder Jelle in einem französischen Bett. Vor einigen Jahren war mit ein paar Brettern eine Trennwand eingezogen worden, so dass nun beide ein eigenes Zimmerchen hatten. Sytze lag auf dem Bett und starrte auf die schräge Wand mit dem Dachfenster. Oft hatte er von diesem Fenster aus die Leute beobachtet, wenn sie sonntagmorgens zur Kirche gingen. Manchmal rief er ihnen etwas zu, und wenn sie zu ihm aufsahen, war er bereits wieder abgetaucht. Bis jemand ihn mal entdeckte und sich bei seinen Eltern beschwerte. Damals hatte er auch eine tüchtige Ohrfeige bekommen.
Am Nachmittag war er nicht mitgegangen. Brummend und schimpfend war sein Vater allein losgezogen. Sytze war nach oben geschickt worden. »Damit du wieder zur Ver … zur Besinnung kommst«, hatte sein Vater gesagt. »Du darfst erst wieder runterkommen, wenn du sagst, dass es dir Leid tut, dass du dich jetzt bessern willst.« Sein Vater redete wie Van Vliet, er wurde Van Vliet. Die Personen gingen ineinander über. Sytzes Körper schmerzte, aber er sagte nichts. Mit seiner Zunge fuhr er an den Zähnen entlang, bis er zu der Stelle kam, wo jetzt ein Zahn fehlte. An den scharfen Rändern des

abgebrochenen Zahns scheuerte er sich die Zunge wund, immer wieder, um das Blut zu schmecken.
Er versuchte an Ineke zu denken und berührte dabei sein Geschlecht. Aber es passierte nichts. Von unten drangen undeutliche Geräusche aus dem Haushalt zu ihm hinauf. Er dachte an die Waffe, an den Ausweg, den sie bot. Was sollte er sonst machen?
Er öffnete den Schrank mit der Bettwäsche. Auf dem untersten Brett lagen lauter Dinge, die seine Mutter bereits wieder zusammengehamstert hatte, obwohl man eigentlich für alles Marken brauchte und immer noch Mangel herrschte. »Man kann nie wissen, ob es nicht doch wieder Krieg gibt«, hatte sie gesagt, wobei ihr die Angst schon ins Gesicht geschrieben stand. Wenn wieder Krieg ausbrach, dann würde auch die Atombombe eingesetzt, davon war Sytze überzeugt. Von den Bomben, die über Japan abgeworfen worden waren, hatte er gehört. Was, wenn solche Dinger auch hier fielen? Dann war zum Glück alles vorbei, für jeden. Keine Schule, kein Tapezieren, keine Ineke mehr, nichts mehr. Auf der ganzen Welt würde Stille herrschen.
Im Schrank standen zwei Krüge mit Bohnen, ein Kilo Zucker und eine Tüte Salz in einer Metalldose. Daneben lagen zwei Stück Seife. Er nahm die Krüge, öffnete das Dachfenster, schob einen Stuhl darunter und ließ die Bohnen mit einem leise trommelnden Geräusch in die Regenrinne rollen. Danach waren der Zucker und das Salz an der Reihe. Eine Weile sah es so aus, als habe es geschneit, doch die weißen Körner lösten sich in dem Wasser, das in der Rinne stand, rasch auf.

»Und?«, fragte sein Vater.
»Was und?«
»Du willst doch nicht etwa schon wieder frech werden? Hast du drüber nachgedacht?« Sein Vater setzte sich zu ihm aufs Bett. Er strich sich mit der Hand über den Kopf und betastete kurz den Schorf.
»Worüber?«
»Über vorhin, dass es so nicht länger weitergehen kann.«
Sytze antwortete nicht. Er konnte den Geruch seines Vaters spüren.
»Also, hast du darüber nachgedacht?«
»Nein.«
Sytze sah, wie sein Vater die Fäuste ballte. Die Knöchel, die voller grüner Farbspritzer waren, färbten sich weiß.
»Das würde ich an deiner Stelle aber machen, junger Mann. Sonst nehme ich dich von der Schule, gleich nächste Woche, dann kannst du sofort anfangen zu arbeiten, jeden Tag. Jetzt ist die Zeit zum Arbeiten … jetzt muss unser Land wieder aufgebaut werden, jetzt gibt es Arbeit in Hülle und Fülle.«
Sytze zuckte die Achseln. Es war sowieso alles egal.
»Denk da mal drüber nach.«
Sytze hatte gehofft, dass sein Vater jetzt aufstehen und ihn wieder alleine lassen würde, aber er blieb sitzen und brummte dabei: »Arbeiten … man muss arbeiten, damit man was zu beißen hat … die gebratenen Tauben fliegen einem nicht einfach so in den Mund … man muss die Ärmel aufkrempeln … ein gesunder, holländischer Junge … das Land braucht dich.«
Der Farbgeruch, der seinen Vater umgab, erfüllte jetzt das ganze Zimmer. Nachher würde er ordentlich lüften müssen.

»Denk auch mal an deine Mutter … die schuftet den ganzen Tag für euch.«
Sytze wollte sagen, dass er um nichts gebeten hatte, aber er hielt den Mund.
»Ein bisschen Dankbarkeit wäre durchaus angebracht. Ich musste meinem Vater früher auch immer helfen. Das hat mich hart gemacht … ich habe mit zwölf arbeiten gelernt.«
Himmel, das schon wieder. Hart gearbeitet, geschuftet, von morgens sechs bis abends sechs, kaum was zu essen, immer fleißig gewesen. Sytze kannte diese Geschichte auswendig. Sein Vater legte ihm eine Hand auf die Schulter. Die Hand brannte durch den Pullover hindurch, durch die Haut, bis auf den Knochen. Wie konnte man der grauen Welt der Erwachsenen entfliehen? Stading hatte es versucht, aber ihm war es auch nicht gelungen. Sie hatten ihn sogar eingesperrt.
»Na, das renkt sich schon alles wieder ein.« Sein Vater klopfte ihm ein paarmal ermutigend auf die Schulter. Sytze presste seinen Kopf so tief wie nur möglich ins Kissen.
Endlich ging sein Vater. »Also, das nächste Mal hilfst du mir. Heute und morgen bleibst du hier … zur Strafe.«
Nie, nie mehr helfe ich dir, wollte er sagen, aber er schluckte die Worte herunter.

Außer Atem vom Laufen kam Sytze in den Bunker. Die anderen waren bereits dort.
»Du kommst spät«, sagte Johan.
Sytze berichtete von dem Streit mit seinem Vater, von dem Schlag, bei dem er einen Zahn verloren hatte, von seiner Strafe. Davon, wie er aus dem Dachfenster gekrochen und über Regenrinne und Fallrohr nach unten geklettert war. »Hier,

ein riesiges Loch in meiner Hose. Da wird sich meine Mutter freuen.« Aber er wusste, dass dies alles keine Rolle mehr spielte.

Zum Glück hatte Johan zwei Flaschen Schnaps mitgebracht. »Die letzten.«

Weil Sytze im Rückstand war, bekam er gleich ein ganzes Glas für sich allein. Der Alkohol stieg ihm schnell in den Kopf, der jetzt leichter zu werden schien, während andererseits sein Körper schwerer wurde. Es war, als würden sein Kopf und sein Körper auseinander gezogen, als gehörten sie nicht mehr so recht zusammen. »Die letzten«, dachte er. Der Vorrat ist alle. Wie würde er nachher wieder ins Haus kommen? Die Haustür war bestimmt abgeschlossen. Das Fallrohr hoch, über die Dachrinne ins Fenster, das er offen gelassen hatte? Aber war das überhaupt noch wichtig?

Schweigend saßen sie zusammen. Sytze wusste nicht, wie lange schon. Er hatte kein Zeitgefühl mehr. Zeit, die wurde nur noch von dem herumgehenden Glas bestimmt. Ein Sturzregen ging nieder. Durch die Löcher auf der Westseite regnete es nach drinnen. Sie setzten sich so weit wie möglich auf die gegenüberliegende Seite. Wenn der Frost einsetzte, konnte man es hier nicht mehr aushalten. Ach, es würde nie mehr frieren. Die Kerze flackerte im Wind. Sytze nahm noch einen Schluck, und der Schnaps wärmte seinen Körper. Es schmeckte widerlich, aber das Gefühl anschließend war herrlich.

»Wir können so nicht länger weitermachen«, sagte Johan. »Wir stecken in einer Sackgasse.«

Sytze lachte kurz auf.

»Das ist nicht zum Lachen.«

»Das ist es ja gerade«, sage Sytze. Wenn er das S aussprach, stieß er ein wenig mit der Zunge an.
Johan redete weiter. Über das Unrecht, über die Sinnlosigkeit von allem, über die Zukunft, die keine war. Seine Stimme klang monoton, und Sytze ließ sich in den Worten treiben, ließ sich mitnehmen auf ein weiches, angenehmes Bett. Was Johan wirklich sagte, hörte er nicht einmal mehr. Er hörte nur die beinahe makellose Kadenz der Töne.
Sie saßen im Kreis und reichten sich jetzt die Hände. Er saß zwischen Henk und Trudy, er fühlte ihre Hände, fühlte, wie alle sechs zu einer Person wurden. Die Kerze war nur mehr ein Stummel.
Es war unumgänglich. Eine andere Möglichkeit gab es nicht. Johan verkündete, wie sie es machen würden. Zunächst die ersten beiden, dann die folgenden zwei und schließlich die beiden Letzten. Drei mal zwei. Das klang logisch, selbstverständlich. Widerspruch war unmöglich. Drei mal zwei. Sytzes Kopf schwebte. Er sah verschwommene Flecken, merkwürdige Bewegungen. War das Angst? Aber das war doch nicht nötig. Es war am besten, das Ganze so schnell wie möglich hinter sich zu bringen. Dann war alles vorbei, dann brauchte er sich über nichts mehr Sorgen zu machen.
Johan ging hinaus und kam nach einigen Minuten wieder. Sytze sah, dass er schwankte. Wieder musste er lachen. Johan hatte sechs Stöckchen mitgebracht, zwei davon waren kürzer als die anderen. So hatten sie es verabredet. Für einen Moment wurde Sytze bewusst, dass dies alles einem Kinderspiel ähnelte. Er war der Erste, der ein kurzes Stöckchen zog, Trudy die zweite. Ein warmes Gefühl der Dankbarkeit durchströmte ihn. Er und Trudy waren die ersten Auserkorenen,

die anderen würden ihnen später folgen. Trudy saß ganz ruhig da, mit gesenktem Kopf. Sytze sah in die Runde, bis er Henks Blick begegnete. Henk brachte zaghafte Einwände vor. Wenn wir jetzt … Vielleicht könnten wir auch … Sytze kannte diese Einleitungen; es war sinnlos. Sie hatten keinerlei Bedeutung, führten zu nichts, das hatte sich schon so oft gezeigt. Er nahm einen Schluck aus dem herumgehenden Glas.
Peter widersprach Henk. Jetzt, da sie so weit gekommen waren, durften sie nicht aufgeben. Jetzt mussten sie stark sein, mussten zeigen, dass sie den Mut hatten. Die anderen sahen Peter mit einer gewissen Verwunderung an. So hatten sie ihn noch nie reden hören, mit so viel Überzeugungskraft. Sytze war ihm dankbar. Peter bestätigte, was er in seinem Herzen bereits wusste.
Sie leerten noch die letzte Flasche. Sytze fragte Peter, wie spät es sei, obwohl er wusste, dass diese Frage überflüssig war.
»Viertel vor eins, nein, zwölf vor eins.«
Die Stadt schlief. Das Leben war zum Stillstand gekommen. Nichts bewegte sich, nur der Wind.
Johan gab ihm die Pistole, erklärte kurz, wie sie funktionierte, und verließ dann mit Henk, Peter und Ineke den Bunker. So hatten sie es verabredet.
Trudy sah ihn nicht an. Er war froh, dass sie nicht weinte. Sie schien fast dankbar zu sein. Er blies die Kerze aus.

31

Als ich kurz nach halb zwölf zurückkam, war das Festprogramm bereits vorbei. In der Spoorstraat lag ein großes Stück orangefarbenen Krepppapiers quer über dem Bürgersteig. Vielleicht wurde noch irgendwo getanzt. Ich dachte an die Feste anlässlich der Befreiung, an die Musikgruppen, die damals gespielt hatten. Wie hieß diese eine Band doch gleich wieder, die wir damals am Hafen gesehen hatten? Irgendwas mit Varia oder Variationen. Den »Doelenzaal« gab es noch, aber ich wusste nicht, ob dort auch weiterhin Tanzveranstaltungen stattfanden. Ob Ineke und ich noch zusammen tanzen konnten? Die alten Schritte hervorholen, die Barendregt und seine Frau uns beigebracht hatten?

Eine Gruppe hoch aufgeschossener, offensichtlich betrunkener Jungs kam mir entgegen. Sie trugen Lederjacken und schwarze Kleider. Einige von ihnen hatten kahl rasierte Schädel. Sie stießen ein paar raue Schreie aus, aus denen ich nicht schlau wurde. Ich lief am Rand des Bürgersteigs entlang, wobei ich mich möglichst dünn machte. Einer der Jungs schaffte es dennoch, mich mit seiner harten, knochigen Schulter anzustoßen.

»He, *Alter, fuck off,* kannste nich aufpassen, eh?!«

Fassungslos sah ich ihn an. Seine Haare waren stoppelkurz; auf seiner rechten Wange hatte er eine Tätowierung. Er trug ein schwarzes T-Shirt, auf dem eine große Zeichnung zu sehen war: eine junge Frau, die auf dem Boden lag, einen verstörten Blick in den Augen, den Rock hochgeschlagen, den Slip nach unten gezogen. »*Guns n' Roses was here*« stand darunter.

Was um Himmels willen bedeutete das?

»Entschuldigung«, sagte ich.

Der Junge stieß mich erneut mit seiner harten Schulter an.

»Lass den alten Sack doch«, sagte einer der anderen, der – abgesehen von dem langen Zopf am Hinterkopf – völlig kahl war.

Ich drückte mich an den Häusern entlang und machte mich so schnell wie möglich aus dem Staub.

Seltsam, dass ich bereits jetzt den Eindruck hatte, »nach Hause« zu kommen. Vermutlich wurde dieses Gefühl dadurch verstärkt, dass die Wohnung in Amsterdam praktisch leer geräumt war. Warum hatte Astrid das getan? Wohin hatte sie all die Sachen bringen lassen? Ich musste versuchen, Madelons Adresse herauszubekommen.

Ineke hatte mir einen Schlüssel gegeben. »Dann kannst du kommen und gehen, wann du willst.« Im Haus war es still. Aber es brannte Licht. Ineke saß völlig reglos mit geschlossenen Augen im Wintergarten. Das Buch war ihr aus der Hand geglitten und zu Boden gefallen. Einen Moment lang bekam ich es wieder mit der Angst zu tun, da öffnete sie die Augen. Auffallend munter stand sie auf.

»Weißt du, dass Hermans vor einigen Tagen gestorben ist?«, fragte sie.

»Hermans? Jemand aus unserer Klasse?«

»Nein, der Schriftsteller.« Sie hob das Buch vom Boden auf.

»Hat auch viel über den Krieg geschrieben und über die Zeit danach.«
Wir tranken ein Gläschen Wein.
Ineke sagte, sie habe Angst vor dem Genuss von Alkohol. »›Alkohol macht mehr kaputt, als dir lieb ist.‹ Das ist natürlich nur ein Slogan einer Anti-Alkohol-Kampagne, ziemlich klischeehaft, aber er stimmt trotzdem.«
»›Genieße, aber trink in Maßen.‹« Auch ich sah manchmal Werbespots.
»Ja … so ungefähr.« Sie sah nicht so aus, als würde sie den Wein genießen.
»Meinst du, dass es ohne Alkohol nicht passiert wäre?«, fragte ich.
»Ich weiß nicht … vielleicht wäre dann etwas anderes passiert.« Sie sah nachdenklich vor sich hin.
Ich setzte mich neben sie aufs Sofa und streichelte sie. »Nein, jetzt nicht«, sagte sie.
»Denkst du an Trudy?« Ich rückte ein Stück von ihr ab.
»Ja, an Trudy und Sytze«, antwortete sie knapp, um dann ganz plötzlich aufgewühlt fortzufahren: »Wir sind schuld daran, weißt du. Wir waren dabei … wir haben es geschehen lassen.«
»Aber wie hätten wir es verhindern können?« Ich versuchte, meine Erinnerungslücken zu schließen, doch es gelang mir nicht. Ich brauchte Inekes Hilfe.
Starr geradeaus blickend, mit gleichmäßiger, neutraler Stimme, fing sie an zu erzählen. Ab und zu musste sie nach den richtigen Worten suchen, aber die meiste Zeit hatte es den Anschein, als erzähle sie eine Geschichte, die schon lange in ihrem Kopf bereitlag, all das, was passiert war, wie aus-

sichtslos damals alles schien und über Trudys Schwangerschaft …

»Davon wusste ich nichts.«

Sie erzählte weiter über Johan, Sytze, über sich und unsere Eltern, unsere schrecklichen Eltern mit ihren Erwartungen und Forderungen, über den Speicher, über Wassink, die Schule und das Examen, über Stading. »Erinnerst du dich noch, wie wir umsonst nach Santpoort gefahren sind?«

»Ja, natürlich … vielleicht hätte Stading uns vor all dem bewahren können.«

»Wir waren hoffnungslos verloren«, sagte sie, und zum ersten Mal schwang in ihrer Stimme ein fatalistischer Unterton mit. »Wir waren hoffnungslos verloren, weil wir selbst davon überzeugt waren, dass es so war. Als lebten wir unter einer Glocke, aus der die Luft abgesogen wurde. Manchmal saß ich oben in meinem Zimmer und hörte die Geräusche, die von unten kamen. Dann hatte ich das Gefühl, keine Luft mehr zu kriegen.«

»Magdeburger Halbkugeln, zwischen denen ein Unterdruck hergestellt wird«, sagte ich. »Wie damals bei Lakeman … da war, glaube ich, noch Krieg, als er dieses Experiment durchführte.«

Ich schenkte mir Wein nach. Ineke legte eine Hand auf ihr Glas. Sie ahnte nicht, welchen Streich Astrid mir gespielt hatte.

Aber die Sache kam mir zu lächerlich vor, als dass ich sie hätte erzählen wollen. Plötzlich fiel mir ein, dass ich das Fotoalbum in Amsterdam hatte liegen lassen.

»Eigentlich dürften wir auch nicht mehr leben. So hatten wir es verabredet. Wir haben uns nicht an die Verabredung gehalten … wir hatten einen Vertrag, wir sechs, und den haben wir gebrochen.«

»Johan hat davon angefangen, und er war es auch, der die Pistole hatte.«

Sie seufzte tief. »Es war nicht Johans Schuld, wir alle waren schuld.«

Das überzeugte mich nicht. Wir hatten uns mitziehen lassen. Letztendlich gab es einen Schuldigen. Den musste es geben. Jemand, der die ganze Sache in Gang gesetzt hatte, der der wirkliche Täter war, auch wenn er nicht den Abzug betätigt hatte. Johan, er musste der Schuldige sein. Alles deutete auf ihn hin.

»Henk versuchte das Ganze zu verhindern«, sagte Ineke. »Daran kann ich mich noch erinnern.«

Henk, ja, das konnte sehr gut sein; er war von uns allen der nüchternste, abgesehen vom Alkohol natürlich, der unser aller Hirn vernebelte. Was hatten wir auch wieder getrunken? Bessenjenever oder Zitronenjenever oder irgend so etwas. Auf jeden Fall süß.

Ineke sah mich an mit einem Blick, dem ich nicht entfliehen konnte. »Aber du hast ihm widersprochen.«

Für einen kurzen Moment dachte ich, ich hätte sie nicht richtig verstanden. »Wer? Ich?«

»Ja, du … du warst der Meinung, wir müssten den Weg bis zu Ende gehen, wir dürften keinen Rückzieher machen und lauter solche Dinge.«

»Aber hab ich denn …«

»Nein, es war nicht deine Schuld. Ich sage nur, wie es war.«

»Habe ich das wirklich gesagt?«

Ineke nickte. Bollie sprang mir auf den Schoß, aber ich setzte ihn wieder auf den Boden.
»Erzähl doch mal genau, was deiner Meinung nach passiert ist, damals im Bunker«, sagte ich.

32

Im Haus war es still. Von der Straße her hörte man den lallenden Gesang eines Betrunkenen. Vollkommen starr lag Peter auf seinem Bett, vollständig bekleidet. Es war jetzt zwei Uhr. Ihm wurde kalt, aber er legte sich nicht unter die Decke. Der Regen schlug gegen das Fenster. Immer wieder mischte sich der eigentümliche Knall, der in seinem Kopf widerhallte, in dieses Geräusch. Er hatte nicht gewusst, dass ein Pistolenschuss sich so anhört. Zu viert hatten sie ganz dicht beieinander gestanden und auf den zweiten Schuss gewartet. Eine Ewigkeit schien zu vergehen, endlose Zeit voller Angst und Verzweiflung. Aber auch voller Hoffnung. Etwas Intensiveres würden sie nie wieder erleben. Es war zugleich das Schrecklichste und das Schönste, das Schlechteste und das Beste.

Es hatte ewig gedauert. Sie redeten nicht miteinander. Dann tauchte Sytze auf, sein Gesicht war kaum wieder zu erkennen. Seine Augen, sein Mund, alles sah anders aus, als hätte sich ein plastischer Chirurg an seinem Kopf zu schaffen gemacht. Für einen Moment kam in ihnen die trügerische Hoffnung auf, dass auch Trudy in der Bunkeröffnung erscheinen würde. Unverletzt, vielleicht sogar mit einem Lächeln auf den Lippen.

Peter wusste nicht mehr, was danach passiert war. Geschrei, Weinen, gegenseitiges Festhalten, Schubsen und Schlagen.

Ineke hatte auf der Erde gelegen. »Du wolltest es tun!«, hatte er selbst heulend geschrien. »Abgesprochen ist abgesprochen«, hatte Johan ständig wiederholt. Nach einer Weile – fünf Minuten, vielleicht auch einer halben Stunde – waren sie in die Stadt zurückgegangen. Er konnte sich genau daran erinnern, wie sie auf dem Festungswall gestanden und sich nach dem Bunker umgesehen hatten, der völlig unwirklich aussah. Nichts war geschehen. Plötzlich fragte er sich, wo die Pistole geblieben war. Gleichzeitig wurde ihm bewusst, dass sie die nie mehr würden benutzen können. Dieser eine unwirkliche Knall und alles, was danach passiert war, hatten alles verändert. Paarweiser Selbstmord, das war völlig ausgeschlossen.

Sie hatten verabredet, was sie aussagen wollten. Ihre Stimmen klangen befremdlich in der Nacht, mit seltsamen, schrillen Tönen. In der Umkleidekabine am Sportplatz, dort waren sie angeblich gewesen. Johan sollte hingehen, um die Tür aufzubrechen. In einer gespenstischen Prozession waren sie sogar zum Bunker zurückgegangen, um die beiden leeren Flaschen und den Kerzenstummel zu beseitigen; die hätten sie sonst womöglich verraten, wegen der Fingerabdrücke oder so. Sie hatten sich gegenseitig angesehen. Keiner traute sich hinein. Minutenlang hatten sie dagestanden, zitternd vor Kälte, Nässe und Angst. Schließlich war Johan gegangen. Er hatte den Stummel und die Flaschen später in die Umkleidekabine gelegt. Waren sie wirklich zum Bunker zurückgegangen, oder war das nur ein Plan gewesen, den sie nicht ausgeführt hatten? Sie liefen durch die verlassenen Straßen, die der Regen in Spiegel verwandelt hatte. Sytze zitterte und bibberte, unkontrollierbar. Sie hatten ihn nach Hause gebracht und ihm beim Hochklettern geholfen. Unsicher stand er in der Regenrinne; kurz sah es so aus, als wollte er sich hinabstürzen. Vielleicht wäre das am besten gewesen.

Den ganzen Sonntag über blieb Peter im Bett.
»Ich bin krank«, sagte er zu seiner Mutter, die inzwischen im achten Monat war. Sie kam mit Tee und einem Butterbrot durch sein Zimmer gewankt, aber er wollte weder essen noch trinken. Nie wieder würde er essen oder trinken. Beim Gehen streckte sie den Bauch weit vor. Als wäre sie stolz darauf. Schmerz pochte in seinem Kopf, hinter den Augen.
Seine Mutter setzte sich zu ihm aufs Bett und legte ihm eine Hand auf die Stirn. »Kein Fieber, glaube ich.«
»Ich bin krank«, wiederholte Peter.
»Du solltest ein wenig essen und trinken. Dann wirst du schnell wieder gesund.«
»Ich werde nie mehr gesund.«
Sie kniff ihm in die Wange. »Sag nicht so komische Sachen. Du kommst zu spät nach Hause, du gehst zu spät ins Bett. Das bekommt dir nicht. Ruh dich heute nur mal tüchtig aus, dann kannst du morgen wieder in die Schule.«
»Ich geh nie wieder zur Schule.«
Seine Mutter tat, als habe sie das nicht gehört. »Immer so spät nach Hause kommen … diese Freunde, die du da hast … das geht bestimmt nicht gut.«
Er sah auf den dicken Bauch, in dem etwas herumschwamm, das eigentlich schon ein Kind war. Nicht mehr lange, dann würde es mit Blut und all dem anderen ekelhaften Zeug nach draußen kommen. Einer gestorben, ein Baby geboren. War

dann wieder alles im Gleichgewicht? »Ist Papa der Vater?«, fragte er.
»Wie bitte?«
»Ob Papa der Vater ist von dem Baby.« Mit einem Ausdruck des Abscheus zeigte er auf den Bauch seiner Mutter.
Wortlos stand seine Mutter auf und verließ das Zimmer. Sein Blick folgte wieder dem Muster auf der Tapete. Er suchte nach einer Bedeutung, einer Nachricht, einem Geheimnis, aber da war nichts, nur gewellte braune und beige Linien, die auf sich selbst verwiesen und nicht auf eine Wahrheit, die es außerhalb seines Zimmers geben musste, einer Wahrheit, nach der er gesucht hatte, die aber unauffindbar geblieben war.

Wassink sah ihn durchdringend an. Es kostete ihn äußerste Anstrengung, seinen Blick nicht zu senken. Ein anderer Polizist, der damals auch auf dem Speicher dabei gewesen war, führte Protokoll.
»Wo wart ihr am Samstagabend?«
»Das hab ich doch schon gesagt.«
»Dann sagst du's eben noch mal.« Peter wiederholte die ganze Geschichte, schleppend, stotternd und mit langen Pausen. Sie waren in der Stadt herumgezogen, waren zum Sportplatz gegangen und in die Umkleidekabine eingebrochen. »Es regnete, wir wurden klatschnass.«
Wassink nickte. »Der Einbruch wurde bereits am Sonntagmorgen entdeckt. Und weiter?«
»So gegen eins sind wir nach Hause gegangen.«
»Ja, ja, so gegen eins seid ihr nach Hause gegangen. Alleine … jeder für sich?«

Er bejahte.

»Ihr habt also nicht erst die Damen nach Hause gebracht?«

»Ineke ist natürlich zusammen mit Henk gegangen, er ist ihr Bruder.«

»Mit ihrem Bruder … und Trudy ging alleine?«

»Ja … Trudy ging alleine.«

Wassink kramte in den Papieren, die vor ihm auf dem Tisch lagen. »Wo habt ihr euch getrennt?«

»Äh … wo …?« Er versuchte nachzudenken. Hatten sie dazu irgendetwas vereinbart? Er wusste es nicht mehr.

»Ja, wo habt ihr euch getrennt … wo habt ihr euch voneinander verabschiedet?«

»Oh … äh, auf dem Markt, glaube ich.«

»Auf dem Markt, glaubst du. Von dort ist Trudy also nach Hause gegangen. Allein?«

»Ja.«

»Aber da ist sie nie angekommen«, sagte Wassink, »jedenfalls nicht, soweit ihr Vater und ihre Mutter wissen.« Es klang wie ein Vorwurf, als ob er erwartet hätte, dass Peter Trudy gesund wieder bei ihren Eltern ablieferte.

Peter zuckte mit den Schultern.

Wieder sah Wassink ihn fragend an. »Ist was?«

»Nein … nichts. Ich bin … ich habe …«

»Natürlich, ich verstehe sehr gut, dass du jetzt vollkommen durcheinander bist, das sind wir alle. Es ist fürchterlich, was da passiert ist. Aber es ist unsere Aufgabe, den Mann, der das auf dem Gewissen hat – wenn es ein Mann war – zu verhaften, es ist unsere Aufgabe, dieses Monster einzusperren. Ein achtzehnjähriges Mädchen … ich darf nicht daran denken.

Meine eigene Tochter ist sechzehn … Anna, du kennst sie vielleicht …«

Peter schüttelte den Kopf. Wie lange würde das hier noch dauern?

»Eines steht fest, es war kein Sittlichkeitsverbrechen.« Peter wusste nicht, was Wassink damit meinte.

»Sie wurde nicht belästigt oder vergewaltigt«, ergänzte der Polizist. »Dieses Los blieb ihr erspart.«

»Zum Glück.« Jedes Wort, das er sagte, war gelogen. Alles war falsch und unaufrichtig. Es war ein Wunder, dass Wassink dies nicht bemerkte. Oder spielte der Beamte ein Spiel mit ihm, dessen Regeln er noch nicht kannte? Er wusste im Übrigen nicht einmal, worin der Unterschied zwischen »belästigt« und »vergewaltigt« bestand. Wen konnte man so etwas fragen?

»Als ihr auf dem Markt wart«, fuhr Wassink fort, »ist euch da etwas Besonderes aufgefallen?«

»Etwas Besonderes?«

»Ja, ging da noch jemand, stand irgendwo jemand rum … eben, ob noch Leute unterwegs waren. Irgendwas Auffälliges.«

»Nein, nicht dass ich wüsste.« Plötzlich fiel ihm etwas ein. »Moment, an der Ecke zur Noorderstraat stand ein Auto, ja, jetzt erinnere ich mich, ich bin daran vorbeigegangen. Der Motor lief, ein Mann saß hinterm Steuer. Er hatte einen Hut auf und rauchte eine Zigarette …«

Peter sah, dass der andere Polizist eifrig mitschrieb. Um ein Haar geriet er in den Bann seiner eigenen Geschichte und wollte weitere Details berichten, sogar die Automarke. Ein Gefühl der Erleichterung erfüllte ihn. Er wurde nicht verhört, weil man ihn im Verdacht hatte oder dergleichen, sondern weil er vielleicht Hinweise auf den Täter geben konnte. Die Polizei ahnte schlicht und einfach nicht, was wirklich passiert war.

»Hast du auch gesehen, ob der Wagen losgefahren ist, als Trudy wegging, ob er vielleicht hinter ihr hergefahren ist?«

Was hätte er darauf antworten können? Vielleicht war es am besten, sich nicht festzulegen. »Das weiß ich nicht mehr genau … ja, vielleicht.«

»Ja, vielleicht … Und der Bunker, wo man sie gefunden hat … gingt ihr da ab und zu mal hin?«

»Manchmal.«

Wassink trank einen Schluck Kaffee und starrte Peter über den Rand seiner Tasse an. Hatte er andere Angaben, andere Zeugenaussagen? Was genau hatten Johan, Ineke, Henk und Sytze erzählt? Sytze, war der nicht das schwache Glied in der Kette? Vorhin hatte er ihn kurz auf dem Flur der Polizeiwache gesehen. Sein Gesicht war aschfahl gewesen, ängstlich hatte er sich umgesehen. Ob die Polizei wohl dachte, das sei alles eine Folge des Schocks? Oder würde Sytze sofort alles erzählen, und welche Folgen würde das für sie haben?

»Was wolltet ihr überhaupt in dem Bunker? Besonders gemütlich ist es da ja nicht?«

»Einfach so, ein Platz, wo wir zusammensitzen und uns unterhalten konnten. Irgendwo mussten wir ja schließlich hin.«

»Ja, irgendwo musstet ihr schließlich hin, aber ihr hättet euch doch auch einen schöneren, einen gemütlicheren Platz suchen können.« Wieder klang aus seinen Worten so etwas wie eine Anklage heraus. Als wären sie schon dadurch, dass sie zum Bunker gegangen waren, mitschuldig an Trudys Tod.

»Du warst doch früher mit Maarten zusammen im Fußballverein? Ihr habt doch in derselben Mannschaft gespielt?«
Peter nickte.
»Aber da bist du wieder ausgetreten?«
»Ich hatte keine Lust mehr.«
»Wozu hattet ihr denn überhaupt Lust?«

Am Mittwoch gingen sie wieder zur Schule. Sytze fehlte. Vor der ersten Stunde kam Van Vliet in die Klasse. Er sprach noch einmal über das schreckliche Ereignis. »Durch brutale, mörderische Gewalt wurde eine Schülerin aus unserer Mitte gerissen, wurde ihren Eltern unsägliches Leid zugefügt. Was ist das für eine Gesellschaft, in der so etwas passieren kann? Das Ende des Krieges bedeutete offensichtlich nicht das Ende aller Gräueltaten. Das Gift steckt noch im Menschen und erzielt seine vernichtende Wirkung. Es ist außerordentlich schmerzlich, dass Trudy Bos, unsere Trudy Bos, eine Schülerin, die wir schätzten und liebten, Opfer dieses Giftes geworden ist.« Einige Mädchen weinten. Ineke starrte vor sich hin, als könnte ihr Gesicht nie wieder einen anderen Ausdruck annehmen. »Der Täter, der Unmensch, der diesen Mord auf dem Gewissen hat, wurde bisher nicht gefunden. Ich bitte euch nachdrücklich darum, alles, was ihr wisst, alles, was bei der Suche nach dem Täter weiterhelfen könnte, der Polizei mitzuteilen. Wer sich nicht so recht traut, zur Polizei zu gehen, der kann zuerst zu mir kommen.«
Während der Pause standen sie beklommen beieinander. Aus einer eigentümlichen Ehrfurcht heraus, vielleicht aber auch nur aus Angst vor dem, was ihnen anhaftete, hielten die übrigen Schüler noch größere Distanz als sonst.

»Wie es Sytze wohl geht?«, fragte Johan.
Niemand wusste es.
»Sollen wir ihn besuchen? Heute Nachmittag?«

Sytze lag unter der Decke. Er hatte einen Schlafanzug an.
»Wir wollten mal schauen, wie es dir geht«, sagte Henk, wobei er stetig mit den Augen blinzelte.
Sytze brummelte etwas. Seine Mutter betrat das kleine Zimmer, wodurch es darin noch enger wurde. Sie fragte, ob sie einen Tee wollten.
»Nachher vielleicht.«
Sytzes Mutter machte keine Anstalten, wieder nach unten zu gehen. »Es ist schrecklich«, sagte sie. »Sytze ist völlig fassungslos, nicht, Sytze?«
Sytze antwortete nicht.
Peter verspürte plötzlich ein heftiges Jucken auf dem Rücken. Er lehnte sich gegen den Türrahmen und presste sich dagegen, um so den Juckreiz zu unterdrücken.
»Vor allem für die Eltern ist es ganz schrecklich«, fuhr Sytzes Mutter fort. »Wenn sie doch nur den Mörder finden würden. Dann wäre man wenigstens einigermaßen beruhigt.«
Sie nickten, als hatten sie einen Krampf im Nacken.
»Ein Mann, der so was macht … das ist doch unvorstellbar, das ist doch mit Worten nicht zu beschreiben! Den muss man sofort an die Wand stellen, kurzerhand die Todesstrafe. Meinst du nicht auch, Peter?«
Sie standen so dicht gedrängt, dass sie ihn fast berührte. Ihr Atem roch nach gekochtem Kraut oder Rosenkohl. Er murmelte irgendetwas vor sich hin. Sytze schloss die Augen. Es sah aus, als würde er die Zähne aufeinander beißen.

»Na ja, dafür müssen sie ihn erst einmal kriegen. Sytze war vollkommen … man konnte kein Wort mehr mit ihm reden, als er von der Polizei nach Hause kam. Er hat sich gleich ins Bett gelegt. Und ist nicht wieder aufgestanden. Ich hoffe, sie finden den Mörder bald. Vielleicht könnt ihr dabei ja helfen … vielleicht habt ihr ja was gesehen?«
Niemand antwortete auf diese Frage.
»Ich werd dann gleich mal einen ordentlichen Tee machen.«
Sytzes Mutter blieb, wo sie war. Sie bückte sich und strich Sytze durchs Haar.
Peter hatte das Bedürfnis, es hinauszuschreien, dass sie es gewesen waren, alle fünf. Hört auf zu suchen, die Polizei kann nach Hause gehen, steckt uns nur ins Gefängnis, allesamt.
»So ein Mann«, fuhr Sytzes Mutter fort, »ist eine Gefahr für die Gesellschaft. Er hätte sich genauso gut auch jemand anders aussuchen können … dich zum Beispiel, Ineke. Aber du bist natürlich mit Henk nach Hause gegangen.«
Ineke nickte kaum merklich.
»Vielleicht sucht er sich noch andere Opfer. An deiner Stelle würde ich nicht mehr alleine auf die Straße gehen, Ineke, schon gar nicht abends. Ach ja, der Tee. Den hätte ich fast vergessen … Kommt ihr nachher dann runter? Ihr mögt doch bestimmt auch ein leckeres Plätzchen dazu essen.«

Zum zweiten Mal saß Peter Wassink gegenüber. Es war fast so etwas wie eine Wiederholungsprüfung. Alle Fragen wurden noch einmal gestellt. »Wann wart ihr das letzte Mal im Bunker?«
»Ich weiß es nicht mehr … vor ein, zwei Wochen vielleicht.«
»Was habt ihr dort gemacht?«

»Nichts Besonderes … rumgesessen, uns unterhalten.«
»Du findest also nichts Besonderes daran, zu einem solchen Drecksloch zu gehen, das noch von den Moffen gebaut wurde?«
Peter zuckte mit den Schultern.
»Da geht man doch nicht zu seinem Vergnügen hin!«
»Wo sollten wir sonst hin?«, fragte Peter. »Auf den Speicher der Papierfabrik durften wir schließlich nicht mehr, oder? Obwohl wir dort niemanden gestört haben.«
»Hausfriedensbruch«, brummte Wassink leise. Dann sagte er lauter: »Ihr hättet doch einfach zu Hause bleiben und dort gemütlich zusammensitzen können, bei deinen Eltern oder bei deinen Freunden … Karten spielen … Klaberjass oder so … ab und zu ins ›Tivoli‹, einen Film gucken.«
»Dazu hatten wir keine Lust.«
Mit einer wütenden Handbewegung schob Wassink einige Papiere beiseite. »Na ja, spielt ja jetzt auch keine Rolle mehr. Um den Bunker werdet ihr ja in Zukunft bestimmt einen Bogen machen. Kommen wir noch einmal auf die fragliche Nacht zurück.«
Sie sprachen über die Umkleidekabine auf dem Sportplatz, über den Rückweg in die Stadt, ob ihnen dabei jemand aufgefallen war, über den Abschied auf dem Markt. »Ihr wart die Letzten, die Trudy lebend gesehen haben, bist du dir dessen bewusst? Abgesehen von ihrem Mörder natürlich.«

33

»FÜR SYTZE MUSS das schrecklich gewesen sein«, sagte ich. »Natürlich war es schrecklich für ihn, aber … er hat schließlich geschossen.« Ineke klang verbittert.

Ich schenkte uns beiden noch eine Tasse Tee ein. »Aber musste er deswegen …?« Meine Frage blieb unausgesprochen im Raum hängen, weil ich davor zurückschreckte, sie auszusprechen.

Ineke bestrich einen Zwieback mit Marmelade. »Hättest du es gemacht?«

»Das weiß ich nicht.«

Ich wusste es wirklich nicht. Damals schien alles so ausweglos, aber was, wenn ich vor der Entscheidung gestanden hätte, wenn Ineke und ich das erste Paar gewesen wären … »Und du?«, fragte ich.

»Ich hätte es nicht fertig gebracht … jedenfalls nicht das.« Beinahe mechanisch, ohne richtig hinzusehen, fütterte sie Bollie mit Käsestückchen.

Die ganze Zeit über hatte ich das Gefühl, dass sie mir mehr mitteilen wollte, als sie in Wirklichkeit sagte. Warum deutete sie Dinge an, über die sie dann nicht sprach? »Was meinst du damit?«

»Nichts.« Sie wirkte verärgert. »Ich muss in die Schule, in die Bibliothek. Es ist schon halb neun.«

»Aber es sind doch Ferien! Die Schule ist geschlossen, das

hast du gestern noch gesagt. Lass uns etwas Schönes unternehmen.«

»Etwas Schönes? Ich hab keine Lust auf Schönes. Ich muss übrigens heute Nachmittag in die Schule, wegen des Umzugs.« Mit ungelenken Bewegungen machte sie sich daran, das Frühstück wegzuräumen.

Die Nacht hatten wir zwar in einem Bett verbracht, aber Ineke hatte abweisend reagiert, als ich anfing, sie zu streicheln. Ganz starr hatte sie dagelegen. Vielleicht war es besser, nicht wieder und wieder in der Vergangenheit herumzustochern. Es war, als würde ich aus all den belastenden Tatsachen und bedrückenden Ereignissen, die dabei ans Tageslicht kamen, eine Mauer aufbauen. Nicht mehr lange, dann würden wir nicht mehr über die Mauer schauen können und nie mehr zueinander finden. Und dennoch konnte ich das Ganze nicht auf sich beruhen lassen. Fast fünfzig Jahre lang hatte ich alles verdrängt, und war ich dadurch glücklich geworden? Ein besserer Mensch?

Ineke ging einkaufen.

»Soll ich mitkommen?«

»Nicht nötig … ich gehe allein. So toll ist es im Supermarkt nicht.«

»Ich könnte dir tragen helfen.«

»Ich nehme meinen Shopper mit.«

»Sollte ich mich nicht langsam mal an den Haushaltskosten beteiligen?«

»Du bist mein Gast«, sagte sie in einem Ton, der alles andere als gastfreundlich war. Bedeutete das auch, dass ich mir nichts einzubilden brauchte, dass ich mir all meine Zukunftsträume aus dem Kopf schlagen sollte? Ein Gast und sonst nichts. Von einem Moment auf den anderen könnte sie mich vor die Tür setzen. Dann hätte ich alles verloren.

Als Ineke weg war, fing ich an herumzutelefonieren. Madelon, wie kam ich an die Nummer von Madelon? Zuerst rief ich einige von Astrids Freundinnen in Amsterdam an. »Das wundert mich gar nicht, dass sie weg ist«, sagte Yvonne, die oft mit Astrid in die Oper gegangen war, »so, wie du sie behandelt hast …« Ich fragte lieber nicht nach, was sie damit sagen wollte. Nein, sie wüsste auch nicht, wo Madelon wohnt. Irgendwo in Friesland, meinte sie, in der Gegend von Appelscha. Ja, Drenthe könnte auch sei, aber sie hätte keine Ahnung, wo genau.

Toos fing an zu weinen, als ich ihr erzählte, dass Astrid und ich uns getrennt hatten. »Ich hab's doch geahnt … ich hab's doch geahnt«, wiederholte sie mindestens zehnmal durch ihr Schluchzen hindurch. Wenn sie sowieso schon alles vorher wusste, warum heulte sie dann verdammt noch mal rum wie ein Teenager mit Liebeskummer? Und überhaupt, warum hatte sie es uns dann nicht schon früher gesagt? Vor drei Monaten oder so waren wir an einem Sonntagnachmittag bei ihr zum Kaffee eingeladen gewesen. Fast eine Stunde lang hatten wir uns anhören müssen, wie sie das Hohelied auf ihren verstorbenen Mann Barend sang. Barend hier und Barend da. Dabei wusste ich, dass er Toos jahrelang betrogen hatte. Er hatte eine Freundin gehabt, eine junge Frau, die in seiner Firma arbeitete und für die er ein hübsches Apartment an der Brouwersgracht gemietet hatte. Über fünfzehnhundert Gulden Miete pro Monat, wie er mir mit einer Mischung aus Schuldgefühl und Stolz erzählt hatte.

José wusste, wo Madelon wohnte. In Emmen. Über die Auskunft verschaffte ich mir ihre Telefonnummer. Minutenlang saß ich da mit dem Telefonhörer in der Hand, ehe ich mich traute, die Nummer einzutippen. Warum sollte ich mich mit ihr in Verbindung setzen? Zu welchem Zweck? Die paar Bilder, das Bettzeug, das Geschirr, das alles konnte mir gestohlen bleiben, sogar meine Kleidung. Aber schließlich war meine Neugier doch größer als meine Gleichgültigkeit. Als ich anrief, nahm niemand ab.

»Wir wurden von Wassink verhört«, sagte ich, »dem Vater von Maarten Wassink.«
»Ja, Wassink«, sagte Johan. Auf seinem zerfurchten Gesicht lag der eisgraue Schatten eines Stoppelbarts, der seit ein paar Tagen kein Rasiermesser gesehen hatte. »Ich wüsste zu gerne, was Sytze ihm erzählt hat.«
Johan goss sich noch etwas Jenever ins Glas. Er hatte unwirsch reagiert, als ich dankend ablehnte. Dabei musste er es doch eigentlich gewohnt sein, allein zu trinken. Einen Moment lang fürchtete ich, dass er mich wieder beim Kragen packen und zwingen würde, mitzutrinken.
»Sytze und ich sind uns damals auf dem Flur der Polizeiwache begegnet«, sagte ich. »Die Wache lag doch in der Noorderstraat, nicht?«
Johan nickte.
»Findest du es nicht auch zynisch, dass die Polizeiwache jetzt in unserer alten Schule untergebracht ist?«
»Ach …«
»Sytze muss in Panik geraten sein, Angst bekommen haben. Vielleicht hatte Wassink schon eine bestimmte Vermutung.«

»Ja, vielleicht.« Johan schaute an mir vorbei, wahrscheinlich direkt in die Vergangenheit. Ich wollte wissen, was er dort sah, ich musste es wissen.

»Wir hätten ihn damals nicht noch stärker unter Druck setzen dürfen«, sagte ich. »Er war so schwach. Ich sehe ihn heute noch vor mir. Wenn du mich fragst, hat er danach kein Auge mehr zugemacht. Eigentlich war er schon … er war schon …«

»Was war er?«

Ich schüttelte den Kopf. »Nichts.«

Minutenlang saßen wir uns schweigend gegenüber. Ich unterbrach die Stille. »Tut es dir nicht Leid?«

»Leid?« Er sprach das Wort aus, als handele es sich um einen unbekannten Ausdruck aus einer fremden Sprache.

»Ja, tut es dir Leid … empfindest du so etwas wie Reue, so dass du alles wieder gutmachen willst?«

»Warum sollte ich?«

Er schenkte sein Glas bis zum Rand voll mit Jenever. »Wenn du so weitermachst, trinkst du dich noch zu Tode.«

»Wenn das ginge.«

34

In seinem eigenen Apparat war eine Röhre kaputt. Deshalb war Henk auf das Radio im Wohnzimmer angewiesen. Er suchte einen englischen Sender. Wegen des Rauschens und der schrillen Pfeiftöne konnte man kaum etwas verstehen, aber hartnäckig blieb Henk sitzen und lauschte. Das waren die Nachrichten. Er verstand nicht einmal die Hälfte.

»Kannst du keinen normalen Sender einstellen?«, fragte sein Vater.

»Das ist ein normaler Sender.«

»Das ist er nicht. Was soll ich mit diesem Kauderwelsch?«

»Das ist eben Englisch … die BBC.«

»Die Biebießie kann mir mal den Buckel runterrutschen.« Mit großen Schritten ging sein Vater zum Radio und drehte am Suchknopf, bis er einen niederländischen Sender gefunden hatte: »… ein mäßiger bis kräftiger Wind aus dem Südwesten, wobei es stellenweise zu Niederschlägen kommt.«

»Jetzt habe ich, verdammt noch mal, den halben Wetterbericht verpasst.«

»Ein mäßiger bis kräftiger Wind aus dem Südwesten, wobei es stellenweise zu Niederschlägen kommt«, wiederholte Henk.

»Hören Sie nun das ›Orchester Gregor Serban‹ mit ungarischen Melodien«, klang es aus dem Radio. »Zunächst …«

Sein Vater schaltete das Radio aus.

»Ich geh mal kurz an die frische Luft«, sagte Henk.
»Du bleibst zu Hause, nicht, Mutter?«
Seine Mutter war beim Bügeln. Sie antwortete nicht. »Du bleibst zu Hause«, wiederholte sein Vater. »Sonst gehst du ja doch nur wieder zu deinen Freunden, und dann passiert wieder etwas Schlimmes. Wenn ihr zusammen seid, ist immer etwas.«
»Ich will doch nur …«
»Hol neue Kohlen. Und bring auch gleich ein paar Briketts mit.«
In dem Schuppen, der ans Haus angebaut war, füllte Henk den Kohleneimer. Briketts lagen in der Spülküche. Dann setzte er sich in den Sessel beim Ofen und starrte in die Flammen hinter dem feuerfesten Fensterchen. Alles verbrannte, alles ging in Rauch auf. Ineke war oben in ihrem Zimmer. Ein paarmal hatte er versucht, mit ihr zu reden, aber sie verharrte in ihrem fiebrigen Schweigen und sah mit leerem Blick an ihm vorbei. Es wäre ihm lieber gewesen, sie hätte ihn ausgeschimpft oder ihm Vorwürfe gemacht. Alles lieber als dieses Schweigen. Wenn sie beim Essen waren und ihre Eltern anfingen, über Trudy zu reden, stand sie auf und ging hinaus. Dreimal war das schon vorgekommen.
Aus dem Hinterzimmer war Opas Stimme zu hören. Er führte Selbstgespräche: »… müssen sie die Maschinen ans Ufer bringen … aber die Laken, die kommen aus Appingedam … das sagt der Bürgermeister …«
Gestern waren sie auf Trudys Beerdigung gewesen. Es war, als würden sie von allen angestarrt, als könnte man es ihnen ansehen. Er erwartete, dass jeden Augenblick jemand vortreten, mit dem Finger auf sie zeigen und sie beschuldigen wür-

de. Sytze war nicht dabei, er lag krank im Bett. Konnte das Verdacht erregen? Ein Onkel Trudys und ein Pastor hatten am Sarg gesprochen. Henk hatte versucht abzuschalten, er wollte nicht hören, was sie zu sagen hatten. Auf dem Friedhof hatte er Ineke zum ersten Mal weinen sehen. Als kämen alle bisher unterdrückten Tränen zum Vorschein. Als sie mit unsicheren Schritten an das Grab trat, um eine Hand voll Erde hinunterzuwerfen, fürchtete er, sie würde sich auf den Sarg stürzen.

Sein Vater las Zeitung. Alles würde seinen gewohnten Gang gehen. Er würde beim Lesen der Artikel murmelnde Geräusche von sich geben oder sagen: »Tztztz!« oder »Jungejungejunge!« Und dann würde seine Mutter fragen: »Was gibt's, Toon?« Woraufhin sein Vater irgendeine dämliche, uninteressante Meldung aus der Zeitung vorlesen und dabei ab und zu Fehler machen würde.

Wie viele Abende musste er hier noch verbringen? Warum musste das immer so weitergehen? Angenommen, Wassink bekäme heraus, was wirklich passiert war, was dann? Waren sie mitschuldig oder etwas in der Art? Kamen sie vor Gericht? Gefängnisstrafe? Zuchthaus oder Straflager? Weg von zu Hause, das war allerdings ein verlockender Gedanke, weg von seinen Eltern, weg von Opa.

»Man soll's nicht für möglich halten …«

»Was gibt's, Toon?«

»Hör dir das an … ›Sijbekarspel … Wer hat ein Paar Handschuhe gefunden? Während der Rape … äh, während der Reparatur …‹« Sein Vater sprach das Wort wie »Ripperatur« aus. »› … eines defekten Reifens ließ ein Autofahrer aus Alkmaar am Montagabend gegenüber dem Rathaus seine Lederhandschuhe einen Augenblick lang unbeobachtet. Als er die Heimfahrt antreten wollte, waren die Handschuhe verschwunden. In Anbetracht der Tatsache, dass bis jetzt … bis zum jetzigen Zeitpunkt kein Hinweis bei der Polizei eingegangen ist, dass die Handschuhe gefunden wurden, muss davon ausgegangen werden, dass diese in dem … äh, in einem unbeobachteten Moment von einem zufällig vorbeikommenden Radfahrer oder Fußgänger gestohlen wurden.‹ So was muss einem passieren … ein Paar gute Lederhandschuhe, einfach weg.«

»Ich halt es nicht mehr aus«, sagte Sytze.

Johan stellte sich vor ihn hin. »Du musst.«

»Aber wenn ich in ein paar Tagen wieder von Wassink verhört werde und er fragt mich nach Trudy, dem Bunker …« Er lispelte jetzt weniger stark.

»Dann erzählst du das, was du vorher auch schon erzählt hast, was wir alle erzählt haben. Wir waren nicht im Bunker, wir waren auf dem Sportplatz.« Johans Stimme klang zugleich drohend und beschwörend.

Es war kalt, und ab und zu fegte ein kurzer Regenschauer über die Hafenmole. Henk fühlte, wie seine Hose die Feuchtigkeit auf der Bank aufsaugte. Sie waren zu viert: Peter, Sytze, Johan und er. Ineke war zu Hause geblieben, in ihrem Zimmer. Sie hatte gesagt, sie müsse Hausaufgaben machen. Hausaufgaben! Ein Wort aus einer anderen Welt.

»Ich kann das nicht mehr«, sagte Sytze.

Johan hockte sich hin. »Das kannst du wohl. Ich weiß, dass du es kannst, Sytze. Nie dürfen sie von unserem Plan erfahren, von unserer Absprache. Das ist unser Geheimnis!«

Sytze schüttelte den Kopf. »Das kann ich nicht ... ich muss alles erzählen.«

»Du kannst uns nicht im Stich lassen«, sagte Johan. Sytze antwortete nicht.

Johan erhob sich fluchend. Er sammelte einige herumliegende Steine auf und warf sie mit heftigen Bewegungen ins Wasser. »Gottverdammt.«

Es sah aus, als würde Sytze zusammenschrumpfen. Tränen standen in seinen Augen, er zitterte. Wütend umkreiste Johan ein paarmal die Bank. Henk wollte helfen, aber er wusste nicht, wie. Johan war natürlich nicht nur deshalb so aufgebracht, weil Sytze sie möglicherweise verraten könnte, sondern auch wegen Trudy. Johan hatte Trudy verloren, für immer. Das fachte das Feuer seiner Wut noch mehr an.

»Gottverdammt!«, schrie Johan.

»Ich muss alles erzählen«, schluchzte Sytze.

Johan packte ihn beim Mantel, riss ihn hoch und schüttelte ihn. »Das machst du nicht.«

»Aber wenn ich wieder zur Polizei muss ...«

Johan schleudert Sytze gegen die Basaltblöcke, warf sich auf ihn und packte seinen Kopf. Für einen Moment sah es so aus, als wollte er Sytzes Kopf gegen die Steine hämmern.

Ab und zu prasselte der Regen grimmig gegen das Fenster. Henk blätterte in seinem Physikbuch und landete schließlich beim »Van de Graaff«-Generator. Das Experiment, das Moorwijk damit angestellt hatte, war auch nicht vollständig gelungen. Ineke war gerade zu Annelies gegangen, die seit Anfang des Schuljahres in ihrer Klasse war. Bisher hatte Ineke sie nur nebenbei erwähnt, aber heute Abend musste sie

unbedingt ein Heft abholen, das Annelies sich von ihr geliehen hatte. Im Flur hatte Henk sich ihr in den Weg gestellt. »Warum gehst du zu Annelies? Bis jetzt fandest du sie doch ziemlich dämlich, oder?« »Halt dich da raus.« Das sagte sie in letzter Zeit immer, wenn er sie etwas fragte. Seit jener Nacht beim Bunker, seit dem verhängnisvollen Schuss hatte er nicht mehr mit ihr geredet. Jeden Versuch wehrte sie ab. Manchmal hatte er das Gefühl, in Inekes Augen von einer ansteckenden Krankheit befallen zu sein, die durch ein Gespräch übertragen werden könnte. Das jedenfalls dachte Ineke. »Was für ein Heft brauchst du denn?«, hatte er sie gefragt. »Die Notizen für Erdkunde habe ich auch.« »Lass mich.« Dies war eine häufige Variante für »Halt dich da raus«.
Manchmal hatte er für ein paar Sekunden das befreiende Gefühl, dass es gar nicht passiert sei, dass es nicht wirklich hätte passieren können, dass sie sich so etwas niemals hätten ausdenken können. Trudy lebte noch. Jeden Moment könnte sie hier ins Zimmer kommen, zusammen mit Ineke. Sie würden ihn fragen, ob er mit nach draußen käme, ins Kino, zu Johan, egal wohin. Aber nicht zum Bunker, dorthin würden sie nie wieder gehen.
Sein Vater war eingeschlafen. Die Zeitung rutschte ihm langsam vom Schoß. Ab und zu schnarchte er kurz auf.
»Vater sägt wieder ein paar Bäume um«, sagte seine Mutter und hörte kurz auf zu stricken. Sie hatte einen an den Ellbogen verschlissenen Pullover seines Vaters aufgeribbelt. Aus der Wolle strickte sie jetzt einen Pullunder für ihn. Henk hatte fast eine Viertelstunde dagesessen, die Wolle um seine Unterarme gespannt, damit seine Mutter sie zu einem Knäuel aufwickeln konnte.

Es schien, als tickte die Uhr lauter als sonst. Er versuchte, aus dem Ticken eine Warnung herauszuhören, aber eine Warnung wovor? Alles hatte irgendeine Bedeutung, sogar das röchelnde Schnarchen seines Vaters, aber wie konnte er diese Bedeutung entschlüsseln?
»So, wieder eine Reihe fertig. Wo bleibt Ineke nur? Könntest du nicht mal nachsehen, wo sie ist?« Seine Mutter schauderte. »Wenn sie so lange wegbleibt, muss ich sofort an Trudy denken, an das, was ihr passiert ist. Ineke wird doch nicht …« Sie beendete den Satz nicht. »Trudy habe ich schon eine ganze Weile nicht mehr gesehen«, sagte Opa in einem Moment erstaunlicher Geistesgegenwart, doch niemand reagierte darauf.
Henk seufzte tief. »Ineke kommt bestimmt gleich.«
»Noch eine Tasse Tee?«
»Nein danke, ich möchte nicht mehr.«
»Ich hab aber noch … eine halbe Kanne.«
Henk biss die Zähne aufeinander. »Nein, ich möchte nicht mehr. Das habe ich doch bereits gesagt!«
»Reg dich nicht auf … ich habe dich doch nur gefragt, ob du noch eine Tasse Tee möchtest.«
Er blätterte wieder in seinem Buch. Formeln, hinter denen sich Rätsel verbargen, Geheimcodes für ein anderes Leben, die Materie, die ihren eigenen Weg ging. Darüber konnten sie nicht bestimmen. Wenn Moorwijk, der nach dem Krieg ihr Physiklehrer geworden war, ein Experiment durchführte, guckte er immer sehr ernst. Missglückte es, stotterte er irgendeine Erklärung, die vor allem belegen sollte, dass er nichts dafür konnte, dass die Apparate, die Materialien oder die Stoffe nicht taugten. Vielleicht stimmte das ja auch.

Seine Mutter legte das Strickzeug aus der Hand. »Ich mache mir langsam wirklich Sorgen um Ineke. Warum gehst du nicht kurz rüber zu Annelies? Die wohnt doch hier gleich um die Ecke?«

Sein Vater wachte auf. »Was ist los?«

»Nichts … geh nur, Henk.«

Er zog den Mantel an und ging zu Annelies' Haus. Ineke? Ja, die war hier, aber sie war bereits wieder weg, seit einer Stunde oder so. Ob sie sich Sorgen machten? Nein, das nicht, sagte Henk. Vielleicht war Ineke ja noch zu jemand anders gegangen. Henk kramte in seinem Gedächtnis nach einem Namen. Ach ja, zu Jolanda.

Seine Mutter kam gleich in den Flur gelaufen. »War sie da nicht?«

Henk zog den Mantel aus. »Sie wollte noch zu Jolanda gehen.« Er hatte das Gefühl, dass er rot wurde.

»Wozu?«

»Einfach so.«

»Sie vermisst Trudy natürlich … sie ist auf der Suche nach einer Freundin. Meinst du nicht auch?«

»Henk und Ineke Duindam, Johan Smit, Peter van Galen, kommt bitte mit.«

Sie sahen sich an. Sytze, er war nicht da. Ob er alles erzählt hatte? War dies jetzt das Ende? Heute Morgen, als sich herausstellte, dass Sytze nicht kommen würde, hatte Henk bereits eine ängstliche Vorahnung befallen. Vom Unterricht hatte er nichts mitbekommen. Damhuis hatte ihn aufgerufen, aber er war nicht in der Lage gewesen, etwas zu sagen. Der Text war völlig unverständlich. Jetzt hatten sie Mathematik bei Van Baar. Wobei waren sie gerade? Stereometrie? Algebra?

Henk hielt sich an seinem Pult fest. Plötzlich kippte der Fußboden und bildete eine Schräge. Er versuchte, seinen Blick fest auf die Tafel zu richten, aber die schwarze Fläche dehnte sich aus und schrumpfte wieder zusammen. Die Figuren, die Van Baar darauf gezeichnet hatten, bewegten sich mit.

»Henk? Fehlt dir etwas?« Van Vliet stand neben ihm. »Nein, Herr Van Vliet, nichts.« Er schluckte ein paarmal, kniff krampfhaft die Augen zu und atmete tief ein und aus.

Sie folgten Van Vliet ins Direktorat. Henk wollte weglaufen, flüchten, aber mit kleinen Schritten folgte er den anderen. Jetzt würde man sie damit konfrontieren. Wieso war keine Polizei in der Schule, um sie zu verhaften? Vielleicht wartete Wassink bereits in Van Vliets Büro auf sie. Auf diese Weise wurde verhindert, dass die anderen Schüler unruhig wurden. Durch ein Fenster konnte er hinaussehen. Vor der Schule stand kein Polizeiwagen, aber man konnte sie ja auch zu Fuß zur Wache bringen. Ob man ihnen Handschellen anlegen würde? Vielleicht saß Sytze schon im Büro des Direktors. Plötzlich verspürte cr einen heftigen Druck im Darm.

»Ich muss zur Toilette, Herr Van Vliet«, stieß er mühsam hervor.

»Was sagst du, Duindam?«

»Ich muss zur Toilette, Herr Van Vliet, ganz dringend.«

»Das fällt dir aber wirklich im passenden Moment ein. Na, dann los.«

Kaum hockte er auf der Brille, als auch schon ein braun plätschernder Strom aus seinem Körper schoss. Es war, als würde er völlig leer laufen. Es wollte und wollte nicht aufhören.

Solange er hier saß, konnten die anderen nichts machen. Dies war sein eigenes Gefängnis. Auf ewig würde er hier eingesperrt bleiben, in seinem eigenen Gestank.

»Duindam, wird's bald?« Van Vliets Stimme klang ungeduldig.

»Ich bin gleich fertig, Herr Van Vliet.«

Er putze sich ab, spülte und ging zurück in den Flur. Van Vliet rümpfte die Nase, sagte aber nichts.

Außer ihnen war niemand im Direktorat. Van Vliet setzte sich hinter seinen Schreibtisch, sah sie an, schob ein paar Stifte beiseite und sah sie wieder an. »Ich habe euch aus der Klasse geholt, weil ich euch eine besonders traurige Mitteilung machen muss. Es erschien mir nicht richtig, dies im Beisein der anderen zu tun, wegen der … äh, wegen all der Gefühle.«

Van Vliet legte ein paar Blätter in eine Schublade. Es war noch gar nicht viel Zeit vergangen, seit sie in seinem Haus gewesen waren, aber es schien ihnen wie eine Ewigkeit.

»Der Tod von Trudy Bos war ein schwerer Schlag, für die Schule und besonders wahrscheinlich für euch.

Ich weiß, wie sehr ihr aneinander gehangen habt und es wohl immer noch tut. Das hat seine guten, aber auch seine schlechten Seiten, wie ich euch früher schon einmal deutlich gemacht habe.« Van Vliet sah einen nach dem anderen an. Henk folgte seinem Blick. Ineke war kreidebleich; ihre Augen waren auf den Fußboden gerichtet. »Wieder ist ein schrecklicher … hm, ein schrecklicher Unfall geschehen. Es schmerzt mich sehr, euch mitteilen zu müssen …«

Henk hörte fast gar nicht auf die Worte von Van Vliet, denn er war davon überzeugt, dass er sie nun anklagen würde. Sytze hatte alles verraten, weil er es nicht mehr aushielt. Die Taktik von Wassink, immer wieder auf dieselben Punkte zurückzukommen, hatte endlich zum Erfolg geführt. Die ständige Wiederholung hatte Sytze natürlich mürbe gemacht. Nun steckten sie in der Klemme, endgültig.

»… dass euer Freund Sytze Veenstra …«

Henk schloss die Augen.

»… gestorben ist.«

Henk wusste genau, dass er sich verhört hatte. Sytze tot, das war unmöglich. Krank ja, das schon. Er war sehr geschwächt. Er lag erschöpft zu Hause im Bett. Das hier war ein Irrtum. Henk machte ein paar unsichere Schritte nach vorne.

»Aber …«

»Ich verstehe, dass dies ein fürchterlicher Schlag für euch ist.« Van Vliet erhob sich und beugte sich vor, wobei er sich auf seinen Schreibtisch stützte.

»Aber das kann doch unmöglich sein«, sagte Henk.

»Leider ist es die Wahrheit … die bittere, harte Wahrheit.«

»Woran ist er gestorben?« Johans Stimme klang heiser. »Ein Unfall? Ist er überfahren worden oder was?«

Van Vliet schüttelte den Kopf. »Soweit wir wissen, hat Sytze Veenstra seinem Leben selbst ein Ende gemacht.«

Ein dumpfer Schlag war zu hören. Ineke war ohnmächtig geworden.

35

Ich hatte das Gefühl, mich der Lösung des Rätsels zu nähern. Immer mehr Schalen wurden entfernt. Nicht mehr lange, dann würde ich auf den Kern stoßen. Die Frage, ob ich das wirklich wollte, war inzwischen nicht mehr von Bedeutung. Es musste sein. Ineke wollte nicht mehr darüber reden. »Das bringt doch alles nichts … Es bereitet uns nur Kummer.« Je mehr ich auf sie eindrang, desto tiefer zog sie sich in ihr Schneckenhaus zurück, weg von mir, weg von dem, was passiert war. Woher kam diese Angst?

Ineke besuchte Bekannte, ein Lehrerehepaar. Ich las die letzten Seiten von *Eine Ehe in Wien*. Natürlich, so musste es ja enden, das war unvermeidlich. Thea musste sterben. Eine Weile dachte ich über Gordweil und das, was er getan hatte, nach. Der Mann war mir sympathisch geworden, wie ein guter Freund.

Unruhig, fast hektisch irrte ich durchs Haus. Bollie lief hinter mir her. Ich kam mir vor wie ein Spanner, der heimlich in einem Fotoalbum blättert; überall Fotos von Ineke, manchmal mit einem Mann – fast immer ein anderer –, an sonnigen Orten, in den Bergen, in Ruderbooten, vor einer Kathedrale, am Strand.

In einem Schrank fand ich eine Mappe mit Zeitungsartikeln, hauptsächlich über den Tod von Trudy. Ich fing an zu lesen: »Eine Welle des Mitgefühls ging am Freitag durch die Stadt,

als bekannt wurde, dass die vermisste 18-jährige Trudy Bos tot aufgefunden wurde.
In kleinen Gruppen standen die Menschen nahe der Polizeiwache zusammen, um den Fall zu diskutieren, und schon bald machten die wildesten Gerüchte die Runde. Verschiedene Personen betraten die Wache und verließen sie wieder, der Staatsanwalt erschien sehr bald, das Gebiet um den Bunker, in dem der leblose Körper unangerührt lag, war von der Polizei abgesperrt worden. Es wurden alle Maßnahmen ergriffen, um die Aufklärung dieses tragischen Todesfalls so schnell wie möglich herbeiführen zu können.« Die Aufklärung … die hatten sie nie herbeigeführt. Natürlich hatte man einen Zusammenhang zwischen Trudys und Sytzes Tod hergestellt, was aber genau passiert war, ist nie ans Tageslicht gekommen. Hinter vorgehaltener Hand erzählte man sich dies und das, es wurde getratscht, aber nur wir wussten, was Sytze getan hatte und was das für ihn bedeutet hatte.
Schuld und Sühne, hieß so nicht ein Buch irgendeines russischen Schriftstellers? Sytze hatte Buße getan, endgültig und vollständig. Mir wurde erst jetzt klar, dass ich trotz allem nie damit gerechnet hatte, dass er es tun würde. Es passte nicht zu ihm. Aber vielleicht hatte das Ereignis im Bunker ihn so berührt, dass er danach nicht mehr derselbe war, und er nur noch einen Ausweg, eine Rettung sah. Heutzutage würde sich in so einem Fall ein Team von Psychiatern, Psychologen und Sozialarbeitern um uns, um Trudys Freunde, kümmern, aber früher gab es so etwas nicht, früher wurde man einfach wieder nach Hause geschickt.
In der Mappe lag auch ein Artikel über Trudys Begräbnis. »Die große Anteilnahme seitens der Bevölkerung unserer

Stadt, mit der gestern Nachmittag Trudy Bos zu Grabe getragen wurde, zeugte insbesondere vom tiefen Mitgefühl, das man der so schwer heimgesuchten Familie entgegenbringt. Eine große Anzahl von Verwandten, Freunden und Bekannten erwies dem jungen Mädchen die letzte Ehre.« Wir waren natürlich auch dort gewesen, und unsere Schuhe wogen dabei schwerer als Blei. Nur Sytze fehlte, der lag krank im Bett, hatte seine Mutter gesagt. »Ich glaube, er nimmt sich die Sache noch mehr zu Herzen als ihr. Warum, weiß ich nicht.«

Ich las weiter. Vielleicht fand ich ja irgendeinen Anhaltspunkt. »Ein Angehöriger der Familie Bos sprach einige tief empfundene, ergreifende Worte, bei denen die meisten der Anwesenden ihre Tränen nicht länger zurückhalten konnten. Als Herr Bos sich bedankte, sagte sein Händedruck mehr als tausend Worte. Pastor Kingma zelebrierte die Beerdigungsfeierlichkeiten, und anschließend verließen alle tief betroffen den Friedhof.« Ich hatte tatsächlich noch nie so viele Menschen weinen sehen wie bei diesem Begräbnis, aber bei mir selbst blieben die Tränen aus. Es war, als würde ich immer kälter und härter, als würde ich mich von den Menschen entfernen und sie aus großer Distanz beobachten.

Über Sytzes Tod fand ich nur einen kurzen Artikel, in dem stand, er sei »durch einen tragischen Unfall« ums Leben gekommen. Ineke hatte diese Worte rot unterstrichen. Seinen »leblosen Körper« hatte man am Fuß des Leuchtturms gefunden. Darüber, wie Sytze in den Leuchtturm hineingelangt war, stand dort nichts. Damals hatte man darüber gerätselt, weil bei Sytze kein Schlüssel gefunden worden war. Hartnäckig hielt sich das Gerücht, der Hafenmeister, der gleichzeitig auch Leuchtturmwärter war, habe den Turm nicht abgeschlossen. Der aber habe bei allem, was ihm heilig war, geschworen, dass er dies sehr wohl getan hatte, hörte ich unsere Nachbarin Masselink meiner Mutter erzählen. »Aber der kippt schon mal gern einen … und dann kann man sich den Rest ja denken.«

In der Mappe lagen noch einige andere Artikel. Einer hatte die Überschrift: »Basis unserer Gesellschaft ernsthaft in Gefahr. Sittliche und moralische Krise erreicht ihren Höhepunkt«. Ein anderer beschäftigte sich mit Comics und ihrem schlechten Einfluss auf Jugendliche. An die Diskussion konnte ich mich vage erinnern. »Diese Hefte legen es darauf an (und erreichen ihr Ziel, wie man unlängst festgestellt hat), sämtliche Vorstellungen von Gut und Böse bei der Jugend zu unterwandern. Was die Darstellung von Sexualität angeht, so sind sie durch die Bank obszön. Gewalt und Körperkraft werden verherrlicht. Sadistische Brutalität wird Heldentum gleichgesetzt.« Wir lasen diese Hefte kaum – vielleicht hatte Henk einige Comics von Dick Bos; den Comics konnten wir also nicht die Schuld geben.

Ich hatte die Tür nicht gehört, und ehe ich mich versah, stand Ineke im Zimmer. »So, du beschäftigst dich mit meinem Archiv, wie ich sehe.«

Ein unbestimmter Zweifel nagte an mir. Sytze hatte nicht mehr weitergewusst, aber Selbstmord? Die Ereignisse jener Tage wirbelten mir durch den Kopf. Ich bat Ineke um Papier und schrieb alles auf, was damals vorgefallen war. Die nackten Tatsachen, die musste ich mir erst einmal fein säuberlich notieren.

Sytze war zum Leuchtturm gegangen. Warum zum Leuchtturm? Weil er den mit uns, mit Trudy in Verbindung brachte? Wollte er sich die tödliche Strafe aus diesem Grund dort auferlegen? In Gedanken versuchte ich, Sytze auf seinem Weg von zu Hause zum Leuchtturm zu folgen. Konnte er noch irgendetwas denken, oder sah er alles nur noch schwarz? Wenn wir an jenem Abend bei ihm gewesen wären, hätten wir ihn dann davon abbringen können? Was hatte ich überhaupt an dem Abend gemacht? Wo war ich gewesen?

Ich fragte Ineke, ob sie sich noch daran erinnern könnte, was sie am Abend von Sytzes Tod getan hatte. Leicht irritiert legte sie ihr Buch beiseite, zuckte die Achseln und sagte, das wüsste sie nicht mehr. »Ich war wahrscheinlich zu Hause … ich werde wohl Hausaufgaben gemacht haben.«

»Vielleicht hätten wir Sytze davon abhalten können. Wenn wir es versucht hätten …«

»Wir haben es aber nicht versucht.« Sie nahm das Buch wieder zur Hand.

Ich las noch einmal, was ich aufgeschrieben hatte. Mittwoch: Sytze am Ende. Gefahr, dass er es nicht mehr aushält und alles der Polizei erzählt. Abends zu viert beim Leuchtturm. Johan ist wütend auf Sytze, aggressiv.

In Gedanken wiederholte ich die letzten Worte. Johan ist wütend auf Sytze, aggressiv. Plötzlich hatte ich wieder klar und deutlich vor Augen, was an diesem Abend passiert war. Als wäre es gestern geschehen. Die lähmende Angst, die ich damals empfunden hatte, erfasste mich auch jetzt wieder. Es drohte die Gefahr, dass Sytze alles der Polizei verraten würde. Hinzu kam die Furcht vor Johans rasender, vernichtender Wut, der ich nicht gewachsen war, der niemand Einhalt gebieten konnte. Und außerdem: Trudy war das Opfer gewesen und damit eigentlich auch Johan. Er hatte Trudy verloren, seine Freundin, seine große Liebe. Ich sah und hörte wieder die verhaltenen Bewegungen der beiden oben auf dem Speicher.

Johan, die Lösung des Rätsels lag bei Johan. Plötzlich hatte ich das Gefühl, als packte mich eine eiskalte und dennoch feuchte Hand so fest im Genick, dass es wehtat.

»Ist Astrid auch da?«

»Ja«, sagte Madelon gemessen.

»Kann ich sie kurz sprechen?«

»Ich werde sie fragen.«

Der Hörer wurde hingelegt, und ich hörte Gemurmel. Undeutlich waren auch Fetzen eines anderen Telefonats zu hören, das zum Teil auf derselben Leitung geführt wurde: »… eine nützliche Adresse … solltest du auch machen … die P-drei-Variante … könntest du …«

»Ja, hier Astrid.«

Ich erschrak kurz. In dem anderen Gespräch war jetzt ein heiseres Lachen zu hören, das in Husten überging. »Du wolltest mich sprechen?«, fragte sie.

»Ja, ich bin in unserem Haus gewesen und …«

»Das ist nicht mehr unser Haus. Ich jedenfalls wohne dort nicht mehr.«

»Gut«, sagte ich, »in unserem ehemaligen Haus dann eben. Alle Sachen waren weg … es war komplett leer geräumt.«

»Wohnst du jetzt bei deiner Geliebten?«

»Ich bin bei Ineke zu Gast.«

»Bei deiner Geliebten also.«

Plötzlich war ganz deutlich zu hören, wie das andere Gespräch beendet wurde: »Ich leg dann mal auf.« »Ja, bis bald.«
»Was sagst du?«, fragte Astrid.
»Nichts.«
»Etwas anderes bin ich ja von dir auch nicht gewöhnt. Sonderlich mitteilsam bist du nie gewesen.«
»Wo sind die ganzen Sachen hin?«
»Verkauft«, sagte Astrid, »am Koninginnedag, und den Rest hat die Heilsarmee bekommen, Warenhaus der Vergangenheit.«
»Warum hast du das ...?« Ich beendete meine Frage nicht, sondern legte behutsam den Hörer auf. Warenhaus der Vergangenheit, da stand nun alles zum Verkauf. Es dauerte einige Minuten, aber dann wurde mir klar, dass ich Astrid dankbar sein musste, vielleicht zum ersten Mal in meinem Leben.

36

Als es dunkel war, ging Johan in die Mandemakerssingel. Er holte einen Schlüssel aus der Hosentasche. Warum hatte sie ihm den eigentlich wieder gegeben? Sie hätte ihn gleich von der Hafenmole aus ins Wasser werfen können. Nun war ein unnötiges Risiko entstanden, aber vielleicht war das ja ihre Absicht, vielleicht suchte sie die Gefahr. Er verstand Ineke. Die Pistole hatte er auch mitgebracht. Solange sie in seinem Besitz war, stellte sie ein ähnliches Risiko dar.
Er fuhr mit dem Daumen über die Kerben des Schlüssels. Das Metall verursachte einen angenehmen Kitzel. Erst warf er den Schlüssel in das wellige Wasser der Gracht. Ein nasser Südwestwind blies ihm kräftig ins Gesicht. Er sah sich um, ob jemand ihn beobachtete, aber die Straße lag verlassen da, abgesehen von einem mageren Straßenköter, der aus gebührendem Abstand scheu zu ihm herübersah. Er hatte die Waffe schon in der Hand, um sie so weit wie möglich ins Wasser zu werfen, als zwei Männer auf Fahrrädern sich näherten. »Guten Abend«, sagten sie im Vorüberfahren. Johan grüßte brummend zurück.

Wassink schrieb pausenlos weiter. Ab und zu erschien, wie bei einem Kind, das gerade erst schreiben gelernt hat, seine Zungenspitze in einem der Mundwinkel. Johan fragte sich, warum man ihn herbestellt hatte. Ob die anderen auch auf der

Wache erscheinen mussten? Diesmal gab es keine abgesprochene Geschichte, außer vielleicht mit Ineke.
Wassink nahm einen Löscher und rollte ihn über dem soeben Geschriebenen einige Male ab, hin und her. »So, das wäre auch fertig.« Er verstaute die Papiere in einer Schreibtischschublade und wandte sich Johan zu. »Na, dann erzähl mal.«
Johan fragte sich, was er erzählen sollte, was Wassink wohl meinte.
»Erzähl mal … wie geht's dir?«
Johan zuckte mit den Schultern. »Ich weiß nicht … Alles ist so merkwürdig.«
»Alles ist merkwürdig.« Wassink nickte, als ob er genau wüsste, was Johan meinte, während Johan wusste, dass er keine Ahnung hatte, nicht den blassesten Schimmer, nichts. Für Wassink war die Sache eigentlich völlig klar: ein Mord und ein Selbstmord. Wenn der wüsste.
»Hast du noch mit Sytze Veenstra gesprochen, vor jenem Donnerstag, dem achtundzwanzigsten, also kurz bevor …«
Wassink machte mit der rechten Hand eine horizontale Gebärde. Noch einer, der sich nicht traute, es auszusprechen, weil er Angst hatte, damit ein Unheil heraufzubeschwören. Angsthasen waren sie, allesamt Angsthasen.
»Ja«, sagte Johan, »ich habe noch mit ihm geredet.«
»Und?«
»Es ging ihm nicht gut …«
»Es ging ihm nicht gut«, wiederholte Wassink. »Inwiefern?«
Diese ständige Wiederholung machte Johan wahnsinnig. Wiederholte er auch alles, was Maarten sagte? Toll, so einen Vater zu haben.
»Wieso ging es ihm nicht gut?«

»Na ja, das ist doch klar. Der Mord an Trudy Bos, dass sie erschossen wurde …« Er wollte es so exakt wie möglich ausdrücken. »… das hat er sich fürchterlich zu Herzen genommen. Das hat ihn fix und fertig gemacht.«

»Hat er gesagt, was er vorhatte?«

Johan schüttelte den Kopf.

»Hatte er vielleicht etwas mit dem Mädchen, mit dieser Trudy? Gingen die beiden miteinander oder so?«

»Nein, nicht dass ich wüsste.«

»Und wenn dem so wäre, dann wüsstest du es?«

»Ja, das wüsste ich.«

Das Telefon klingelte, und Wassink nahm ab. »Nein, dafür habe ich jetzt keine Zeit … Nein, ich habe anderes zu erledigen … Ja, fürchterlich viel zu tun … Nein … Nein … Ja, das schon … Ja, das musst du Maarten fragen … Ja, das habe ich schon vorher gesagt … Was? … Nein, das nicht … Gut … Ja, das ist in Ordnung … Um sechs oder so … Ich denke schon … Ja … Nein … Ja, bis dann.« Wassink legte auf. »Frauen«, brummte er vor sich hin. Dann sah er Johan an, als sei er überrascht, ihn dort vorzufinden. »Moment, wo waren wir? Äh … cr hatte also nichts mit Trudy. Und trotzdem ging ihm das Ganze so nahe, dass er …« Wieder machte er diese Gebärde. »Schrecklich, so ein junger Mensch. Er hatte das ganze Leben noch vor sich. Und die Eltern, wie sollen die weiterleben? Stell dir das nur mal vor.« Wassink schüttelte den Kopf.«Gestern bin ich bei ihnen gewesen. Seine Mutter ist völlig … völlig …«

Es herrschte Schweigen. Wieder schüttelte Wassink den Kopf und seufzte tief. Johan wusste nicht mehr, wohin er seinen Blick richten sollte. An der Wand hing ein Foto mit einer

Gruppe von Polizisten, die neben einem Motorrad mit Beiwagen stand. Er erkannte Wassink als jungen Mann.
»Der Leuchtturm«, sagte Wassink so plötzlich, dass Johan erschrak, »seid ihr da öfter hingegangen?«
»Zum Leuchtturm? Ab und zu waren wir auf der Hafenmole … natürlich, jeder kommt dort dann und wann mal hin.«
»Vor kurzem noch?«
»Äääh … das weiß ich nicht mehr so genau.« Was wusste Wassink? Was hatten die anderen gesagt? Aber spielte das überhaupt eine Rolle? Machte es etwas aus? »Ach ja, vor ein paar Tagen waren wir noch dort. Ja, jetzt erinnere ich mich wieder.«
»Jetzt erinnerst du dich wieder … war Sytze auch da?«
»Ich glaube schon, ja.«
Wassink nickte. »Auf der Hafenmole, beim Leuchtturm … nicht im Leuchtturm?«
»Nein, natürlich nicht«, sagte Johan. »Da kommt man doch gar nicht rein.«
»Nun ja, ihr seid schließlich schon des Öfteren durch Türen gegangen, die abgeschlossen waren. Stimmt's?« Johan antwortete nicht.
»Ihr seid also nie im Leuchtturm gewesen?«
In den paar Sekunden, die er zögerte, bevor er eine Antwort gab, fasste er den Beschluss, alles auf eine Karte zu setzen. »Nein, niemals.«

Er holte die Mauser aus dem Versteck, legte sie auf das Tischchen und betrachtete sie einige Minuten. Zum Glück hatte er sie nicht ins Wasser geworfen; es beruhigte ihn, sie daliegen zu sehen. Für ihn stellte sie eine gewisse Macht dar, die er

über die anderen hatte, auch über Wassink, der in seiner naiven, unbeholfenen Dummheit nicht die leiseste Ahnung hatte und völlig im Dunkeln tappte. Sein Geheimversteck würden sie nie entdecken. Als er nach Hause kam, hatte seine Mutter gesagt, er müsse die Zeitung noch austragen, aber er war wortlos nach oben gegangen.
Auf dem Heimweg von der Polizeiwache hatten ein paar Leute ihn angestarrt. Die Gerüchte und der Tratsch jagten wie ein Lauffeuer durch die Stadt. Man sagte natürlich, dass sie sich das alles selbst zuzuschreiben hätten. Nach all den Dingen, die sie angestellt hatten … so eine komische Clique, das musste ja schief gehen. Als er seinen Blick auf die kahle Mauer vor sich richtete, schimmerte die Waffe noch immer vor seinen Augen. Sie war die Lösung aller Probleme. Er hätte Wassink alles erzählen können, aber diesen Erfolg gönnte er ihm nicht. Wassink, Van Vliet, Van Baar, Damhuis, seine Mutter, Annie und Herman, alle eine Chose.
Es klingelte. Er hörte das nörgelige Gemurmel seiner Mutter an der Haustür, dann die Stimmen von Henk und Peter. Noch ehe ihre Schritte auf der Treppe zu hören waren, hatte er die Pistole bereits wieder versteckt.

37

Ich hatte meine Aufzeichnungen mitgenommen und las sie vor. Es sah aus, als hörte Johan mir nicht zu. Er drehte sich eine Zigarette und sah zum Fenster hinaus. Warum wollte er nicht wissen, was ich zu sagen hatte? Wovor sperrte er sich? Ich hätte ihn natürlich auch direkt fragen können, aber dann hätte er sofort alles geleugnet. Wenn ich ihn aber allmählich einkreiste, könnte ich ihm näher kommen, als ihm lieb war, und vielleicht würde er sich dann eine Blöße geben, der unnahbare, unerreichbare Johan. Die halbe Nacht hatte ich mich schlaflos im Gästebett – in dem ich auf eigenen Wunsch lag – hin und her gewälzt und darüber nachgedacht, wie es wirklich gewesen war. Alle Indizien deuteten in eine Richtung, nämlich auf Johan.

»Ich habe mich gefragt, ob wir Sytze davon hätten abhalten können«, sagte ich.

Johan drückte die halb aufgerauchte Zigarette aus und fing mit leicht zitternden Fingern an, sich eine neue zu drehen. Plötzlich wurde mir bewusst, dass ihm alle Eigenschaften, die er früher einmal besessen hatte, abhanden gekommen waren. Eigentlich war er nur noch ein asozialer, bösartiger alter Mann. Aber war es um mich sehr viel besser bestellt?

»Wenn wir an jenem Abend bei ihm gewesen wären«, fuhr ich fort, »dann hätten wir ihm vielleicht helfen können.«

»Helfen«, höhnte Johan.

Ich beschloss, nicht darauf einzugehen und weiter nach meiner Strategie zu verfahren. »Ich habe mich gefragt, was ich eigentlich an diesem Abend gemacht habe … wo ich war. Weißt du das eigentlich noch … ich meine, was du damals gemacht hast?«

Johan zündete sich die Zigarette an. Der Benzingeruch aus dem Feuerzeug drang mir in die Nase und machte die Erinnerung an sechsundvierzig noch greifbarer.

»Wo warst du an jenem Abend?«, fragte ich ihn noch einmal.

»Zu Hause, glaube ich.«

Ich riskierte es: »Und nicht beim Leuchtturm?«

Johan blies den Rauch in meine Richtung. »Nein, nicht beim Leuchtturm. Warum sollte ich?«

Ich hustete. Als ich wieder normal atmen konnte, fragte ich ihn, warum Sytze zum Leuchtturm gegangen war.

»Weil ich einen Schlüssel für den Leuchtturm hatte.«

Einen Moment lang war ich aus dem Konzept gebracht, weil ich nicht damit gerechnet hatte, dass er damit so einfach rausrücken würde. »Den hattest du also aufbewahrt … den hattest du nicht abgegeben.«

Johan nickte, widerwillig, wie mir schien.

»Warum? Warum gerade den Schlüssel?«

»Einfach so … weil er mir vielleicht noch mal von Nutzen sein konnte.«

Von Nutzen … verdammt, sicher war er noch einmal von Nutzen gewesen. Wie konnte Johan das nur so sagen? Als ließe ihn das Geschehene völlig kalt. Johan, der alle Türen öffnen konnte, alle Türen, die letztendlich zu einem dunklen, bodenlosen Loch führten. »Warum hast du ihm den Schlüssel gegeben?«, fragte ich.

Johan schüttelte fast unmerklich den Kopf.
»Warum?«, wiederholte ich.
Johan nahm die Brille ab, deren Hälften immer noch von Klebestreifen zusammengehalten wurden. Er rieb sich übers Gesicht, als wolle er etwas wegwischen. »Ich habe nicht ihm den Schlüssel gegeben.«
Einen Moment war ich verblüfft. Hatte ich richtig gehört? Johan hatte Sytze nicht den Schlüssel gegeben? Aber dann … das passte genau in die Geschichte, die ich rekonstruiert hatte. Ich beschloss, ihn jetzt gleich mit meinen Schlussfolgerungen zu konfrontieren. Beweisen konnte ich sowieso nichts. Auf irgendeine Art und Weise musste ich versuchen, Johan so zu treffen, dass er seinen Panzer fallen ließ. »Du bist mit ihm zum Leuchtturm gegangen«, sagte ich.
Johan antwortete nicht. Tief inhalierend rauchte er seine Zigarette.
»Du bist mit ihm nach oben gegangen. Ihr beide wart auf dem Leuchtturm … ihr habt euch gestritten … und du hast ihn … du hast ihn hinuntergestürzt.« Meine Kehle war völlig ausgetrocknet. Ich war vollkommen erschöpft und hatte das Gefühl, kein Wort mehr sagen zu können.
Johan drückte seine Zigarette aus; das war alles. Minutenlang war es still. Erst jetzt sah ich, dass er den Kalender abgenommen hatte. Auch das Schachbrett stand nicht mehr auf dem Tisch. Johan ging in die Küche und kam mit einer vollen Flasche Jenever und zwei Limonadengläsern, in die er Eiswürfel gefüllt hatte, zurück. Ohne mich zu fragen, schenkte er beide Gläser voll und stellte eins vor mich hin. Anstandshalber, aber mehr noch aus Angst, nahm ich einen kleinen Schluck, der mir scharf durch die Kehle rann und in meinem Magen

brannte. Johan leerte das halbe Glas in gierigen Zügen, als wäre er sehr durstig.
Plötzlich sah er mich an. Sein Blick war jetzt nicht mehr hart, kalt und abweisend, sondern eher müde. »Glaubst du das? Glaubst du das wirklich?«
Ich nahm all meinen Mut zusammen. »Ja … das glaube ich. Sytze hätte seinem Leben niemals ein Ende gemacht. Dafür war er nicht der Typ, und außerdem hätte er es dann schon früher getan, mit deiner Pistole.«
Johan nickte.
»Und du … er hatte Trudy … eh, Trudy hatte er umgebracht. Sie war deine Freundin, ihr beide wart ein Paar. Und sie war schwanger, das hat Ineke mir erzählt. Ihr hättet ein gemeinsames Kind gehabt. Hinzu kam noch, dass Sytze schlappmachen konnte, dass er Wassink womöglich alles erzählte. Das dachten wir jedenfalls. Erinnerst du dich noch an den Abend auf der Hafenmole, beim Leuchtturm wohlgemerkt, wo du ihn zu Boden geschmissen hast?«
Johan setzte das Glas wieder an die Lippen.
»Schon damals hatte ich Angst, du würdest ihn umbringen … du warst völlig außer dir … voll im roten Bereich, wie man in Amsterdam sagt. Aber es durfte natürlich keine Zeugen geben.« Ich fand, dass alles sehr überzeugend klang, fast wie die Beweisführung eines gewieften Juristen. »Es musste wie ein Selbstmord aussehen. Deshalb bist du später mit ihm wieder zurückgegangen. Ich verstehe nur nicht, warum Sytze das gemacht hat, warum er wie ein willenloses Opfer mit dir gegangen ist. Vielleicht kannst du mir ja sagen, wie du das geschafft hast. Das würde mich wirklich interessieren.«
Johan sagte nichts. Ich ging in die Küche, um mir ein Glas

Wasser zu holen. Dort sah es erstaunlich aufgeräumt aus, wie in einem Haus, das nicht bewohnt ist. Als ich ins Wohnzimmer zurückkam, hatte Johan sein Glas wieder voll gegossen.
»So ... Petertje hat sich was ausgedacht. Hat die ganze Zeit in Amsterdam gehaust, hat alles verdrängt, und plötzlich kommt alles nach oben, und da muss Petertje wissen, was wirklich passiert ist, weil er dabei gewesen ist, aber eigentlich ist er nicht wirklich dabei gewesen ... tatsächlich hat er nicht so richtig mitgemacht. Jedenfalls hat er sich das die ganze Zeit eingeredet, nicht wahr, Petertje. Oder wie nannte dich deine Mutter noch gleich? Peetje, nicht wahr ...?«
»Lass meine Mutter aus dem Spiel«, sagte ich. »Du hast ihn ermordet. Sytze hatte sich nicht an die Absprache gehalten. Das war ein Vertrag, dessen zweiter Teil noch erfüllt werden musste. Das hast du dann erledigt.« Während ich den Satz formulierte, fühlte ich, dass dies das letzte, schlüssige Argument war.
»Peetje stand daneben und sah zu. Das dachte er, das machte er sich selbst weis.« Johan trank von seinem Jenever. »Die anderen waren's, die hatten sich das ausgedacht, und es waren die anderen, die es getan hatten, und die waren schuldig, und er nicht ... er war bloß ein argloser Zuschauer.« Johan lachte höhnisch.
Vorsichtig nahm ich ein paar Schlucke von dem Schnaps, der mir jetzt einen angenehmen Schmerz bereitete. Ich versuchte nicht auf das zu hören, was Johan sagte. Er wollte sowieso nur die Aufmerksamkeit von meinen Beschuldigungen ablenken. Und doch musste ich daran denken, was Ineke mir über jenen Abend im Bunker erzählt hatte, über die Rolle, die ich dabei ihrer Meinung nach gespielt hatte. Aber das änderte nichts an

der Schuld, die Johan auf sich geladen hatte und die er offensichtlich nicht wahrhaben wollte. »Du hast ihn von diesem verdammten Leuchtturm runtergeschubst«, sagte ich.

»Unsinn.«

»Aber du hast gesagt, dass du ihm den Schlüssel nicht gegeben hast. Du glaubst doch wohl selbst nicht, dass der Hafenmeister die Tür offen gelassen hat?«

Johan stand auf und stellte sich ans Fenster. Ich sah auch nach draußen, konnte aber nichts anderes entdecken als die Wohnstraße, in der Johans Haus lag.

»Du bist also zusammen mit Sytze hingegangen … du hattest den Schlüssel.«

»Du hörst mir nicht zu«, sagte Johan fast flüsternd. Ich musste mich anstrengen, um ihn zu verstehen. »Ich sagte, ihm habe ich den Schlüssel nicht gegeben.«

»Was meinst du damit?« Entweder ich verstand ihn nicht oder ich wollte ihn nicht verstehen.

»Nicht Sytze, sondern Ineke«, sagte Johan.

38

Unten schrie das Baby. Peter hörte die Stimme der Hebamme, aber er konnte nicht verstehen, was sie sagte. Sie war eine kräftige, breite Frau mit einem dünnen Schnurrbart. Seine Mutter lag mit dem Baby im Wohnzimmer. Peter ließ sich dort so wenig wie möglich blicken. Als er doch einmal unten im Zimmer war, hatte die Hebamme versucht, ihm das Neugeborene in den Arm zu legen. »Hier, deine kleine Schwester … du willst deine kleine Schwester doch bestimmt mal halten.« Ohne ein Wort zu sagen, hatte er sich umgedreht und war wieder nach oben gegangen, auf sein Zimmer, wo er auch jetzt war. Um ein Haar wäre das Kind auf den Boden gefallen. »Das Kind«, so nannte er es bei sich. Den Namen wollte er nicht benutzen. Vom Dachfenster aus konnte er die fröhlich flatternden Windeln an der Wäscheleine sehen.

Schon seit Wochen war er nicht mehr zur Schule gegangen. Nachdem er einmal laut auf seine Mutter eingeschimpft hatte, verlor sie darüber kein Wort mehr. Er lag auf dem Bett oder starrte aus dem Fenster. In der Küche machte er sich Butterbrote. Mehr brauchte er nicht. In ein paar Tagen war Weihnachten. Mit Grausen dachte er an »Stille Nacht, heilige Nacht«. Seine Mutter würde bestimmt mit ihm zusammen einen Gottesdienst besuchen wollen, wie jedes Jahr zu Weihnachten.

Letzte Nacht hatte er geträumt, dass er und Sytze oben auf der Balustrade des Leuchtturms standen. »Wir können fliegen«, hatte er selbst gesagt. »Wir können fliegen, schau nur.« Und er war auf das eiserne Geländer geklettert, war abgesprungen und dann mit langsam flappenden Armen durch die Luft geschwebt. Es war ein herrliches Gefühl: Niemals zuvor hatte er sich so frei gefühlt. Sytze probierte es auch aus. Anfangs ging alles gut, doch dann musste er seine Arme immer schneller und kräftiger bewegen, um nicht an Höhe zu verlieren. Schließlich schaffte cr es nicht mehr. Er versuchte, Sytze zu helfen, musste aber aufgeben, weil ihre Arme schmerzhaft aneinander stießen. Mit einem lang gezogenen Angstschrei stürzte Sytze in die Tiefe, viele, viele Meter. Gegen seinen Willen schwebte Peter weiter. Er musste nach unten, zu Sytze, der bewegungslos dalag, während sich die Basaltblöcke um ihn herum langsam rot färbten, dunkelrot. Einige Möwen hockten in der Nähe und flogen kreischend auf, als die rote Flüssigkeit ihre Füße zu erreichen drohte.

Das Baby heulte noch immer. Nachts wurde cr manchmal davon wach, aber das störte ihn nicht. Die Dunkelheit war angenehm, vertraut.

Ein andermal hatte er geträumt, dass Ineke in seinem Zimmer war und sich zu ihm ins Bett legte. Sie trug einen blau gestreiften Flanellpyjama. Er traute sich nicht, sie zu berühren. »Mach ruhig«, sagte sie, »du darfst.« Aber dort, wo er ihren Körper berührte, schien der zu verschwinden. Als er seine zitternde Hand auf eine ihrer Brüste legte, war sie plötzlich nicht mehr da, als hätte sie sich in nichts aufgelöst.

Henk und Ineke waren auch nicht mehr zur Schule gegangen. Peter saß bei Henk im Zimmer. Wo Ineke war, fragte er nicht.

»Hast du Johan noch mal gesehen?«

Peter schüttelte den Kopf. Zu Johan würde er so bald nicht wieder gehen, jetzt nicht und vielleicht auch in Zukunft nicht. Er hatte das vage Gefühl, dass alles bei Johan angefangen hatte und bei ihm endete.

»Denkst du manchmal an Sytze?«, fragte Henk.

»Natürlich, ständig.«

»Warum er das wohl getan hat?«

Peter zuckte mit den Schultern. »Ich hätte nie gedacht, dass Sytze so etwas tun würde Es passt gar nicht zu ihm.«

»Fürchtest du dich?«

»Wovor?«

»Vor allem, vor dem, was noch passieren wird.« Henk schlug die Tagesdecke beiseite und legte sich aufs Bett.

»Wie meinst du das?«, fragte Peter.

»Erst Trudy, dann Sytze. Wer ist als Nächster dran? Wir wollten doch alle … daran erinnerst du dich doch noch, oder? Alle.«

Peter wusste, dass Henk Recht hatte, aber er wollte es nicht glauben. Was er da erzählte, hatten sich andere ausgedacht, das war eine unbegreifliche Geschichte, die nicht wirklich geschehen sein konnte. Wer war fähig, sich so etwas auszudenken? Und außerdem, schon damals beim Bunker, nachdem der Schuss gefallen war, wusste er, dass sie ihren Plan nicht verwirklichen würden, dass in dem Moment etwas zerbrochen war. Aber was war mit Sytze?

»Halt den Mund«, sagte Peter. »Sprich nicht darüber.«

Auf der Straße begegnete er Eduard Molenaar. Der arbeitete jetzt im Büro der Kabelfabrik. Peter wandte sich ab und wollte einfach an ihm vorbeilaufen, aber Eduard sprach ihn an.

»Wie geht es dir?«

»Geht so«, sagte Peter.

»Kommst du mit einen trinken? Hier um die Ecke in ›De Roskam‹. Ich geb einen aus.«

»Nein danke, ich muss nach Hause.«

»Dann begleite ich dich ein Stück«, schlug Eduard vor. »Schrecklich, was da alles passiert ist?«

»Ja … sehr schrecklich.«

»Aber es überrascht mich nicht wirklich.«

Peter ging nicht darauf ein.

»Ihr wart irgendwie anders … ihr sechs, irgendwie verrückt. So eine Clique, immer zusammen … das war ungesund, wenn du weißt, was ich damit meine.«

Peter murmelte etwas Unverständliches vor sich hin. Er überlegte, wie er Eduard loswerden konnte. Das hatte er alles schon mal gehört, von Van Vliet, von Wassink, von seiner Mutter, von Henks Vater, alle schienen sie genau zu wissen, was mit ihnen nicht gestimmt hatte.

»Das alles war irgendwie krank«, fuhr Eduard fort, »nicht einfach nur krank, sondern …« Er tippte mit dem Zeigefinger an seine Stirn. »Wenn du mich fragst, ist der Tod von Trudy nur eine Folge davon.«

Peter ballte die Fäuste und sog Luft durch die zusammengebissenen Zähne ein, so dass ein leise zischendes Geräusch entstand. Dann atmete er zitternd wieder aus. Vor seinen Augen blitzten merkwürdige, verwirrende Bilder auf: Pistolenkugeln, die Schädel durchschlugen.

»Was meinst du?«, fragte Eduard.
Peter konnte nicht antworten. Er wollte Eduard schlagen, treten, kratzen, boxen, beißen, bespucken, aber wie gelähmt stand er auf dem Bürgersteig, ein paar Dutzend Meter von seinem Elternhaus entfernt, das meilenweit weg zu sein schien. Diese Distanz über die heimtückisch wogenden Gehsteigplatten würde er nicht mehr überbrücken können.
»Es gibt noch mehr Leute, die so denken«, sagte Eduard. »Das kann doch kein Zufall sein … erst Trudy, dann Sytze. Er muss etwas gewusst haben über den … äh, über den Mord an Trudy, und darum hat er sich vielleicht …«
Endlich war es Peter gelungen, sich von Eduard loszumachen. Er rannte durch das kleine Tor neben dem Haus und lehnte sich gegen die Mauer. Er scheuerte so lange mit seiner Stirn über die rauen Backsteine, bis sich eine große, blutende Schürfwunde auftat.

Es war viel Besuch da gewesen, aber nicht nur Leute mit selbst gestrickten Söckchen und Jäckchen, die er ein paarmal hatte bewundern müssen. Auch Van Vliet und Wassink waren da gewesen. Und alle wussten genau, was mit ihm los war, obwohl sie keine Ahnung hatten. »Wir wollen nur dein Bestes«, hatte seine Mutter gesagt. »Wir wollen alle, dass es dir wieder besser geht.«
Er hatte nicht darauf reagiert.
Einmal war er noch auf der Polizeiwache gewesen. Ob er etwas von Sytzes Plänen gewusst hätte? Nein. Ob sie zusammen beim Leuchtturm gewesen waren? Er zögerte; sie waren an so vielen Orten gewesen. Ob er etwas über einen Schlüssel zum Leuchtturm wüsste?

Nein. Wie Sytze denn dann dort hineingekommen sei? Er hatte die Achseln gezuckt.
Nun stand er an der Spüle und wusch sich. Seine Mutter kam mit einem Umschlag in die Küche.
»Peetje … ein Brief, von Onkel Sjoerd und Tante Jantje.«
Er spülte sich den Seifenschaum aus dem Gesicht.
»Du kannst bei ihnen in Amsterdam wohnen … vorläufig jedenfalls … sehen, wie es dir gefällt.«
Peter verstand sie nicht ganz. Er trocknete sich ab. Seine Mutter hielt ihm den Brief hin, aber er ignorierte sie.
»So geht es nicht weiter«, sagte sie. »Es muss etwas geschehen.«
Er zog sein Unterhemd und sein Hemd an.
»Es ist nicht gut für dich, wenn du hier bleibst … ein Neuanfang, das sagt Herr Van Vliet auch. Er sagt: ›Peter hat eine ganze Reihe von Möglichkeiten‹, sagt er. Wirklich. ›Aber dann muss er weg aus seiner Umgebung. Er muss eine neue Chance bekommen. Eine andere Schule. Neue Besen kehren gut.‹ Das sagt Herr Van Vliet. Und der muss es doch wissen. Der weiß, wie man mit jungen Menschen umgeht.«
Peter zog sich den Pullover über den Kopf. Die Wolle kitzelte sein Gesicht. »Aber warum schlagen Onkel Sjoerd und Tante Jantje das einfach so vor?«
Auf dem Hals seiner Mutter bildeten sich rote Flecken. »Ich habe sie gefragt … ich habe ihnen vorige Woche einen Brief geschrieben.«
»Aber … aber davon wusste ich ja gar nichts.«
Seine Mutter wollte die Küche verlassen, doch mit einer groben Bewegung hielt er sie zurück. »Du hast mich nicht einmal gefragt.«

»Es war praktisch unmöglich, mit dir zu reden. Ich hab es ein paarmal versucht, aber du hast nie geantwortet.«
Er beugte sich tief über die Spüle und legt seine fast verheilte Stirn auf den kalten Granit.
»Sei vorsichtig. Sonst geht die Wunde wieder auf. Und dann fängt es wieder an zu bluten.«
Wie ein Blinder tastete er nach den Gegenständen, die auf der Spüle lagen, bis er das Heft eines Messers fühlte. »Das hast du also einfach so geregelt, ohne mich zu fragen.«

39

Ich kaufte einem Mädchen für zwei Gulden fünfzig eine Anstecknadel mit rot-weiß-blauem Fähnchen ab; die Zungenspitze zwischen den Lippen, steckte sie mir das Ding ans Revers. »Einen schönen Befreiungstag noch, mein Herr!«
Ein großer, flacher Anhänger, der mit Hilfe grauen Pappkartons zu einer Art Panzer verwandelt worden war, rollte, von einem Traktor gezogen, an mir vorüber. Das Kanonenrohr war offensichtlich eine riesige Pappröhre. Geschminkte Schüler in Soldatenuniformen schwenkten echt wirkende Spielzeuggewehre. Das Publikum jubelte. Von einem Lautsprecherwagen erklang Musik. »... *keep smiling through just like you always do til the blue skies chase these dark clouds far away. And I will just say hello to the folks that you know, tell them you won't be long. They'll be happy to know that as I saw you go you were singing this song ...*« Es waren weniger die Worte als die suchenden, tastenden Orgelklänge der Begleitmusik, die mir einen Schauer über den Rücken jagten. *Just say hello to the folks that you know,* diese Worte hatten für mich eine völlig andere Bedeutung bekommen.
Hinzu kam noch, dass ich sehr lange weg gewesen war. Zu lange? Wie gerne hätte ich mich hemmungslos meiner sentimentalen Stimmung hingegeben.
Ineke hatte bei der Ausstaffierung des großen Umzugs zum 50.

Jahrestag der Befreiung mitgeholfen. Er wurde ausschließlich von Angehörigen ihrer Schule organisiert und durchgeführt. Sie hatte mir erzählt, dass man lange über die Frage diskutiert hatte, ob auch als jüdische KZ-Häftlinge verkleidete Schüler in dem Umzug mitgehen sollten. »Aber ja doch, mit einer Gaskammer auf Rädern«, hatte Ineke einen Schüler aus einer der höheren Klassen, der auch Mitglied des Organisationskomitees war, zitiert. Schließlich hatte man sich dagegen entschieden. Ineke war heute schon früh weggegangen, um bei den letzten Vorbereitungen zu helfen. Vorher war sie zu mir ins Bett gekommen, und wir hatten leidenschaftlich miteinander geschlafen. Einen Moment lang fürchtete ich, es sei das letzte Mal gewesen, ein erotischer Abschied für immer, aber diesen Gedanken hatte ich wieder beiseite geschoben. Trotzdem gingen mir immer wieder Johans Worte durch den Kopf. Was hatte das alles zu bedeuten? Welche Folgen hatte dies für Ineke und mich? Oder bastelte ich mir eine Vergangenheit zusammen, die es nie gegeben hatte, vergleichbar den Panzern aus Pappe, wo doch bei der Befreiung gar keine Panzer in unsere Stadt gekommen waren?

Eine Frau tippte mir auf die Schulter. »Eiskalt«, sagte sie.

Ich verstand nicht, was sie meinte, doch ehe ich sie danach fragen konnte, war sie bereits in der Menschenmenge verschwunden.

Jetzt näherte sich eine Gruppe, die sich als kanadische Soldaten verkleidet hatte. Sie führten deutsche Gefangene mit sich. Wo hatte man bloß die deutschen Helme her? Die Kanadier verteilten Kaugummi und Schokoladenzigaretten. Ein paar Kinder gerieten sich bei der Verteilung der Süßigkeiten wenig friedliebend in die Haare.

Auf einem anderen Wagen waren Leute offensichtlich dabei, aus Zuckerrüben und Blumenzwiebeln Essen zuzubereiten. Ständig rieben sie sich den Bauch, wahrscheinlich um zu zeigen, dass sie Hunger hatten. Ich drehte mich um und wollte weggehen, prallte aber zu meiner Überraschung gegen die massive, wohlproportionierte Gestalt von Henk.

»*Shit*, du bist noch immer hier?«, sagte Henk.

Ich nickte. »Vielleicht bleibe ich sogar … für immer.«

»Darauf sollten wir einen Schnaps trinken«, schlug Henk vor.

»Einen Kaffee, wenn's erlaubt ist. Es ist noch nicht einmal elf.«

»Kaffee mit Cognac.«

Wir saßen im Grand Café, wo wir schon einmal gewesen waren. Henk sah zufrieden aus, aber jetzt wusste ich, dass dies nur Schein war.

»Erinnerst du dich noch an den Witz«, fragte Henk, »von den Kindern mit dem Beil?«

Ich schüttelte den Kopf.

»Nun, zwei Jungs spielen mit einem Hackklotz und einem Beil. Da sagt der eine: ›Leg deine Hand mal auf den Klotz‹, und er tut so, als wolle er zuschlagen. Also, der Junge mit dem Beil denkt, dass der andere seine Hand schon zurückziehen wird, und der andere geht davon aus, dass er nicht zuschlagen wird. Sie irren sich beide. Zack …« Henk schnitt mit der rechten Hand jäh durch die Luft. »… Hand ab. Später habe ich ihn in einem Buch wiedergefunden, den Witz, aber mein Cousin hat mir erzählt, dass das Ganze wirklich passiert ist. Ach ja, wirklich passiert …«

Jetzt erinnerte ich mich wieder daran, dass Henk früher bereits Lacherfolge mit dieser Geschichte erzielt hatte, in der Schule.

»Ich bin damals aus der Klasse geworfen worden, weil ich diesen Witz auf einen Zettel geschrieben und an Trudy und Ineke geschickt hatte … Da kann ich mich noch verdammt gut dran erinnern, es war am ersten Schultag nach dem Krieg. Van Baar raste vor Wut, und Van Vliet auch. Zack … Hand ab.« Henk lachte wieder.

Schweigend tranken wir unseren Kaffee. Henk nippte an seinem Cognac.

»Zu Hause alles in Ordnung?«, fragte ich.

»Alles o. k.«

»Und in der Firma?«

»Läuft prima … ein paar neue, große Kunden … schöne Aufträge. Freie Tage, so wie heute, können wir uns eigentlich nicht leisten. Viel zu viel Arbeit.«

»Aber du hast doch …« Mitten im Satz unterbrach ich mich. Warum sollte ich versuchen, ihm seine letzte Illusion zu rauben?

»Was habe ich?«, fragte Henk.

»Nichts«, sagte ich. »Ich meine … du hast doch ein Recht auf freie Tage, in deinem Alter.«

»Ach … meine Arbeit ist mein Hobby. Stell dir vor, ich müsste den ganzen Tag zu Hause rumsitzen, so wie du, ich würde verrückt werden. Lidy übrigens auch. Wie geht es eigentlich … wie hieß sie doch gleich wieder … Anneke?«

»Astrid?«

Henk nickte.

Ich erzählte ihm, dass wir uns getrennt hatten und uns nun scheiden ließen. Eine andere Möglichkeit gebe es nicht. Während ich sprach, dachte ich an unsere leer geräumte Wohnung. Aber der Gedanke berührte mich nicht wirklich, das Ganze war für mich lediglich ein objektives Faktum. In den nächsten Tagen sollte ich Swachman vielleicht mal wieder anrufen. Das Ganze kam mir so nichtig vor, so unbedeutend, so weit weg. »Mein Gott, in deinem Alter ... Pfff ...« Henk bestellte noch zwei Cappuccino mit Remy Martin. »Und du wohnst jetzt bei Ineke?« Er blinzelte mir kurz zu.

»Zurzeit noch, ja.«

»Aus euch beiden wird noch was«, sagte Henk. »Eine kleine Revanche für die Vergangenheit.«

»Die Vergangenheit ...«, sagte ich. Ich musste Henk, genau wie Ineke und Johan, erzählen, zu welchem Schluss ich gekommen war. Vielleicht konnte er ein paar Steinchen zu dem Mosaik beitragen.

»Beschäftigt dich diese Sache immer noch?«

»Dich doch auch, oder?«

Vorsichtig führte Henk das Cognacglas, das er soeben erst abgestellt hatte, an den Mund und trank genießerisch. Ein freundliches Lächeln umspielte seine Mundwinkel. »Vielleicht tut sie das, ja.«

»Ich versuche gerade herauszufinden, was damals mit Sytze passiert ist.«

Henk, der gerade seine Zigarre zum Mund führte, hielt mitten in der Bewegung inne und sah mich erstaunt an. »Ist das nicht allgemein bekannt?« Henk senkte seine Stimme. »Er ist doch vom Leuchtturm gesprungen?«

»War Sytze der Typ, der so was macht? Selbstmord, passte das zu Sytze?«
»Keine Ahnung … wir waren damals völlig durchgedreht … erst der Krieg und dann all das, was danach kam. Vielleicht war er deshalb komplett …«
»Doch nicht Sytze! Der war von uns allen der Nüchternste!«
Ich fragte mich, ob ich Henk von meinem Verdacht gegen Johan in Kenntnis setzen sollte. Möglicherweise würde Henk vor lauter Schreck dann ganz verstummen. Ich beschloss also, das Gespräch auf den besagten Abend zu lenken, den Abend, an dem Sytze starb, so wie ich es auch bei Johan gemacht hatte. Mit unsicherer Hand löffelte ich die schaumig geschlagene Milch aus meiner Tasse. »Glaubst du, dass wir Sytze davon hätten abhalten können, dass wir ihm hätten helfen können?«
»Wie denn?«, fragte Henk.
»Nun ja, wenn wir bei ihm geblieben wären, mit ihm geredet hätten.«
Henk zündete die Zigarre wieder an, die er hatte ausgehen lassen.
»An dem Abend, als es passiert ist, wo warst du da?«
»Zu Hause, glaube ich.«
»Ich auch … wir hätten damals bei Sytze sein müssen. Wir hätten ihn nicht im Stich lassen dürfen.« Plötzlich kam mir eine Idee. Wahrscheinlich hatte Johan mit seiner Behauptung, er hätte Ineke den Schlüssel gegeben, gelogen, aber ich fragte trotzdem. »Und Ineke, war die auch zu Hause?«
»Ineke …«, sagte Henk. Seufzend blies er eine große Rauchwolke in die Luft. »Tja … das weiß ich nicht mehr.«
Ich glaubte ihm nicht. Ein wenig ängstlich wich er plötzlich

meinem Blick aus. »Freitag, der achtundzwanzigste November 1946 … Erinnerst du dich nicht mehr daran?«
»Natürlich erinnere ich mich an das Datum. Ich muss mal kurz den Kaffee wegbringen. Probleme mit der Prostata.«
Es dauerte ungefähr fünf Minuten, bis Henk wiederkam. »Wollen wir gehen?«, fragte er und blieb vor mir stehen. »Es ist schon nach zwölf. Lidy wartet mit dem Mittagessen. Henk kommt mit seiner Frau und den Kindern.« Ich wusste nicht gleich, wen er meinte. »Mein Sohn.«
»Ach, ja.«
»Kommst du mit? Lidy freut sich bestimmt. Zu essen haben wir genug … wir haben immer genug, meistens sogar zu viel. Weil Lidy selbst fast nichts isst, hat sie kein Gespür für die Mengen.«
»Nein danke. Ich habe schon eine Verabredung.«
»Mit wem?«
»Mit Johan«, log ich, ohne zu zögern. Es war gar keine schlechte Idee, mal wieder bei ihm vorbeizuschauen. Zeit hatte ich im Überfluss. Mit Ineke war ich um drei Uhr nachmittags verabredet. Wir wollten zusammen die Befreiung feiern.
Vor dem Café standen Henk und ich uns in der hellen Maisonne gegenüber. Es war, als würden wir uns für immer voneinander verabschieden. Ich hatte das Gefühl, als schnürte mir irgendwer die Kehle zu.
Henk packte mich am Revers meiner Jacke. In seinem Atem roch ich den Alkohol, und ich sah die Verzweiflung in seinen Augen. »Ich war zu Hause«, sagte er, »aber Ineke war bei Annelies oder so. Die war in dem Jahr bei uns in der Klasse. Weißt du noch?«

Ich nickte.
»Aber bei Annelies war sie nicht … sie war nur kurz da gewesen … und auch nicht bei einem anderen Mädchen, zu dem sie gehen wollte … ich habe ihren Namen vergessen. Sie blieb eine ganze Zeit weg, Ineke. Und als sie wiederkam, wollte sie nicht mit mir reden. Wir haben nie wieder über diesen Abend gesprochen, nie wieder.« In seiner Stimme war ein Schluchzen zu hören. Immer noch hielt er mich am Revers fest. Einige Passanten sahen befremdet zu uns hinüber.
»Hast du das der Polizei erzählt?«, fragte ich.
»Nein, nie … Au, verdammt.« Er hatte sich an der rot-weißblauen Anstecknadel gestochen.

Abgesehen von den Fahnen, die hier und da an den Häusern hingen, war in Ketelwei nichts vom Befreiungstag zu spüren. Es war sogar noch ruhiger als sonst, als ob alle ins Zentrum der Altstadt gegangen wären. Ich wollte Johan erzählen, was ich von Henk gehört hatte. Mein Verdacht gegen ihn war unbegründet, das war so gut wie sicher.
Ich klingelte an der Tür, aber vergebens. Noch einmal betätigte ich den Klingelknopf. Dass Johan sich die Festivitäten in der Stadt ansah, erschien mir unwahrscheinlich. Dennoch kam er nicht an die Tür. Ich ging um das Haus herum. Wo der Garten hätte sein können, lagen Gehsteigplatten. Die Küchentür war abgeschlossen. Ich spähte durch die Gardinen des hinteren Wohnzimmerfensters. Zunächst konnte ich nichts erkennen, doch als sich meine Augen an das Licht gewöhnt hatten, wurden langsam die Umrisse der Möbel deutlich. Ich meinte auch, auf dem Fußboden etwas liegen zu sehen. Oder jemanden? Ich schaute noch einmal hinein

und strengte meine Augen an, so gut es ging. Ja, da lag jemand auf dem Boden. Ich klopfte ans Fenster. Keine Reaktion.

Verdammt, vielleicht war das Johan … ein Schlaganfall oder ein Herzinfarkt. In unserem Alter war alles möglich, und wenn man dann noch Johans Alkohol- und Zigarettenkonsum hinzunahm. Ich blickte in alle Richtungen. Niemand zu sehen. Wenn eine Telefonzelle in der Nähe gewesen wäre, hätte ich einen Rettungswagen rufen können, aber vielleicht war es dann schon zu spät. Ich sah, dass der Schlüssel der Küchentür von innen steckte. Ich nahm eine lose Platte und schlug damit eine Scheibe ein. Mit einem klaren, fast fröhlichen Klirren zersplitterte das Glas. Ich hielt den Atem an, hörte aber nichts. Keine alarmierten Nachbarn eilten herbei. Vorsichtig steckte ich meine Hand hinein und drehte den Schlüssel um. Das alles wäre früher genau nach Johans Geschmack gewesen, dagegen konnte er nichts einzuwenden haben.

Mein Herz schlug wie wild, als ich die Küche betrat. Ich war mir plötzlich der Tatsache sehr bewusst, dass ich atmete. Auf der Spüle stand eine leere Jeneverflasche, daneben ein Glas. Konnte ich das? War ich dem gewachsen? Einen Moment lang spielte ich mit dem Gedanken, doch noch umzukehren und den Notarzt anzurufen. Ich war immer der Furchtsamste von uns sechs gewesen, so viel war mir inzwischen klar, aber jetzt musste ich meine Angst überwinden. Die Wohnzimmertür. Die Scharniere quietschten leise. Wahrscheinlich seit Jahren nicht geölt. Ich blieb im Flur stehen. Noch konnte ich zurück. An der Garderobe hing ein Mantel, ein fahlbeiger Regenmantel. Der Gestank kalten Zigarettenrauchs erstickte

mich beinahe. Ich musste einige Male schlucken, ehe ich ins Zimmer trat.
Fast stolperte ich über die Leiche. Johans Gesicht hatte einen friedlichen Ausdruck. Die Furchen schienen nicht mehr so tief zu sein. In seiner Schläfe war ein Loch, aus dem Blut geströmt oder getropft war, das jetzt zum Teil an seinem Kopf klebte. Die Pistole war ihm aus der Hand gefallen. Ich erkannte sie sofort. Zitternd hob ich die Mauser hoch und betrachtete sie aus der Nähe. Nach ein paar Minuten legte ich sie wieder hin, zu Johan; schließlich gehörte sie ihm. Nun waren auch meine Fingerabdrücke auf der Pistole, aber das spielte keine Rolle mehr. In gewisser Weise hatte ich ihn ja auch getötet.

»Na, hattest du einen schönen Tag?«
Ich nickte starr. Ich war nicht fähig, ihr schon jetzt von Johan zu erzählen.
»Wie hat dir der Umzug gefallen?«
»Phantastisch … sehr gut. Da habt ihr euch bestimmt eine Menge Arbeit gemacht.«
»O ja, fürchterlich viel. Die ganze Schule war damit beschäftigt. Möchtest du noch etwas trinken? Nein? Ich schon.« Sie bestellte einen Sherry. Wir saßen etwas außerhalb des Zentrums draußen vor einer Gaststätte. Die war neu; soweit ich mich erinnern konnte, hatte es hier früher kein Lokal gegeben. Eine Gruppe von Kindern, ganz in Orange und Rot-Weiß-Blau, ging vorüber.
Ich spürte auf einmal, dass ich seit dem Frühstück nichts gegessen hatte, aber gleichzeitig wusste ich auch, dass mir jeder Bissen sofort wieder hochkommen würde.

Wie sollte ich diesen Tag bloß überstehen?
»Wollen wir nachher noch was Schönes unternehmen?«
Ich nickte.
»Ist was?«, fragte Ineke, wobei sie mir den Kopf leicht zuneigte.
»Ach … das Gedränge … die vielen Menschen.«
Schweigend saßen wir nebeneinander. Am liebsten hätte ich sie in die Arme genommen und sie so fest an mich gedrückt, dass die Vergangenheit zermalmt worden wäre, aber das war jetzt unmöglich geworden. Jetzt, wo ich so weit war, musste ich die Sache auch zu Ende bringen. Was hatte Henk noch gleich gesagt, als ich zum ersten Mal wieder in der Stadt war? Es habe damals so ausgesehen, als wollte Ineke alle Schuld auf sich nehmen oder so ähnlich. Und hatte sie nicht selbst bemerkt, dass die Erinnerung für sie schlimmer sei, schmerzhafter? Warum? Das musste einen bestimmten Grund haben, musste etwas über die Rolle aussagen, die sie in der Sache gespielt hatte. Oder war das alles nur wegen Trudy?
Wir machten einen Spaziergang. Erst gingen wir ein Stück über den Kirmesplatz, dann an den Kinderspielen vorbei: Sackhüpfen, Nägeleinschlagen und Eierlauf. Danach kamen wir an einem großen Zelt vorbei, aus dem Musik der vierziger und fünfziger Jahre erklang. Einige der Lieder erkannte ich wieder. »Einst wird die Betuwer Heide wieder blühen« und *»Singin' in the rain«*. In dem Zelt wurde getanzt. Der Höflichkeit halber fragte ich Ineke, ob sie auch Lust hätte zu tanzen, aber sie sagte, das könnten wir später noch machen. »Ich finde, Tanzen ist eher was für den Abend.« Der Flohmarkt ging zu Ende. »Alles für fünfundzwanzig Cent«, rief ein Junge, der die Reste seines alten Spielzeugs auf einem Teppich

zum Verkauf anbot. »Wollen Sie nicht ein paar Autos für Ihren Enkel kaufen, mein Herr?«, fragte er mich. »Nur fünfundzwanzig Cent das Stück. Fünf für einen Gulden.« Wir gingen weiter, locker Arm in Arm.

»Findest du es schade, dass du keine Enkelkinder hast?«, fragte Ineke.

»Manchmal.«

»Wir hätten jetzt zusammen Enkel haben können«, sagte sie.

Ihre Worte trafen mich so hart, dass ich nichts darauf erwidern konnte.

»Wenn alles anders gelaufen wäre«, fügte sie hinzu. »Das ist es aber nicht.«

Wir hatten das Gedränge ein wenig hinter uns gelassen. Ineke grüßte jemanden, einen Mann in unserem Alter, der auffallend gebeugt ging. »Weißt du, wer das war?«, fragte sie.

Ich schüttelte den Kopf.

»Teun Latage.«

»Teun? Sein Vater fuhr doch mit der Parfüm-Karre?«

»Genau der.« Sie erzählte irgendeine Anekdote über die Karre mit den Jauchefässern, aber ich passte nicht auf und hörte kaum, was sie sagte. Ab und zu tauchte Johan schemenhaft vor meinem geistigen Auge auf. »Und dann haben sie eine neue Toilette gebaut«, sagte Ineke.

Unbewusst und fast gegen meinen Willen hatte ich den Weg Richtung Hafen eingeschlagen. Dort stand ein Musikzelt, aber es war nichts zu hören. Auf einem Plakat stand, dass am Abend eine Band, die *Melody Makers,* zum Tanz aufspielen würde.

»Weißt du noch?«, fragte Ineke.

»Natürlich.« Ich wusste nicht genau, was sie meinte, aber trotzdem erinnerte ich mich noch an alles.
»Was wollen wir machen? Nach Hause gehen und später in der Stadt essen? Dann können wir anschließend vielleicht noch herkommen. Wenn das Wetter schön bleibt. Oder hast du etwas anderes vor?«
»Nein, prima.« Dennoch blieb ich stehen.
»Kommst du nicht mit?«
Mit einer vagen Geste deutete ich zur Hafenmole, zum Leuchtturm und der Bank hinüber.
Ineke sah mich fragend an. »Du siehst so blass aus. Was ist? Du wirst doch nicht etwa krank?«
»Nein, ich werde nicht krank«, brachte ich mühsam heraus.
»Wollen wir uns für einen Moment hinsetzen?«

Eine halbe Stunde lang saßen wir auf der Bank, ohne ein Wort zu reden. Ab und zu sah ich zum Leuchtturm hinüber, aber ich hatte nicht den Eindruck, dass sie meinem Blick folgte. Nun hieß es alles oder nichts. Und wenn es am Ende nichts war, brauchte ich nicht weit zu gehen und konnte in den Zug steigen, um nie mehr wiederzukehren. Nach Amsterdam oder sonst wohin. Die Richtung war vollkommen egal, nur weg.
Ineke nahm meine Hand und streichelte meine kalten, steifen Finger. »Wir haben ziemlichen Mist gebaut«, sagte sie.
»Johan … ist … tot.«
Sie nickte nur, wie ich aus dem Augenwinkel sah, als wäre diese Nachricht für sie keine Überraschung.
»Selbstmord«, sagte ich, »mit der Mauser.«
Sie nickte wieder, wusste gleich, was ich meinte. »Endlich … auch eine Art von Befreiung.«

»Ich habe ihn gefunden … in seinem Haus.«
Sie nickte wieder, stellte aber weiter keine Fragen. Einige Möwen landeten auf den Basaltblöcken, als erwarteten sie, dass wir sie mit Brot fütterten. Ineke legte einen Arm um mich und küsste mich auf die Wange.
»Ich habe gestern noch mit ihm gesprochen«, sagte ich. »Über uns … über Sytze … über den Abend, an dem Sytze …« Ich zeigte auf den Leuchtturm.
»Über den Abend, an dem Sytze Selbstmord beging, an dem er hier vom Leuchtturm gesprungen ist,« ergänzte Ineke mit belegter, flüsternder Stimme.
»Er hat sich nicht selbst umgebracht«, sagte ich.
Ineke zog ihre Hand weg.
»Erinnerst du dich noch an den Abend des achtundzwanzigsten November? Ich habe Johan auch gefragt, weil ich dachte, dass er … dass er Sytze ermordet hat.« Ich atmete einige Male tief ein und aus. »Wegen des Schlüssels … er hatte einen Schlüssel zum Leuchtturm. Das dachte ich jedenfalls. Erst bin ich davon ausgegangen, dass Johan Sytze den Schlüssel gegeben hat, dann, dass er mit Sytze zum Leuchtturm gegangen ist. Er konnte es nicht aushalten, Johan. Trudy war tot, Sytze hatte sich nicht an die Absprache gehalten, und er war drauf und dran, alles der Polizei zu erzählen … alles deutete auf Johan hin … verdammt.«
Ich sah Ineke an. Sie saß reglos neben mir, doch die Tränen strömten ihr über die Wangen. Jetzt konnte ich nicht mehr aufhören. »Er sagte aber, dass er dir den Schlüssel gegeben habe. Und auch Henk hat erzählt, dass du am Abend des achtundzwanzigsten nicht zu Hause warst. Du hattest irgendeine Ausrede erfunden.«

Ich spürte, dass auch ich meine Tränen nicht mehr zurückhalten konnte. »Mir hast du erzählt, du wärst zu Hause gewesen … du hast gelogen.« Ineke nahm einen Stein und warf ihn in Richtung der Möwen, aber die Vögel blieben ungerührt sitzen und sahen misstrauisch zu uns hinüber. »Sytze ist mit dir gegangen, weil er in dich verliebt war. Er hat dir vertraut. Vielleicht hat er gedacht, du willst ihm helfen. Warum hast du das verdammt noch mal getan? Warum hast du Sytze ermordet?« Ich war aufgestanden, und die letzten Worte schrie ich ihr laut ins Gesicht.

Ineke schwieg, und plötzlich kam ich mir lächerlich vor, wie ich dort so auf der Hafenmole stand. Ich ging ein paarmal auf und ab, ehe ich mich wieder neben Ineke setzte und einen Arm um sie legte.

»Fass mich nicht an«, fuhr sie mich an. »Ich bin doch sowieso nur eine Mörderin, und du bist der große Tugendbold. Schon immer gewesen. Früher hast du dich nicht getraut, mich anzufassen. Dafür warst du bestimmt …«

»Aber ich …«

»Und jetzt kannst du wieder sagen, dass wir alles falsch gemacht haben. Darum bist du sicher zurückgekommen, um uns die Schuld zu geben, um deine eigene Unschuld zu beweisen … das arme, unschuldige, hilflose Petertje van Galen. Erzählst du das alles jetzt auch der Polizei, wie es sich für einen anständigen Bürger gehört?«

»Das ist doch sowieso verjährt«, sagte ich tonlos. Einige Musikfetzen wehten zu uns herüber.

»Genau … verjährt«, sagte Ineke, »aber in meinem Kopf verjährt das alles niemals … niemals. Damit du das mal weißt!«

»Natürlich weiß ich das.«
»Und jetzt kommst du hierher zurück«, fuhr Ineke fort, »und was passiert? Johan ist tot. Henk und ich stehen sicherlich als Nächste auf der Liste.«
»Aber dafür kann ich doch nichts, dass Johan …«
»Nein, auch dafür kannst du nichts, ebenso wenig wie für etwas anderes, weil du angeblich immer ein Außenseiter, nur ein unbeteiligter Zuschauer warst, weil du nie verstanden hast, was genau ablief. Ja, das hast du mir schon zigmal erzählt.« Sie zeigte mit dem Finger auf mich, als wollte sie mich durchbohren. Mir war klar, dass jetzt alles verloren war. »Aber dich trifft genauso viel Schuld wie die anderen. Vielleicht sogar noch mehr, weil du sie immer leugnest. Weißt du noch, wie das damals im Bunker war, als wir die Lose, die Stöckchen, gezogen haben? Erinnerst du dich daran noch? Ich hab's dir schon einmal erzählt, aber es scheint nicht in deinen eigensinnigen, egoistischen Schädel zu dringen, darum sag ich's noch einmal, vielleicht klappt es ja diesmal.«
»Aber ich weiß doch schon …«
Sie unterbrach mich. »Henk sagte damals, dass wir nicht weitermachen sollten. Er war von uns allen noch der Vernünftigste, aber du …« Wieder der Finger, als wollte sie ihn mir in die Brust bohren, als wollte sie meinen Körper durchbohren, so dass Blut fließt … »Aber du sagtest, wir könnten nicht mehr zurück, du, Peter van Galen. Und wenn du das damals nicht gesagt hättest, dann …« Sie hob die Hände und machte eine hilflose Gebärde.
Ich wusste, dass jetzt alles aus war, aber eines wollte ich trotzdem noch wissen. »Warum hast du Sytze vom Leuchtturm gestürzt?«, fragte ich.

Ineke verstand mich nicht, und ich wiederholte meine Frage.
»Willst du das wirklich wissen? Damit du dich anschließend wieder wie ein besserer Mensch fühlen kannst?«
»Nein, nicht darum.« Ich hatte inzwischen sowieso alle Illusionen aufgegeben. »Einfach nur, weil ich es wissen will.«
Nachdenklich sah sie mich an. »Ich war verrückt damals … völlig durchgedreht. Er hatte mir Trudy geraubt, meine einzige Freundin. Danach habe ich nie wieder eine Freundin gehabt, weißt du das? Nie wieder. Freunde ja, viele Freunde, Männer, die ich dann nach einigen Wochen wieder losgeworden bin … eine Art Rache, glaube ich. Aber keine Freundin, nie wieder eine Freundin. Keine kam an Trudy heran, auch nicht annähernd. Ich hasste Sytze, weil er sie getötet hatte. Eigentlich hasste ich euch alle. Einmal, im Traum, habe ich euch vier umgebracht, auf grausame Weise.« Ihre Stimme klang jetzt blutrünstig. »Alle vier … tot.« Ihr Kinn sank auf die Brust.
Ich stand auf und ging in Richtung Bahnhof.

In ungefähr zehn Minuten würde der Zug abfahren. Von einer Zelle am Bahnhof aus hatte ich die Polizei angerufen und sie über Johans Tod informiert. Man fragte mich nach meinem Namen, aber ich antwortete nicht. Vielleicht kamen sie mir irgendwann auf die Spur, doch das war jetzt kaum noch von Bedeutung. Nachher in Amsterdam würde ich in meine alte Wohnung gehen können, schließlich hatte ich ja noch einen Schlüssel. Oder sollte ich in ein Hotel? So ein unpersönliches Hotelzimmer schien mir jetzt das Richtige zu sein.
Ein junger Mann mit orange gefärbten Haaren kam in das

Großraumabteil gewankt. »Iss dass der Sug nach Amss … nach Amsteddam?«, fragte er.

Ich bejahte.

»Wasbinnich bedrunken«, sagte der Mann, »Himmelherrgott, wasbinnich bedrunken.« Er ging noch etwas weiter durch und ließ sich mit einem dumpfen Schlag auf den Sitz fallen. Eine Minute später kam er, an den Stangen der Gepäckablage Halt suchend, wieder zu mir. »Nach Amsteddam?«, fragte er erneut.

»Ja, nach Amsterdam.«

Der Mann salutierte halbwegs. »Danke, Chef.« Er stieß mit dem Kopf gegen die Gepäckablage, schien das aber nicht zu spüren.

Ich sah auf meine Armbanduhr. Noch fünf Minuten, dann konnte ich alles hinter mir lassen. Nie wieder würde ich zurückkommen. Was aber dann. Was sollte ich jetzt anfangen? Ich wusste nun, was passiert war und warum; ich wusste, welche Rolle Ineke dabei gespielt hatte, und vor allem kannte ich jetzt auch meine. Oder hatte ich all die Dinge, die ich angeblich entdeckt hatte, schon immer gewusst? Ich war total erschöpft, aber seltsamerweise auch zufrieden, als hätte ich eine Leistung vollbracht, die ich mir selbst vorher nicht zugetraut hatte. Der Hunger wütete in meinem Bauch, doch auch das war kein unangenehmes Gefühl. In Amsterdam würde ich wohl irgendwo ein Sandwich essen können.

Da ging die Tür auf, und Ineke kam ins Abteil. Ich fasste es nicht, es musste sich um eine Sinnestäuschung handeln. Sie setzte sich neben mich. Ich fühlte, wie ihr Arm den meinen berührte; sie war es wirklich. Gepäck hatte sie nicht dabei.

»Ich gehe mit dir«, sagte sie.

Für einen Moment war ich völlig verwirrt, dann sagte ich: »Wunderbar … Warum nicht?«
»Ja, warum nicht. Wo fahren wir hin?«
»Spielt das eine Rolle?«
»Nein, gar nicht«, sagte sie lachend, und auch ihre Augen lachten wieder, so wie vor fünfzig Jahren.

Nachweise

Bei der Niederschrift dieses Romans habe ich mich – unter anderem – auf folgende Publikationen gestützt:

– David Vogel, *Huwelijksleven*, Amsterdam 1992 (Verlag Meulenhoff). Die deutsche Übersetzung dieses Romans, aus der hier zitiert wird, erschien unter dem Titel *Eine Ehe in Wien.* Aus dem Hebräischen von Ruth Achlama, München 1992 (Paul List Verlag).
– Michel van der Plas, *Mooie vrede; een documentaire over Nederland in de jaren 1945–1950*, Baarn 1966 (Amboboeken).
– Eine Artikelserie über die Befreiung von Martin Schouten, in: *De Volkskrant*, März – Mai 1995.
– Einige Artikel aus der *Enkhuizer Courant* aus der Zeit zwischen Mai 1945 und November 1948.

René Appel

Paul Johnston

Der Totenacker

Roman

Eine keimfreie Metropole ist das Edinburgh des 21. Jahrhunderts, wo weder gelacht noch geliebt noch getötet wird. Und doch ist nicht alles unter Kontrolle, denn in der Silvesternacht beginnt eine Mordserie, deren Opfer mit implantierten Tonbändern aufgefunden werden. Verbotene Musik, die ihren Ursprung auf dem Totenacker zu haben scheint …

Nach *Die kalte Stadt* (Knaur TB 61485) der zweite Edinburgh-Krimi von Paul Johnston.

»Eiskalt und literarisch bestechend –
ein Krimi, auf den wir lange gewartet haben!«
Observer

Knaur